KAMPENWAND
VERLAG

ISBN: 978-3-98660-152-2

www.kampenwand-verlag.de

Versand & Vertrieb durch Nova MD GmbH
www.novamd.de · bestellung@novamd.de · +49 (0) 861 166 17 27

Text: Juliane Maibach
Umschlaggestaltung: Alexander Kopainski
Satz: Buch-Werkstatt GmbH, Bad Aibling
Illustarationen: Tamara Kadoura
Lektorat & Korrektorat: Katharina Glück
Bilder: ©Shutterstock: Warm_Tail, Kanea, herryfaizal, MNStudio,
Lukasz Szwaj, Martin Gillman, KDdesign_photo_video, leolintang, Vandathai,
tomertu, Extezy, stock_wichel, Casezy idea
Druck: Printed in Czech Republic
FINIDR, s. r. o. · Lípová 1965 · 737 01 Český Těšín

Juliane Maibach

Dream Catcher

Verbotene Träume

2

1

Kannst du damit endlich aufhören?! Das ist nicht zum Aushalten. Verdammt noch mal, warum muss sich der nervigste Mare aller Zeiten ausgerechnet in meinem Körper breitmachen?«

Meine Stimme schallte durch den Raum, während ich mein Kissen nahm und es mir verzweifelt auf den Kopf presste – natürlich vergeblich. Denn rein technisch betrachtet befand ich mich tatsächlich allein in meinem Zimmer. Doch die Realität sah anders aus. Dank der Magie, die ich in mir spürte, konnte ich mir leider nicht mal einreden, dass ich nur den Verstand verloren und mir alles eingebildet hatte.

Dem Mare, der mich auf dem Boot angegriffen hatte, war es tatsächlich gelungen, in mich überzugehen und eine kranke Verbindung zu mir aufzubauen. Nun war er in mir – und leider auch in meinen Gedanken, die er gerade mit einem unfassbar nervigen Lied malträtierte. Ununterbrochen sang er, dass wir irgendetwas rocken würden, begleitet von einem rhythmischen, äußerst nervtötenden Gehämmer – keine Ahnung, wie er dieses Geräusch überhaupt zustande brachte. Aber so sorgte er dafür, dass mein Geduldsfaden zusehends dünner wurde.

Na, endlich. Wurde auch Zeit. Du redest wieder mit mir. Wenn das mal kein Grund zur Freude ist. Immerhin sitzen wir im selben Boot – du verstehst die Anspielung?

Er kicherte hämisch, woraufhin ich nur die Augen verdrehte und laut seufzte. Der Mare war wohl ein echter Komiker. Was für ein Glück für mich!

Da hat sich mein musikalisches Talent endlich ausgezahlt. Also, Kleine, da wir nun wieder miteinander sprechen, wird es Zeit, die Zukunft zu planen. Und glaube mir, ich habe Großes vor, denn wie du mit Sicherheit bemerkt hast, habe ich einen recht guten Appetit, und der will gestillt werden. Darum schlage ich vor, dass du ganz schnell lernst, dieses Ding um deinen Hals zu benutzen, und uns in die Menschenwelt bringst. Dort warten so viele Leckerbissen auf uns. Ich kann es kaum erwarten.

Ich musste mich zusammenreißen, um nicht wütend aufzuspringen und durchs Zimmer zu tigern. Stattdessen versuchte ich, ruhig zu bleiben und dem Kerl eine klare Antwort zu vermitteln – mit Schweigen kam ich ja leider nicht weit, wie ich unlängst erfahren hatte.

»Ist dir beim Übertritt in meinen Körper auch der letzte klägliche Rest deines Verstandes abhandengekommen? Ich gehe mit dir ganz bestimmt nicht in die Menschenwelt, um dort Mare zu jagen und ihre Magie zu fressen. Ich stecke gerade in ganz anderen Schwierigkeiten, und es ist mir offen gesagt herzlich egal, ob du Hunger hast oder nicht.«

Ach ja, ist es das?, fragte er mit lauernder Stimme, wobei ein eigenartiges Gefühl in mir hochkochte. Ein Brodeln, das sofort in blanke Hitze überging, jeden Gedanken in mir wegbrannte, bis nur noch eine einzige Emotion übrig blieb: nacktes Verlangen, das sich als reiner, unersättlicher Hunger beschreiben ließ.

»Du Mistkerl!«, ächzte ich und kniff die Augen zusammen. Mein Herz hämmerte mir gegen die Rippen, während ich darum rang, nicht von diesen Gefühlen übermannt zu werden.

Oh, musst du gleich so beleidigend werden? Mit der Zeit wirst du lernen, dass wir jetzt eins sind. Was du fühlst, fühle auch ich. Was ich empfinde, gehört nun zu dir.

»Schön, dann spürst du hoffentlich auch, wie sehr ich dich verabscheue und dass ich immer mit allen Mitteln gegen dich kämpfen werde.« Wobei ich im Moment nicht den blassesten Schimmer hatte, wie das aussehen sollte.

Er schnalzte mit seiner nicht existenten Zunge. *Zu schade. Ich hatte gehofft, du hättest es begriffen. Aber bitte, wenn du nicht reden willst, kann ich auch gerne wieder singen.*

Und so begann er erneut, diesen grauenhaften Song zu trällern. Verzweifelt legte ich meine Hände auf die Ohren und versuchte, einen klaren Gedanken zu fassen. Dabei spürte ich im Moment nur eines ganz deutlich: Ich war am Arsch. Mit diesem Ding in mir war mein Leben vorbei. Ich war nicht mehr dieselbe.

Sofort flammte Nates Gesicht vor meinen Augen auf. Ich sah das Entsetzen darin. Die Fassungslosigkeit. Den Ekel. Erneut ballte sich mein Herz zusammen, bis es ein fester Klumpen war. Es tat weh. Niemals in meinem Leben hatte er mich so angesehen. Niemals hatte er mir gegenüber solch eine Abscheu empfunden. Das Schlimme daran war, dass ich ihn verstehen konnte. Ich verachtete mich ja selbst.

Nachdem der Mare in mir den Angreifer im Park verschlungen hatte, war Nate wortlos zu mir gekommen. Er hatte mich angestarrt und bloß gesagt, dass ich ihm folgen solle und er mich nach Hause bringen werde. Genau das hatte er getan. Nate hatte mich in den Palast geführt und auf mein Zimmer begleitet. Die ganze Zeit hatte ich nach Worten gesucht, um das alles irgendwie zu erklären, aber es war ausgeschlossen. Ich verstand mich nicht mehr, denn ich war nicht mehr ich selbst. Wie hätte ich das leugnen oder rechtfertigen sollen?

Zwei Stunden waren seitdem vergangen, und ich hatte keine Ahnung, was ich machen sollte, außer zu versuchen, diesen verdammten Mare in mir in Schach zu halten. Nicht mal damit hatte ich Erfolg, wie ich an dem grauenhaften Song erkannte, den er in meinem Kopf schmetterte. Was hatte Nate nun vor? Würde er mich bei seinem Vater melden? Allein bei dem Gedanken überkam mich eine Gänsehaut. Der König durfte nichts davon erfahren. Wenn ich zuvor schon eine Bedrohung dargestellt hatte, war ich nun zu einem Monster geworden. Etwas, das sofort beseitigt werden musste. Also, warum lief ich nicht davon? Weshalb saß ich auf meinem Zimmer und wartete darauf, dass irgendwer kam?

Genau das frage ich mich auch. Darum: Auf in die Menschenwelt! Wir können endlich frei sein und ein aufregendes Leben beginnen. Das wird hervorragend!, versprach der Mare.

»Vergiss es«, knurrte ich. »Ich werde dich ganz gewiss nicht dort hinbringen. Mal davon abgesehen, dass ich es ohnehin nicht könnte. Ich habe keine Ahnung, wie das Sigil funktioniert.« Das war leider nicht mal gelogen.

Irgendwie schaffen wir es in die Menschenwelt. Einmal hat es doch bereits geklappt. Ein zweites Mal gelingt es mir sicher auch, erklärte die Stimme und ließ mich aufhorchen.

»Du warst das!«, erkannte ich und fragte mich, wieso ich nicht früher darauf gekommen war. Gut, mir war nicht viel Zeit geblieben, um überhaupt darüber nachzudenken.

»Es waren deine schwarzen Rauchfäden, die mich bei der Prüfung der Dreamcatcher von der Brücke gestoßen haben. Du wolltest, dass ich durch eines der Portale stürze und so in der Menschenwelt lande.«

Oh, erwarte nun bitte keinen Applaus dafür, dass du diese einfachen Zusammenhänge erkannt hast. So schwer war das nun wirklich nicht, ätzte der Mare.

»Du wolltest deinen Hunger stillen«, fuhr ich fort, ohne auf seinen Kommentar einzugehen.

Unseren Hunger, korrigierte er. *Vergiss nicht: Was mein ist, ist nun auch dein.*

Bisher hatte ich nicht das Gefühl, dass er von meinen Emotionen allzu viel mitbekam. Mir erschien es eher so, als wäre ich hier die Leidtragende.

Beschwer dich nicht die ganze Zeit. Ich habe dir schon einige Male deinen hübschen Hintern gerettet, ohne dass du etwas davon mitbekommen hast. Ich gebe auf Dinge acht, die mir wichtig sind, und das bist du wirklich. Genau darum habe ich dafür gesorgt, dass du nach dem Fall von der Brücke nicht ungebremst auf dem Asphalt aufschlägst. Wäre ziemlich unschön geworden. Du brauchst dich nicht dafür zu bedanken. Für dich habe ich doch gerne etwas von meiner Kraft angewendet.

Ich konnte kaum glauben, was ich da hörte. Er war das gewesen! Und ich hatte mich schon gewundert, warum mein Fall plötzlich einfach abgebremst worden war. Allerdings brauchte er wirklich nicht so zu tun, als wäre das aus reiner Nächstenliebe geschehen. Wenn ich gestorben wäre, hätte es auch sein Ende bedeutet.

»Wenn du mich nicht von der Brücke gestoßen hättest, wäre es gar nicht nötig gewesen«, warf ich ein.

Mag sein. Aber ich habe dir auch beigestanden, als der Mare dich während der Feier des Prinzen zu sich gelockt hat. Erinnerst du dich daran, wie entsetzt er plötzlich war, als er dich berührt hat? Er hat mich gespürt. Der Kerl wusste, dass wir beide uns deinen Körper teilen. Gut, er ist daraufhin ein wenig sauer geworden und hat etwas von widernatürlicher Existenz gebrabbelt. Wahrscheinlich ist er deswegen so vehement hinter uns her gewesen. Aber hey, er war im ersten Moment echt überrascht, und das hat ihn unvorsichtig werden lassen.

»Oh ja, das hat uns unglaublich viel gebracht«, zischte ich. »Unfassbar, dass du versuchst, das schönzureden. Du bist wirklich ein Mistkerl.«

Oh, bitte, nenn mich Wraith. Das passt viel besser zu mir, und allein aus Persönlichkeitsgründen sollte ich doch einen eigenen Namen haben.

»Na, da hat sich wohl einer Gedanken gemacht«, ätzte ich.

Natürlich! Dieser Name passt absolut perfekt zu mir. Immerhin war ich mal eine Art Geistererscheinung. Man sollte nie seinen Ursprung vergessen. Findest du nicht?

Ich hatte eindeutig das Gefühl, dass es erneut Zeit wurde, mir das Kissen auf das Gesicht zu pressen. Vielleicht würde der Sauerstoffmangel dazu führen, dass ich das Bewusstsein verlor und so diesen unerträglichen Kerl wenigstens für kurze Zeit loswurde. Aber dazu kam es leider nicht mehr, denn in diesem Moment klopfte es an der Tür.

Na, wenn das mal nicht der Prinz höchstpersönlich ist, stellte Wraith voller Hohn fest, als Nate in mein Zimmer trat.

Ich hielt den Atem an, als er die Tür hinter sich schloss. Sofort versuchte ich, diesen unerträglichen Mare in mir zu ignorieren. Sorgenvoll starrte ich Nate an, während mein Herz ängstlich klopfte. Doch er sagte nichts, sondern kam wortlos auf mich zu und ließ sich neben mir auf das Bett sinken. War das ein gutes Zeichen oder eher nicht?

Nate starrte seine Hände an und schwieg, dann hob er den Kopf und sah mich an. Er lehnte sich rüber und umarmte mich. Diese Geste kam so plötzlich und unerwartet, dass ich für einen Moment zu atmen vergaß. Mein Herz zersprang beinahe vor Erleichterung, und mir war, als würde eine tonnenschwere Last von mir fallen. Dass Nate mich noch immer umarmen konnte, obwohl er wusste, was mit mir passiert war … er hielt weiter zu mir.

Oh, bitte! Hör mit dieser Gefühlsduselei auf. Das ist ja nicht auszuhalten, beschwerte sich Wraith.

»Halt die Klappe!«, zischte ich ihn an, woraufhin Nate mich sofort losließ.

»Spricht der Mare mit dir?«

»Er heißt Wraith«, erwiderte ich, was wohl Antwort genug war.

Nate musterte mich und wusste offenbar erst einmal nicht, was er darauf erwidern sollte.

Gefällt mir, wenn der Kerl den Mund hält. Wirklich, große Verbesserung, mischte sich Wraith erneut ein, und der Wunsch, ihm eine zu verpassen, wuchs ins Unermessliche.

»Du hast keine Vorstellung«, sagte ich zu Nate. »Es ist nicht auszuhalten.«

Seine Hand strich an meinem Arm entlang, sachte und doch bestimmt. Als sie meine Finger fanden, schlangen sie sich darum. Plötzlich sprang er auf und zog mich mit sich.

»Wir müssen etwas unternehmen«, sagte er, während er mit mir in Richtung Tür eilte. »Auf keinen Fall lasse ich zu, dass diese Kreatur in dir ist und dort ihr Unwesen treibt.«

Tja, nur hat er eines noch nicht verstanden: Wir zwei, meine Süße, gehören fortan zusammen. Das mit uns beiden ist sozusagen ein Pakt fürs Leben. Ist das nicht schön?

»Das kann nicht sein«, murmelte ich vor mich hin.

Nate blieb stehen und schaute mich fragend an. »Der Mare scheint wirklich viel mit dir zu reden.«

Ich nickte und starrte ihn voller Entsetzen an. »Er sagt, dass wir fortan zusammengehören. Seiner Meinung nach sind wir nun eins.« Genau das hatte ich bereits gespürt. Es aber so deutlich vor Augen geführt zu bekommen, war etwas anderes.

Nate musterte mich und schnaubte dann abfällig. »Natürlich sagt er das. Er will verhindern, dass wir auch nur einen Versuch wagen.«

Könnte man meinen, mischte sich Wraith ein. *Oder ich sage ganz einfach die Wahrheit. Ich werde auf jeden Fall alles dafür tun, jeden Extraktionsversuch zu verhindern. Darauf kannst du dich verlassen.*

Ich wollte mir erst gar nicht ausmalen, was er in diesem Fall tun würde.

»Nate«, sagte ich und sah ihn an, »lass uns erst mal in Ruhe nachdenken und alle Möglichkeiten durchgehen. Was hast du überhaupt vor? Zu wem willst du gehen? Ich hoffe doch, dass dir klar ist, dass mich nichts und niemand mehr zum Hohepriester bringt. Auch du wirst das nicht schaffen.«

Allein beim Gedanken an den Kerl, an seine Spritzen, Messer und den dunklen Raum wurde mir übel. Nein, niemals würde ich so etwas noch mal mitmachen.

»Das habe ich nicht vor. Glaub mir, in den letzten Stunden bin ich alle Optionen durchgegangen und habe mir das Hirn zermartert, wie wir dir helfen können. Aber eines steht fest, Alexis: Wir brauchen Hilfe. Das hier ist zu groß und viel zu gefährlich, als dass wir es allein versuchen könnten. Wir müssen es meinem Vater sagen. Er weiß vielleicht, was wir tun können.«

»Nein, auf keinen Fall!«, erwiderte ich und riss mich von ihm los.

Nates Augen wurden eine Spur schmaler.

»Ich weiß, dass du es gut meinst«, begann ich. »Aber dein Vater … Was denkst du, wird er machen, wenn er erfährt, dass ich die Kraft des Mares nicht übernommen habe, sondern dass das Wesen noch immer in mir steckt?«

»Natürlich wird er überrascht sein«, erwiderter er, »aber ich werde ihn davon überzeugen, dass wir versuchen müssen, dieses Wesen aus dir rauszubekommen.«

Na, viel Glück dabei. Wraith lachte.

»Wenn wir es schaffen, könntest du wieder ganz die Alte werden. Du hättest keine Kräfte mehr und niemand würde mehr eine Bedrohung in dir sehen.«

Mir war durchaus klar, wen er meinte, das schloss nämlich auch seinen Vater mit ein, der glaubte, dass meine Kräfte dazu führen könnten, der Unterschicht Auftrieb zu verleihen und sie dazu zu animieren, an unserem System zu rütteln. Er war der Meinung, dass das Volk plötzlich zu mir aufsehen könnte – und das kam natürlich nicht infrage. Von daher war es nur logisch, dass man mich früher oder später aufhalten musste. Wobei der König bislang davon ausgegangen war, dass das bei einem meiner zukünftigen Einsätze als Dreamcatcherin von allein passieren würde.

Ich hielt den Atem an, als ich Nates Worte hörte. Wäre das tatsächlich eine Option? Ich könnte in mein altes Leben zurückkehren und wäre den Mare sowie diese neuen Kräfte los. Ich könnte wieder als Fehris in meinem Boot auf dem Styrak arbeiten. Ich wäre kein Mitglied der Dreamcatcher mehr und würde nie wieder die Menschenwelt betreten. Alles wäre wie früher. Hatte ich mich in den letzten Stunden nicht genau danach gesehnt?

Das wird niemals passieren, unterbrach Wraith meine Gedanken.

»Und wie willst du deinen Vater davon überzeugen?«, fragte ich Nate. »Es wäre für ihn viel einfacher, mich umzubringen. Weshalb sollte er so viel Mühe, Zeit und Aufwand in mich investieren? In eine Fehris aus der Unterschicht, die ihm ohnehin ein Dorn im Auge ist.«

»Weil du mir wichtig bist«, erklärte Nate und trat einen Schritt auf mich zu. Er legte seine Hand auf meine Wange, und die Finger schmiegten sich sanft an meine Haut. »Ich werde niemals zulassen, dass dir etwas geschieht. Das wird auch mein Vater einsehen müssen. Und wenn ich zu etwas entschlossen bin, dann führe ich es auch durch. Du bist meine beste Freundin und ich werde immer zu dir halten.« Seine Augen strahlten. Das Glühen in ihnen war schöner und stärker als die Sonne selbst.

Würg! Kannst du bitte diese kitschigen Vergleiche sein lassen? Und wenn wir schon dabei sind, hör auch auf, ihn so anzustarren. Es ist grauenhaft, ihn die ganze Zeit durch deine Augen sehen zu müssen.

»Du kannst auch einfach gehen. Das würde es uns allen leichter machen«, zischte ich den Mare an und zerstörte damit die Stimmung.

Nate runzelte irritiert die Brauen. »Wir müssen wirklich etwas dagegen unternehmen.«

»Du hast keine Ahnung«, gab ich seufzend zu und strich mir erschöpft durchs Haar.

Ich dachte noch einmal über seine Worte nach. Sollte ich ihm die Erlaubnis geben? Wäre es vielleicht gut, wenn wir gemeinsam zum König gingen und ihn in alles einweihten?

Oh ja, mach das bitte. Er wird dich mit Kusshand empfangen, dir ein heißes Bad einlassen und Schokolade reichen, während er einmal mit den Fingern schnippt, um mich aus dir zu vertreiben. Was, denkst du, wird er machen, um mich aus dir zu holen? Wie soll das funktionieren? Und warum sollte ausgerechnet er eine Antwort darauf haben? Glaubst du, er würde diese Gelegenheit nicht nutzen, um dich endgültig auszuschalten? Immerhin bist du für ihn nur ein Ärgernis, und wenn ich eines über die Adeligen weiß, dann, dass sie rigoros darin sind, Unannehmlichkeiten zu beseitigen. Er wird für dich nicht mal den kleinen Finger rühren, geschweige denn dir helfen, wenn es nicht zu seinem Vorteil ist.

Ich konnte nicht ignorieren, dass Wraiths Worte eine gewisse Logik enthielten.

»Lass es mich erst allein versuchen. Vielleicht bekomme ich den Kerl ja doch irgendwie in den Griff oder mir fällt etwas ein, wie ich versuchen kann, ihn wieder loszuwerden. Wir brauchen in jedem Fall Zeit und sollten nicht als Erstes zu deinem Vater laufen«, sagte ich zu Nate. »Ich habe das Gefühl, dass das keine gute Idee ist.«

»Und kommen diese Einwände wirklich von dir, oder ist das der Mare in dir, der da spricht?«, hakte er nach, während sich sein Blick wie ein scharfer Dolch in mich bohrte.

Ich machte einen Schritt zurück. »Ist das dein Ernst?! Vertraust du mir so wenig?«

Er seufzte und strich sich durchs Haar. »Tut mir leid. Natürlich vertraue ich dir. Du musst nur verstehen: Diese Situation ist alles andere als … einfach.«

Ich ließ mich zurück auf mein Bett sinken und nickte. »Glaub mir, das weiß niemand so gut wie ich.«

So langsam bekomme ich das Gefühl, dass du dich über unseren Zusammenschluss gar nicht freust, merkte Wraith mit gespielter Empörung an. *Dabei sind wir so ein tolles Team. Immerhin verfügst du nur meinetwegen über diesen Batzen Magie. Dabei fällt mir ein, du könntest ihn auch mal nutzen. Vielleicht, um in die Menschenwelt zu kommen? Ich habe Hunger und könnte uns Nachschub besorgen.*

»Ich muss diesen Kerl unbedingt zum Schweigen bringen«, murmelte ich und spürte Nates Blick auf mir. Seine Miene war ernst. Auch wenn ich es nicht wollte, konnte ich nicht verbergen, wie sehr mir dieses Wesen in meinem Inneren zu schaffen machte.

»Du musst gegen ihn ankämpfen«, sagte Nate schließlich. »Alexis, du bist stark. Lass dich von ihm nicht beherrschen. Mach es umgekehrt. Ich bin mir sicher, dass du das schaffen kannst.«

Ich hob ungläubig eine Braue und wusste nicht, was ich darauf erwidern sollte. Dachte Nate tatsächlich, dass ich eine Chance gegen diesen Mare hatte, der kurz davor war, mich in den Wahnsinn zu treiben? Natürlich hätte ich alles dafür gegeben, um ihm den Wind aus den Segeln zu nehmen. Allein die Vorstellung, sein nervtötendes Geplapper nicht mehr hören zu müssen, war eine Wohltat.

Meine Weisheiten sind bei dir wirklich Perlen vor die Säue. Eine absolute Verschwendung. Trotzdem werden wir wohl oder übel lernen müssen, miteinander auszukommen.

Ich verdrehte die Augen und sagte besser nichts dazu. Der Kerl hielt sich offenbar für etwas ganz Besonderes. Anstatt mich weiter mit ihm zu streiten, wandte ich mich an Nate.

»Ich bin gerne bereit, alles zu versuchen. Mir wäre nichts lieber, als wenn ich etwas gegen den Mare ausrichten könnte. Nur habe ich keine Ahnung, was ich machen soll.«

»Im Grunde dreht sich alles im Leben um Kraft und innere Stärke. Und ich weiß, dass du davon eine Menge hast.« Nate legte sich nachdenklich die Hand ans Kinn und schien über etwas nachzudenken. »Ihr seid miteinander verbunden und teilt euch einen Körper. Der Kerl ist also auf dich angewiesen.«

Was hat er sich nun einfallen lassen?, murrte Wraith ungehalten.

»Ich halte es noch immer für sinnvoll, dass wir uns Hilfe holen. Aber wenn es dir wichtig ist, dann bin ich einverstanden, wenn du erst mal etwas anderes versuchst. Allerdings werde ich dir dabei helfen. Wenn es nicht klappen sollte, werden wir uns Unterstützung suchen, einverstanden?«

Er schien einen Plan zu haben, was schon mal gut war. Noch immer hatte ich zwar nicht den Funken einer Ahnung, was er vorhatte, aber ich war zu so ziemlich allem bereit. Hauptsache, es funktionierte.

Das wird niemals klappen, erwiderte Wraith. *Ganz gleich, was ihr vorhabt, ihr werdet mich nicht mehr los und solltet das besser gar nicht erst versuchen. Unsere Leben hängen aneinander. Ich bin mir ziemlich sicher, dass du das sehr genau spürst.*

Er lachte kalt, was mir eine Gänsehaut bereitete, denn tief in meinem Inneren spürte ich, dass er in diesem Punkt nicht log. Seine Kraft durchtränkte mich. Sie war überall. Selbst in meinem Herzen spürte ich eine fremde Hitze, die mir mit jedem Schlag zu verstehen gab, dass ich genau diese Kraft brauchte, um leben zu können. Wir waren verbunden. Unwiederbringlich.

2

Ich hatte keine Ahnung, was Nate im Schilde führte. Er hatte mir nur gesagt, ich solle in einer Stunde zur Arena der Dreamcatcher kommen. Ich ging also davon aus, dass er mit mir trainieren wollte. Nur fragte ich mich, wofür?

Der Kerl wird früher oder später einsehen müssen, dass es nichts bringt, gegen mich anzukämpfen. Du und ich sind eins. Zwar hatte ich mir das auch anders gewünscht – glaub mir, ich hätte deinen Körper zu gerne allein für mich gehabt –, aber hey, man muss das Beste aus den Umständen machen. Du siehst, ich habe immer eine positive Einstellung. Das solltest du vielleicht auch mal versuchen.

»Und du solltest endlich lernen, wann es besser ist, die Klappe zu halten«, zischte ich.

Ich zog gerade das kurze Hemd über den Kopf und achtete währenddessen darauf, nicht in den Spiegel zu schauen. Da der Mare offenbar durch meine Augen schaute, wollte ich nicht riskieren, dass er mich in Unterwäsche sah.

Als ob es mich interessieren würde, wie du ohne Kleidung aussiehst, merkte er sofort an.

Ich musste wirklich dringend etwas dagegen unternehmen, dass er meine Gedanken lesen konnte.

Tja, gewöhn dich besser daran.

»Lieber springe ich von einer Brücke.«

Das werde ich zu verhindern wissen.

Ich schnaubte nur und sparte mir weitere Kommentare. Es war ohnehin aussichtslos. Mit schnellen Schritten stapfte ich Richtung Tür, um mich auf den Weg zur Arena zu machen, als es überraschenderweise klopfte.

Ich öffnete und stand einem Bediensteten gegenüber, der sogleich zu einer steifen Verbeugung ansetzte. Seine dunklen Augen wanderten in meine Richtung, während er sagte: »Folgen Sie mir bitte, der König ruft nach Ihnen.«

Mein Herz rutschte mir augenblicklich in die Hose, dabei hätte es mich nicht überraschen dürfen. Natürlich wollte der König nach meiner Prüfung mit mir sprechen. Allerdings hatte ich gehofft, mir wäre noch ein wenig Zeit geblieben. Ich hatte ehrlich gesagt keine Ahnung, was ich sagen sollte. Es durchlief mich heiß und kalt bei dem Gedanken, er könnte herausfinden, dass ich nicht bloß die Kräfte des Mares in mir trug, sondern dass dieses Wesen komplett in mich übergegangen war.

Mach dir keinen Kopf. Ich hatte es schon mit vielen verschiedenen Typen und Kreaturen zu tun. Ich bekomme das hin. Sprich mir einfach nach, dann läuft das schon.

Ich gab nur ein drohendes Knurren von mir. Solange ich noch ein bisschen Verstand hatte, würde ich das ganz sicher nicht tun.

»Wenn Sie bitte mitkommen wollen«, sagte der Diener erneut, verbeugte sich kurz und ging mit schnellen Schritten voraus.

Ich folgte ihm und versuchte, meine wirbelnden Gedanken in den Griff zu bekommen. Nachdenklich biss ich mir auf die Unterlippe. Was sollte ich dem König sagen? Würde ihm überhaupt etwas auffallen? Immerhin war der Mare schon eine ganze Weile in mir, und nicht mal ich hatte es bemerkt. Wenn ich also nicht direkt vor dem König Selbstgespräche führte, sollte alles gut gehen.

Dennoch atmete ich tief durch, als wir die hohe Flügeltür vor dem Thronsaal erreichten. Zwei Wachen, die die Tür flankierten, sahen kurz mit scharfem Blick in meine Richtung, sagten aber nichts. Mit ihren langen Speeren und den dunklen Lederrüstungen machten sie einen einschüchternden Eindruck.

Der Bedienstete ging ohne Zögern an den beiden vorbei, klopfte, öffnete dann die Tür und trat zur Seite. Ich reckte den Kopf und betrat den lichtdurchfluteten Saal. Überall waren riesige Rundbogenfenster, die bis zur Decke reichten. Das Maßwerk im oberen Teil der Fenster war sternförmig, und das Licht strahlte hindurch. Der Raum war riesig. Rechts von mir gab es einen Gang, der mit steinernen Bögen geschmückt war. Darin standen Statuen, aber auch mannshohe Vasen, die mit üppigen Blumenbouquets gefüllt waren. Langsam ging ich weiter in Richtung des Throns, der auf einem kleinen Podest an der hinteren Wand stand. Ein paar steinerne Stufen führte hinauf, doch jeder wusste, dass man diese nicht betreten durfte. Niemand hatte die Erlaubnis, dem König so nahe zu kommen.

König Dawnspark saß auf dem imposanten Thron, dessen Rückenlehne mindestens zwei Meter hoch war. Der ganze Thron war reich mit Gold und Edelsteinen verziert, sodass er im strahlenden Sonnenlicht glänzte.

Direkt vor der Treppe standen zwei Wachen, die ebenfalls Speere in der Hand hielten und starr ausharrten, als wären sie leblose Statuen. Vor ihnen blieb ich stehen und blickte zum König auf. Er stützte sich mit dem Ellbogen auf der Lehne des Throns ab und musterte mich. Ich machte einen tiefen Knicks und hoffte, dass ich es wenigstens ansatzweise richtig ausführte. Einen Moment lang schwieg er, und ich war drauf und dran, das Wort zu ergreifen, um die unerträgliche Stille zu durchbrechen. Zum Glück konnte ich den Impuls gerade noch abwehren – es war nie gut, bei Hofe den ersten Schritt zu tun.

Nicht übel. Gar nicht übel. Hier lässt es sich wohnen. Wäre ein Ort, der mir recht gut gefallen würde.

Ich versuchte, Wraiths Stimme zu ignorieren. Wenn ich mich je hatte zusammenreißen müssen, dann jetzt.

»Wie ich sehe, hast du das Sigil tatsächlich bekommen. Das freut mich sehr«, sagte König Dawnspark schließlich. An der Ehrlichkeit seiner Aussage hatte ich allerdings gewisse Zweifel.

»Ich bin ebenfalls sehr froh, die Aufgabe erfüllt zu haben«, antwortete ich, um gleich klarzustellen, dass ich die Prüfung als bestanden erachtete. Ich hatte das Sigil holen sollen, und genau das hatte ich getan. Der Umstand, dass ich dabei einen versehentlichen Abstecher in die Menschenwelt gemacht hatte, sollte keine Rolle spielen.

»Wie ich hörte, gab es einen Zwischenfall.«

Ich schnaubte leise. War ja klar, dass dieser kleine Unfall doch noch zur Sprache kam.

»Das ist richtig. Wie Ihr sehen könnt, ist das aber erst am Ende der Prüfung geschehen. Das Sigil hatte ich bereits und damit habe ich die Aufgabe gemeistert.«

»Ich kann durchaus verstehen, dass du das so siehst. Und ich möchte dir deine Leistung auch gar nicht absprechen. Mehrere Ausbilder und auch einige Dreamcatcher haben dich durch einen Kristall beobachtet, als du über die Brücken gegangen bist. Sie meinten, du hättest dich wacker geschlagen.«

Ich nickte kurz. So hatte Nate mich also gefunden. Er hatte gesehen, durch welches Portal ich gefallen war, und hatte sich sofort auf den Weg gemacht. Mein Herz tat einige schnelle Sprünge. Was, wenn irgendjemand Wraiths dunkle Rauchfäden bemerkt hatte, mit denen er mich von der Brücke gestoßen hatte?

Reg dich ab! Das ist mit Sicherheit nicht passiert. Ich war schnell. Außerdem ist das Licht dort mehr als bescheiden. Niemandem wären da ein paar schwarze Stellen aufgefallen. Glaub mir, ich weiß schon, was ich tue.

Irgendwie beruhigten mich diese Versprechungen nicht allzu sehr.

»Im Grunde hattest du Glück im Unglück. Dein Sturz hätte dir den Tod bringen können. Meistens passiert auch genau das. Die wenigsten haben das Glück, beim Sturz durch ein Portal zu fallen. Von daher können wir alle wohl nur dankbar sein«, fuhr der König fort.

Da ich das Gespräch zwischen ihm und Nate belauscht hatte, wusste ich, was er wirklich über mich dachte. Mein Tod hätte ihn sicher alles andere als erschüttert. Von daher waren seine Worte nur Schall und Rauch. Aber worauf wollte er hinaus?

»Du hattest in der Menschenwelt wohl gewisse Probleme«, fuhr er fort.

Fragend runzelte ich die Stirn. Er konnte nicht wissen, dass ich dort einen Menschen getroffen hatte und mit ihm nach Hause gegangen war. Hatte Nate ihm von dem Mare erzählt, der mich angegriffen hatte und der von Wraith verschlungen worden war? Ich konnte es mir kaum vorstellen.

»Mir ist zu Ohren gekommen, dass du nicht wusstest, wie du dein Sigil anzuwenden hast.«

Nun ergab das alles einen Sinn, und ich atmete erleichtert auf. »Ja, das ist richtig. Ich hatte es immerhin gerade erst gefunden und wusste darum nicht, wie man es einsetzt.«

»Nun, es war sicher eine weise Entscheidung, es nicht einfach auf gut Glück zu versuchen. Es wird sich aber wohl noch zeigen müssen, ob du überhaupt genügend Magie aktivieren kannst, um es anzuwenden. Das wäre auch die Bedingung dafür, dass du als Dreamcatcherin arbeitest. Als solcher musst du selbstständig zwischen den Welten wechseln können. Ansonsten wärst du eher eine Last als eine Hilfe. Ich hoffe, du verstehst das und bist bereit, an dir zu arbeiten.«

»Selbstverständlich«, antwortete ich und meinte es auch wirklich so. Ich wollte den Umgang mit dem Sigil unbedingt lernen.

»Dann sind wir uns also einig. Du übst fleißig und lässt dich unterrichten. Ich habe nämlich schon bald einen Auftrag, zu dem ich dich gerne in die Menschenwelt schicken würde.

Natürlich wirst du Unterstützung bekommen, aber deine Kräfte könnten sich für die Aufgabe als recht hilfreich erweisen.«

Ich nickte nur. Irgendwie fühlte ich mich hin- und hergerissen. Einerseits wusste ich, dass König Dawnspark damit rechnete, dass ich bei einem Einsatz mein Leben verlor – was für ihn wiederum nicht von großer Bedeutung war. Ganz im Gegenteil, so konnte ich ihm keinen Ärger mehr machen.

Dennoch wollte ich es diesem Kerl und allen anderen beweisen. Ich hatte nicht vor, zu sterben, und wollte außerdem meinen Freunden helfen. Doch natürlich wusste ich, dass ich dabei auch mein Leben riskierte.

Tja, wie heißt es so schön: No risk, no fun, meldete sich Wraith zu Wort.

Und da waren wir auch schon beim nächsten Problem. Mein hungriger Mare wollte unbedingt in die Menschenwelt, und dafür gab es nur einen Grund: Er hoffte, auf einen weiteren Mare zu treffen, den er verschlingen konnte. Also hätte ich mich eigentlich von dieser anderen Welt fernhalten sollen. Aber genau das konnte ich nicht. Immerhin hatte ich gerade einen königlichen Befehl erhalten. Der einzige Trost war, dass ich nicht sofort aufbrechen musste. Ich hatte noch Zeit. Aber ob es mir bis dahin gelingen würde, dieses Monster in mir unter Kontrolle zu bringen, stand auf einem anderen Blatt.

Du wirst mich noch lieben lernen, versprach Wraith. *Spätestens wenn ich dich zu einem der mächtigsten Geschöpfe in dieser Welt gemacht habe. Wir sollten dann dringend über einen Umzug nachdenken. Dieser Thronsaal gefällt mir schon recht gut. Wie müssen da erst die königlichen Gemächer aussehen?*

Der Kerl war echt übergeschnappt!

»Die Ausbilder wissen Bescheid und werden dir hilfreich zur Seite stehen. Sie sind auch angewiesen worden, mir Rückmeldungen über deine Fortschritte zu geben. Ich bin mir sicher, dass du dich gut anstellen wirst, sodass du bald ausrücken kannst. Enttäusche mich also nicht.«

»Natürlich.«

Ich verbeugte mich erneut. Als ich wieder aufsah, hatte der König bereits eine der Wachen zu sich gewunken. Ich war offenbar entlassen und trat den Rückweg an. Meine Schritte hallten durch den Thronsaal und schlugen mit meinem Herzen um die Wette.

Du solltest dem Kerl nicht vertrauen, unterbrach Wraith meine Gedanken, während ich über den langen Flur eilte und um jeden Meter dankbar war, den ich zwischen mich und den Thronsaal brachte.

»Ach, gut, dass du es sagst. Darauf wäre ich gar nicht gekommen.«

Ich spüre durchaus, dass du ihm ein gewisses Misstrauen entgegenbringst. Allerdings willst du dich ihm gegenüber beweisen und hast noch immer die Hoffnung, ihn umzustimmen. Tja, tut mir leid, dir das sagen zu müssen: Das wirst du nicht. Ich kenne solche Typen. Wenn sie sich einmal eine Meinung gebildet haben, bleiben sie dabei. Und der Kerl … Du bist ihm ein Dorn im Auge.

»Dann sollte er besser nicht herausfinden, dass du existierst.«

Es könnte vermutlich auch helfen, wenn du seinen Sohn nicht mehr ganz so oft treffen würdest. Ich habe die Vermutung, dass dieser Umstand nicht gerade für Begeisterungsstürme beim König sorgt.

Ich lachte verächtlich. »Lustig, dass dir das ebenfalls in die Karten spielen würde, nicht wahr? Immerhin willst du nicht, dass Nate mit mir trainiert. Hast du wirklich so große Angst davor, er könnte einen Weg finden, um dich unter Kontrolle zu bringen?«

Ich hoffe, du versuchst nur, witzig zu sein. Denn allein der Gedanke bringt mich zum Lachen.

Tja, das würde ihm früher oder später mit Sicherheit vergehen. Dafür wollte ich jedenfalls sorgen.

Den restlichen Weg über ignorierte ich Wraith, was gar nicht so einfach war, da er mal wieder zu einem Song aus der Nervigsten-Lieder-aller-Zeiten-Kollektion angesetzt hatte. Wenn ich noch einmal »Oh, when the saints« würde hören müssen, würde ich wohl schreien. Aber da erreichte ich zum Glück auch schon die Arena.

Nate wartete mit verschränkten Armen davor und begrüßte mich. »Du kommst spät«, stellte er fest.

»Eine kurze Unterredung mit deinem Vater. Er wollte noch mal mit mir über die Prüfung sprechen.«

Nate nickte. »Er hat sich mit den Ausbildern unterhalten. Du sollst lernen, das Sigil zu benutzen.«

»Ja, denn offenbar hat er einen Auftrag für mich.«

Nate runzelte die Stirn. Anscheinend wusste er noch nichts davon. Ich konnte allerdings nicht sagen, inwiefern das etwas Ungewöhnliches war. Weihte der König seinen Sohn üblicherweise in die Aufträge ein oder erklärte er ihm, ebenso wie dem Rest der Dreamcatcher, alles erst bei Antritt?

»Kannst du mir ein paar Tipps mit dem Sigil geben?«, fragte ich. »Ich wäre froh, wenn ich schnell lernen würde, zwischen den Welten zu wechseln.«

Die Vorstellung, während des Trainings vielleicht mit einem anderen Dreamcatcher arbeiten zu müssen, war nicht angenehm. Ich wusste, wie hart und unnachgiebig die Kerle waren. Irgendwie würde ich damit klarkommen, dennoch wäre es mir lieber gewesen, wenn ich zumindest eine grobe Ahnung gehabt hätte, was zu tun war, bevor ich zu ihnen musste.

»Natürlich. Das wirst du hinbekommen, da habe ich gar keine Zweifel. Im Grunde kommt alles nur auf den richtigen Magiefluss an, und letztendlich leitet dich das Sigil«, erklärte Nate, während er losging.

Leider konnte ich mir nichts darunter vorstellen. Hoffentlich würde er mir das irgendwann noch zeigen.

Zu meiner großen Verwunderung ging Nate nicht zu einem der Tore, das in die Arena führte. Stattdessen schritt er einfach daran vorbei und hielt auf den Wald zu.

»Sagst du mir, was du vorhast?«, wollte ich wissen, während wir einem schmalen Pfad folgten, der uns mitten durch

Gebüsch und an spitzem Dornengestrüpp vorbeiführte. Hier kam bestimmt nicht allzu oft jemand entlang.

»Ich habe nach einem Platz gesucht, wo wir in Ruhe üben können. Ohne dass uns die ganze Zeit jemand im Blick hat, nur um schnellstmöglich alles an meinen Vater weiterzugeben.«

Gut, dann bestand immerhin die Chance, dass Wraith weiterhin mein Geheimnis blieb.

Ich bin mir nicht sicher, ob es mir gefällt, wenn du mich »dein Geheimnis« nennst. Klingt irgendwie seltsam.

Sagt der, der sich Geist nennt. Das ist natürlich gar nicht eigenartig, erwiderte ich stumm in meinem Kopf.

»Willst du mir allmählich verraten, was du dir überlegt hast? Was kann ich tun, um den Kerl zum Schweigen zu bringen?«, fragte ich Nate. Ich konnte es gar nicht erwarten, die Antwort zu erfahren.

»Nun ja, es wird sicher einige Zeit dauern, aber am Ende könnte ich mir vorstellen, dass es so funktioniert. Er darf keinerlei Macht über dich haben. So etwas wie bei der Prüfung, dass er seine Schattenarme nutzt, um dich fortzustoßen – das darf nicht noch einmal geschehen. Damit wäre er eine konstante Gefahr für dich.«

Natürlich hatte Nate damit recht. Nur hatte ich keine Ahnung, wie Wraith diese Schattenfäden überhaupt gerufen hatte, und noch weniger wusste ich, was ich dagegen unternehmen sollte.

»Ihr teilt euch einen Körper. Wenn der stark ist, sollte es ihm schwerer fallen, Kontrolle über ihn auszuüben. Hinzu kommt, dass du dich physisch gegen ihn wehren können solltest. Du brauchst Kraft, um seinen Schatten standzuhalten. Wenn man kämpfen lernt, hat das auch viel mit der Psyche zu tun. Man gewinnt an mentaler Stärke, und genau diese wirst du brauchen, um ihn in die Schranken zu weisen.«

Ich riss die Augen auf und schaute Nate erstaunt an. Das war seine Idee? Ich sollte fitter werden und kämpfen lernen?

Wraith lachte laut auf und schien sich gar nicht mehr einzukriegen. *Oh, du meine Güte! Das ist zu gut. Ich habe ja mit vielem gerechnet, aber das … das ist wirklich zum Totlachen. Ich habe lange nicht mehr etwas so Lustiges gehört. Das wird amüsant. Ich kann es wirklich kaum erwarten.*

Dir wird das Lachen noch vergehen, schwor ich ihm und spürte eine tiefe Wut in mir brennen. Was bildete sich der Kerl ein? Niemand war unbesiegbar, das traf mit Sicherheit auch auf ihn zu. Jetzt mochte Wraith noch darüber lachen …

Aber vielleicht tat er das mit Absicht. Möglicherweise hoffte er, dass ich dann von diesem Weg abrücken würde. Denn im Grunde machten Nates Worte durchaus Sinn. Einen Versuch war es auf jeden Fall wert, und ich hatte mit Sicherheit nichts zu verlieren. Stärker zu werden, konnte sich nur lohnen. Und wer wusste schon, ob ich am Ende nicht doch Erfolg haben würde. Oh, ich wünschte es mir so sehr. Wie herrlich war die Vorstellung, meinen Körper und vor allem meine Gedanken wieder für mich allein zu haben.

Wir traten hinter einer hohen Baumgruppe hervor, und ich schob ein paar tief hängende Äste aus dem Weg. Dahinter verbarg sich eine kleine Lichtung, die so abgelegen war, dass hier hoffentlich niemand auf uns aufmerksam werden würde. Nate trat, ohne abzuwarten, in die Mitte und stellte sich dort auf.

Endlich wird es lustig, kommentierte Wraith in begeisterter Vorfreude.

Ich konnte dieses Gefühl leider gar nicht teilen. Nates funkelnde Augen lagen auf mir und glänzten wie kaltes Eis, das mein Blut gefrieren ließ. So hatte er mich noch nie angesehen, und einen Moment lang suchte ich nach der Bedeutung. Dann rannte Nate auch schon los – und zwar so schnell, dass meine Augen ihm nicht folgen konnten. Dafür spürte ich plötzlich einen Luftzug. Ohne darüber nachzudenken, zog ich den Kopf ein und vollführte eine formvollendete Drehung, die mich unter Nates Arm hinwegtauchen ließ. Kaum hatte ich es einen Schritt von ihm weggeschafft, stieß ich mein Bein mit voller Wucht nach vorne und versuchte, ihn zu treffen. Mein Herz hämmerte in meiner Brust, während ich ungläubig in seine Richtung starrte. Nate hatte meinen Tritt abgefangen und hielt mein Bein fest. Das war es allerdings nicht, was mich so sehr verwunderte. Seit wann konnte ich mich so bewegen? Nicht einen Gedanken hatte ich aufbringen müssen, um derart schnell auszuweichen und diesen Gegenangriff auszuführen. Es war alles ganz selbstverständlich passiert. Genau wie beim letzten Mal in der Menschenwelt, als ich gegen den Mare gekämpft hatte.

Du bist das, stellte ich fest. *Du kontrollierst meinen Körper.*

Im Grunde hätte mir das schon viel früher klar sein sollen. Ich war zwar alles andere als ungeschickt, und irgendwie schaffte ich es immer, mich zur Wehr zu setzen – das musste ich in meinem Job. Aber das … das war ein völlig anderes Niveau. Und es machte mir Angst, denn ich hatte nichts davon unter Kontrolle. Nichts davon geschah durch meinen Willen.

Während Nate mein Bein wegstieß, sodass ich taumelnd ein paar Schritte rückwärts machen musste, setzte Wraith zu einer Antwort an.

Nun beschwer dich bitte nicht darüber, dass ich auf uns aufpasse. Glaub mir, du wirst meine Fähigkeiten irgendwann noch lieben lernen und sie nicht mehr missen wollen.

Du kontrollierst mich!, beschwerte ich mich. *Das werde ich ganz sicher niemals gutheißen.*

Nate tat einen Schlag, und ich zog in Windeseile den Kopf beiseite. Doch damit war sein Angriff noch nicht beendet. Immer wieder holte er aus, sodass ich in die Defensive gehen musste.

Wie du willst. Dann mische ich mich eben nicht mehr ein. Du wirst schon sehen, was du davon hast, zischte Wraith.

In diesem Moment drehte sich Nate, holte Schwung und trat zu. Wraiths Einfluss auf mich verschwand komplett, was mich ziemlich aus dem Konzept brachte. Ich konnte nicht mehr schnell genug reagieren und Nates Fuß traf mich am Kopf. Ich fiel nach hinten und ging zu Boden.

Mist, verdammt! Kannst du mich das nächste Mal vielleicht vorwarnen?, zischte ich und fasste mir an die Schläfe. Es tat ziemlich weh, würde aber wohl nur eine Beule geben.

Ich mache nur das, was du mir gesagt hast. Leb mit den Konsequenzen, sagte Wraith und klang nur ein wenig beleidigt.

Jetzt tu nicht so, als ob ich dich brauchen würde, motzte ich ihn in Gedanken an.

Gerade wollte ich mich aufrappeln, als Nate auch schon über mir auftauchte und mich zurück auf den Boden drückte. Er kam mir so nah, dass sein Gesicht nur Zentimeter von meinem entfernt war.

»Du solltest dir keine Pause gönnen. Das kann dir im Kampf zum Verhängnis werden, und ich bin mir sicher, dass der Mare dir ebenfalls keine Auszeit gewährt. Also wehre dich«, verlangte er und schlang den Arm um meinen Oberkörper.

In Windeseile zerrte er mich hoch, die Erde machte eine Drehung, und dann krachte ich erneut auf den Boden. Zischend holte ich Luft und kniff die Augen zusammen.

»Autsch«, brachte ich hervor und sah zu Nate auf, der bereits wieder vor mir stand. »Du willst heute wohl besonders gnadenlos sein.«

»Ich will nur, dass du die Sache ernst nimmst und alles dafür tust, um diesen Kerl in Zaum zu halten.« Er kam ein paar Schritte auf mich zu und streckte mir die Hand entgegen, um mir aufzuhelfen.

»Du bist so aufopferungsvoll«, erwiderte ich und nahm seine Hand.

Nate zog mich hoch, doch bevor ich wieder richtig auf den Füßen stand, bemerkte ich ein kleines Lächeln, das für eine Sekunde über seine Lippen huschte. Ich kannte ihn zu gut und wusste, was das bedeutete. Er hatte etwas vor. Genauso war es auch, wie ich gleich darauf feststellen durfte. Nate drehte mir blitzschnell den Arm auf den Rücken und riss mich an sich. Ich prallte gegen seine Brust und hatte keine Chance, mich aus seiner Umklammerung zu befreien.

»Du bist echt fies«, stellte ich fest, während er seinen Unterarm um meine Kehle schlang. Er drückte natürlich nicht zu, die Geste war aber dennoch eindeutig. In einem echten Kampf hätte mein Gegner nun leichtes Spiel gehabt und ich wäre mit Sicherheit tot gewesen.

Sein warmer Atem streifte mein Ohr. »Ich will, dass du dir Mühe gibst. Du kannst das nämlich besser. Wenn du dich nicht mit all deiner Kraft gegen diesen Mare stellst, dann hast du keine Chance.«

Ich spürte Nates harte Brust an meinem Körper und den schnellen, kräftigen Herzschlag, der mein eigenes Blut zum Brodeln brachte. Aber ich durfte mich nicht ablenken lassen. Das war zu wichtig. Also machte ich das, was mir als Erstes in den Sinn kam. Ich holte mit dem Kopf aus und schlug hinter mich. Ich traf Nates Nase, woraufhin er mich sofort losließ. Die Chance nutzte ich, drehte mich um und holte zum Schlag aus. Nate wischte sich nicht mal das Blut weg. Stattdessen wich er zur Seite aus, drehte sich und schnappte sich meinen Arm. Mein Magen schlingerte, als er mich herumriss und ich plötzlich wieder auf dem harten Boden landete. Er verdrehte meinen Arm und zog daran, sodass ein grauenhaft glühender Schmerz durch meine Glieder jagte. Ich holte zischend Luft, als sich sein Knie in meinen Rücken bohrte.

Na, soll ich doch lieber helfen?, mischte sich Wraith ein.

Vergiss es!, zischte ich ihn in meinem Kopf an. *Ich schaffe das!*

Noch immer war die Hälfte meines Gesichts ins Gras gedrückt. Nates Knie presste auf meine Wirbelsäule, was ziemlich schmerzhaft war. Hinzu kam meine Wut. Auf Wraith, aber auch auf mich selbst. Natürlich wusste ich, dass Nate mir überlegen war, immerhin war er seit vielen Jahren ein Dreamcatcher. Solche Übungskämpfe gehörten zu seinem Alltag. Dennoch wünschte ich mir, dass ich es ihm nicht derart leicht gemacht hätte. Ich versuchte, mich erneut aufzubäumen und irgendwie zu wehren, aber es war vergebens. Nates Griff war unnachgiebig. Also versuchte ich etwas anderes. Ich gab nach und leistete keinerlei Gegenwehr mehr. Nate ließ daraufhin tatsächlich ein kleines bisschen locker und nahm das Knie von mir, was ich ausnutzte. Blitzschnell ließ ich mein Bein vorschnellen und riss ihm die Füße weg. Krachend wie ein Baum ging er zu Boden, und ich jubelte innerlich auf.

Irgendwo tief in mir meinte ich, Wraiths Stimme zu hören, aber da sprang ich auch schon auf und stürzte mich auf Nate. Er war groß, muskulös und mir damit in einigen Punkten überlegen. Aber auch er brauchte Sauerstoff, weshalb ich versuchte, meinen Arm um seinen Hals zu schlingen.

»Gar kein schlechter Versuch. Du lernst schnell«, sagte er und warf uns beide blitzschnell herum.

Irgendwie bekam er meine Beine zu fassen und wirbelte mich weiter. Wir rollten ein Stück über das Gras, doch als wir endlich zur Ruhe kamen, lag Nate auf mir.

»Mist, verdammt!«, zischte ich.

Sein Arm drückte gegen meinen Hals, doch er schnürte mir nicht die Luft ab. Seine Hüfte ruhte auf meiner und drückte mich so fest auf den Boden, dass ich mich nicht einen Millimeter rühren konnte. Meine Beine fühlten sich verdammt nutzlos an. Ich konnte nicht anders, als ihn anzustarren. Das war ein ziemlich seltsamer Moment zwischen uns, und ich fühlte Nate an viel zu vielen Stellen meines Körpers. Ich versuchte, mich zusammenzureißen. Noch war ich nicht am Ende.

Ganz langsam ließ ich meine Hand an seiner Taille entlangwandern. Ich konnte sehen, wie sich seine Augen weiteten. Etwas veränderte sich in seinem Blick. Er wurde unruhiger, wilder, ungestümer. Hitze loderte in mir hoch, als er mich auf diese Weise betrachtete. Es war, als würden Flammen an meinem Gesicht entlanglecken. Langsam näherte sich Nate mir, bis seine Lippen nur noch wenige Zentimeter über meinen schwebten. Ich konnte das tiefe Grün seiner Augen sehen, hineintauchen und, wenn ich wollte, mich darin für immer verlieren. Verdammt, er hatte wirklich eine ganz besondere Wirkung auf mich.

Mein Körper sandte schaurig heißes Feuer von meiner Mitte herauf. Er summte regelrecht vor Erregung, und es war zwecklos, zu leugnen, wie sehr ich mich zu Nate hingezogen fühlte. Aber da war noch immer dieser tiefe Wille in mir, zu bestehen. Ich durfte nicht versagen. Also ließ ich meine Hand weiter an seiner Hüfte entlangwandern und spürte, wie er den Atem anhielt. Allein das zu erleben und mitzubekommen, wie ich ihn aus der Fassung brachte, ließ mein komplettes Inneres verrücktspielen.

Genau in diesem Moment griff ich zu. Ich wusste, dass Nate für den Notfall immer einen versteckten Dolch bei sich trug. Den riss ich nun von seiner Hüfte und stach blitzschnell zu. Doch Nate war ebenfalls flink. Er fing meinen Hieb ab. Seine Finger schlossen sich um meine und hielten meine Hand fest. Heiße Schauer schossen über meine Haut.

»Das war verdammt gut«, stellte er anerkennend fest. Noch immer ruhte sein lodernder Blick auf mir und hielt mich gefangen.

»Leider hast du es kommen sehen«, erwiderte ich.

Nate schüttelte den Kopf. »Das war nicht sonderlich schwer. Immerhin kam das Messer genau auf mich zugeflogen. Das hier wäre weitaus subtiler und vor allem effektiver gewesen.«

Er führte unsere Hände, die noch immer den Dolch hielten, an seiner Seite entlang. Wir erreichten seinen Rücken, wo er kurz innehielt. »Auch wenn es einige als unehrenhaft empfinden mögen, von hinten anzugreifen, ich sehe das eher pragmatisch. Man sollte jede Chance nutzen, und der Rücken bietet eine Vielzahl an Gelegenheiten«, erklärte er. Seine Hand strich an seiner Seite entlang und hielt schließlich inne. »Stoße das Messer immer zwischen die Rippen. Nur so kannst du jemandem einen tödlichen Stich versetzen.«

Hoffentlich kam ich niemals in solch eine Situation. Ich hatte nämlich gewisse Zweifel, dass ich dazu in der Lage war.

»Merk dir das gut«, fuhr Nate fort und bewegte sich leicht auf mir. Die Muskeln meiner Schenkel, die noch immer um ihn geschlungen waren, spannten sich an. Ich spürte, wie Nate den Atem anhielt und sein Blick dunkel wurde.

»Und hat das Training schon etwas gebracht? Konntest du den Mare wenigstens kurz zum Schweigen bringen?«, wollte er wissen und riss mich damit in die Wirklichkeit zurück.

Das hier war nur eine Übung und ich hatte mich so wenig im Griff, dass mein Körper sofort wieder verrücktspielte. Ich verdrehte die Augen über mich selbst. Aber dann drang Nates Frage endlich zu mir durch und ich dachte einen Augenblick nach. Tatsächlich hatte Wraith erstaunlich lange die Klappe gehalten. Ich war auch wirklich mit zu vielen anderen Dingen beschäftigt gewesen. War das vielleicht die Lösung? Konnte ich den Kerl so doch in Schach halten? Mein Herz klopfte aufgeregt.

Oh ja, schmeiß dich nur weiter an den Kerl ran und du wirst mich in deinem Inneren nur noch kotzen hören. Also wirklich. Was denkst du dir dabei? Zum Glück ist der Typ noch zur Vernunft gekommen. Ich verzichte wirklich gerne darauf, ihn nackt und schwitzend durch deine Augen zu sehen, wie er …

»Bist du übergeschnappt?! Halt sofort die Klappe!«, schrie ich entsetzt.

»Das beantwortet wohl meine Frage«, stellte Nate fest und rappelte sich langsam auf. »Aber keine Sorge. Ich bin mir sicher, dass es früher oder später klappen wird. Wir müssen nur dranbleiben.«

Ich nickte stumm, während ich damit beschäftigt war Wraiths Worte von mir zu schütteln. Denn bei alldem, was mir in der letzten Zeit zugestoßen war, hatte ich eines tatsächlich vollkommen außer Acht gelassen: Wraith war immer bei mir. Immer. Und damit natürlich auch in intimen Momenten. Nicht, dass es davon besonders viele gab. Aber genau das musste ich bald ändern. Gerade schien es nur leider absolut unmöglich.

Wenn du dir eine Frau suchen möchtest, ich wäre nicht abgeneigt, erklärte Wraith.

So viele Bereiche meines Lebens hatten sich verändert. Dass ich nun aber nicht mal mit jemandem zusammen sein konnte, verschärfte die Situation. Ich war tatsächlich nicht mehr frei. Nie mehr … es sei denn, ich bekam diesen Kerl endlich in den Griff.

3

Das Wasser prasselte angenehm warm auf mich herab und die Seife duftete herrlich. Allerdings war es gar nicht so einfach, sich damit einzuschäumen, ohne an sich herunterzuschauen. Vermutlich war meine Scham absolut dämlich und irgendwann würde es sich wohl ohnehin nicht vermeiden lassen. Dennoch wollte ich es so lange wie nur irgend möglich hinauszögern. Das war mir definitiv zu intim. Der Kerl war in mein ganzes Leben eingedrungen, da musste ich ihn nicht auch noch die letzte Grenze überschreiten lassen. Genau darum hatte ich den Badezimmerspiegel mit einem Tuch verhüllt, bevor ich mich ausgezogen hatte.

Findest du diesen Aufwand nicht etwas übertrieben?, knurrte er. *Ich werde dir schon nichts wegschauen.*

»Du hast gar nichts anzuschauen. Und erst recht nicht meinen Körper. Ich entscheide noch immer selbst, wer da etwas zu sehen bekommt und wer nicht.«

Oh, ich weine gleich, dass ich nicht in diesen elitären Kreis aufgenommen werde, ätzte er. *Deinen Prinzen würdest du sicher gerne dazu einladen, nur scheint er bisher kein allzu großes Interesse zu haben. Vielleicht solltest du besser das nehmen, was du haben kannst.*

»Ich wünsche mir gerade wirklich sehr, ich wüsste, wie ich dir wehtun könnte. Glaub mir, ich würde keinen Moment zögern.« Allein die Vorstellung, wie ich diesem Kerl richtig in den Arsch trat, tat unheimlich gut.

Ich war diese Unterhaltungen mit Wraith so leid. Es war unglaublich anstrengend. Nie war ich in meinem Kopf alleine. Ständig war seine Stimme da. Es war nicht auszuhalten. Kurz dachte ich an das Training mit Nate zurück. Währenddessen war der Mare für kurze Zeit in den Hintergrund gerückt. Vielleicht lag Nate mit seiner Theorie doch richtig und ich würde irgendwann stark genug sein, um ihn abzuwehren.

Bei diesem Gedanken lachte Wraith laut auf. *Ich habe mich mit Absicht zurückgehalten. Du solltest am eigenen Leib zu spüren bekommen, dass du ohne mich nichts bist. Und in der Tat hattest du dem Prinzen nichts entgegenzusetzen. Mit meiner Hilfe wäre dieser Kampf ganz anders verlaufen.*

Ich trocknete mich ab und ging in mein Zimmer zurück, um mich anzukleiden. Nate hatte mir versprochen die nächste Trainingsstunde so schnell wie möglich anzusetzen. Allerdings wusste ich, wie eingespannt er war. Von daher hatte ich mir fest vorgenommen, allein weiterzuüben, wann immer es ging.

Ich flocht mir gerade meine Haare zu einem Zopf, als es an der Tür klopfte.

»Ja?«, rief ich verwundert. Ich hatte mich gerade erst von Nate verabschiedet, weshalb ich mir ziemlich sicher war, dass nicht er es war, der vor meiner Tür stand. Es konnte also nur jemand sein, der von König Dawnspark geschickt worden war, und das bedeutete in der Regel nichts Gutes.

Die Tür wurde geöffnet und ein Mann von beeindruckender Ausstrahlung betrat mein Zimmer. Seine Haltung war aufrecht und so stolz, wie ich es sonst nur beim König selbst gesehen hatte. Er hatte ein ansehnliches Gesicht mit vollen Lippen und einer breiten Nase. Die Wangenknochen waren deutlich erkennbar, und seine Haut war von einem wundervoll dunklen Ton.

Auf seiner rechten Wange war eine kleine Narbe zu sehen, die vermutlich von einem Kampf stammte.

Sein lockiges Haar war kurz und silberblond. Ich schätzte ihn auf etwa vierzig Jahre, und seinem Auftreten nach war er von hoher Stellung. Er trug eine schneeweiße Weste mit hohem Kragen. Über Ärmeln und Brust zogen sich herrliche goldene Muster. Die Weste reichte ihm bis über die Hüfte, und seine Beine steckten in einer eleganten weißen Hose. Er hatte die Arme hinter dem Rücken verschränkt und musterte mich mit seinen dunklen Augen.

»Man hat mir mitgeteilt, dass Sie das Sigil zu beherrschen lernen wünschen. Nun, ich werde Ihnen dabei helfen«, verkündete der Fremde und vollführte eine formvollendete Verbeugung.

Ich hob verwundert meine rechte Braue und wusste nicht, was ich dazu sagen sollte. Wer war der Typ? »Darf ich nach Ihrem Namen fragen?«

»Natürlich. Ich bin Rudy Norell und war früher Ausbilder bei den Dreamcatchern.«

Ich musterte noch einmal sein weißes Oberteil, konnte dort allerdings kein Sigil entdecken. Er gehörte ihnen also offenbar nicht mehr an. Nur was war dann seine Stellung? Er konnte kein unbedeutendes Licht sein, so viel stand fest.

»Darf ich fragen, wer Sie geschickt hat?«

Es war etwas anstrengend, dem Kerl alles aus der Nase zu ziehen. Seine Lippen kräuselten sich zu einem kleinen Lächeln, als er zu einer Antwort anhob.

»Der König höchstpersönlich.«

Im Grunde hatte ich mit nichts anderem gerechnet. König Dawnspark hatte mir bei unserem letzten Gespräch mitgeteilt, dass er mich zu einem Auftrag schicken wollte. Dafür sollte ich aber erst lernen, mein Sigil zu benutzen, und im Grunde war mir das ganz recht. Mir war es wichtig, unabhängig zu sein und ohne Hilfe zwischen den Welten wechseln zu können.

»Dann sollten wir anfangen«, sagte ich, und er nickte.

»Folgen Sie mir.«

Ich hatte keine Ahnung, wie diese Übungsstunde verlaufen sollte. So wie er aussah, hatte er sicher nicht vor, sich schmutzig zu machen. Stellte sich nur die Frage, ob das auch für mich galt.

Den Kerl sollten wir nicht unterschätzen. Er kann kämpfen, das sieht man allein an seiner Haltung und dem durchtrainierten Körper. Außerdem scheint er es am Hofe zu etwas gebracht zu haben, was deutlich macht, dass er nicht auf den Kopf gefallen ist und sich durchzusetzen weiß.

Danke für diese messerscharfe Analyse, mit der du mal wieder meine Welt erleuchtest. Das alles ist mir natürlich gar nicht aufgefallen, giftete ich stumm zurück.

Solange der Kerl nicht mitbekam, dass ich meinen Körper mit einem Mare teilte, sollte alles gut gehen. Von daher würde ich in diesem Punkt ganz besonders aufpassen und mich ansonsten auf seine Anweisungen konzentrieren.

Hoffen wir, dass du dich nicht allzu dumm anstellst. Dann könnten wir schon bald jederzeit in die Menschenwelt. Wir wären frei, jubelte Wraith.

***

So einfach, wie er sich das vorstellte, würde es dann doch nicht werden. Zumal ich niemals ohne Begleitung zu den Menschen gehen würde. Immerhin wusste ich, was Wraith dort vorhatte, und eine Wiederholung wollte ich unbedingt verhindern.

Du kannst eine echte Spielverderberin sein, beschwerte er sich.

Ich versuchte, den Mare in mir zu ignorieren und auf Rudy zu achten. Der ging mit eleganten Schritten voraus, wobei es absolut beeindruckend war, wie gerade er seinen Rücken hielt. Dagegen kam ich mir wie ein buckliges Ungetüm vor. Ich achtete genau auf den Weg, den er einschlug, und überlegte fieberhaft, wohin er mich führte. Zur Arena ging er schon mal nicht, dafür hätten wir zum Wald gehen müssen. Stattdessen verließen wir das Palastgelände und gingen immer tiefer in die Stadt hinein. Wir kamen an den noblen Häusern der Adeligen vorbei, den mit

Gold verzierten Prachtbauten aus weißem Stein. In den riesigen Gärten war jeder Strauch, jeder Halm in Form geschnitten.

Dann folgten wir der Hauptstraße und gelangten in den Bereich, wo die Mittelschicht lebte. Von Hutmacher, Gold- und Silberschmied, Schneider, Kaufmann und Schuhmacher fand man hier alles. In den Fenstern der Geschäfte lagen die erlesensten Waren: Da gab es teuren Wein, köstlichen Schinken, Käse, Tee, verschiedenes Gebäck, wundervolle Knöpfe, Haarspangen und Kämme aus Perlmutt und natürlich auch Bücher und alte Schriftstücke.

In der Vergangenheit hatte ich diesen Teil der Stadt nur selten betreten, doch jedes Mal war ich aufs Neue beeindruckt gewesen. Allein die Gerüche, dazu die vielen Passanten auf der Straße. Es war mir immer wie ein Abenteuer erschienen. Leider durfte ich kein Teil davon sein. Ich gehörte nicht hierher. Und obwohl ich mich in meinem Aussehen nun nicht mehr von ihnen unterschied, passte ich dennoch nicht an diesen Ort. Daran würde sich wohl nie etwas ändern.

Erst als wir in die Randgebiete gelangten, fühlte ich mich wieder wohler und wusste, dass ich zu Hause war. Ich blickte auf den Fluss, doch um diese Uhrzeit traf man dort selten Fehris an. Sie waren auf ihren Routen und würden erst später zurückkehren. Dennoch war um die Anlegestege viel los. Die Bewohner des Viertels machten Besorgungen oder tauschten den neuesten Klatsch in der Zahlstube aus. Die vielen Gesichter um uns herum waren mir seit meiner frühesten Kindheit vertraut.

Als ich zwei schmale, blaue Augen erblickte, die zu mir sahen, hielt ich erschrocken den Atem an. Runis stand nur wenige Meter von mir entfernt und starrte mich unverhohlen an. Sie war eine recht kühle Fehris, die in der Vergangenheit ihren Mann verloren hatte. Seither war sie noch verschlossener geworden, und es zählte für sie einzig und allein ihre Arbeit. Es kam mir wie eine halbe Ewigkeit vor, seit ich sie das letzte Mal gesehen hatte. Im Nachhinein erschien mir mein damaliges

Leben so viel leichter als mein heutiges. Obwohl mein Alltag von harter Arbeit und wenig Annehmlichkeiten geprägt gewesen war, hätte ich in diesem Moment alles dafür gegeben, wenn ich dahin hätte zurückkehren können.

Doch nicht nur die Fehris starrte mich an, wie mir erst jetzt auffiel. Die ganze Zeit hatte ich angenommen, die Blicke würden auf Rudy ruhen, der immerhin eine ziemlich auffällige Erscheinung war. Aber nein, all die Leute sahen zu mir. Als wäre ich ein Fremdkörper. Ein eisiger Schauder rieselte mir den Rücken hinab, und auf einmal fühlte ich mich von tausend Blicken durchbohrt. Noch nie hatte ich mich derart schutzlos und ausgeliefert gefühlt wie jetzt. Mein Herzschlag beschleunigte sich, während ich die Hände zu Fäusten ballte. Ganz kurz gleißte der Wunsch in mir auf, wenigstens die Gesichter meiner Eltern in der Menge ausmachen zu können. Sie wären eine Anlaufstelle, ein sicherer Anker für mich gewesen. Doch meine Mutter besserte sicher gerade Seile aus und mein Vater sowie mein Bruder waren um diese Uhrzeit auf dem Styrak unterwegs.

Sie sind nur überrascht, dich zu sehen, und vermutlich sind viele von ihnen auch ziemlich missgünstig. Immerhin haben sie mitbekommen, dass du nun im Palast lebst, hörte ich Wraith sagen. *Das weckt Neid.*

Er klang fast so, als wollte er mich aufmuntern. Allerdings hatte ich so meine Zweifel, dass ihm jemand außer ihm selbst wirklich wichtig war. Er mochte zwar einst der Traum oder Albtraum eines Menschen gewesen sein, doch offenbar hatte er vieles aus der Zeit verdrängt oder einfach vergessen. Vielleicht war es ihm auch bloß gleichgültig. Für Wraith schien es jedenfalls keine Bedeutung zu haben, in einer Gemeinschaft aufzuwachsen und dort zu leben. Ich war aus meiner Rolle gefallen. Ich war anders und gehörte nicht mehr wirklich zu ihnen, zählte aber auch mit Sicherheit nicht zur Oberschicht. Damit war ich ein Zwischending. Etwas Seltsames! Gut, dass sie nichts von Wraith wussten. Ansonsten wäre ich wohl für immer verloren gewesen.

Ich würde so ziemlich alles geben, wenn ich in mein altes Leben zurückkehren könnte, sagte ich in meinem Kopf und meinte jedes Wort ernst.

Ich frage mich wirklich, wie lange es noch dauert, bis du endlich begreifst, dass dir nichts Besseres hätte passieren können als ich. Du solltest die Chancen sehen, die sich aus unserer Verbindung ergeben.

Ich war kurz davor, loszulachen. Wraiths Ego reichte wirklich bis in den Himmel und war wohl durch nichts zu erschüttern.

»Alexis«, rief mich in diesem Moment eine Stimme.

Ich blieb erstaunt stehen, Rudy tat es mir nach, und seine Augenbrauen zogen sich missgelaunt zusammen. Offenbar hatte er etwas gegen diese Unterbrechung.

Mit ruhigen Schritten kam Runis auf uns zu, die mich die ganze Zeit nicht aus den Augen gelassen hatte. Sie trug einen langen Ledermantel, der an einigen Stellen abgewetzt war. Ihr langes Haar hatte sie zu Zöpfen geflochten, die ihr schwer über die Schulter fielen. Mit ihren blauen Augen starrte sie mich an, der Ausdruck in ihrem Gesicht war kalt und abschätzend.

»Ich habe gehört, was dir passiert ist«, begann sie das Gespräch. »Und auch, dass du nun offenbar im Palast lebst.«

Ich wusste nicht so recht, was ich darauf antworten sollte. Was, wenn sie merkte, dass ich mich verändert hatte? Immerhin kannte sie mich schon mein ganzes Leben und sie war eine aufmerksame Beobachterin.

Mach dich nicht lächerlich, schnaubte Wraith. *Wenn du mit der Wahrheit nicht direkt vor ihr rausplatzt, bekommt sie nie etwas mit.*

Ich ignorierte Wraith und antwortete Runis mit einem Nicken.

»Du gehörst noch immer zu uns«, fuhr sie daraufhin fort. »Daran wird sich niemals etwas ändern. Du bist als Fehris geboren worden und bleibst genau das bis zu deinem Tod. Ganz gleich, ob du nun im Palast lebst oder an der Seite der Dreamcatcher irgendwelchen Maren nachjagst. Du bist ein Teil der Fehris und solltest bald an deinen eigentlichen Platz zurückkehren.«

Ich hob erstaunt die Brauen. Einerseits bedeutete es mir viel, dass sie mir das Gefühl gab, hier im Viertel weiterhin willkommen zu sein. Andererseits gab sie mir deutlich zu verstehen, dass sie mit meinem neuen Leben nicht einverstanden war.

»Sie sind Runis, richtig?«, mischte sich Rudy ein und setzte einen eiskalten Blick auf.

Sie ließ sich davon nicht einschüchtern. »Richtig. Und ich lasse mir von niemandem den Mund verbieten. Das habe ich noch nie und werde nun ganz sicher nicht damit anfangen. Was auch immer ihr Adeligen für Spielchen mit Alexis treibt, ihr werdet niemals ändern, was sie in Wahrheit ist. Ihr Boot wartet auf sie.«

Mein Herz wurde schwer, so sehr vermisste ich meine Heimat. Und doch war da auch ein anderes Gefühl in mir. Ein Wunsch nach Freiheit, nach etwas anderem, mit dem ich mein Leben füllen konnte. Ich wollte von Nutzen sein, und genau das konnte ich endlich – auch wenn es in mehrerlei Hinsicht gefährlich war.

»Der König wird entscheiden, ob und wann sie auf ihren alten Platz zurückkehren wird. Sie ist mittlerweile äußerst wichtig für dieses Reich geworden. Alexis weiß um ihre Bedeutung, und ich bin mir sicher, dass sie niemals zögern wird, ihre Pflicht zu erfüllen«, erklärte Rudy.

Ich wusste, dass die letzten Worte an mich gerichtet waren und was er mir damit zu verstehen geben wollte.

Runis musterte Rudy einen Moment. Ihre Augen wurden eine Spur schmaler, was nie ein gutes Zeichen war. Man legte sich besser nicht mit ihr an, wobei ich Zweifel hatte, dass sie einen Streit mit einem Adeligen vom Zaun brechen würde. Das würde selbst sie nicht wagen.

»Sie sind Rudy Norell, einer von König Dawnsparks engsten Beratern, habe ich recht?«, fragte sie, ohne ihr Gegenüber aus den Augen zu lassen.

Ich hielt den Atem an und verschluckte mich beinahe vor Überraschung. Natürlich hatte ich gewusst, dass Rudy ein

Adeliger war und einen hohen Posten innehatte. Diese neue Information kam nun aber doch überraschend.

»Das ist richtig. Freut mich, dass ich auch unter den Fehris kein Unbekannter bin«, bestätigte der Angesprochene mit einem kleinen Lächeln. »Genau darum sollten Sie auf Ihre Worte achten. Ich weiß natürlich, dass Sie Alexis nur klarmachen wollen, dass sie noch immer zu den Fehris gehört. Aber noch ist es nicht so weit. Sie ist wichtig für den König und dieses Reich. Es gibt noch einiges für sie zu tun und vor allem zu lernen. Von daher müssen wir uns nun verabschieden.«

Er deutete eine leichte Verbeugung an und wollte gerade weitergehen, als Runis noch einmal das Wort an uns richtete.

»Dennoch ist und bleibt sie im Grunde ihres Herzens eine von uns. Ganz gleich, in welchem prachtvollen Zimmer sie wohnt, wie sie sich kleidet oder mit welchen Leuten sie sich umgibt. Man kann seiner Bestimmung nicht entkommen. Das sollten Sie und auch Alexis niemals vergessen.«

Mein Magen zog sich zusammen. Ich schaute ein letztes Mal zu Runis und wusste nicht, was ich empfinden sollte. Im Grunde wusste ich tief in meinem Herzen, dass sie recht hatte. Ich würde niemals vergessen, woher ich kam und was ich wirklich war. Daran änderte meine neue Umgebung nichts, und erst recht keine schönen Kleider. Ich kannte meinen Platz, und dennoch würde mich das nicht davon abhalten, meinen eigenen Weg zu gehen. Ich würde mich von nichts und niemandem unterkriegen lassen.

Rudy ging weiter und ich folgte ihm. Ein letztes Mal blickte ich hinter mich, aber Runis war bereits wieder verschwunden. Wann ich sie wohl wiedersehen würde?

Ich schob den Gedanken beiseite und versuchte, mich auf das zu konzentrieren, was vor mir lag. Leider hatte ich noch immer keine Ahnung, wohin Rudy mich führte.

»Offenbar üben wir nicht in der Arena, und es wird wohl auch kein Studium in einem ruhigen Raum über ein paar alten Büchern sein«, sagte ich in dem Versuch, irgendetwas aus dem

Kerl herauszubekommen. »Stattdessen führen Sie mich durch mein altes Viertel und legen sich mit einer Fehris an. Es würde mich wirklich interessieren, was Sie vorhaben, Rudy Norell, Berater des Königs. Muss ich mich vor Ihnen in Acht nehmen? Werden Sie alles, was ich tue und sage, sofort an seine Hoheit weitergeben?« Im Grunde war die letzte Frage sinnlos, denn ich wusste, dass er genau das tun würde.

»Beginnen wir doch mit Ihrer letzten Frage: Für König Dawnspark ist es nur wichtig, dass Sie für seinen nächsten Auftrag vorbereitet sind. Sie sollen ohne Hilfe die Welten wechseln können. Das ist für den Notfall wichtig. Aber offenbar haben Sie das ja bereits am eigenen Leib erfahren. Von daher lautet meine Antwort: Nein. Ich werde dem König sicher keine unbedeutenden Dinge mitteilen. Daran hat er kaum Interesse. Wichtiger ist für ihn, wie gut Sie Ihr Sigil beherrschen und ob er Sie zu Ihrem Auftrag schicken kann.«

Das machte durchaus Sinn, beruhigte mich aber wenig. »Und wie sieht dieser Auftrag genau aus? Was soll ich tun?« Einerseits freute sich ein Teil von mir darauf, wieder in die Menschenwelt reisen zu können. Andererseits fürchtete ich mich davor, was Wraith dort anrichten würde. Was, wenn ich ihn nicht in den Griff bekam und er erneut einen Mare verspeiste und dessen Kraft aufnahm?

Dann wirst du um einiges stärker werden. Genau das, was wir brauchen, erklärte er und befeuerte damit mein ungutes Gefühl.

Am besten ging ich gleich nach Rudys Übungsstunde zum Platz im Wald, um dort ohne Nate weiterzutrainieren. Es war offenbar dringend notwendig.

Du bist wirklich naiv, wenn du glaubst, so eine Chance gegen mich zu haben.

Besser, als nichts zu tun, zischte ich in meinem Kopf zurück.

»Was Ihre andere Frage angeht: Wir sind fast da. Ich bin mir sicher, dass Sie sich mittlerweile denken können, wohin wir gehen«, unterbrach Rudy meine innere Diskussion.

Ich hob den Blick und sah vor uns den Berg, auf dem das Nebeltor lag. Natürlich: Wir würden in den Nebel gehen. Nur dort konnte man zwischen den Welten wechseln. Es war nur logisch, dass wir das an diesem Ort üben würden.

Ich betrachtete mein dünnes Oberteil und die luftig geschnittene Stoffhose. Diese Kleidung war für den giftigen Nebel nicht geeignet, und ich bekam allein beim Gedanken daran eine Gänsehaut.

»Machen Sie sich keine Sorgen! Die Schutzkleidung der Fehris nützt nur wenig gegen den Nebel. Und vielleicht ist es ein Ansporn, sich anzustrengen, damit wir diesen Ort schnell wieder verlassen können«, meinte Rudy mit einem gefährlichen Grinsen.

Das würde es ganz sicher sein. Denn allein die Vorstellung, mich mehrere Minuten oder gar eine ganze Stunde ohne Schutzkleidung im Nebel aufzuhalten, bereitete mir ziemliches Unbehagen.

»Sie haben mir noch immer nicht gesagt, zu welchem Auftrag mich der König schicken will«, fuhr ich fort, während wir zum Aufzug gingen, der uns den Berg hinaufbringen würde.

Rudy öffnete das rostige Tor, das laut quietschte, und stieg ein. »Das wird König Dawnspark Ihnen zu gegebener Zeit selbst mitteilen. Es ist nur wichtig, dass Sie bis dahin die Kraft des Sigils zumindest so weit beherrschen, um die Welten wechseln zu können. Wir wollen ungern, dass Sie ständig einen Aufpasser brauchen, ohne den Sie keinen Schritt allein machen können.«

Na, immerhin in diesem Punkt waren wir uns einig.

Ich kann es kaum erwarten. Wir sollten das Amulett dringend in Gang bekommen. Wenn wir genügend Magie von anderen Maren übernehmen, könnten wir mit dem Sigil unsere Kraft deutlich steigern, sagte Wraith.

Toll, dass du bereits fleißig Pläne schmiedest. Allerdings werde ich nicht zulassen, dass du sie umsetzt. Allein bei der Vorstellung wurde mir speiübel.

Wir erreichten das Plateau auf dem Berg und Rudy öffnete den Aufzug. Das Nebeltor lag direkt vor uns. Es war ein eigenartiges Gefühl, als der Berater des Königs es öffnete und wir hindurchtraten. Normalerweise ging ich nur dort hinein, um Traumgeister von Agun abzuholen. Nun war ich aus einem völlig anderen Grund gekommen und hatte keine Ahnung, ob ich diese Aufgabe überhaupt erfüllen konnte.

Der Nebel war mir einerseits sehr vertraut. Unzählige Male war ich hier gewesen. Doch andererseits würde er immer auch fremd bleiben, unzähmbar, undurchdringlich und absolut gefährlich. Kaum, dass das Nebeltor hinter uns zugefallen war, spürte ich, wie der graue Dunst sich auf mich legte. Er schmiegte sich um meine Haut und hinterließ einen feuchten Film. Ich konnte das Gift nicht fühlen. Ich spürte nicht, wie es in meine Haut drang und sich einen Weg in mein Blut suchte. Und doch wusste ich, dass es genau so war.

Rudy war vollkommen ruhig und wirkte entspannt. Allerdings konnte er das auch sein. Der Nebel würde ihn im schlimmsten Fall ein paar Jahre seines Lebens kosten. Doch als Adeliger hatte er davon ohnehin deutlich mehr als ich aus der Unterschicht.

»Wohin gehen wir?«, fragte ich, um mich ein wenig abzulenken. Es war gar nicht so einfach, denn der Nebel drang in meine Nase und hinterließ ein feuchtes, klebriges Gefühl, das ich bei jedem Atemzug spürte. Noch nie war ich für längere Zeit ohne Atemschutz hier gewesen, und die Sorge darüber schloss sich wie ein eisernes Band um meinen Brustkorb. Hoffentlich würden wir unser Ziel bald erreichen.

»Konzentrieren Sie sich auf Ihr Sigil. Vielleicht schaffen Sie es, etwas zu spüren«, schlug Rudy vor.

Okay, versuchen konnte ich es. Um die Sache etwas leichter zu machen, legte ich sogar meine Hand um das Sigil. Ich spürte das Metall unter meinen Fingern, das aufgrund meiner Körpertemperatur langsam wärmer wurde.

Wenige Minuten später wusste ich, dass das Sigil wohl nicht mit mir sprechen würde.

Rudy hielt schließlich an und wandte sich zu mir um. »Wir werden es hier mal versuchen. Vielleicht geht es besser, wenn Sie sich nur darauf konzentrieren, die Kraft zu nutzen und einen Durchgang zu rufen.«

»Aha, in Ordnung«, murmelte ich und wartete darauf, dass er mir etwas demonstrierte.

»Haben Sie eine Vorstellung, was Sie tun müssen?«

Ich hob eine Braue und brachte ein »Nein« hervor. Was dachte sich der Kerl denn, warum wir hier waren? Wenn ich etwas gewusst hätte, hätte ich es allein versucht. Aber ich hatte wirklich absolut keine Ahnung. Woher auch?

»Sie müssen lernen, dass das Sigil nicht nur ein Schmuckstück ist, das Sie aus Gewohnheit um den Hals tragen. Es ist ein Verbindungsstück zwischen Ihnen und Ihren Kräften.«

Toll, noch etwas, mit dem ich eine Verbindung aufbauen musste.

Kann der Kerl mal aufhören, zu labern, und endlich anfangen, was Nützliches zu zeigen?, verlangte Wraith, und endlich musste ich ihm mal zustimmen.

»Versuchen Sie, das Sigil zu spüren und einen Teil Ihrer Kraft hineinzulenken. Sie müssen die ganze Zeit fest vor Augen haben, was Sie erreichen wollen. Lassen Sie Ihren Willen Form annehmen. Wenn Ihnen das gelungen ist, können Sie Ihre Kraft durch das Amulett lenken. Das Sigil wird Ihnen zeigen, wo Sie hingehen müssen, um die Welten zu wechseln.«

Das klang irgendwie einfach und zugleich sehr verworren.

Na, das sollte kein sonderlich großes Problem werden, meinte Wraith, der offenbar hoch motiviert war.

Gleich darauf spürte ich einen Sog in mir. Etwas griff nach der Magie, die sich in mir befand, und ließ sie in Richtung des Amuletts strömen. Natürlich war mir klar, dass der Mare dahintersteckte. Sofort stellte ich mir vor, wie ich die Kraft festhielt, damit sie keinen Zentimeter weit vorankam. Ich sollte lernen, wie man das Sigil benutzte! Ich wollte nicht gleich von der nächsten Person abhängig sein, um das Amulett zu benutzen, und erst recht wollte ich nicht auf Wraith angewiesen sein.

Hör sofort auf!, zischte ich den Mare in mir an. *Das ist nicht deine Aufgabe.*

Stell dich nicht so an. Lass mich das machen, sonst wird das nie was, knurrte er zurück.

Er ließ nicht locker und verstärkte seine Bemühungen. Mit einem Mal riss er die Magie von mir los und lenkte sie in das Sigil. Doch es geschah nichts.

Mist, verdammt! Ich kann sie nicht richtig halten. Sie entwischt mir ständig in alle Richtungen, beschwerte er sich.

Es fiel mir schwer, meine Schadenfreude zu verbergen. Ich schob sie dennoch beiseite und versuchte, mich auf die Magie zu konzentrieren. Ich griff nach ihr und zog sie tiefer in mein Inneres zurück, wo ich sie zu sammeln versuchte.

Als ob du es schaffen könntest, murrte der Mare.

Ich blendete seine nervige Stimme aus und fokussierte mich voll und ganz auf die Kraft in mir. War es dermaßen schwer, weil ich nur so wenig davon hatte und deswegen ungeübt darin war, oder wurde es mit einer größeren Menge leichter, weil man nicht jeden letzten Rest zusammenraffen musste? Das hier war jedenfalls ein unmögliches Unterfangen. Ich konnte die Magie einfach nicht halten, geschweige denn in das blöde Amulett lenken.

»Sie müssen ruhig bleiben und alles andere ausblenden. Es gibt nur die Magie und Sie. Lassen Sie sie wie das Wasser in einem Fluss durch sich gleiten. Stellen Sie sich nicht dagegen und versuchen Sie nicht, den Fluss mit aller Gewalt zu verbiegen. Lassen Sie sich hineinfallen, werden Sie eins und spüren Sie, wo Sie hinmüssen«, erklärte Rudy ruhig.

Mir half dieser Hinweis allerdings nur wenig. Es begann bereits damit, dass ich Wraiths Stimme nicht ausblenden konnte. Ständig mischte er sich ein oder riss an dem Strom. Wie sollte ich mich da mit ihm verbinden?

Du störst, motzte ich ihn in meinem Kopf an.

Du etwa nicht?!, ätzte er zurück und zerrte erneut an meiner Magie. So konnte das einfach nichts werden.

Halt dich endlich zurück, verlangte ich. *Du hast gehört, was Rudy gesagt hat. Lass es mich wenigstens versuchen.*

Alexis

Der Kerl weiß allerdings nicht, dass du nicht allein hier drin bist. Ich könnte mir vorstellen, dass das einiges verändern würde. Und jetzt tritt beiseite und lass es mich in Ruhe versuchen, beschwerte sich der Mare.

Ich hatte jedoch nicht vor, klein beizugeben. Es war an mir, das Sigil zu beherrschen, nicht an einem Mare, der ohne Erlaubnis einen Weg in mein Inneres gesucht und sich dort eingenistet hatte. Niemals würde ich mich von diesem Mistkerl abhängig machen.

Der Nebel klebte inzwischen auf meiner Haut. Ich zitterte vor Kälte und fragte mich, wie lange wir noch hierbleiben konnten? Wir sollten uns beeilen. Ich sollte mich beeilen.

Genau darum riss ich noch einmal mit aller Kraft an der Magie und zog sie zu mir. Ich versuchte, mir vorzustellen, wie ich in sie eintauchte, wie ich eins mit ihr wurde und langsam zum Sigil strömte. Ich legte alles in diesen Versuch und hoffte, dass es funktionieren würde. Tat es aber leider nicht.

Resigniert strich ich mir durchs Haar und spürte Rudys prüfenden Blick auf mir. Er sagte kein Wort, doch es lag weder Strenge noch ein anklagender Ausdruck in seinen Augen. Schließlich drehte er sich um und bedeutete mir, ihm zu folgen.

»Lassen Sie uns zurückgehen.«

4

Die nächste Zeit war kräftezehrend. Im Grunde lief ich von einem Training zum anderen. Wenn ich nicht gerade mit Nate im Wald war und versuchte, Wraiths nervtötende Stimme im Zaum zu halten – was absolut nicht gelingen wollte –, dann holte mich Rudy ab, um mit mir an meinem Sigil zu arbeiten. Bislang stellte sich allerdings auch hier kein Erfolg ein. Mittlerweile kam ich mir ziemlich unfähig vor und fürchtete mich vor dem Moment, in dem ich König Dawnsparks Geduld überstrapazierte.

Ich kam gerade aus der Dusche und war in ein Handtuch gewickelt, während ich die vielen blauen Flecken auf meinen Armen betrachtete, die ich mir während der Übungskämpfe mit Nate eingefangen hatte. Ich sah übel aus. Allerdings hatte ich Nate auch einige Male erwischt. Im Grunde war ich froh, dass er mich nicht schonte. Ich wollte lernen und stärker werden, da half es nichts, wenn er mich mit Samthandschuhen anfasste.

Ich zog meine Klamotten an, als jemand an meiner Tür klopfte. Das Geräusch war mittlerweile zur Gewohnheit geworden, und da ich gerade erst gefrühstückt hatte, konnte es sich nicht um einen Diener handeln, der mir Essen brachte.

Wer ist es wohl? Dein Prinz oder der nervige Berater des Königs?, witzelte Wraith. *Auf wen du hoffst, weiß ich schon.*

Ich verdrehte die Augen und öffnete die Tür. Es war Rudy, der mich zu einer weiteren Übungsstunde abholte. Heute trug er ein Oberteil aus dunkelrotem Samt, das mit silbernen Ranken durchzogen war. Vermutlich hätte jeder andere in so einem Aufzug albern ausgesehen. Nicht aber Rudy. Es passte zu ihm und unterstrich seine aristokratische Ausstrahlung.

»Wenn Sie mir folgen wollen«, sagte er mit einer eleganten Verbeugung.

Wir verließen den Palast und gingen erneut durch die Stadt. Mittlerweile hatte ich mich daran gewöhnt, von allen angestarrt zu werden. Ich war eine andere geworden, das ließen mich diese Ausflüge niemals vergessen. Und so ging ich mit durchgestrecktem Rücken voran, wich keinem Blick aus und versuchte, möglichst ruhig zu wirken. Dennoch dauerte es eine gefühlte Ewigkeit, bis wir die Stadt hinter uns gelassen und mit dem Aufzug das Plateau erreicht hatten.

Rudy öffnete das Nebeltor, und ich zog meinen Mantel fester um mich. Immerhin das hatte ich dazugelernt: Sobald Rudy mich abholen kam, streifte ich den dicken Ledermantel über, den ich vom Palast bekommen hatte. Ich zog mir das Tuch über den Mund und betrat hinter dem königlichen Berater den Nebel. Er kroch sogleich um meine Füße und wanderte langsam meine Hose hinauf. Wie eisige Finger glitt er weiter, tastete sich an mir entlang und schob sich unter den Stoff. Dieser Ort würde mir wohl immer auf eine Weise vertraut sein und andererseits eine beklemmende, fast Furcht einflößende Wirkung auf mich ausüben. Ich atmete aus und sah, wie der Nebel sich mit meinem Atem mischte und durch die Luft wirbelte.

In diesem Moment blieb Rudy stehen und drehte sich zu mir um. »Dann auf ein Neues. Ich hoffe, Sie haben aus Ihren letzten Versuchen etwas gelernt.«

Oh ja, allerdings: Wraith nervte und war ein Störfaktor. Ohne ihn hätte ich es vermutlich längst geschafft. Aber jedes Mal stellte er sich quer und versuchte, die Magie selbst zu steuern.

Ja, natürlich! Es liegt an mir. Ohne mich könntest du bereits ohne jede Schwierigkeit die Menschwelt betreten. Erinnerst du dich daran, dass ich es dich schon einmal allein habe versuchen lassen? Da hast du dich nicht gerade mit Ruhm bekleckert, mischte er sich ein.

Ja, weil ich abgelenkt gewesen war und er mir nicht viel Zeit für meinen Versuch eingeräumt hatte.

Ausreden! Alles nur Ausreden!

Es half nichts. Ich musste ihn ignorieren und mich auf die eigentliche Aufgabe besinnen. Ich atmete also tief durch und griff erneut nach der Magie. Nur war es ziemlich schwer, sie zu halten. Sie entwand sich mir und wollte sich einfach nicht fassen, geschweige denn in Richtung Sigil manövrieren lassen. Ich dachte an Rudys Worte, ich solle den Fluss nicht zu lenken versuchen, sondern eins mit ihm werden. Noch immer hatte ich keine Ahnung, wie das funktionieren sollte.

Natürlich mischte sich nun auch noch Wraith ein und zerrte ebenfalls an der magischen Kraft. Aus den Augenwinkeln konnte ich sehen, wie Rudy mich beobachtete. Ihm entging keine meiner Regungen. Was er wohl über meine Versuche dachte? Sicher nichts Gutes.

Mist, ich musste das endlich hinbekommen!

Halt dich zurück!, forderte ich von Wraith. *Lass mich ein einziges Mal etwas allein versuchen.*

Na, gut. Wie du willst. Scheitere eben zum hundertsten Mal.

Danke, erwiderte ich und versuchte, genau das zu machen, was Rudy mir gesagt hatte – was unter seinem stechenden Blick nicht allzu einfach war. Mir war klar, dass er jedes Detail des Trainings an den König weitergeben würde. Die Hauptsache aber war, dass er nicht herausfand, was in meinem Inneren los war.

Ich blieb ruhig und spürte der Magie nach. Dieses Mal hielt ich mich zurück und wollte mir Zeit lassen, ganz genau so, wie der königliche Berater es vorgeschlagen hatte. Ich hielt Abstand zu der Magie in mir und ließ sie sich ihren Weg suchen. Ich spürte, wie sie mal nach rechts schwang, dann nach links. Sie kroch in Richtung meines Brustkorbs und zog sich dann wieder in meine Arme zurück. Es dauerte nicht lange, da wurde mir klar, dass sie einem Schema folgte. Es war ein Kreislauf, ein Fluss, der durch meinen Körper strömte, warm und voller Energie. Ich spürte ihn, konnte den Bahnen folgen, und wenn ich nur ganz sanft nach der Magie griff, mich nur den Rändern zuwandte und nicht versuchte, sie zu ballen, brach sie das Bewegungsmuster nicht ab. Ich konnte mit ihr schweben. Ganz sanft folgte ich der Magie in mir und verschmolz mit ihr. Ich konnte fühlen, wo sie sich als Nächstes hinwenden wollte, und lenkte sie mit meinem Willen sanft nach oben in Richtung Sigil. Doch vermutlich war ich nicht geschickt genug vorgegangen oder mir fehlte einfach die Kraft. Ein Teil der Magie folgte zwar meinem Wunsch, doch ein anderer nicht. Er schwappte einfach nach rechts davon – und plötzlich war da Wraith.

Ich helfe dir, sagte er leise und schmiegte seine Kraft um die wegbrechende Magie. Er ging vorsichtig vor, nicht so brachial wie sonst. Auch er schien sich den Bewegungen der magischen Kraft anzupassen, sich mit ihr zu verbinden und sie zurück in meine Richtung zu führen. Gemeinsam schafften wir es, die magische Energie langsam in Richtung Sigil zu bringen, bis sie komplett darin versunken war. Ich spürte die Wärme, als das Amulett zu leuchten begann, und konnte mein Glück gar nicht fassen. Doch noch etwas anderes geschah in diesem Moment: Goldene Lichtschnüre drangen aus dem Amulett, fielen wie Wasserstrahlen zu Boden und krochen dort entlang. Sie bahnten sich einen Weg durch den Nebel, und ich ging langsam los, um ihnen zu folgen.

»Diese goldenen Lichter«, murmelte ich, ohne sie aus den Augen zu lassen.

Rudy hatte die Arme vor der Brust verschränkt und folgte mir. »Gut, dass es Ihnen endlich gelungen ist. Es hat etwas gedauert, aber Sie haben einen eisernen Willen. Ich dachte mir, dass Sie irgendwann den richtigen Weg finden und lernen würden, den Magiefluss in Ihnen zu lenken. Was die goldenen Lichter angeht: Nur der Besitzer des Amuletts kann sie sehen. Sie weisen Ihnen den Weg und suchen eine Stelle, an der der Schleier zur Menschenwelt besonders dünn ist. Nur dort kann Ihre magische Kraft die des Nebels beiseiteschieben und durchbrechen.«

Ich beobachtete das Spiel der goldenen Lichter, die über den Boden flossen, den Nebel durchstießen und sich ihren Weg suchten. Ausnahmsweise hielt sogar Wraith in diesem Moment die Klappe, sodass ich den Augenblick ganz und gar genießen konnte. Es war kaum zu glauben, dass ich es geschafft hatte – nun ja, mit Wraiths Hilfe. Wir hatten zusammengearbeitet, um das Sigil zu aktivieren. Keine Ahnung, was ich davon halten sollte. Aber im Moment war ich einfach nur froh, dass wir es geschafft hatten.

Meine Füße trugen mich weiter bis zu einer Stelle, wo die goldenen Strahlen sich in die Luft streckten. Wie Finger gruben sie sich in den Nebel und zogen ihn auseinander. Leuchtende Blitze in Lila, Blau und Rot zuckten vor mir auf, als der Nebel beiseitegeschoben wurde. Das war es also, was Nate und die anderen taten, um in die Menschenwelt zu gelangen.

Ich ging zu der Stelle, die vom Nebel befreit war, und als ich den nächsten Schritt tat, fand ich mich hinter einer Häuserreihe auf einem Gehweg wieder.

Rudy tauchte hinter mir auf und sah sich um. »Könnte London sein«, stellte er fest. »Sie werden weiter üben müssen, aber dann werden Sie sich sehr bald die Orte aussuchen können, an denen Sie herauskommen.«

»Das … das ist unglaublich!«, erklärte ich und drehte mich um mich selbst, während ich die Häuser, die Straße und die Bäume musterte. Ich hatte es geschafft. »Ja, verdammt! Ich habe es hinbekommen«, jubelte ich und riss voller Freude die Arme in die Luft.

Ich bemerkte ein kleines Schmunzeln auf Rudys Lippen, dann schüttelte er amüsiert den Kopf und fand sehr schnell zu seiner alten Ruhe zurück. »Einmal haben Sie es geschafft, was großartig ist. Nun schauen wir mal, ob es Ihnen auch ein zweites Mal gelingt und Sie in unsere Welt zurückkommen.«

Meine Freude fiel in sich zusammen. Schon stand die nächste Übung an. Ich seufzte tief.

Es gefällt weder dir noch mir, aber vielleicht sollten wir es gleich von Anfang an gemeinsam versuchen, schlug Wraith vor.

Tatsächlich passte mir das gar nicht, aber er hatte recht. Es half wohl nicht, wenn ich mich nur mit ihm stritt. Von daher stimmte ich widerwillig zu. *Gut, von mir aus.*

Tatsächlich war es hilfreich, dass sich Wraith erst einmal komplett zurückzog, um mir Raum und Zeit zu geben. Ich konnte befreit durchatmen und mich ganz auf die Magie einlassen. Ein herrliches Gefühl, diese Wärme, die Kraft, die in mir wohnte, dort pulsierte und in sanften Wellen durch meinen Körper strömte. Ich ließ sie fließen und folgte dem Strom, ließ mich komplett auf ihn ein. Es war einmalig, und während ich mit ihm verschmolz, zog ich leicht an seinen Rändern. Es war schwer, und ich spürte, wie mir die Magie immer wieder zu entgleiten drohte. Doch plötzlich war Wraith da, kam mir zu Hilfe und unterstützte mich dabei, den Fluss zu halten, bis er meinem Willen folgte und sich langsam in Richtung Sigil bewegte. Die ganze Zeit dachte ich an mein Zuhause und sprach den stummen Wunsch aus, das Sigil möge ein Tor zu meiner Heimat öffnen.

Ich sagte doch, wir sind ein gutes Team, stellte der Mare zufrieden fest, als das Amulett an meinem Hals zu leuchten begann.

Die Lichter wanden sich heraus und tropften zu Boden, wo sie auf eine Hauswand zuhielten. Dort streckten sie sich, tasteten sich an der Wand entlang und gruben sich in die Luft, zogen sie auseinander, bis erneut die strahlenden Blitze erschienen.

Wir hatten es tatsächlich geschafft. Zufrieden wandte ich mich nach dem königlichen Berater um, der mir kurz zunickte. Dann schritt ich hindurch. Rudy folgte mir, und tatsächlich erreichten wir den Nebel. Das Schimmern des silbernen Turms war gut durch die Nebelschwaden zu erkennen. Er gab mir einen Orientierungspunkt, sodass ich mich schnell zurechtfand und wusste, wohin ich mich wenden musste, wenn ich zum Nebeltor wollte.

»Als Berater des Königs kennen Sie ihn doch sicher sehr gut, oder?«, fragte ich Rudy, während wir durch den grauen Dunst gingen. Ich war froh um das Tuch, das ich mir vor den Mund gebunden hatte, dennoch atmete ich so flach wie möglich.

»Kann man einen anderen wirklich kennen? Man weiß gewisse Dinge über ihn, kennt Gewohnheiten und Vorlieben. Doch man wird niemals in seinen Kopf oder sein Herz sehen können. Von daher: Ich weiß sicher einiges über König Dawnspark. Aber wirklich kennen? Nein, das würde ich mir niemals anmaßen.«

Ich verdrehte genervt die Augen. Er konnte aber auch kompliziert sein. »Sie wissen, was ich meine«, versuchte ich es erneut. »Sie können ihn einschätzen. Von daher würde mich Ihre Meinung interessieren. Wird er mich bald auf den Einsatz schicken, von dem er erzählt hat? Und wie wird der genau aussehen? Er hat gesagt, er würde mir irgendwen zur Seite stellen. Haben Sie eine Ahnung, um wen es sich dabei handeln könnte?«

»Nun, ich bin sicher, dass der König Ihnen schon bald Genaueres mitteilen wird. Ich weiß nur, dass dieser Auftrag ihm ein großes Anliegen ist. Schon lange sucht er nach einem passenden Weg, und Sie könnten diesen wohl ebnen. Sie sind wichtig, Alexis DeWinter.« Rudy sah mich mit seinen dunklen Augen an. »Viel wichtiger als Sie vielleicht annehmen. Und wenn man plötzlich an Bedeutung gewinnt, bringt das immer ein gewisses Maß an Macht mit sich. Doch genau das kann gefährlich werden. Überlegen Sie sich gut, auf welcher Seite Sie stehen.«

Mir war klar, was er mir damit zu verstehen geben wollte. Ich sollte den König nicht enttäuschen und mich womöglich für die Seite des Hohepriesters entscheiden. »Keine Sorge. Ich werde mich ganz sicher nicht hinter die Priester stellen. Nach allem, was mir in der Sakristei angetan wurde, bin ich alles andere als gut auf sie zu sprechen.«

»Verständlich. Dennoch ist nicht von der Hand zu weisen, dass Sie für viele Leute von Interesse sind. Jeder Ihrer Schritte wird beobachtet. Vergessen Sie das besser nicht.«

Ich riss die Brauen in die Höhe. »Von wem reden Sie genau?«

Mir war natürlich klar, dass der König überall Leute hatte, die mich im Auge behielten, und das galt sicher auch für den Hohepriester. Aber was bekamen diese Spione mit? Wo waren sie und hatten sie auch die Übungen mit Nate im Wald beobachtet? Wussten sie davon? Wenn ja, dann sahen sie hoffentlich nur, dass ich versuchte, stärker zu werden, und dass Nate mir dabei half. Allerdings konnte mir allein dieser Umstand bereits Ärger einbringen. Immerhin war er der Prinz, und es gehörte sicher nicht zu seinen Aufgaben, mit einer Fehris aus der Unterschicht zu trainieren.

Ich war mir nicht sicher, warum Rudy mir diese Warnung mit auf den Weg gab. Wollte er mir Angst einjagen oder mich warnen? Ich wusste es nicht, aber ich würde nicht so dumm sein und seine Worte einfach ignorieren.

5

Das wird ein verdammt großer blauer Fleck«, beschwerte ich mich, während ich mit Nate durch den Wald in Richtung Schloss zurückging. Vorsichtig strich ich mit den Fingern über die Stelle an meiner Schulter, die Nate mit dem Fuß getroffen hatte.

»Tut mir leid. Aber es hilft nichts, wenn ich nicht richtig angreife«, erklärte er.

Ich wusste natürlich, dass er recht hatte. Immerhin schaute er wenigstens etwas schuldbewusst drein. Doch so ganz entsprachen seine Worte nicht der Wahrheit. Natürlich schonte Nate mich ein wenig. Zumindest schlug er nicht mit voller Kraft zu, ab und an kam ein Konter leicht verzögert oder er wartete mit einem Angriff eine Sekunde zu lange, sodass ich eine Chance hatte. Da er von Kindesbeinen an das Kämpfen geübt hatte, war er mir natürlich haushoch überlegen. Dennoch schätzte ich diese Stunden mit ihm. Es war zwar unfassbar anstrengend und ich hatte danach meist zig blaue Flecken und Schrammen, trotzdem war ich froh um seine Hilfe.

»Wo stecken Cass und William eigentlich gerade? Ich habe sie schon eine ganze Weile nicht mehr gesehen«, fragte ich.

»Sie sind auf einem Einsatz.« An dem zerknirschten Tonfall hörte ich, dass er gerne mitgegangen wäre.

»Und du wurdest zu der Mission nicht eingeteilt?«

»Nein, sie sind mit einer Gruppe von weiteren fünf Dreamcatchern unterwegs bei Darkshire. Dort soll ein Mare für ordentlich Verwüstung gesorgt haben.«

»Ist das nicht das Gebiet, in dem der Palast von Cass' Familie liegt? In der Nähe der Grenze zu den Albtraumlanden?«

Alle Adeligen besaßen einen Stammsitz in Form eines Palastes oder zumindest einer großzügigen Villa. Doch meist lag dieses Zuhause weit außerhalb von Lighthaven. In der Hauptstadt selbst bewohnten sie ein Stadthaus. So konnten sie dem König nahe sein, und der entschied, wen er in Lighthaven haben wollte. Darum war es eine Ehre und ein Zeichen seiner Gunst, hier leben zu dürfen, während der Stammsitz der Familie von einem Verwalter beaufsichtigt wurde. Denn auch wenn die Adeligen dort gerade nicht residierten, musste das Gebäude unterhalten werden – es konnte ja immer sein, dass die Ladys und Lords für einen kurzen Urlaub vorbeikamen. Zudem kam es durchaus vor, dass es sich eine Familie mit dem König verscherzte und für unbestimmte Zeit auf ihren Stammsitz zurückkehren musste.

Nate nickte. Gut, nun verstand ich auch, warum eine gewisse Sorge in seiner Miene lag. Die Grenze konnte gefährlich sein, und jetzt war auch noch das Zuhause seines Freundes unmittelbar betroffen. Der Umstand, dass Nate für den Einsatz nicht eingeteilt worden war, sagte einiges über die Gefährlichkeit aus. Niemals hätte der König riskiert, seinen Erben zu verlieren. Da konnte Nate sich noch so sehr auf den Kopf stellen. Am Ende würde er wohl niemals in ein echtes Krisengebiet gesandt werden. Auch wenn das niemand offen zugab, es lag auf der Hand. Nate war das ebenfalls bewusst, und er war absolut nicht damit einverstanden.

»Du tust viel für dieses Land«, sagte ich, um ihn aufzubauen. »Jeder weiß, dass du alles gibst und dich niemals schonen wirst. Du hast bereits einiges bewegt und etliche Mare in diese Welt zurückgebracht. Da spielt es keine Rolle, dass du nicht bei jedem Einsatz dabei bist. Sei stolz auf das, was du erreicht hast.«

Nates Blick legte sich auf mich, und für einen kurzen Moment erschien ein Lächeln auf seinen Lippen.

Oh, nun geht das Süßholzraspeln wieder los, murrte Wraith.

»Es ist nett, dass du mich aufzumuntern versuchst. Dennoch wäre ich jetzt gerne an ihrer Seite und würde meine Pflicht erfüllen.«

Das konnte ich verstehen, doch genau das würde sein Vater niemals zulassen.

»Hey, wie wäre das? Wir könnten später noch zum See gehen. Wir waren schon lange nicht mehr schwimmen, und das Wetter ist heute ideal dafür.«

Ich wollte einfach nur, dass er auf andere Gedanken kam. Gut, vielleicht schwang auch ein ganz klein wenig Eigennutz mit. Immerhin war ich gerne mit ihm zusammen.

Oh, bitte nicht! Planschen im See mit dem Prinzen. Da bin ich raus. Können wir nicht lieber etwas anderes machen? Einen Ausflug in die Menschenwelt fände ich toll. Stürzen wir uns mitten ins Nachtleben, trinken was, tanzen mit ein paar netten Frauen und essen im Anschluss vielleicht ein, zwei Mare, die gerade in der Menschenwelt angekommen sind. Das wäre doch was, schlug Wraith vor.

Ich verzichte, erwiderte ich sofort.

Ach ja?! Und ich verzichte auf ein Stelldichein am See mit diesem Schönling. Ich kann mir ausmalen, wie das ausgeht: Du und er leicht bekleidet, ihr spielt im Wasser herum, die Tropfen perlen an seinem muskulösen Körper hinab, du hängst mit den Augen an jedem einzelnen und schaust dabei zu, wie sie langsam im Bund seiner Hose verschwinden – wenn er überhaupt eine anhat. Allein bei der Vorstellung wird mir kotzübel.

Du hast wirklich eine abartige Fantasie, zischte ich in meinem Kopf zurück.

Dein Herzschlag verrät mir, dass du dieser Situation ganz und gar nicht abgeneigt wärst.

Mist, verdammt! Warum musste ich mir ausgerechnet mit diesem Kerl meine Gefühle teilen?!

Tssss, wer wird denn gleich sauer, nur weil er mal die Wahrheit gesagt bekommt.

Ich kam nicht mehr dazu, zu antworten, denn Nate wandte sich mir gerade zu. »Das ist eine gute Idee. Heute habe ich noch eine Übungsstunde in der Arena, aber danach müsste es klappen. Wir könnten mit Flame hinfliegen, dann sind wir schneller«, schlug er vor, und mein Herz machte einen freudigen Sprung, was Wraith zu einem Würgen veranlasste.

Du kannst so reizend sein, murmelte ich in meinem Kopf.

Als würde ich einen Mann näher an mich herankommen lassen, während Wraith alles mitansah. Mal ganz davon abgesehen, dass Nate und ich Freunde waren. Aber tatsächlich machte mir dieser Punkt ziemlich zu schaffen. Ich war gerade zwanzig und würde mit Sicherheit nicht die nächsten Jahre auf Nähe und Geborgenheit verzichten. Aber genau das musste ich im Moment. Wer wusste schon, wie lange dieser Zustand anhalten würde? Vielleicht würde ich Wraith nie wieder loswerden? Allein beim Gedanken wurde mir übel, und ich hätte das Würgen des Mares nachmachen können.

Wir erreichten den Palastgarten, wo in einiger Entfernung ein paar Adelige flanierten. Mit ihren edlen Gewändern und den Sonnenschirmen wirkten sie fehl am Platz mitten in der freien Natur. Die Entfernung war zu groß, um festzustellen, ob wir von ihnen bereits entdeckt worden waren. Vermutlich war es besser, wenn wir nicht direkt an ihnen vorbeigingen. Ich wurde langsamer, und Nate entging mein Zögern nicht.

»Jetzt sei nicht albern. Natürlich gehen wir da vorbei. Mir ist es vollkommen gleichgültig, was sie denken.« Sein Blick war warm, beinahe zärtlich, und er hatte etwas unheimlich Tröstendes. »Seit wann lässt du dich von anderen vertreiben?«

Nun ja, vor allem war mir wichtig, dass Nate keinen Ärger bekam. Und wir wussten beide, dass sein Vater es nicht gerne sah, wenn Nate Zeit mit mir verbrachte.

»Na los, komm!«, forderte er mich auf und griff nach meiner Hand.

Seine Finger schlossen sich um meine. Sie waren warm und fest. Das Gefühl seiner Fingerspitzen auf meiner Haut war einmalig. Ich erwiderte er den Griff und lächelte.

Und es geht los, ätzte Wraith erneut. Aber nicht mal er konnte mir diesen Moment zerstören.

Gemeinsam gingen wir in Richtung Schloss, Hand in Hand, und jeder konnte uns sehen. Ganz dunkel hörte ich Rudys Warnung in meinem Hinterkopf, aber gerade war es mir vollkommen gleichgültig. Wir waren Freunde, und daran würde niemand etwas ändern.

Plötzlich drängte sich eine Gestalt durch die flanierende Adelsgesellschaft und kam auf uns zu. Der muskelbepackte Kerl mit dem Lederwams wollte so gar nicht an diesen Ort passen. Und da erkannte ich ihn.

»Warlor«, stellte auch Nate fest und ließ meine Hand los. Er beschleunigte seine Schritte und hielt vor dem durchtrainierten Mann an. »Was ist los?«

»Ich bin auf der Suche nach dir. Ein neuer Auftrag«, erklärte Warlor.

Nate nickte mit ernster Miene. Es war erstaunlich wie schnell er in diesen kämpferischen, pflichtbewussten Modus schalten konnte, in dem nichts anderes mehr von Bedeutung war als die Aufgabe, die vor ihm lag.

»Du sollst sofort mit drei weiteren Dreamcatchern aufbrechen. Alles andere erfährst du beim Treffpunkt.«

Nate nickte, wandte sich mir kurz zu und meinte: »Die Pläne scheinen sich geändert zu haben. Tut mir wirklich sehr leid.«

»Du kannst nichts dafür. Ich weiß, wie wichtig dir das ist.«

Er strich mir kurz über die Wange und wuschelte mir anschließend grinsend durchs Haar. »Wir sehen uns, und dann holen wir den Ausflug nach, versprochen.«

»Geh und hör auf, Reden zu schwingen«, forderte ich ihn lachend auf.

Er zwinkerte mir zu und lief los in Richtung Arena. Einen Moment lang sah ich ihm nach und hoffte wieder mal, dass ihm bei diesem Auftrag nichts geschehen würde. Wie oft hatte ich genau das schon getan? Jedes Mal war es mir ein Dorn im Auge gewesen, nicht helfen zu können. Mittlerweile hatte sich einiges geändert, und dennoch konnte ich weiterhin nichts unternehmen.

»Und für dich habe ich auch eine Nachricht«, wandte sich Warlor überraschenderweise an mich. »Du sollst zum König kommen.«

Der Ausbilder ging mit schnellen Schritten voran, und ich folgte ihm. Mir blieb ohnehin nichts anderes übrig. Im Geiste fragte ich mich natürlich, was König Dawnspark von mir wollen könnte. Doch die Antwort war gar nicht schwer zu erraten. Vermutlich hatte Rudy ihm mitgeteilt, dass ich inzwischen die Welten wechseln konnte. Würde ich nun also meinen ersten Auftrag erhalten? War das vielleicht der Grund, warum Nate zur Arena gerufen worden war? Würden wir gemeinsam zu diesem Einsatz geschickt werden? Es wäre schön, eine vertraute Person an meiner Seite zu haben. Irgendwie wäre ich zwar auch allein klargekommen, aber mit Nate würde es leichter werden. Von daher sah ich dem Treffen mit dem König mit etwas leichterem Herzen entgegen. Vermutlich würde er mir den Auftrag genau erklären und mir mitteilen, was er von mir erwartete. Kein Wunder, dass er das nicht vor versammelter Mannschaft tat.

Endlich geht es los! Ab in die Menschenwelt! Ich kann es kaum erwarten, jubelte Wraith.

Halt dich bloß zurück, warnte ich ihn. *Wir gehen ganz bestimmt nicht dorthin, damit du etwas zu fressen findest.*

Allein beim Gedanken daran durchfuhr mich ein eisiger Schauder. Bisher hatte ich es nicht mal gewagt diese neugewonnene Magie in mir zu nutzen, die Wraith aus dem Mare gerissen hatte. Wobei es auch keinen Anlass dafür gegeben hatte. Im Palast fehlte es mir an nichts. Ich hatte es immer warm und es gab jederzeit zu essen und zu trinken. Wie anders war es bei mir zu Hause. Zu gerne wollte ich meine Familie wiedersehen und sie unterstützen. Doch auch wenn ich gerade über etwas mehr Magie verfügte, war es immer noch zu wenig, um viel zu verändern. Und es hätte höchstens zu Fragen geführt.

Ich schob den Gedanken an meine Eltern und meinen Bruder beiseite und nahm mir fest vor, den König dennoch darum zu bitten, sie nach meinem Einsatz besuchen zu dürfen. Ich wollte sie wiedersehen. Unbedingt!

Überraschenderweise führte mich Warlor nicht in den Palast, sondern in einen Teil des Gartens, in dem mehrere hohe Bäume und getrimmte Büsche wuchsen, die kunstvoll in Form gebracht worden waren. Wir folgten einem weißen Kiesweg, an dessen Seiten Blumenbeete mit prachtvollen Pflanzen wuchsen, deren lila und goldene Blüten im Licht der Sonne besonders gut zur Geltung kamen.

Auf einem kleinen Platz befand sich ein Pavillon. Er hatte ein hübsches, rundes Dach mit einer goldenen Kuppel, das von mehreren schneeweißen Säulen gestützt wurde. Ich fragte mich, wie sie so sauber bleiben konnten, gab mir aber schnell selbst die Antwort: Mit Sicherheit war Magie im Spiel. Dieser Verdacht bestätigte sich, als wir näher kamen. Blütenblätter regneten im Inneren des Pavillons von der Decke herab und verwandelten sich im Fall zu gleißenden Kristallen, die sich in Luft auflösten, bevor sie den Boden berührten. Dieses Schauspiel hatte etwas sehr Extravagantes.

In der Mitte des Pavillons war ein goldener Stuhl aufgebaut, der mich an einen Thron erinnerte. Darauf saß der König. Vor ihm stand ein kleiner Tisch, auf dem ein Krug Wein sowie eine Etagere mit etlichen Köstlichkeiten drapiert waren. Die Törtchen und kleinen Kuchen sahen lecker aus, doch ich war bestimmt nicht zum Essen herbeordert worden.

König Dawnspark hatte die Arme auf der Stuhllehne abgelegt und musterte mich, als Warlor mit mir im Schlepptau den Pavillon betrat und sich tief vor seinem Herrscher verneigte. Ich tat es ihm etwas ungelenk nach. Der König nickte nur kurz und bedeutete uns mit einer Handbewegung, uns zu erheben.

»Mir ist zu Ohren gekommen, dass du das Sigil nun so weit beherrschst, dass du in der Lage bist, die Welten zu wechseln. Das freut mich sehr. Zwischendurch hatte ich schon Sorge, ob es dir überhaupt gelingen würde.«

Mir war klar, dass ich vermutlich unendlich lange gebraucht hatte. Aber am Ende zählte doch nur das Resultat.

»Es mag etwas gedauert haben, aber mittlerweile konnte ich den Prozess verinnerlichen und weiß genau, was ich tun muss.«

»Das will ich hoffen«, erwiderte der König, griff zu einem Törtchen und biss langsam davon ab. Schweigend sahen wir zu, wie er kaute, und ich war gespannt, wann er fortfahren würde. Während er aß, ließ er mich nicht aus den Augen, doch erst als er den Zuckerguss von seinen Fingern wischte, fuhr er endlich fort.

»Ich habe dir bereits mitgeteilt, dass ich dich für einen Einsatz vorgesehen habe. Dafür war es notwendig, dass du im Umgang mit dem Sigil versiert genug bist. Bei Aufträgen in der Menschenwelt kann es immer mal passieren, dass Dreamcatcher getrennt werden, und dann sollten sie in der Lage sein, allein nach Hause zurückzufinden. Das scheinst du nun zu können.«

Er holte ganz schön weit aus. Wann rückte er endlich mit der Sprache raus?

Er lässt uns auf jeden Fall ganz schön zappeln, stimmte Wraith zu.

»Du weißt, dass die Arbeit als Dreamcatcher nicht einfach ist. Das konntest du bereits am eigenen Leib erfahren. Unsere Anstrengungen werden außerdem immer wieder durch Morpheus erschwert. Es ist also von oberster Priorität, dass wir diesem Pack beikommen. Allerdings halten sie sich gut versteckt. Wir suchen bereits seit langer Zeit nach ihrem Hauptquartier. Natürlich waren wir nicht untätig, und auch die Priester konnten einige Areale identifizieren, in denen ihr Unterschlupf liegen könnte. Aber sichere Beweise hatten wir nie. Wie du weißt, arbeitet

Morpheus mit den Maren zusammen, und wir gehen davon aus, dass die sich ebenfalls im Hauptquartier aufhalten.«

Oh, ich ahne, auf was er hinauswill, hörte ich Wraith in meinem Kopf sagen, und auch ich hatte eine Idee.

»Ihr wollt, dass ich meine Fähigkeit einsetze. Wenn es sich bei diesem Ort wirklich um das Hauptquartier handelt und die Mare dort sind, dann werde ich es spüren. Ich werde merken, wenn sich dort Mare aufhalten, und könnte Euren Verdacht damit bestätigen oder entkräften.«

»Freut mich, zu sehen, dass du mitdenkst. Ja, genau so ist es. Du bist die Einzige, die wir dafür einsetzen können. Natürlich werde ich dich nicht alleine schicken, du wirst versierte Unterstützung erhalten. Wichtig ist, dass ihr euch jedes Detail einprägt. Vielleicht lässt es die Situation ja zu, dass ihr sogar näher herankommt. Jede Information wäre wichtig. Wie sieht das Gebäude aus? Wie ist es gesichert? Wie viele Mare kannst du spüren? Und könnt ihr vielleicht sogar Leute von Morpheus sehen?«

Das ist ja eine ganz schöne Liste, meinte Wraith, und auch ich bekam langsam eine Vorstellung, welche Ausmaße diese Mission hatte.

»Du verstehst, wie wichtig das für uns ist. Wenn wir wüssten, dass sich dort tatsächlich die Basis von Morpheus befindet, könnte das eine entscheidende Wende darstellen.«

Ich nickte, denn natürlich war mir das klar – und auch, welch große Verantwortung damit auf meinen Schultern ruhte. Es war eine Bewährungsprobe. Ich würde mich und meine Fähigkeit unter Beweis stellen müssen. Vielleicht konnte ich den König so doch noch von meinem Nutzen überzeugen und ihm klarmachen, dass er mich brauchte.

Das scheint er herausfinden zu wollen. Hoffen wir mal, dass es seine Meinung über dich ändert.

Ich würde wohl nie vergessen, dass König Dawnspark meinen Tod in Kauf nahm. Vielleicht war das tatsächlich die Gelegenheit, ihn endgültig von dieser Idee abzubringen.

»Ich werde es auf jeden Fall versuchen und den Auftrag annehmen«, antwortete ich. Mir war klar, dass ich ohnehin gar keine andere Wahl hatte.

König Dawnsparks Lippen verzogen sich zu einem wohlwollenden Lächeln. Er nickte langsam. »Die Priester haben festgestellt, dass heute Abend ein guter Zeitpunkt wäre. Am besten machst du dich gleich fertig.«

Wieder nickte ich, hatte aber noch eine letzte Frage. »Ihr habt davon gesprochen, dass ich Unterstützung erhalten werde. Darf ich fragen, wer noch für die Mission vorgesehen ist?«

»Mir ist es wichtig, dass du in guten Händen bist. Es sollte ein erfahrener Dreamcatcher sein, der bereits oft in der Menschenwelt war und sich auch mit Morpheus auskennt. Darum wird er dich begleiten.« Der König streckte die Hand aus und deutete auf einen Punkt hinter mir.

Zunächst dachte ich, es wäre eine weitere Person hinzugekommen, aber da stand leider nur Warlor.

Wird wohl kein netter Ausflug mit dem Prinzen in die andere Welt. Wraith konnte den Hohn nicht aus seiner Stimme halten – vermutlich hatte er es auch gar nicht versucht.

Meine Hoffnungen, dass Nate ebenfalls für den Einsatz eingeteilt worden war, hatte sich damit zerschlagen. Ich warf Warlor einen kurzen Blick zu. Der Ausbilder stand mit verschränkten Armen hinter mir, schwieg eisern und musterte mich stoisch. Das konnte ja was werden.

»Gut, wenn du keine weiteren Fragen hast, dann wünsche ich viel Erfolg und freue mich, zu hören, was ihr in Erfahrung bringen könnt.«

Damit waren wir entlassen. Ich verbeugte mich kurz und ging mit Warlor zurück zum Schloss. Ich überlegte bereits, was ich alles mitnehmen sollte, doch bis auf Kleidung, mit der ich in der Menschenwelt nicht auffallen würde, fiel mir nicht viel ein.

Warlor begleitete mich bis zu meiner Zimmertür und wollte dort auf mich warten.

Der Kerl geht mir jetzt schon auf die Nerven, beschwerte sich Wraith, während ich meinen Kleiderschrank nach passenden Klamotten durchforstete.

Wir werden wohl mit ihm klarkommen müssen, meinte ich und zog ein dunkles Hemd aus Leinen hervor. Sollte ich das anziehen? *Außerdem ist es besser, als wenn ich allein gehen müsste.*

Der Kerl wird uns die ganze Zeit im Auge behalten. Da wäre mir sogar der Prinz lieber gewesen. Bei dem hätten wir es sicher geschafft, zwischendurch einen kleinen Snack zu nehmen. Aber mit diesem Typen …

Wraith klang ziemlich ernüchtert. Ich ahnte, dass er sich dennoch nicht so leicht von seinem Vorhaben abbringen lassen würde.

Dann sollte ich dem König ja dankbar sein, dass er sich für Warlor entschieden hat. Wenn der deinen Hunger in Zaum halten kann, werde ich fortan nur noch mit ihm unterwegs sein.

Irgendwann wirst du begreifen, wie dumm diese Worte sind.

Irgendwann wirst du begreifen, dass ich dich niemals weitere Mare fressen lasse, erwiderte ich.

Mit diesen Worten zog ich mich um und achtete wieder mal darauf, nicht an meinem Körper hinabzublicken, damit Wraith keine nackten Details zu sehen bekam. Anschließend kehrte ich zu Warlor zurück, der im Flur an der Wand lehnte.

»Dann mal los zum Nebel. Die Menschenwelt wartet auf uns«, erklärte der breitschultrige Mann und ging voraus. Das würde mein erster Auftrag als Dreamcatcher werden, und ich hoffte, dass ich ihn bestehen konnte.

6

Die Häuser waren aus den üblichen kleinen Steinen gefertigt, doch ansonsten war hier alles anders. Ich hatte noch nicht viel von der Menschenwelt gesehen, das war mir immer klar gewesen, doch in diesem Moment wurde es mir noch mal deutlich vor Augen geführt. Die Straßen waren nicht die besten, überall war der Asphalt aufgebrochen. Die Laternen tauchten die wenigen Häuser in ein gespenstisches Licht. An einigen Fassaden hangelten sich grüne Pflanzen hinauf. Es wirkte fast, als wollten sie das Haus komplett verschlingen. Neben uns umstand ein schiefer Holzzaun einen wilden Garten voller Unkraut und dichten Büschen.

»Wir sind hier nicht in London, oder?«, fragte ich, während ich meinen Blick schweifen ließ. Bis auf das Rauschen des Windes war nichts zu hören, und es war auch kein Licht hinter den Fenstern zu erkennen. Dabei war es doch noch gar nicht so spät. Vom trubeligen Stadtleben, den Autos und den vielen Lichtern war an diesem Ort jedenfalls nichts zu sehen.

»Ein Außenbezirk«, erklärte Warlor kurz angebunden und folgte der Straße, die uns von den Häusern wegführte.

»Kannst du sagen, wie weit es noch ungefähr ist?«

Ich schaute mich um. Irgendwie hatte ich überhaupt kein gutes Gefühl. Ich fürchtete, jeden Moment könnte etwas aus den Büschen springen und sich auf mich werfen. Sicher lag das nur an meinen angespannten Nerven. Ich glaubte jedenfalls kaum, dass jemand von Morpheus im Dickicht saß und sich den Hintern abfror, nur um auf einen Dreamcatcher zu warten.

»Du wirst mich jetzt bitte nicht alle fünf Minuten fragen, wie lange es noch dauert. Wir sind da, wenn wir da sind.«

So ein nettes Kerlchen. Wenn das keine Freude ist, mit ihm unterwegs zu sein, meldete sich Wraith in fröhlichem Singsang zu Wort.

Ich verdrehte die Augen und beschloss, sowohl den Mare als auch den Ausbilder zu ignorieren. Wenn jemand wissen konnte, ob wir unserem Ziel näher kamen, dann ja wohl ich. Also versuchte ich, mich auf meine eigentliche Aufgabe zu konzentrieren, und verließ mich auf mein Gefühl. Bislang spürte ich noch nichts. Da war kein Ziehen, das mich in eine bestimmte Richtung drängte. Vielleicht lag die Basis gar nicht hier oder uns stand noch ein ordentliches Stück Weg bevor.

Schweigend gingen wir weiter und nahmen bald eine Abzweigung, die von der Straße wegführte. Die Nachtluft war kühl und der Kies knirschte bei jedem Schritt unter meinen Schuhen. Die Bäume verschluckten das Mondlicht über uns, und Laternen gab es hier ohnehin keine. Mir kam es wie eine halbe Ewigkeit vor, in der ich hinter Warlor her stapfte und auf seinen breiten Rücken starrte.

Ich schob Äste beiseite, die mir den Weg versperrten, und kämpfte mich an einem Dornenbusch vorbei. Warlor schien mit alldem keine Probleme zu haben. Er schob gerade einen tief hängenden Zweig fort, damit er darunter durchgehen konnte, und ließ ihn achtlos zurückschnellen. Beinahe hätte mich der Zweig im Gesicht getroffen. Hilfsbereit war der Ausbilder jedenfalls nicht.

Ich riss mein Hosenbein von einer Brombeerranke los und spürte es plötzlich. Etwas war hier. Etwas, zu dem ich unbedingt wollte.

All meine Sinne waren ausschließlich darauf gerichtet, und sofort änderten meine Beine die Richtung und marschierten los.

»Hey, was machst du da?«, rief Warlor.

Aber ich ignorierte ihn und ging weiter. Ich konnte gar nicht anders. Ich musste dorthin. Es war wie ein inneres Verlangen, wie ein Ruf, dem ich mich nicht entziehen konnte. Es gab kein Entkommen. Ich wusste, was das bedeutete, und spürte, wie Wraith in mir jubelte. Auch er war aufgeregt und konnte es kaum erwarten. Seine Empfindungen vermischten sich mit meinen und stachelten sie weiter an. Keine gute Kombination. Ich konnte an gar nichts anderes denken und ging mit schnellen, zielsicheren Schritten durch den Wald. Nun war es Warlor, der Mühe hatte, mir zu folgen.

»Was machst du da, verdammt? Kannst du mal einen Ton sagen? Was soll das?«, schimpfte er hinter mir her.

Doch ich war nicht dazu in der Lage, Gespräche zu führen. Ich hielt den Blick starr geradeaus gerichtet und tauchte unter ein paar Ästen hinweg. Plötzlich brach ich aus dem Dickicht hervor und stand auf einer kleinen Straße. Es war mehr ein Schotterweg, der eine leichte Biegung machte und vor einem Tor endete, das etwa dreißig Meter entfernt lag.

Dahinter stand ein großes, längliches Gebäude. Es hatte nur wenige Fenster und ein seltsam gewelltes Dach. So etwas hatte ich noch nie gesehen.

»Das ist die Halle, von der die Priester erzählt haben«, stellte Warlor fest, als er neben mir ankam. Er musterte mich prüfend. »So eigenartig, wie du dich verhältst, befinden sich wohl tatsächlich Mare dort. Habe ich recht?«

Ich nickte langsam und wandte mich wieder der Halle zu. Sie sah alt aus. Die ursprünglich weiße Farbe war fast überall abgeplatzt oder in ein schmutziges Grau übergegangen. Wir folgten dem Schotterweg und suchten hinter zwei Bäumen Schutz. Von dort spähte Warlor hervor.

»Ich sehe keine Überwachungskameras, was schon mal seltsam ist.«

Ich hatte keine Ahnung, von was er sprach, und schaute ihn nur abwartend an. Er gab mir einen Wink, ihm zu folgen, dann lief er zum Tor. Der Ausbilder hatte keine große Mühe, das Schloss aufzubrechen. Klackernd fiel es zu Boden, und er öffnete das quietschende Tor. Das Geräusch fuhr mir durch Mark und Bein und kam mir so laut vor, dass ich mir sicher war, jeder im Gebäude musste es gehört haben.

»Los, weiter«, forderte Warlor mich auf und huschte mit schnellen Schritten auf die Lagerhalle zu. Er nutzte vor allem die Stellen, die im Dunkeln lagen und vom Mondlicht nicht beschienen wurden.

Ich folgte ihm, und wir kamen der Halle immer näher. Als wir hinter einem Gebüsch Deckung suchten, entdeckten wir ein kleines Häuschen. Es bestand aus einem hellen Material, das ich nicht einordnen konnte, und schien gerade groß genug für eine Person zu sein. Ich hatte keine Ahnung, für was das gut sein sollte.

In diesem Moment öffnete sich die Tür und ein Mann kam heraus. Allerdings ging er nicht auf die Halle zu, sondern schien um das Gebäude herumzulaufen.

»Vielleicht eine Wache, die eine kurze Klopause eingelegt hat«, meinte Warlor und schaute ihm nach. Er kam genau in unsere Richtung. »Ich kümmere mich um ihn«, wisperte mir der Ausbilder zu. »Geh du weiter. Siehst du die eingedellte Wand da hinten? Vielleicht ist dort irgendwo ein Riss, durch den du schauen kannst. Versuch, etwas herauszubekommen. Ich komme gleich zu dir.«

Ich nickte und blickte noch einmal zu dem Mann. Er trug eine dunkelgrüne Jacke und eine schwarze Hose. Das Gesicht konnte ich bei den schlechten Lichtverhältnissen nicht erkennen, aber ich glaubte, dass er etwa in meinem Alter war. Unbekümmert ging er voran. Er hatte uns also nicht bemerkt.

In diesem Moment sprang Warlor aus seinem Versteck hervor, warf sich auf den jungen Mann und riss ihn zu Boden. In Windeseile legte er ihm eine Hand über den Mund, damit er nicht schreien konnte. Der Fremde wehrte sich aus Leibeskräften, schlug um sich und versuchte, den Koloss von sich zu stoßen.

»Worauf wartest du noch?!«, rief Warlor mir zu, während er den Wachposten im Schwitzkasten hielt. »Los, mach schon!«

Ich ließ mir das kein zweites Mal sagen, duckte mich und rannte aus unserem Versteck. Ich erreichte die Halle problemlos und schaute noch einmal über die Schulter zu Warlor, der weiterhin mit dem Mann rang. Der schien es dem Ausbilder jedenfalls nicht leicht machen zu wollen. Warlor schlang seine breiten Arme um den Hals des Mannes. Mir war klar, was er vorhatte.

Wenn er ihm das Genick bricht, ist es wenigstens gleich vorbei, stellte Wraith nüchtern fest.

Danke für diesen sachkundigen Hinweis. Das sind Dinge, über die ich mir gerade keine Gedanken machen möchte.

Das solltest du aber besser. Immerhin könnte dein Hals als Nächstes von irgendeiner Wache umklammert werden. Pass also besser auf, dass wir nicht entdeckt werden.

In diesem Moment erreichte ich die Stelle, von der Warlor gesprochen hatte. Ich ließ die Finger an den Dellen entlangstreifen, die in dem dünnen Material zu sehen waren. Tatsächlich fand ich dort einige Risse, aber keiner war breit genug, als dass ich hätte hindurchschauen können.

Na, dann mal weiter, forderte mich Wraith auf.

Ich spürte das Brennen in mir, dieses Drängen und Ziehen. Ich konnte gar nicht anders, als mich in Bewegung zu setzen und um das Haus zu gehen. Es waren Mare hier. Definitiv. Ich spürte mehr als einen.

Eigentlich müsste ich es fühlen können, wenn einer sich uns nähert, stellte ich fest.

Der Gedanke verlieh mir etwas mehr Sicherheit und nahm mir die Anspannung. In der Tat konnte ich mindestens fünf Mare im Inneren des Hauses wahrnehmen, doch sie schienen sich am anderen Ende aufzuhalten.

Ich tastete mich an der rilligen Hauswand entlang und fand ein Fenster. Es war ein ziemliches Risiko, das war mir bewusst. Ich überlegte kurz, während ich meinen Blick prüfend an der Halle entlangwandern ließ. Hier war nichts und niemand zu sehen. Direkt neben dem Fenster befand sich eine Tür, die allerdings zugezogen war. Wenn ich Pech hatte und mich jemand dabei erwischte, wie ich durchs Fenster spähte, könnte er ziemlich schnell bei mir sein.

Allerdings sind die Mare am anderen Ende der Halle, und du willst dem König beweisen, dass er dich noch brauchen kann. Zudem können wir von hier weg, je schneller wir Ergebnisse haben. Also mach schon!

Seit wann willst du aus der Menschenwelt fort? Du liebst es doch hier, wollte ich wissen.

Nur wenn ich auch etwas fressen kann, und das wird wohl heute nicht möglich sein, wenn wir von dem Muskelberg beobachtet werden. Außerdem ist mir klar, dass der König besser nichts von unserem Arrangement mitbekommen sollte, weshalb ich durchaus weiß, wann ich mich bedeckt halten muss.

Das hast du aber schön gesagt, knurrte ich und atmete tief durch. Irgendwie hatte der Mare recht. Etwas musste ich unternehmen, und das war die Gelegenheit. Also schlich ich mich die restlichen Schritte geduckt zum Fenster und streckte mich langsam, als ich mein Ziel erreicht hatte.

Ich runzelte nachdenklich die Stirn und versuchte, zu begreifen, was ich da sah. In der Halle war … auf jeden Fall nicht das, was ich erwartet hatte.

Ich entdeckte einen Sessel, einen Tisch und etwas, das ich für einen Fernseher hielt. Ein Mann saß auf dem Sessel und blickte zum Bildschirm, ein anderer lehnte mit verschränkten Armen an der Wand und starrte ebenfalls auf den Apparat. Eine Frau hockte am Tisch und spielte mit einem anderen Kerl Karten. Das waren definitiv Mare. Ihre Körper hatten zwar bereits eine gewisse Festigkeit erreicht, waren aber noch immer leicht durchscheinend. Ich hatte noch nie Mare beim Kartenspielen oder

Fernsehen beobachtet – nun ja, ich hatte bisher auch noch nicht viele dieser Kreaturen zu Gesicht bekommen. Dennoch war es ein eigenartiger Anblick. Was machten sie hier? Fast wirkte es so, als würden sie auf etwas … warten.

In diesem Moment bemerkte ich eine Bewegung neben mir. Da war ein Sofa in der Nähe der Tür und darauf hockte ein Mann mit dunklem Haar. Er sah mich genau an, grinste und war mit einem schnellen Satz bei der Tür.

»Fuck!«, entfuhr mir der Fluch, den ich schon so oft von Nate, Cass und William gehört hatte. Ich sprang in die Höhe, drehte mich um und hörte, wie die Tür aufgerissen wurde. Mir war sofort klar, dass ich es nicht mehr rechtzeitig schaffen würde, dennoch versuchte ich es. Ich machte einen schnellen Satz nach vorne und hastete los.

Na, mach schon! Gib Gas!, grölte Wraith in meinem Kopf. *Wenn es einmal in deinem Leben einen Zeitpunkt gegeben hat, die Beine in die Hand zu nehmen, dann jetzt!*

Es überraschte mich nicht, dass er nicht kämpfen wollte, denn ich spürte nichts bei dieser Person. Das wiederum konnte nur eines bedeuten: Der Kerl war kein Mare. Wie hatte ich das nur vergessen können?! Natürlich hatte Morpheus hier nicht nur Mare stationiert. Es waren auch menschliche Krieger hier, und die konnte ich nicht spüren. So ein idiotischer Fehler!

Die Tür donnerte hinter mir gegen die Wand, gleich darauf hörte ich Schritte. Ich rannte, so schnell ich konnte, und hielt gleichzeitig nach Warlor Ausschau. Aber ich sah ihn nirgends. Wo war der Kerl nur abgeblieben? Gerade jetzt, wo ich ihn brauchte, war er wie vom Erdboden verschluckt.

»Du hast keine Chance, Kleine«, rief eine Stimme hinter mir.

In diesem Moment fühlte ich direkt über mir einen Windhauch. Einem Impuls folgend – oder vielleicht hatte es auch etwas mit Wraiths Kräften zu tun – blieb ich stehen und machte einen Sprung nach hinten. Der Kerl tauchte genau an der Stelle auf, wo ich gerade noch gestanden hatte. Er hätte mich mit diesem Angriff also gnadenlos zu Boden gerissen. Mein

Ausweichmanöver schien ihn ein wenig zu überraschen, aber dennoch zögerte er nicht. Er wirbelte herum, stieß sein Bein vor und versuchte, mir die Füße wegzureißen. Ich machte erneut einen Satz zurück, doch der Kerl war schnell. Er schlug mit der Faust nach mir, sodass ich zur Seite ausweichen musste.

Der Typ glaubt doch nicht, dass wir es ihm so einfach machen, raunte Wraith, während ich unter dem nächsten Hieb wegtauchte.

Wir müssen von hier verschwinden. Es wird sicher nicht mehr lange dauern, bis andere …

Ich kam nicht mehr dazu, den Satz zu beenden, denn plötzlich spürte ich ein Kribbeln im Nacken.

Oh ja, komm nur her, raunte Wraith in meinem Kopf. Seine Stimme jagte mir einen kalten Schauder über den Rücken. Er klang so … anders. So gierig. So gnadenlos. So unfassbar hungrig.

Ich musste mich gar nicht umdrehen, um zu wissen, wer da gekommen war. Auch Wraith spürte es und ließ keine Zeit verstreichen. Blitzschnell schossen schwarze Rauchfäden aus meinem Bauch und Brustkorb hervor und wanden sich um den Mann, den ich gerade eben noch im Sessel vor dem Fernseher hatte sitzen sehen. Er riss die Augen auf, und Panik war darin zu erkennen, aber auch Wut. Sehr viel Wut. Er kämpfte um sein Leben, zerrte und riss an den Nebelfäden, die sich erbarmungslos um seinen Körper wanden und nicht von ihm abließen. Mein Herz donnerte in meiner Brust, während ich nichts als diesen unbeschreiblichen Hunger in mir spürte. Er war so gewaltig, so grauenhaft, dass er wie ein Schrei durch meinen Körper hallte. Ich wollte diesen Kerl verschlingen. Die Macht zu spüren, an der die Nebelfäden entlangkrochen, sie im Leib des Mannes wahrzunehmen … Ich war ihr so nah. Sie konnte mir gehören, diese wundervolle, herrliche, reine Magie.

Auch wenn es seltsam war, mir lief das Wasser im Mund zusammen, während ich dabei zusah, wie ein Nebelfaden weiter nach oben kroch und sich um den Hals des Mannes wand. Tief in mir erklang eine leise Stimme, die mir zurief, dass hier etwas falsch war. Aber ich hörte sie kaum, und im Grunde spielten die Worte keine Rolle.

Die Nebelfäden hoben den Kerl in die Höhe und rissen an seinem Körper. Er hatte dieser Kraft nichts entgegenzusetzen. Ich wusste, dass er gleich auseinandergerissen und die reine Magie zum Vorschein kommen würde. Nur noch wenige Sekunden und sie wäre mein.

Gleich … gleich ist es geschafft, freute sich Wraith, und wieder schwappte ein Sturm unterschiedlichster Gefühle durch mich. Ich war aufgeregt, begierig und so voller Hunger. Die Magie in dem Mare war deutlich spürbar, heiß, lodernd, lockend. So voller Leben. Und das alles würde gleich mir gehören. Erneut schrie etwas in mir auf, rief mir eine Warnung zu, dass ich den Ersten nicht vergessen sollte. Ich hatte keine Ahnung, was mir dieses Gefühl – oder war es mein eigener Verstand – sagen wollte. Was spielte es für eine Rolle?

Endlich zersprang sein Leib, und herrlich goldene Lichter stoben durch die Luft. Meine Nebelfäden schossen nach vorne, um sie zu packen. Gierig legten sie sich darum und hielten sie fest.

In diesem Moment schlug mir jemand auf den Hinterkopf. Ich konnte nur noch leise keuchen, dann wurde mir schwarz vor Augen und ich sackte zusammen.

7

Da geht uns endlich mal etwas in die Falle, und dann das. Ich muss ehrlich sagen, dass ich keine Ahnung habe, was die Kleine ist«, sagte eine mir vollkommen unbekannte Männerstimme.

Langsam öffnete ich die Lider, als ein scharfer Schmerz durch meinen Kopf zuckte. Ich hielt den Atem an und versuchte, den Schwindel zu ignorieren, der meine ganze Umgebung zum Schwanken brachte. Immerhin erinnerte ich mich langsam wieder, was geschehen war. Ich war niedergeschlagen worden. Der Kerl, gegen den ich zuerst gekämpft hatte. Ich hatte ihn vollkommen vergessen.

Hättest du deine Gier nicht etwas zurückschrauben können? Dank dir habe ich den ersten Angreifer vollkommen außer Acht gelassen, beschwerte ich mich bei Wraith.

Gleichzeitig stieg die Wut auf mich selbst. Ich hatte mich von Wraiths Gefühlen mitreißen lassen. Er hatte in diesem Moment die alleinige Kontrolle über mich gehabt. Mein Wesen, mein Empfinden und vor allem mein Wille hatten gar nicht mehr existiert. So etwas durfte nicht mehr geschehen.

Ich hätte die Magie beinahe gehabt. Das hätte für uns nützlich sein können. Immerhin haben wir es hier mit mehreren Gegnern zu tun, rechtfertige er sich.

Irgendwie hatte ich die dumme Hoffnung gehabt, der Schlag hätte ihn vielleicht dauerhaft ausgeknockt. So viel dazu.

Wenn du nicht nur an deine nächste Mahlzeit gedacht hättest, wären wir längst von hier fort, erwiderte ich und drehte mich ein kleines Stück, um unauffällig meine Umgebung zu inspizieren.

Ich lag wie weggeworfener Müll in der hinteren Ecke der Halle. Der Fernseher, das Sofa und der Tisch waren nicht weit entfernt. Dort saßen die Mare und weitere Leute, von denen ich annahm, dass es Anhänger von Morpheus waren.

»Bist du dir wirklich sicher, dass die Nebelfäden aus ihrem Körper und nicht aus ihrem Sigil gekommen sind?«, wollte eine Frau mit schmaler Nase und sehr blassem Teint wissen.

Der Kerl, der vorhin mit der Frau Karten gespielt hatte, nickte. »Natürlich bin ich das. Und selbst wenn nicht, hast du je einen Dreamcatcher gesehen, der es mit seiner Kraft schafft, einen von uns in Stücke zu reißen, bis nichts als die reine Magie übrig ist? Irgendetwas stimmt nicht mit der Kleinen.«

»Ich bin noch immer dafür, dass wir sie umbringen. Sie hat ein Sigil um den Hals, was es für mich ganz eindeutig macht. Offenbar gehört sie zu den Dreamcatchern, und einer weniger von ihnen kann für uns nur von Vorteil sein.« Der Mann, der das gesagt hatte, kam mir riesig vor. Er war bestimmt zwei Meter groß. Die drei Narben, die sich über seine rechte Wange und seinen Mund zogen, sprachen ebenfalls eine eindeutige Sprache. Mit ihm war nicht zu spaßen.

»Dieser Ort dient als Falle für die Dreamcatcher, und endlich hat sie zugeschlagen. Wir haben eine von ihnen, und jeder von uns weiß, was wir mit ihnen machen sollen«, fuhr der riesige Mann fort, dessen Gestalt nichts Durscheinendes hatte. Dennoch … wenn ich genau hinspürte, konnte ich wahrnehmen, dass auch er ein Mare war.

»Ich weiß nicht«, überlegte die Frau und schaute in meine Richtung. »Sieh mal einer an, sie ist wach.«

Ich versuchte erst gar nicht, es zu verbergen. Langsam setzte ich mich auf und kämpfte darum, nicht erneut ohnmächtig zusammenzubrechen. Ich hockte mich in den Schneidersitz in der Hoffnung, so genügend Stabilität zu bekommen, um nicht umzufallen. Dann hob ich angriffslustig den Kopf und blickte meine Feinde an.

»Ihr werdet nie herausfinden, was ich bin.« Immerhin war ich mir ziemlich sicher, dass es dafür keine Bezeichnung gab. »Aber ich gehe davon aus, dass euer Anführer ziemlich sauer wird, wenn ihr mich umbringt.«

Mit dieser kleinen Provokation wollte ich es als Erstes versuchen. Mal schauen, ob ich damit irgendwie weiterkam. Wichtig war ohnehin erst mal, Zeit zu schinden, weil Warlor hoffentlich bald kommen würde, um mich zu befreien.

»Auf den Mund ist sie schon mal nicht gefallen«, bemerkte der Kerl, gegen den ich gekämpft hatte.

»Lob sie besser nicht, Trevor. Sonst bildet sie sich noch was darauf ein«, erwiderte die Frau und schenkte mir einen abfälligen Blick.

»Falls ihr in Betracht ziehen solltet, sie am Leben zu lassen, dann gebt mir ein paar Minuten mit ihr. Ich bin mir ziemlich sicher, dass ich sie zum Sprechen bringen werde«, verkündete der riesige Kerl.

Ich hatte keine Ahnung, woher die beiden kamen, war mir aber ziemlich sicher, dass ich sie nicht in der Halle gesehen hatte. Mir war nur dieser Trevor aufgefallen, oder? Es war aber auch alles so schnell gegangen, dass ich mich kaum richtig erinnern konnte.

Der soll es nur versuchen. Den mach ich alle, verkündete Wraith großspurig.

Ich keuchte bloß leise, denn auch wenn der Mare in mir leicht größenwahnsinnige Tendenzen hatte, so wusste er hoffentlich, dass wir keine Chance gegen diese Anzahl an Gegnern hatten.

»Ich wüsste nicht, was dir das bringen sollte«, wandte ich mich an den Zwei-Meter-Mann. »Immerhin haben bereits der König und der Hohepriester höchstpersönlich versucht, herauszufinden, was mit mir los ist.« Ich schenkte ihm einen kühlen Blick. »Damit auch du es ganz klar verstehst: Sie sind nicht dahintergekommen.«

»Du bist wirklich ganz schön dreist«, stellte die Frau fest und schüttelte irritiert den Kopf. »Oder mutig. Ich bin noch nicht sicher, was ich davon halten soll. Du machst mich auf jeden Fall neugierig.« Sie wandte sich den anderen zu und meinte: »Vielleicht ist sie doch ein besonderer Fall und wir sollten jemanden aus der oberen Riege verständigen. Es ist besser, wenn sie entscheiden, was mit ihr geschehen soll.«

Der riesige Mann schnaufte enttäuscht und verschränkte die Arme vor der Brust. »Dann hoffen wir mal, dass sie mir anschließend grünes Licht geben. Ich kann es kaum erwarten, der Kleinen ihre Aufsässigkeit auszutreiben.«

Du machst dir immer mehr Freunde, trällerte Wraith.

Du musst gerade was sagen, ermahnte ich ihn. *Immerhin haben wir so etwas Zeit gewonnen.*

Ja, um dann von irgendwelchen Anführern auseinandergenommen zu werden. Kannst du dir vorstellen, was die mit uns machen, wenn sie erfahren, was mit dir los ist?

Ich holte tief Luft, denn in der Tat hatte ich eine gewisse Ahnung. Allerdings erinnerte ich mich auch noch sehr gut daran, dass diese Jinx während des Kampfes anwesend gewesen war, als Wraith den Mare zerstört und dessen Magie in sich aufgenommen hatte. Sie hatte diese Information doch sicher nicht für sich behalten, oder doch? Wollte sie das erst bei einer guten Gelegenheit für sich nutzen? Es war vermutlich reine Zeitverschwendung, mir über diese Frau und ihre Pläne den Kopf zu zerbrechen.

Wir müssen erst mal abwarten und Zeit gewinnen. Warlor muss noch in der Nähe sein. Er wird kommen und mir helfen, sagte ich zu Wraith und hoffte, dass sich meine Worte wirklich bewahrheiten würden.

»Dann gebe ich mal Bescheid«, verkündete die Frau, holte ein Handy aus der Tasche und ging nach draußen. Offenbar wollte sie nicht, dass ich etwas von ihrem Gespräch mitbekam. Ich blickte ihr nach, bis die Tür hinter ihr zugefallen war. War Warlor bereits in der Nähe? Hoffentlich würde er sich mit einem Gegenschlag nicht mehr allzu viel Zeit lassen.

»Deinem sehnsüchtigen Blick nach zu urteilen, hoffst du wohl, dass dein Begleiter dir zur Hilfe kommt.« Der Zwei-Meter-Mann war zu mir getreten und schenkte mir ein eisiges Lächeln.

Ich wandte mich ihm zu und versuchte, mir nicht anmerken zu lassen, dass er mit seiner Vermutung genau ins Schwarze getroffen hatte. »Ich habe keine Ahnung, von was du sprichst«, wiegelte ich ab und lenkte meinen Blick wieder zur Tür.

»Gil, lass es einfach. Gib dich nicht mit ihr ab. Das ist sie sicher nicht wert«, rief Trevor seinem Kumpel zu. Er hatte es sich gerade auf einem Stuhl gemütlich gemacht und die Beine auf den Tisch vor sich gelegt.

»Oh, ich finde schon, dass sie Bescheid wissen sollte«, erwiderte er. Gil ging vor mir in die Hocke und grinste mich an. Seine Zähnen waren gelb. »Wir haben hier einige sehr gut versteckte Kameras. Es ist uns also nicht entgangen, dass du und dein Freund hier eingedrungen seid. Und soll ich dir noch etwas verraten? Kaum, dass du außer Sichtweite warst, ist er abgehauen. Das sagt doch so einiges über euch Dreamcatcher aus, nicht wahr?«

Ich spürte seinen Atem auf meiner Haut. Konnte das wirklich wahr sein? Stimmte das, was er da sagte? Es gefiel ihm, mir Angst einzujagen, das war nicht zu übersehen. Und dennoch glaubte ich, dass er mich nicht belog. Aber warum sollte Warlor einfach abgehauen sein? Weshalb hatte er mich zurückgelassen?

Da er seine Aufträge direkt vom König erhält, gibt es dafür wohl nur eine Antwort, stellte Wraith fest.

Ich versuchte, meine Panik niederzuringen und dem Kerl vor mir nicht zu zeigen, was er mit seinen Worten auslöste, aber offenbar gelang mir das nicht.

»Wie ich sehe, hast du verstanden. Gut, sehr gut. Mir ist wichtig, dass du die Wahrheit begreifst: Es wird niemand kommen, um dir zu helfen. Sie haben dich einfach hier zurückgelassen. Und nun bist du komplett in unseren Händen.« Mit diesen Worten stand er auf und gesellte sich zum Rest der Truppe.

Das kann nicht sein, murmelte ich in meinem Kopf. *Warum sollte mich der König auf diese Weise loswerden wollen?*

Du hast ihm die Antwort gegeben, die er haben wollte. Dank dir wissen die Dreamcatcher und er nun, dass das hier ein Stützpunkt von Morpheus ist. Möglicherweise hat ihnen das bereits gereicht. Und außerdem war von Anfang an klar, dass du dem König ein Dorn im Auge bist. Vielleicht wollte er den endlich entfernen, überlegte Wraith. *Dafür würde auch der Zeitpunkt sprechen. Immerhin ist Nate auf einem Einsatz. Vielleicht, weil der König wusste, dass dich sein Sohn sonst immer beschützen würde?*

Es klang alles absolut naheliegend, und dennoch … War der Argwohn des Königs mir gegenüber größer als der Nutzen, den ich ihm bot? Wollte er mich vielleicht auf diese Weise einfach nur testen? Oder steckte mehr dahinter? Ich hatte keine Ahnung und war es leid, mir Gedanken darüber zu machen. Im Moment steckte ich jedenfalls in verdammt großen Schwierigkeiten.

Die Tür ging wieder auf und die junge Frau kam zurück. »Sie werden bald hier sein«, verkündete sie und gesellte sich zu den anderen. Für mich hatte sie nicht mal einen Blick übrig.

»Na, dann warten wir mal ab«, verkündete Trevor und schaltete den Fernseher ein.

Ich war ganz froh darum, denn so schenkten sie mir keine Aufmerksamkeit mehr. Die Tür war nicht abgeschlossen, so viel stand wohl fest. Allerdings lag sie am anderen Ende des Raums, und ich wusste, dass ich niemals so schnell war wie die Mare oder die Anhänger von Morpheus. Sie verfügten über magische Kräfte und waren mir damit um einiges überlegen. Wobei … ich trug ebenfalls noch Magie in mir. Damit sollte sich doch etwas anfangen lassen.

Du willst noch mehr von dieser herrlichen, wundervollen Magie verschwenden?, hakte Wraith entsetzt nach. *Du vergisst wohl, dass ich sie besorgt habe.*

Ja, und wenn wir am Leben bleiben wollen, wäre es vielleicht von Vorteil, sie einzusetzen. Unsere Wärter halten sich offenbar für deutlich überlegen und glauben nicht, dass ich eine Chance gegen sie habe. Wenn wir es richtig anstellen, funktioniert es vielleicht.

Ich grübelte und überlegte, was ich tun konnte.

Da müsstest du schon für ordentlich Trubel sorgen, damit das klappt, meinte Wraith.

Nichts anderes schwebte mir vor. Die Runde war jedenfalls mit so ziemlich allem anderen beschäftigt als mit mir. Das wollte ich nutzen. Ich wagte einen letzten Blick zur Tür, dann sprang ich auf und rief meine Magie, um eine Flamme zu erschaffen, die ich direkt in Richtung des riesigen Kerls warf. Wie ich gehofft hatte, kam mein Angriff überraschend für alle, sodass sie erst einmal zwei Sekunden brauchten, um die Situation zu verstehen. Zeit, die ich nutzte, um einen Windwirbel zu rufen, den ich auf die Morpheus-Anhänger warf, die am Tisch saßen. Ich hörte ein Krachen, als Trevor mit seinem Stuhl umfiel. Darauf folgte der Tisch. Ich schenkte ihnen keinen zweiten Blick, sondern rannte weiter.

Gar nicht übel, stellte Wraith fest und er klang beinahe anerkennend.

Ich hatte keine Zeit, mich mit seinen Worten zu befassen. In diesem Moment erreichte ich die Tür, packte den Griff und drückte ihn hinunter. Ich war noch nie in meinem Leben so schnell aus einem Gebäude gestürzt. Hastig rannte ich weiter in der Hoffnung, bald in der Dunkelheit verschwinden zu können. Allerdings hörte ich da bereits die Rufe meiner Verfolger.

»Du kleine, verdammte …«

»Bleib gefälligst stehen, wir erwischen dich sowieso!«

Darauf würde ich ganz sicher nicht warten. Ich rannte noch schneller, während heißes Adrenalin durch meine Adern peitschte und meine Füße über den Boden flogen. Irgendetwas zischte an meinem Kopf vorbei, ich zog ihn ein, als auch schon ein greller Blitz über mich hinwegrauschte. Hastig drehte ich mich um und sah Trevor, die Frau und den Zwei-Meter-Mann hinter mir hereilen. Und plötzlich spürte ich etwas. Da war es wieder, dieses Drängen, dieses eigenartige Gefühl, das sich durch mein komplettes Inneres brannte, bis in meinen Verstand hinein. Doch es kam nicht aus Richtung der Halle.

Als ich mich wieder nach vorne wandte, entdeckte ich dort jemanden. Machte das Sinn?

»Mist!«, zischte ich und starrte auf einen jungen Mann, den ich bereits im Hyde Park am Brunnen gesehen hatte. Seine beiden Begleiter hatten ihn Cole genannt. Es konnte nichts Gutes bedeuten, dass er hier war. Er stand direkt neben dem Tor, durch das ich musste, um fliehen zu können, hielt die Arme vor der Brust verschränkt, und selbst durch die Dunkelheit der Nacht meinte ich, sein kaltes Lächeln auf den so scharf geschnittenen Gesichtszügen erkennen zu können. Sein Haar war an der rechten Seite rasiert, und einige Strähnen fielen ihm wild ins Gesicht. Gehörte er zu der Führungsriege, oder warum war er plötzlich hier? Vor allem fragte ich mich, ob dieses Gefühl von ihm ausging.

Ich hatte keine Zeit, näher nachzuspüren, machte eine scharfe Kurve und rannte, so schnell ich konnte, auf den Teil des Grundstücks zu, der von keiner Lampe erhellt war. Weg von Cole. Weg von dem Gebäude. Vielleicht hatte ich dort eine Chance, dass mich meine Verfolger aus den Augen verloren und ich nach einem Fluchtweg suchen konnte. Die Schwärze der Nacht verschluckte mich, da hörte ich plötzlich ein hämisches Lachen, das von links aus der Dunkelheit zu mir schwebte. Ich spürte es ganz deutlich und nun noch stärker als zuvor: ein Mare. Er war mir ganz nah.

Was, verflucht noch mal …

Weiter kam ich nicht, denn da sprang etwas aus den Tiefen der Nacht hervor, packte mich und umklammerte mich so fest, dass ich kaum Luft bekam. Ich wehrte mich aus Leibeskräften, schlug und trat um mich, doch gegen diesen Kerl hatte ich keine Chance. Ein Gesicht beugte sich zu mir hinab und schmiegte die Wange an meine.

»Und so sehen wir uns wieder«, stellte er fest.

Arion, ging es mir durch den Kopf. Ich erinnerte mich nur zu gut daran, dass wir so eine ähnliche Situation schon einmal erlebt hatten. Auch da hatte mich der Kerl geschnappt und festgehalten. Ich drehte den Kopf in seine Richtung, sodass ich ihn sehen konnte. Er hatte ein breites Grinsen aufgelegt und blitzte mich mit seinen dunklen Augen an. Nein, er war kein Mare, das konnte ich genau spüren.

Dann trat eine Frau hervor, die ich ebenfalls kannte. Jinx trug eine abgewetzte Jeans und ein kurzes Trägertop. Ihr langes Haar, das im unteren Teil rot gefärbt war, fiel ihr über die Schulter. Auch ihr Kopf war teilweise rasiert, allerdings auf der linken Seite. Das dunkle Make-up um ihre Augen verstärkte den finsteren Blick, mit dem sie mich betrachtete. Arion mochte kein Mare sein, Jinx und Cole aber sehr wohl. Bei unserer ersten Begegnung war mir das nicht aufgefallen, da Wraith zu dieser Zeit noch nicht in meinen Körper übergegangen war. Aber wie hatte es mir entgehen können, als Jinx mich während des Kampfes mit dem Mare beobachtet hatte, an dessen Ende Wraith unseren Gegner verschlungen hatte?

Nun, die Antwort war nicht schwer zu erraten. Ich musste nur an diesen Moment zurückdenken, um erneut die wirbelnden Gefühle in mir zu spüren: die Aufregung und diesen unbeschreiblichen Hunger. Meine Sinne waren wohl mit ganz anderen Dingen beschäftigt gewesen.

»Lasst mich los! Verdammt noch mal, lasst mich gehen!«, kreischte ich und versuchte, mich von Arion zu befreien.

Natürlich tat der Kerl nichts dergleichen. Er hielt mich weiter umklammert und zerrte mich langsam zum Gebäude zurück. Jinx und Cole schlossen sich ihm vollkommen gelassen an.

Im Geist wandte ich mich an Wraith und zischte: *Wenn je die Gelegenheit war, einem Mare die Magie zu entreißen, dann jetzt.*

Ich wusste, du würdest irgendwann zur Vernunft kommen, sagte er erfreut.

Er zögerte keine Sekunde. Sofort schossen Nebelfäden aus meinem Körper und wanden sich um Jinx und Cole. Die blickten irritiert an sich hinab, während die rauchigen Gebilde an ihnen entlangwanderten und sich um sie schlossen.

»Du versuchst es bei uns also auch«, stellte Jinx fest, während sie den Rauchfäden dabei zuschaute, wie sie über ihren Körper strichen. »Na, verübeln kann man es dir eigentlich nicht. Nur solltest du eines wissen.« Sie griff sich einen Faden und zerriss ihn mühelos in der Luft, woraufhin er sich im Nichts auflöste. »Bei uns kannst du das vergessen. Wir spielen außerhalb deiner Liga. Du wirst uns also damit weder töten noch die Magie entreißen können. Das war es doch, was du vorhattest, oder? Immerhin habe ich dich gesehen, als du diesem Mare seine Kraft genommen hast. Wie dem auch sei, diese Versuche kannst du dir bei uns sparen.«

Wraith?, fragte ich den Mare in mir. *Sag mir bitte, dass sie lügt, um Zeit zu schinden.*

Das würde ich wirklich gerne, raunte er unter größter Anstrengung. *Aber ich fürchte, sie sagt die Wahrheit. Ich versuche jedenfalls gerade alles, um die Kleine irgendwie zu fassen zu bekommen. Nichts zu machen. Es geht einfach nicht.*

Super, natürlich mussten wir auf eine Mare treffen, die unbesiegbar war.

»Das darf nicht wahr sein«, murmelte ich leise vor mich hin. Nun hatte ich wohl wirklich keine Chance mehr.

Jinx und Cole zerrissen die letzten Fäden, während Arion mich in die Halle zurückschleifte. Auf dem Weg kamen wir an meinen Wärtern vorbei, von denen ich gehofft hatte, sie nicht so schnell wiedersehen zu müssen. Sie wirkten wütend, und der muskelbepackte Kerl hatte eine ordentliche Brandwunde auf der rechten Wange. Das war immerhin eine kleine Genugtuung.

»Du elendes Miststück«, zischte er mir zu, während Arion mich an ihm vorbeizerrte.

»Ich sagte dir doch, du hast keine Chance«, raunte Trevor, während er sich zu mir beugte und sichtlich an sich halten musste, um mir keine reinzuhauen.

»Oh ja, es lag vor allem an dir, dass ihr mich wieder eingefangen habt«, schnauzte ich zurück.

Arion gab mir einen Schubs und rettete mich damit vermutlich vor einer physischen Antwort des Morpheus-Typen.

»Du machst dir echt eine Menge Freunde«, meinte Arion.

»Ja, genau deswegen bin ich hier, weil ich mir Freunde unter euch Morpheus-Typen suchen will.« Ich schnaufte verächtlich, während ich in die Halle stolperte.

»So, und nun suchen wir dir erst mal ein Plätzchen, wo du es dir gemütlich machen kannst«, erklärte Arion und dirigierte mich in die hinterste Ecke, die am weitesten von der Tür entfernt lag.

»Jinx, gib mir mal ein paar Seile«, forderte er die junge Frau auf, die daraufhin ihre Tasche öffnete und erstaunlich lange Stricke herausbeförderte.

»Interessant, was du alles so mit dir rumschleppst«, maulte ich.

»Tja, wenn wir die Nachricht erhalten, dass wir dringend vorbeikommen sollen, da sich eine sehr aufdringliche Dreamcatcherin in eine unserer Fallen verlaufen hat, dann bin ich vorbereitet.«

Sie ging an Arion vorbei, ohne mich aus den Augen zu lassen, und machte sich höchstpersönlich ans Werk, mich zu fesseln. Und dabei ging sie ganz schön gnadenlos vor. Ich musste mehrfach den Atem anhalten und darum kämpfen, nicht vor Schmerz aufzuschreien. Als sie fertig war, konnte ich nicht mal mehr den kleinen Finger rühren und fiel hilflos auf den Boden, wo ich liegen blieb. Sie stieß mich mit dem Fuß zur Seite, als wäre ich ein Stück Müll, beugte sich vor und nahm mir mein Sigil ab.

»Nur, damit du nicht auf dumme Ideen kommst«, sagte sie grinsend, drehte sich um und ließ mich einfach liegen.

Irgendwelche Vorschläge?, wollte ich von Wraith wissen.

Ich grübele darüber nach, wie ich dieser Jinx doch noch ihre Magie entreißen kann.

Schön. Und während du nachdenkst, liege ich hier wie ein gut verschnürter Schinken und bin diesen Typen komplett ausgeliefert. Wir müssen irgendwas unternehmen, und zum ersten Mal wäre ich sogar über eine Idee von dir dankbar.

Ich versuche es ja, brummte Wraith. *Aber du hast alle Magie verbraucht und bist auch sonst nicht die geborene Kämpferin.*

Natürlich, es liegt an mir. Warum sprach ich überhaupt mit dem Kerl?! Wenn ich entkommen wollte, musste ich mir selbst etwas überlegen. Im Moment konnte ich wohl nicht viel tun. Also blieb mir nichts anderes übrig, als zu versuchen, am Leben zu bleiben. Das sollte meine oberste Priorität sein. Auch die Leute von Morpheus waren alles andere als perfekt. Demnach würde ihnen früher oder später ein Fehler unterlaufen, und den würde ich nutzen. Der Plan war sicher nicht der Beste, aber etwas anderes blieb mir nicht übrig.

»Und was machen wir nun mit der Kleinen?«, wollte Cole wissen, der mit verschränkten Armen am Tisch stand.

Jinx nahm auf einem Stuhl Platz und lehnte sich entspannt zurück. »Ich bin der Meinung, dass wir sie gleich bei unserer ersten Begegnung hätten umbringen sollen. Das könnten wir jetzt endlich nachholen.« Sie zuckte gelassen mit den Schultern, als würde sie über eine unbedeutende Entscheidung wie die der nächsten Mahlzeit sprechen. Ich konnte es wirklich nicht fassen.

»Du bist dir sicher, dass ein Mare in ihren Körper gedrungen ist, es aber nicht geschafft hat, sie zu töten?«, hakte Arion nach.

Jinx gab ein schweres Seufzen von sich, nickte aber. »Ich weiß, was ich gesehen habe. Die Kleine ist noch immer so aufbrausend und dumm wie bei unserer ersten Begegnung. An ihrem Charakter hat sich demnach nichts geändert. Sehr wohl aber an ihren Fähigkeiten. Sie hat diesen Mare getötet und dessen Kraft verschlungen. Die Nebelfäden waren ganz eindeutig zu sehen. Es gibt keinen Zweifel.«

Alle Augen legten sich auf mich. Am liebsten hätte ich weggesehen, doch ich hielt ihren Blicken stand und setzte eine eiserne Miene auf. Ich würde niemals meine Angst vor ihnen zeigen.

»Dann sollten wir sie nach Stonewall bringen«, erklärte Arion schließlich. »Ich denke kaum, dass es an uns liegt, zu entscheiden, was mit ihr geschehen soll.«

Ich hielt die Luft an und spürte, wie mein Herz heftig gegen meine Rippen hämmerte. Wenn sie mich von hier wegbrachten, würden mich die anderen Dreamcatcher niemals finden. Das durfte nicht passieren.

Falls überhaupt jemand kommt, murrte Wraith. *Auf Warlor würde ich jedenfalls nicht allzu viel geben.*

Das tue ich auch ganz bestimmt nicht, knurrte ich zurück.

Ja, natürlich wartest du auf deinen Prinzen. Aber mal ehrlich, denkst du wirklich, Warlor oder der König würden ihm sagen, wohin sie dich geschickt haben?

Ich gab keine Antwort darauf, denn ich ahnte, dass Wraith recht haben könnte. Auch dem König musste klar sein, dass Nate alles daransetzen würde, mich zu finden – selbst wenn er dafür in das Hauptquartier von Morpheus eindringen musste. Niemals würde sein Vater dieses Risiko eingehen.

»Ich bin derselben Meinung wie Jinx«, mischte sich Cole ein und riss mich damit aus meinen düsteren Gedanken. »Wir sollten sie töten. Ich kann mir kaum vorstellen, dass sie uns in irgendeiner Weise von Nutzen sein könnte.«

Arion zuckte mit den Schultern. »Nun ja, Jinx meinte, sie könnte Mare spüren, oder?«

Die junge Frau nickte. »Als ich sie damals verfolgt habe, war ihr die Unruhe deutlich anzusehen. Obwohl sie den Kerl noch nicht gesehen hatte, wusste sie, dass er da war. Es war eindeutig.«

»Dann hätten wir neben dem Seelenlicht noch eine Möglichkeit, an sie ranzukommen. Könnte sich als hilfreich erweisen«, überlegte Arion. »Wie gesagt, wir bringen sie besser nach Stonewall. Sollen sich andere den Kopf über sie zerbrechen.«

Krampfhaft überlegte ich, was ich machen konnte. Instinktiv versuchte ich, mich zu rühren, auch wenn ich wusste, dass das sinnlos war. Ich spannte jeden Muskel in meinem Körper an und rollte mich langsam nach vorne. Ich kam mir wie ein Käfer vor, der auf den Rücken gefallen war. So hilflos hatte ich mich noch nie gefühlt, und dennoch wollte ich nicht aufgeben.

»Du bist wirklich nicht totzukriegen. Da bist du schon gefesselt und versuchst dennoch gleich die nächste Dummheit.« Jinx kam langsam auf mich zu und beugte sich mit finsterer Miene zu mir herab. »Das werden wir dir noch austreiben müssen. Aber erst mal darfst du dich auf eine kleine Reise freuen.«

Ich riss die Augen auf und verstärkte meine Bemühungen, mich zu wehren, als die junge Frau mir etwas über den Kopf zog und die Welt um mich herum dunkel wurde.

8

Kühle Luft peitschte mir entgegen, während ich noch immer so verschnürt war, dass ich mich nicht rühren konnte. Allerdings hatte ich meine Bemühungen sehr schnell eingestellt, als ich eine ungefähre Vermutung bekam, wo ich mich befand. Immerhin war mir der Flug auf einem Drachenrücken nicht vollkommen unbekannt. Allerdings fragte ich mich, wie Jinx an einen kam?

Hast du vergessen, dass sie ein Sigil trägt?, meldete sich Wraith zu Wort.

Mir ist durchaus bewusst, dass sie ohne das Amulett nicht in der Lage wäre, einen zu rufen. Allerdings habe ich gedacht, dass es eine Sache der Dreamcatcher ist, diese Wesen zu erschaffen. Tja, so konnte man sich irren.

Ich habe übrigens den Verdacht, dass es auch an dem Sigil liegen könnte, dass ich ihre Kraft nicht rauben kann, fuhr der Mare fort. *Vielleicht ergibt sich irgendwann mal die Chance, ihr die Kette zu entreißen. Mal schauen, ob meine Idee richtig ist und sie dann noch immer so große Töne spuckt.*

Ich sehe schon, dass ich nur deinetwegen demnächst mein Leben verlieren werde, beschwerte ich mich.

Ich schloss die Lider, da selbst die Kapuze, die Jinx mir übergestülpt hatte, den heftigen Wind nicht davon abhalten konnte, meine Augen tränen zu lassen. Auch Nate war mit Flame oft sehr schnell geflogen, allerdings hatte ich das Gefühl, dass wir gerade noch sehr viel mehr Tempo an den Tag legten.

Ich nutzte die Zeit, um herauszufinden, ob ich mich wirklich auf einem Drachen befand, und tastete mit meinen Händen umher – soweit es meine Fesseln zuließen. Ich spürte die Schuppen deutlich unter meinen Fingern. Dieses harte, scharfkantige und doch warme Gefühl hätte ich überall wiedererkannt.

Ich glaubte auch, dass Jinx es war, die den Drachen führte. Zumindest hatte sie zum Beginn unseres Flugs etwas zu Cole gesagt, und dabei war ihre Stimme näher gewesen als seine. Sie hatte mich also im Blick. Nicht, dass ich gerade viel hätte ausrichten können. Immerhin war ich gefesselt und auf den Rücken eines Drachen gebunden. Dennoch war ich fest davon überzeugt, dass meine Chance kommen würde.

»Wir sind gleich da«, verkündete Jinx nach einer gefühlten Ewigkeit.

Ich wusste nicht, ob ich erleichtert aufatmen sollte. Einerseits war es schrecklich unbequem, auf diese Art auf dem Drachenrücken zu hocken. Die Seile schnitten sich schmerzhaft in meine Haut. Andererseits hatte ich noch immer keinen Plan, was ich tun sollte, und wusste nicht, ob sich tatsächlich eine Möglichkeit zur Flucht ergeben würde. Mir blieben vermutlich nur noch wenige Augenblicke, bis wir Stonewall erreichten, und dass es nichts Gutes für mich bedeuten konnte, im Hauptquartier von Morpheus zu sein, stand wohl außer Frage.

Ich spürte, wie der Drache die Geschwindigkeit drosselte und die Lage seiner Flügel veränderte. Wir setzten offenbar zur Landung an. Als er die Beine ausstreckte, ruckelte es ordentlich, sodass ich fast schon dankbar für die Seile war, die mich hielten. Schließlich erreichte er den Boden und legte die Flügel wieder an.

»So, dann wollen wir mal«, hörte ich Jinx sagen, und plötzlich war da eine Hand, die die Kapuze von meinem Kopf riss. Die Strahlen der aufgehenden Sonne trafen mein Gesicht, und ich musste die Augen zusammenkneifen. Offenbar waren wir die ganze Nacht geflogen.

Als ich meine Lider wieder öffnete und die klaffende Tiefe unter mir sah, hielt ich erschrocken den Atem an. Der Boden war verdammt weit weg. Alles dort unten war winzig klein und ließ sich kaum erkennen. Ich sah nur zerklüftete Felsen zwischen denen Gras wuchs, sowie ein paar einsame Bäume, die der kargen Umgebung trotzten. Sofort krallte ich mich in die Schuppen des Drachen, als könnte ich so einen Sturz in die grauenhafte Tiefe verhindern. Mit seinen riesigen Pranken hielt sich der orange glänzende Drache an einem steinernen Vorsprung fest, der aus einer steilen Felswand ragte. Ich hob den Kopf und sah hinauf. Der Berg war gigantisch und voller Spalten und Risse. Rechts von uns setzten gerade zwei weitere Drachen zur Landung an und krallten sich ebenfalls an einen der Vorsprünge. Auch wenn ich die Personen, die auf den Tieren saßen, nicht genau erkennen konnte, war ich mir sicher, dass es sich bei ihnen um Cole und Arion handelte. Und noch etwas anderes wurde mir in diesem Moment bewusst: Diese Vorsprünge waren nicht auf natürliche Weise entstanden. Es schien vielmehr so, als wären sie extra für diese Wesen als eine Art Haltestange in die steinerne Wand gemeißelt worden.

»Ich werde deine Fesseln nun teilweise lösen, denn du wirst deine Beine brauchen, um in die Höhle zu gelangen«, erklärte Jinx und machte sich ans Werk.

Ich atmete erleichtert auf, als die ersten Fesseln fielen, doch als ich bemerkte, wie ich allmählich vom Drachenrücken rutschte, bekam ich Panik. Immerhin schien die Morpheus-Anhängerin nicht vorzuhaben, meine Hände zu befreien.

»Verdammt, halt mich fest!«, schrie ich, als ich immer schneller von dem riesigen Tier glitt.

»Keine Angst«, erklärte Jinx und packte mich im allerletzten Moment. »Du glaubst doch nicht wirklich, dass ich unsere wertvolle Fracht einfach fallen lasse.«

Sie lehnte sich mit einem höhnischen Grinsen an mich, hielt mich fest und half mir langsam von dem Drachenrücken runter, bis meine Füße Halt auf dem steinernen Vorsprung fanden. Von dort ging es mit nur zwei kleinen Schritten zu einer Öffnung in der Felswand. Schwarz und drohend lag sie vor mir. All meine Sinne rieten mir, dass es besser war, den Berg nicht zu betreten, aber da schubste Jinx mich auch schon nach vorne. Ich hatte keine Wahl, und im Moment gab es nirgends eine Fluchtmöglichkeit. So trat ich in den dunklen Durchgang.

Erstaunt hob ich den Kopf und schaute mich um. Ich befand mich in einem riesigen Gang, von dem aus zig Öffnungen hinaus zur Felswand führten. Eisiger Wind fegte mir entgegen und erzeugte ein schauriges Heulen. Dieser Ort war wirklich imposant und niemals auf natürliche Weise entstanden.

»Da habt ihr euch ja ordentlich ins Zeug gelegt, um das hier zu erschaffen«, sagte ich zu Jinx.

Sie drückte mir die Hand in den Rücken und schob mich weiter nach vorne.

»Allerdings, und wir sind verdammt stolz darauf. An diesem Versteck haben mehrere Generationen gearbeitet. Es hat fast zweihundert Jahre gedauert, bis es fertig war.«

Ich hob die Brauen, als mir klar wurde, welch Bedeutung dieser Ort für Morpheus haben musste.

Jinx bugsierte mich weiter, als ich Schritte und Stimmen hinter mir hörte.

»Nach dem Flug könnte ich erst mal was zu essen vertragen«, sagte Cole.

»Tja, ich fürchte, da wirst du dich noch etwas gedulden müssen. Wir sollten uns erst mal um unseren Gast kümmern und sie zu Thaddeus bringen. Ich bin gespannt, was er sagen wird.« Arion ging zwar hinter mir, doch ich konnte sein Grinsen förmlich vor mir sehen.

Wer dieser Thaddeus wohl war? Es gefiel mir jedenfalls gar nicht, irgendeinem Kerl vorgeführt zu werden und auf dessen Wohlwollen hoffen zu müssen. Was würde er von mir wollen? Und was sollte ich tun, wenn ich ihm gegenüberstand? Etwas anderes als Zeit zu schinden, fiel mir nicht ein. Und selbst da wusste ich nicht, wie ich das bewerkstelligen sollte. Eine Möglichkeit wäre, so zu tun, als könnte ich für Morpheus von Nutzen sein.

Das ist gar keine schlechte Idee, meldete sich Wraith nach einer gefühlten Ewigkeit zu Wort. Nicht, dass mir sein Gequatsche gefehlt hätte, aber sein langes Schweigen war doch auffällig.

Hast du tatsächlich die Sprache wiedergefunden? Was war los? Hat dich der Flug etwa überwältigt?

Wohl kaum. Aber wenn es nichts Wichtiges zu sagen gibt, ziehe ich für gewöhnlich das Schweigen vor.

Ich lachte innerlich auf. *Das ist ja mal was ganz Neues.*

Wie dem auch sei, deine Idee ist nicht schlecht. Wenn du ihnen glaubhaft vermitteln kannst, dass du im Palast gelebt und darum einiges mitbekommen hast, das wichtig für sie sein könnte, vielleicht verschaffst du uns damit etwas Zeit.

Ich schnaufte abfällig. Das konnte doch nicht sein Ernst sein! *Ich habe aber keinerlei Informationen, die für sie interessant sein könnten. Mal davon abgesehen, dass ich ihnen niemals etwas verraten würde, das unserer Welt schaden könnte. Und irgendetwas Stichhaltiges werden sie als Beweis von mir wissen wollen.*

Nun stell dich doch nicht so an. Am Ende geht es immer noch um unser Leben, und das sollte dir doch etwas wert sein.

Sprich nicht von unserem Leben, beschwerte ich mich. Auf dieses Gespräch hatte ich wirklich keine Lust mehr.

Es ist aber nun mal Fakt, dass, wenn du stirbst, es auch mein Ende bedeutet. Das mag dir nicht gefallen, ändert aber nichts an der Tatsache, dass wir im Moment eine Einheit sind.

Davon waren wir gewiss meilenweit entfernt, und wenn es nach mir ging, sollte das auch verdammt noch mal so bleiben.

Arion tauchte an meiner Seite auf und flankierte mich, als hätte er Angst, ich könnte einen Fluchtversuch wagen. Cole setzte sich an die Spitze und ging zielstrebig voraus. Am Ende des Gangs war eine Tür in den Felsen eingelassen. Sie wirkte alt, das Holz hatte sich an mehreren Stellen verfärbt und die eisernen Nieten waren stark verrostet. Je näher wir kamen, desto mehr spürte ich, dass hier noch mehr Mare in der Nähe waren. Ich seufzte leise. Es war im Grunde klar gewesen, dass ich im Hauptquartier auf diese Wesen treffen würde.

Cole öffnete die Tür, trat hindurch, und wir folgten im Schlepptau. Der Gang, der sich vor uns auftat, war schmal und ziemlich niedrig. Da ich kleiner als die anderen drei war, musste ich mich immerhin nicht bücken. Hier war die Luft ebenfalls kühl, auch wenn sie deutlich muffiger war als in dem Gang davor.

Wir gingen etwa hundert Meter, da öffnete sich der Gang in eine größere Höhle, deren Decke ausreichend hoch war, sodass die drei nicht mehr gebückt gehen mussten. Der Raum wurde von Laternen erhellt. Vor uns an der Wand standen Regale, in denen unzählige weitere Laternen aufgereiht waren. Allerdings brannten sie nicht. Es gab Körbe und Säcke, wobei ich nicht sehen konnte, was sich darin befand. Dem Anschein nach war das eine Art Vorratsraum.

»Und weiter geht's«, sagte Jinx hinter mir und versetzte mir erneut einen Schubs.

Am Ende des Raums befand sich eine Öffnung, in deren Richtung mich die Frau manövrierte. Bevor wir sie jedoch erreichten, kam ein Mann mit einem Sack auf dem Arm daraus auf uns zu.

»Arion, lange nicht mehr gesehen. Ich wusste gar nicht, dass ihr drei vorhabt, heute herzukommen.« Der Kerl war deutlich kleiner als Arion oder Cole und hatte eher eine schlaksige Figur. Seine Jeans schlotterten an seinen Beinen. Das blonde, kurze Haar war zerzaust und im Gesicht hatte der Mann mehrere kleine Narben, die wohl von einer Hauterkrankung herrührten. Seine hellen Augen wirkten wach und freundlich. Auch sein

Lächeln schien echt. Offenbar freute er sich wirklich darüber, die drei zu sehen.

Ich spürte, dass er ein Mensch war. Diese Erkenntnis war nicht unwichtig. Immerhin konnte Wraith sich nur die Kraft von Maren einverleiben – und offenbar nicht mal von jedem. Ob es wirklich an dem Sigil lag, dass er Jinx und Cole nichts hatte anhaben können? Vielleicht würde ich diese Frage irgendwann klären.

»Jacob«, sagte Arion, ging auf den Mann zu und begrüßte ihn mit einem kräftigen Handschlag. »Wie geht's? Haben wir irgendwas Interessantes verpasst?«

»Nein, wirklich nicht. Alles beim Alten. Aber ihr scheint etwas Spannendes erlebt zu haben.« Er lächelte, während sich sein Blick auf mich legte.

»Wir werden sehen, ob sie die Mühe wert war«, erklärte Arion. »Hast du eine Ahnung, wo Thaddeus steckt? Wir wollten die Kleine gleich zu ihm bringen, damit er sich ein Bild von ihr machen kann.«

Und wieder fühlte ich mich wie ein Stück Vieh, das vorgeführt wird.

»Schaut mal bei der Quelle nach. Ich glaube, dass er dorthin wollte.« Jacob ging weiter und stellte den Sack in einer Ecke ab.

»Gut, dann bis später«, verabschiedete sich Arion und wir setzten unseren Weg fort.

Während wir einem weiteren Gang folgten, der uns an mehreren höhlenartigen Räumen vorbeiführte, wandte ich mich an meine Wärter und fragte: »Wollt ihr mir nicht langsam mal verraten, wer dieser Thaddeus ist?«

Arion grinste verächtlich. »Du kannst es wohl gar nicht erwarten, mehr über uns herauszubekommen, was? Ich kann mir schon denken, was du vorhast. Aber glaub mir, nichts, was du hier erfährst, wird deinen Leuten irgendwie von Nutzen sein.«

Natürlich spielte der Gedanke, für die Dreamcatcher zu spionieren, eine Rolle. Weit wichtiger war mir im Moment aber, einen Weg zur Flucht zu finden, und auch hierfür musste ich so viele Informationen wie möglich sammeln.

Wir erreichten einen Durchgang, der so niedrig war, dass selbst ich den Kopf einziehen musste. Zum Glück war er nicht sonderlich lang. Doch noch bevor wir ihn überhaupt betreten hatten, fiel mir ein eigenartiges Geräusch auf – ein Brausen.

Als wir das Ende des Gangs erreichten und uns wieder aufrichteten, runzelte ich die Stirn. Nun erkannte ich, woher das Brausen kam. Hier rauschte ein Wasserfall an einer mindestens fünfzig Meter hohen Höhlenwand hinab, an der Pflanzen und Moose wuchsen. Das Wasser ergoss sich in ein Becken, das wohl über sehr lange Zeit entstanden war. Es dampfte herrlich. Augenscheinlich war es eine heiße Quelle, die von dem rauschenden Wasser abgekühlt wurde. Ich war tief beeindruckt von diesem wundervollen Ort. Feine Wassertropfen stoben durch die Luft und legten sich auf mich. Ein bisschen erinnerten sie mich an den Nebel aus meiner Welt, doch waren sie bei Weitem nicht so schwer und klebrig. Sie benetzten meine Haut und fühlten sich erfrischend an, während ich beim Nebel immer spürte, wie er sich einen Weg in meinen Körper suchte.

Das Becken sah einladend aus. Es war von der Kraft des Wasserfalls mit der Zeit direkt in den steinernen Höhlenboden gewaschen worden. Die Dampfschwaden schwebten schwer und träge über die Oberfläche, die von einem dunklen Blau war.

Zu meiner Rechten befand sich ein kleiner Durchbruch in der Höhle, durch den Sonnenlicht hineinfiel. Mein Herz klopfte sofort freudig auf. Konnte das ein Fluchtweg sein? Ich musste es unbedingt herausfinden, doch leider hielt mich Jinx mit einer Hand an der Schulter fest. Sie wollte wohl auf keinen Fall riskieren, mich auch nur einen Moment unbeobachtet zu lassen.

»Was macht ihr denn alle hier?«, erklang eine tiefe Stimme aus den Dampfschwaden des Beckens. Plötzlich kam ein Mann in dem Wasser auf uns zu. Er war groß, hatte sehr breite Schultern und eine ziemlich muskulöse Brust, wie ich gut erkennen konnte, da er zumindest obenrum komplett nackt war.

Ich hoffte, dass er untenrum bekleidet war oder andernfalls im Wasser blieb.

Seine dunklen Augen legten sich auf uns, und seine Lippen verzogen sich grimmig unter dem dichten Vollbart. Das Haar war lang und umgab ihn wie eine wilde Mähne, die leicht gewellt und von rötlicher Farbe war. Vom Alter her schätzte ich ihn auf Ende fünfzig, wobei ich mir nicht ganz sicher war. Dafür wusste ich zu wenig über die Menschen.

»Darf ich vorstellen«, wandte sich Jinx an mich. »Das ist Thaddeus. Er war es, der damals eine Gruppe von Menschen vereint hat, um euer Reich zu stürzen. Bis heute ist er ihr Anführer.«

Ich erschauderte. Er war also der Anführer von Morpheus. Irgendwie passte es. Zumindest hatte Thaddeus eine beeindruckende Ausstrahlung, und man sah ihm deutlich an, dass er wusste, wie man kämpfte.

»Landa hat uns informiert, dass die Kleine hier in eine unserer Fallen getappt ist«, erklärte Arion. »Da sie ein Sigil trägt, gehört sie wohl den Dreamcatchern an, auch wenn es mich wundert, da sie bei unserer ersten Begegnung kein Amulett bei sich hatte. Aber vielleicht wird sie uns diesen Umstand irgendwann erklären. Jedenfalls ist sie offenbar von einem Mare besetzt, aber nicht getötet worden. Jinx ist sich sicher, dass das Wesen sich mit ihr den Körper teilt. Zumindest hat sie gesehen, wie die Kleine vor Kurzem die Kraft eines anderen Mares verspeist hat.«

»Toll, was du alles über mich zu glauben weißt«, knurrte ich.

Ganz kurz wanderten seine kalten Augen zu mir. »Du kannst uns gerne auf die Sprünge helfen, wenn ich etwas Falsches erzählt haben sollte. Vielleicht wäre es gut, an der Stelle noch hinzuzufügen, dass sie ziemlich aufmüpfig ist und eine große Klappe hat. Und was noch wichtiger ist: Sie scheint Mare spüren und orten zu können. Habe ich etwas vergessen?«, wandte er sich erneut an mich.

»Nur dass ich euch alle unfassbar verabscheue und euch den Tod an den Hals wünsche.«

»Nebensächlichkeiten.« Er winkte ab. »Wir dachten, du solltest die Kleine kennenlernen.«

»Das kann ich mir vorstellen«, sagte Thaddeus und musterte mich. »Nun, wie es sich anhört, ist sie durchaus eine Kuriosität. Konntet ihr denn schon in Erfahrung bringen, warum der Mare sie nicht töten konnte? Er wird es doch versucht haben, oder nicht? Bisher ist mir noch nie zu Ohren gekommen, dass ein Mare dabei nicht erfolgreich war.«

Arion zuckte mit den Schultern und wandte sich mir zu. »Na, willst du darauf antworten?«

»Wohl kaum.« Nicht, dass ich eine Antwort darauf gehabt hätte.

Die Antwort würde mich auch brennend interessieren, mischte sich Wraith in meine Gedanken. *Denn versucht habe ich es natürlich.*

Reizend, gab ich zurück.

»Sie hat ein Sigil, hast du gesagt?«, fuhr Thaddeus fort.

Jinx holte etwas aus ihrer Tasche und streckte die Hand aus. Mein Sigil baumelte daran hin und her wie ein Pendel.

»Gut, das könnten wir an einen unserer Leute weitergeben. Was die Kleine selbst betrifft: Ich sehe nicht ein, warum wir einen Dreamcatcher am Leben lassen sollten. Je weniger es von ihnen gibt, umso besser für uns. Meinetwegen könnt ihr dem Mädchen sofort den Garaus machen.«

Ich riss die Brauen in die Höhe und starrte den Kerl fassungslos an.

»Bist du verrückt?!«, fuhr ich ihn an. »Du hast selbst gesagt, dass es etwas Außergewöhnliches ist, was mir widerfahren ist. Willst du nicht zumindest versuchen, herauszufinden, was geschehen ist?«

Ich duzte ihn mit Absicht, um klarzumachen, dass er nicht über mir stand und ganz sicher nicht über mich oder gar meinen Tod zu entscheiden hatte. Natürlich wusste ich, dass die Wahrheit anders aussah, aber ich wollte alles versuchen, um mein Leben zu retten.

»Wir sollten nicht so voreilig sein«, wandte Arion zu meiner Überraschung ein, aber er hatte mich ja bereits bei unserer letzten Begegnung verschont – warum auch immer.

»Wenn du uns die Antwort nicht freiwillig geben willst, werden wir es wohl kaum herausbekommen«, stellte Thaddeus sachlich fest.

Ich zögerte kurz, rückte dann aber zumindest mit einer Sache heraus. »Selbst wenn ich wollte, könnte ich es nicht. Ich habe nämlich ebenfalls keine Ahnung, warum ich überlebt habe. Der Mare in mir weiß es übrigens auch nicht.«

»Er redet also mit dir«, stellte Arion fest. »Interessant.«

»Du hast ja keine Ahnung. Ich glaube trotzdem, dass es noch einige Fragen gibt, deren Antworten auch für euch lohnenswert sein könnten. Immerhin gehöre ich den Dreamcatchern an. Was, wenn ich hilfreiche Informationen hätte?«

»Und die würdest du uns geben?«, fragte Jinx. »Du würdest dich gegen den Prinzen stellen, dem du offenbar sehr am Herzen liegst? Entschuldige bitte, wenn ich da gewisse Zweifel hege.«

Mist, verdammt! Sie hatte natürlich recht.

»Aber wenn sie Mare aufspüren kann, wäre das vielleicht ein Punkt, an dem sie sich als nützlich erweisen könnte. Ihr wisst, dass es einige Mare gibt, die dem Ruf nicht folgen und sich auch dem Seelenlicht entziehen. Mit ihr könnten wir sie aufspüren und zu überzeugen versuchen«, schlug Cole vor.

Irgendwie hatte ich eine Ahnung, dass diese Überzeugungsarbeit nicht gewaltfrei verlaufen würde. Aber wenn sie glaubten, dass ich ihnen auf diese Weise nützlich sein konnte, bitteschön. Im Moment war mir so ziemlich alles recht, wenn es mir nur etwas mehr Zeit verschaffte.

»Das solltest du besser nicht zu laut sagen. Du weißt, dass es im Grunde keine Option ist, die abtrünnigen Mare zu suchen«, erwiderte Thaddeus. »Also, wenn du keine weiteren Argumente hast …«

Langsam kam der Mann aus dem Wasser auf mich zu. Er wirkte bedrohlich wie ein Dämon aus einer dunklen Welt. Ich wollte zurückweichen, aber Jinx hielt mich fest. Ihr Griff wurde härter und unnachgiebiger. Es war klar, dass sie mir keine Chance lassen würde.

Sehnsüchtig wanderte mein Blick noch mal in Richtung der Öffnung in der Wand. Im Moment hätte ich so ziemlich alles riskiert, um dort hinzukommen.

»Tja, sieht schlecht für dich aus«, raunte Jinx an meinem Ohr.

Mein Blick wanderte hektisch zu Thaddeus zurück, dem das Wasser nur noch bis knapp zur Hüfte reichte, was meine Befürchtungen bestätigte: Der Kerl war untenrum nackt. Schnell sah ich beiseite. Das sollte auf keinen Fall das Letzte sein, was ich sehen würde.

Krampfhaft überlegte ich, was ich tun konnte. Mein Blut schoss heiß und lodernd durch meine Adern, während ich hoffte, einen rettenden Einfall zu bekommen.

»Du solltest keine überstürzten Entscheidungen treffen«, wandte Arion ein. »Erst recht nicht, wenn …«

»Ich würde vielleicht nicht den Prinzen verraten, seinen Vater aber schon«, schoss es plötzlich aus mir heraus.

Das Geräusch des schwappenden Wassers verstummte, als Thaddeus stehen blieb. Vorsichtig schaute ich wieder in seine Richtung. Er hatte wirklich eine unfassbar breite Brust, auf der dunkle Haare wuchsen. Das Wasser bedeckte gerade noch so seinen Schambereich, wofür ich wirklich dankbar war. Schnell sah ich wieder in sein Gesicht. Hatte mein Kommentar tatsächlich sein Interesse geweckt? Würde er seine Entscheidung noch mal überdenken? Ich musste verdammt vorsichtig sein und durfte nichts Falsches sagen.

Er musterte mich mit seinen grünen Augen und fragte schließlich: »Und du willst mir weismachen, dass du etwas über den König zu erzählen hast, das für uns von Bedeutung sein könnte?«

Ich zuckte mit den Schultern. »Immerhin lebe ich seit einiger Zeit im Schloss und habe gewiss mehr mitbekommen, als ihm lieb ist. Ich kann zum Beispiel einiges über das schlechte Verhältnis zwischen ihm und dem Hohepriester sagen.«

Ich übertrieb natürlich gnadenlos, aber es war wichtig, dass Thaddeus zumindest glaubte, ich könnte ihm etwas liefern.

»Warum solltest du deinen eigenen König verraten? Ihr Dreamcatcher untersteht ihm, und wie wir im Laufe der Zeit feststellen durften, gehorcht ihr ihm blind.«

Sollte ich ihm sagen, dass ich gar keine komplette Ausbildung genossen hatte und mich darum nicht als Mitglied der Dreamcatcher fühlte? Nun, vielleicht war das ein Punkt, den ich besser für mich behielt.

»Deine Leute werden dir bestätigen können, dass ich von einem Mann begleitet worden bin. Er arbeitet als Ausbilder der Dreamcatcher und wurde direkt vom König mit diesem Auftrag betraut. Dass er einfach abgehauen ist, obwohl nicht mal Gefahr für ihn bestand, zeigt recht deutlich, wie König Dawnspark zu mir steht. Ich sehe nicht ein, warum ich mein Leben für ihn opfern sollte.«

In der Tat wollte ich nicht für unseren Herrscher sterben. Allerdings hatte ich trotz der Schwierigkeiten mit ihm nicht vor, ihn zu verraten. Es ging einzig und allein darum, vorläufig meinen Kopf aus der Schlinge zu ziehen.

Thaddeus strich sich nachdenklich durch den Bart. »Noch glaube ich nicht, dass du uns tatsächlich so bereitwillig Informationen weitergeben willst. Aber versuchen sollten wir es. Töten können wir dich immer noch.«

Ich konnte mein Glück kaum fassen und atmete erleichtert durch. Thaddeus entging das nicht und ein finsteres Grinsen tauchte auf seinen Lippen auf.

»Oh, freu dich besser nicht zu früh. Das heißt nicht, dass es dir hier bei uns gut gehen wird.«

Er machte einen weiteren Schritt auf mich zu, und meine Erleichterung war mit einem Mal wie weggeblasen. In was war ich da nur hineingeraten?

In dem Moment hörte ich eine Stimme hinter mir.

»Ich kann mich irren, aber mein Gefühl sagt mir, dass wir hier mit Drohungen nicht unbedingt weiterkommen.«

Ich gefror mit einem Schlag zu Eis, als ich die Stimme erkannte. Das konnte nicht sein. Es machte überhaupt keinen Sinn, und dennoch … Mit jeder Faser meines Körpers wusste ich, wen ich gleich hinter mir erblicken würde. Wie in Zeitlupe drehte ich mich um und sah meine Befürchtungen bestätigt.

9

Wie war das nur möglich? Das konnte nicht sein! Es ergab überhaupt keinen Sinn. Und dennoch stand Cael da. Er trug einen schlichten, dunkelblauen Pullover, der seinen Körper ziemlich gut zur Geltung brachte. Die schwarze Hose schmiegte sich um seine Beine. Er sah aus wie immer. Nur leider befanden wir uns nicht in seiner Wohnung, sondern im Hauptquartier von Morpheus. Und das konnte nur eines bedeuten.

Cael hielt die Arme vor der Brust verschränkt, verdrehte die Augen und schnaubte genervt. »Und du solltest Alexis vielleicht nicht schockieren, indem du nackt aus dem Wasser steigst. Ich könnte mir vorstellen, dass sie den Anblick nicht verkraftet.«

Ich schenkte ihm einen bitterbösen Blick – natürlich nicht wegen seiner Worte, denn da lag er absolut richtig. Nein, ich war eher fassungslos darüber, wie ruhig und gelassen er war. Als wäre es vollkommen normal, dass wir uns hier trafen.

»Hm, ja das passt. Prüde sind die Dreamcatcher ja alle irgendwie.« Dennoch machte Thaddeus ein paar Schritte zurück ins Wasser.

»Du bist also auch schon hier. Ich hatte nicht vor morgen mit dir gerechnet«, stellte Arion mit einem Lächeln fest. »Nette Überraschung.«

»Ich wäre gerne noch eher da gewesen. Es ging aber nicht schneller«, erwiderte Cael. »Schön zu hören, dass du mich so vermisst hast.« Er schenkte Arion ein sarkastisches Grinsen.

»Jinx, bring du die Kleine doch in ihre Zelle. Ich bin mir sicher, dass du mit ihr fertigwirst«, sagte Arion.

»Lass mich das machen«, mischte sich Cael ein. »Ich kümmere mich um sie.«

Thaddeus zuckte nur mit den Schultern und schien sich wieder seinem Bad widmen zu wollen.

»Bevor wir gehen, sollten wir uns vielleicht noch um die Fesseln kümmern. Ich glaube kaum, dass die nötig sein werden«, sagte Cael und kam auf mich zu.

Jinx ließ mich los, während er näher kam und sich an den Seilen zu schaffen machte. Sein Duft stieg mir in die Nase, der etwas unheimlich Erfrischendes und zugleich Sinnliches hatte. Ich hielt den Atem an, weil ich nichts mehr von dieser verruchten Mischung einatmen wollte.

Dann gingen wir los. Jinx, Cole und Arion folgten ein Stück hinter uns. Ich bildete mir aber nicht ein, dass sie uns nicht hören würden, wenn ich etwas sagte. Und ich hatte verdammt viel zu sagen!

»Du gehörst also zu Morpheus«, sprach ich das Offensichtliche sogleich an.

»Sieht so aus«, antwortete er, ohne auch nur einen Funken von Schuldgefühl in der Stimme.

»Dann gehörte das alles zu einem kranken Plan von dir, oder wie habe ich mir das vorzustellen? Unsere Begegnung in diesem Club kann ja wohl kein Zufall gewesen sein.«

»Tut mir leid, dich enttäuschen zu müssen, aber nein, ich habe dich nicht gestalkt. Es war tatsächlich bloßer Zufall, dass wir an diesem Ort aufeinandergetroffen sind. Dort habe ich gesehen, wie du plötzlich nach draußen gegangen und schließlich dem Mare gefolgt bist, was wirklich ziemlich unvorsichtig von dir war, wenn ich das mal anmerken darf.«

»Darfst du nicht! Ich habe einfach nur angenommen, dass ich das mit dem verdammten Handy … Wieso erkläre ich dir das überhaupt?«

»Keine Ahnung! Es lässt dich jedenfalls nicht gerade in einem besseren Licht erscheinen«, stichelte Arion hinter mir.

Ich ignorierte den Kerl und richtete meine ganze Wut wieder auf Cael. »Du bist mir also gefolgt.«

Er zuckte vage mit den Schultern. »Ich hatte es zumindest vor. Jessy hat mich allerdings gesehen und wollte unbedingt mitkommen. Das hat mich ein klein wenig aufgehalten.«

Ich nickte nur, während sich die ganze Situation immer und immer wieder vor meinem inneren Auge abspielte. Ich hatte Cael wirklich für einen netten Kerl gehalten, der mir in einer brenzligen Situation zur Seite gestanden hatte. Dabei war das alles nur Teil seines Plans gewesen – auch wenn ich noch keine Ahnung hatte, wie genau der aussah. Fest stand jedoch, dass alles eine Lüge gewesen war. Und ich schämte mich dafür, dass sich ein Teil von mir von ihm angezogen gefühlt hatte. Ich war offenbar nicht nur oberflächlich, sondern auch noch ziemlich dumm.

Ich wollte die Bilder in meinem Kopf niederbrennen, aber sie ließen sich einfach nicht ausblenden. Ich war so wütend, dass ich mich am liebsten auf ihn gestürzt hätte.

»Darum kennst du dich wohl auch so gut mit Wunden aus«, stellte ich fest. Von wegen Medizinstudent, dass ich nicht lachte!

»Schau mich nicht so vorwurfsvoll an. Ich habe nie behauptet, dass ich das an einer Uni gelernt hätte.« Er lächelte, und es stand ihm leider viel zu gut. »Aber ich verstehe natürlich, was du meinst.«

»Du bist ein Lügner«, stellte ich richtig, woraufhin er nur gelassen mit den Schultern zuckte.

»Ich tue, was getan werden muss. Nicht mehr und nicht weniger.«

»Muss ja ein toller Plan sein. Würde mich sehr interessieren, wie der aussieht.«

»Netter Versuch«, erwiderte Cael.

Sein Duft schwebte zu mir herüber. Er roch vertraut und viel zu gut. Ich verzog angewidert das Gesicht und rief mir in Erinnerung, dass ich hier neben dem Feind herging.

»Wo willst du hin?«, wollte Jinx wissen. »Hast du vergessen, wo die Zellen liegen?«

»Nein, ich denke nur, dass sie an einem anderen Ort besser aufgehoben wäre«, antwortete Cael.

»Was?! Warum?! Bist du vollkommen übergeschnappt?!«, hakte Jinx entsetzt nach.

»Ich denke, dass wir sie dort besser im Blick behalten können«, erklärte er gelassen wie eh und je.

Ich schaute kurz hinter mich. Den Gesichtern der anderen nach zu schließen, gefiel diese Entscheidung keinem von ihnen. Mir war nur recht, dass die vier sich stritten. Ich hörte natürlich ganz genau zu, denn jede Information konnte sich vielleicht noch als nützlich erweisen. Gleichzeitig behielt ich meine Umgebung im Auge und versuchte, mir jedes Detail einzuprägen. Es war wichtig, dass ich zu dem Raum mit der Quelle zurückfand, denn noch immer sah ich dort meine besten Chancen zur Flucht.

Na, hoffentlich geht das gut, meldete sich Wraith nach längerem Schweigen mal wieder zu Wort.

Ich ignorierte ihn, denn für ihn spielte es sicher keine Rolle, dass Cael zu Morpheus gehörte.

»Und willst du uns dann mal erklären, was genau du mit ihr vorhast?«, mischte sich Arion ein.

Ich spürte, wie sich der Blick von Caels dunklen Onyxaugen auf mich legte. Finster wie die Nacht, doch nahm ihnen der karamellfarbene Ton die Härte. Sie wirkten weich und strahlend, als würden gleißende Sterne in ihnen tanzen.

»Mich hat von Anfang an nur eines interessiert: Warum hat sie es überlebt, als der Mare von ihr Besitz ergriffen hat? Ich denke, es könnte wichtig sein, das in Erfahrung zu bringen. Und selbst wenn nicht«, er zuckte mit den Schultern, »ich finde gerne Antworten auf meine Fragen.«

Seinem Blick nach war dieses Thema tatsächlich von Bedeutung für ihn – und all meine Instinkte sagten mir, dass das überhaupt nicht gut war. Jinx schnaubte genervt, sagte aber nichts weiter.

Wir bogen um eine Ecke und folgten einem etwa fünfzig Meter langen Gang. Auch hier waren wir umgeben vom kalten Gestein des Berges. Irgendwie war es ein seltsames Gefühl, zu wissen, dass wir uns mitten im Bauch dieses riesigen steinernen Massivs befanden. Wieder mal kam ich nicht umhin, Morpheus ein gewisses Maß an Respekt zu zollen, dass sie diesen Unterschlupf geschaffen hatten.

Wir erreichten eine einfache Holztür, deren Klinke Cael betätigte und mir mit einem Wink zu verstehen gab, dass ich eintreten sollte.

»Ich hoffe, es genügt deinen Ansprüchen. Besser als ein Verlies ist es auf jeden Fall«, sagte er.

Ich war mir nicht sicher, was ich erwartet hatte. Jedenfalls sicher nicht das. Der Raum war nicht sonderlich groß, aber geräumig und irgendwie gemütlich. Direkt an der Wand auf der rechten Seite stand ein breites Bett mit blütenweißer Bettwäsche. Es gab einen Kleiderschrank sowie ein kleines Tischchen, das direkt vor mehreren Löchern stand, die wohl als Fenster fungierten. Leider waren sie so winzig, dass ich mich niemals hindurchzwängen konnte. Ich war mir sicher, dass das ein Grund war, warum Cael sich für diesen Raum entschieden hatte.

An der hinteren Wand befand sich eine gemütliche Sitzecke mit einem breiten Sofa. Darüber waren mehrere Regale in den Fels geschlagen worden, auf denen Bücher standen. Natürlich war dieses Zimmer nicht mit dem im Palast zu vergleichen. Dennoch hatte es etwas, und ich war mir sicher, dass ich mich hätte wohlfühlen können, wenn ich denn gewollt hätte, was sicher nicht der Fall war.

»Ruh dich ein wenig aus. Ich könnte mir vorstellen, dass du dich während des Flugs nicht wirklich erholen konntest. Ich komme später wieder, dann reden wir.«

Cael klang fast so, als ob mich diese Aussicht freuen sollte. Das konnte er aber vergessen! Ich hatte nicht vor, auch nur noch ein Wort mit dem Kerl zu wechseln. Er ging und ließ mich allein zurück. Doch bevor die Tür zugezogen wurde, streckte Jinx ihren Kopf zu mir herein.

»Bilde dir bloß nicht ein, dass du einfach verschwinden kannst. Ohne Drachen kommst du hier nicht weg, und damit du erst gar nicht auf dumme Gedanken kommst, bleibe ich hier vor der Tür stehen und halte Wache.«

Damit schloss sie die Tür und ließ mich allein.

***

Ich hatte keine Ahnung, wie lange ich schon in diesem Bett lag und an die Felsendecke starrte. Dem Licht draußen nach zu urteilen, das nur langsam höher stieg, schienen die Minuten nur so dahinzukriechen.

Zweimal war ich bereits aufgestanden, um nachzuschauen, ob Jinx ihre Worte gehalten hatte. Natürlich stand sie noch vor der Tür. Als sie mich erblickte, grinste sie mich breit an und winkte mir sogar dreist zu.

Seitdem lag ich hier und hatte keine Ahnung, was ich tun sollte.

Irgendwelche Vorschläge?, wollte ich von Wraith wissen.

Im Moment sieht es so aus, als müsstest du dich mit Morpheus gut stellen. Keine Ahnung, was du sonst versuchen willst. Zeit zu schinden ist die einzige Option, die ich sehe.

»Danke, sehr hilfreich«, murmelte ich.

Niemals würde ich meine Welt verraten, und das schloss unseren König ein. Auch wenn ich ihn nicht sonderlich mochte, so war er noch immer unser Herrscher, und ich hätte niemals riskiert, dass ihm oder meiner Heimat etwas geschah, weil ich

Informationen an Morpheus weitergegeben hatte. Wobei ich zugeben musste, dass ich kaum etwas Brisantes wusste.

Dann erfinde einfach etwas. Gib ihnen was, das sie neugierig macht und das darauf schließen lässt, dass noch mehr von dir kommen könnte, meinte Wraith.

Vergiss es!, erwiderte ich und wollte gerade noch etwas hinzufügen, als es an der Tür klopfte. Überrascht setzte ich mich auf und legte eine finstere Miene auf, als Cael ins Zimmer kam.

»Hast du dich ein wenig erholen können?«, wollte er wissen.

Er schloss die Tür hinter sich und lehnte sich dagegen. Es war noch immer beeindruckend, was für eine starke Ausstrahlung er hatte. Seine Präsenz war überall zu spüren – allein das förderte meinen Brechreiz. Hinzu kam, dass er etwas Unnahbares an sich hatte, das schon an Arroganz grenzte. Ich fragte mich, warum mich all das zuvor nie gestört hatte.

»Was willst du?«, hakte ich nach und stand aus dem Bett auf. Ich wollte ihm zumindest ebenbürtig sein und nicht wie ein Opfer schwach und hilflos herumliegen. Auch ich verschränkte die Arme vor der Brust und funkelte ihn so finster an, wie ich nur konnte.

»Ich kann verstehen, dass du wütend bist«, begann er.

»Oh, wie schön. Das freut mich natürlich sehr«, erwiderte ich. »Zum Glück hast du so eine gute Menschenkenntnis.«

Cael blieb die Ruhe selbst. »Hier, ich dachte, das willst du vielleicht wiederhaben.«

Mit einer schnellen Bewegung warf er mir einen Gegenstand zu, den ich ungelenk auffing. Überrascht blickte ich auf meine Hand und sah darin mein Sigil liegen.

»Was soll das?«, fragte ich misstrauisch. War das ein Trick?

»Du hast sicher einiges dafür tun müssen, um daranzukommen. Für uns ist es nicht so wichtig. Ach ja, und spar dir die Bemühungen, zu versuchen, mit dem Sigil von hier wegzukommen. Stonewall ist magisch abgesichert. Man kann hier keine Tore öffnen. Immerhin wollen wir verhindern, dass in unser Versteck plötzlich Hunderte Dreamcatcher hereinplatzen.«

Er schenkte mir ein süffisantes Grinsen, das ich ihm am liebsten aus dem Gesicht gewischt hätte. Irgendwie wurde ich aus dem Kerl einfach nicht schlau.

Cael ging auf das Sofa zu und setzte sich. »Ich bin nur hier, um ein paar Fragen zu klären. Wie du weißt, gibt es einige Dinge, die ich gerne wissen würde. Bisher habe ich noch keine Idee, warum der Mare deinen Körper nicht übernehmen konnte und ihr beide nun diese Co-Existenz führt. Ich muss aber zugeben, dass ich mir bereits den Kopf darüber zerbrochen habe.«

»Ich lege wirklich keinen Wert darauf, in deinen Gedanken zu sein«, erklärte ich angewidert.

Er lachte. »Du gefällst mir wirklich. Das dachte ich schon bei unserer ersten Begegnung. Aber je besser ich dich kennenlerne, umso mehr wird mir klar, dass ich mit meiner Einschätzung wohl richtiglag. Du könntest tatsächlich gewisse Risiken wert sein.«

Mein Herz machte ein paar dumpfe Schläge. Ich erinnerte mich nur zu gut daran, wie er diese Worte zum ersten Mal gesagt hatte. Nur war ich so dumm gewesen, mich davon geschmeichelt zu fühlen. Das würde mir nicht noch einmal passieren.

»Es ist mir ziemlich gleichgültig, was du von mir hältst und ob du irgendeine Art von Nervenkitzel aus unserer Begegnung ziehst. Fest steht, dass ich nichts zu sagen habe, das euch irgendwie weiterhelfen wird.«

Cael legte den Kopf leicht schräg, während sich seine Lippen zu einem amüsierten Grinsen verzogen. »Das wäre wirklich zu schade. Hattest du nicht behauptet, du könntest uns Informationen über den König liefern?«

Ich schnaubte leise. Mist, er hatte also schon eine Weile in der Nähe dies Wasserfalls gestanden und uns belauscht. Ich musste besser aufpassen, was ich sagte.

»Nun, über den König können wir gerne sprechen. Aber ich glaube, dass es dir gar nicht um ihn geht. Hast du vorhin nicht zu deinen Freunden gesagt, du willst herausfinden, warum ich noch am Leben bin?«

Womit wir schon mal zwei wären. Allerdings war ich mir ziemlich sicher, dass es besser war, wenn ich dieses Rätsel allein löste. Was auch immer mit mir geschehen war, niemand konnte sich einen Reim darauf machen, weshalb es gewiss von Vorteil war, wenn solch eine brisante Information nicht an meine Feinde gelangte. Und genau dazu gehörte Cael.

Er nickte und ließ mich nicht aus den Augen. Es war, als suchte er etwas in mir – und ich hatte Angst, dass er es finden würde. Dennoch hielt ich seinem Blick stand und bemühte mich, meine Gefühle vor ihm zu verbergen.

»Genau das interessiert mich«, stimmte er mir offen und ehrlich zu. »Was dir aber vermutlich nicht klar ist, ebenso wie eurem König, ist, wie viel wir über eure Welt wissen. Die Mare kommen in euer Reich, um euch auszukundschaften. Und glaub mir, sie erfahren so einiges.«

»Das fällt mir in der Tat schwer zu glauben. Immerhin sind sie viel zu sehr damit beschäftigt, unser Land zu zerstören. Wie sie da noch Zeit finden, uns auszukundschaften …«

Ich konnte mir wirklich nicht vorstellen, dass Mare am Rand von Lighthaven umherstreiften, um Informationen über unser Leben zu sammeln. Zumal jeder von uns wusste, wie groß die Zerstörung war, die sie in unserer Welt anrichteten. Sie kannten keine Gnade und töteten alles und jeden.

Mein Einwand schien Cael nicht sonderlich zu kümmern. »Lassen wir das Thema besser. Das würde nur zu unnötigen Diskussionen führen. Jedenfalls sollst du wissen, dass wir mehr über die Traumlande wissen, als ihr denkt. Und nicht nur das. Wir wissen auch eine Menge über die Albtraumlande.«

Ich hob abwartend die Brauen und war gespannt, worauf diese Unterhaltung hinauslaufen würde.

»Als sich Thaldrin Nightshade gegen Velaris Dawnspark erhob, war er einen Pakt mit einem Mare eingegangen.«

Ich riss die Augen auf. Diese Information war mir tatsächlich neu.

Cael grinste wieder auf diese höllische Weise, von der ich nicht wusste, ob sie heiß oder einfach nur todbringend war. »Dachte ich mir doch, dass dir das noch nicht bekannt war. Ich bin mir ziemlich sicher, dass das nur die wenigsten in eurer Welt wissen. Wie dem auch sei, der Mare und der König der Albtraumlande sind diesen Pakt freiwillig eingegangen. Beide hatten einen Nutzen davon. Der Mare bekam einen festen Körper, und gemeinsam verfügten sie über mehr Macht.« Er stand auf und kam ein Stück auf mich zu. Als er sich zu mir beugte und mich aus der Nähe musterte, lief mir ein eiskalter Schauer den Rücken hinab. »Ich verstehe noch immer nicht, wie du dazu in der Lage warst. Bist du diese Bindung freiwillig eingegangen? Wenn ja, dann frage ich mich, was du vorhast. Was ist dein Ziel, dass du zu solch einem Schritt bereit warst? Denn als Bewohnerin der Traumlande bist du den Maren sicherlich nicht zugetan.«

Er glaubte wirklich, ich hätte mit Wraith eine Art Bündnis geschlossen und ihn zu diesem Schritt eingeladen?! Ich starrte Cael fassungslos an. Hatte er den Verstand verloren?

Also mir war ziemlich schnell klar, dass du vermutlich nicht die beste Wahl warst. Aber hey, manchmal muss man einfach mit dem leben, was man hat, hörte ich Wraith in meinem Kopf sagen.

»Nun«, fuhr Cael fort, »willst du es mir verraten? Hast du dich freiwillig mit dem Mare zusammengeschlossen? Und wenn ja, wäre ich sehr daran interessiert, die Gründe zu erfahren. Was führst du im Schilde?«

Ich starrte Cael an und hätte in diesem Moment nicht mal ansatzweise zum Ausdruck bringen können, was mir gerade durch den Kopf ging. Das konnte doch nicht sein Ernst sein? Dachte er das wirklich? Sein Gesicht wirkte unnachgiebig, fast schon gespannt.

Da konnte ich nicht mehr anders und lachte schallend los. Keine Ahnung, wann ich das letzte Mal so gelacht hatte, aber ich konnte nicht mehr aufhören und geriet bald außer Atem. Die Vorstellung war einfach zu absurd. Warum sollte ich mich auf so etwas einlassen? Nichts wäre mir lieber gewesen, als diesen Mistkerl endlich loszuwerden. Seinetwegen war ich ständig in Gefahr. Seinetwegen hatte ich einen Großteil meiner Freiheit eingebüßt. Seinetwegen musste ich ständig irgendwo ein Komplott gegen mich vermuten. Hinzu kam natürlich, dass er mich mit seiner Anwesenheit in den Wahnsinn trieb. Ich wollte meinen Körper ganz sicher nicht mit dem Mare teilen.

Ich rieb mir die Tränen aus den Augenwinkeln, und als ich meine Stimme wiedergefunden hatte, sagte ich: »Du magst es mir vielleicht nicht glauben, aber tatsächlich würde ich alles dafür geben, um diesen Mare wieder loszuwerden. Es ist das Schlimmste, was mir je passiert ist, und ich möchte nur mein Leben und meine Freiheit zurückbekommen. Von daher will ich es noch mal ganz deutlich machen: Ich habe den Kerl bestimmt nicht eingeladen, sich meinen Körper mit mir zu teilen. Und auch auf seine Kraft kann ich gerne verzichten. Ich möchte nur mein altes Leben zurück und nicht ständig seine Stimme in meinem Kopf haben.«

Du bist ganz schön beleidigend, beschwerte sich Wraith.

Ich sagte nichts, schaute stattdessen Cael an und wartete auf eine Reaktion. Die ließ allerdings einige Sekunden auf sich warten. Dieses Starren seines durchdringenden Blicks … Es war, als wollte er überprüfen, ob ich wirklich die Wahrheit gesagt hatte. Keine Ahnung, ob es eine Rolle spielte, aber mir war wichtig, dass er verstand, wie ernst ich es meinte.

»Gut«, sagte er schließlich. »Entweder du sagst wirklich die Wahrheit oder du bist eine verdammt gute Lügnerin. Mal sehen, ob wir das noch herausfinden. Auf jeden Fall ist deine Geschichte spannend. Zumal sich dann noch immer die Frage stellt, warum der Mare dich nicht töten konnte. Denn eines ist wohl sicher: Wenn ihr nicht freiwillig dieses Bündnis eingegangen seid, dann muss er versucht haben, dich zu töten. Ich bin gespannt zu erfahren, warum es nicht geklappt hat.«

»Gib mir Bescheid, wenn du die Lösung gefunden hast. Es gibt eine ganze Menge Leute, die genau darauf eine Antwort suchen. Unter anderem ich«, erwiderte ich in nicht ganz ernst gemeintem Tonfall.

Cael stand auf. »Offenbar ist noch so einiges zu klären. Ich freue mich darauf, die Antworten zu finden. Es wird sehr interessant«, stellte er fest und ging zur Tür. »Wir sehen uns dann heute Abend zum Essen wieder. Erhol dich bis dahin gut.« Wieder grinste er, schenkte mir einen letzten Blick und ließ mich anschließend allein.

»Und, hast du irgendwas dazu zu sagen?,« wollte ich von Wraith wissen.

Was willst du jetzt von mir hören?

»Tu nicht so unschuldig«, beschwerte ich mich. »Wusstest du, dass der damalige König der Albtraumlande eine Art Pakt mit den Maren geschlossen hat?«

Nun ja, man hört so einiges.

Ich schnaubte wütend. »Und du dachtest nicht, dass ich das vielleicht hätte wissen sollen?«

Selbst mir bringt diese Information nichts. Was hättest du also damit anfangen sollen?, hakte er nach.

Ich ging ein paar Schritte und versuchte, aus all diesen neuen Informationen schlau zu werden. War es möglich, einen Nutzen daraus zu ziehen? Auf den ersten Blick fiel mir nichts ein. Aber es war kein gutes Gefühl, zu erkennen, dass Morpheus offenbar mehr darüber wusste als ich.

Ich tigerte noch einige Minuten durch mein Zimmer, bis ich es wagte, zur Tür zu gehen. Erneut drückte ich die Klinke und spähte in den Flur hinaus.

»Ich sagte dir doch, ich bleibe hier den ganzen Tag stehen. Du kannst dir die Mühe sparen und einfach wieder in dein Zimmer zurückgehen. An mir kommst du jedenfalls nicht vorbei«, sagte Jinx, die ihren Posten neben meiner Tür nicht verlassen hatte.

Da ich wusste, wie ernst sie ihre Worte meinte und dass ich in einem Kampf keine Chance gegen sie hätte, tat ich, was sie verlangte.

Wir müssen hier so schnell wie möglich weg, dachte ich und überlegte verzweifelt, wie ich in den Raum mit dem Wasserfall kommen konnte.

Ich finde, wir sollten die Gelegenheit nutzen. Wir sind mitten unter unseren Feinden. Zeit, sich alles anzuschauen, den Leuten genau zuzuhören, herauszufinden, wie ihr Alltag aussieht. Vielleicht erfahren wir etwas Interessantes, das uns am Ende den Kopf retten könnte. Nur für den Fall, dass der König uns noch immer an den Kragen will.

Natürlich hatte der Mare recht. Aber ich musste zugeben, dass mir dieses Taktieren und Spionieren überhaupt nicht lag. Wie gerne wäre ich jetzt einfach in meinem Boot auf dem Styrak gewesen. Stattdessen musste ich mich gleich einem Abendessen inmitten meiner Feinde stellen. Ich konnte es kaum erwarten.

10

Das Abendessen fand in einer imposanten Höhle statt. Sie war groß genug, dass mindestens hundert Personen in ihr Platz gehabt hätten, auch wenn gerade vielleicht höchstens halb so viele hier waren.

Mehrere Tische aus Holz waren im Raum verteilt, an denen Mare, aber auch Menschen saßen. Noch immer fiel es mir schwer, zu begreifen, dass sich diese beiden Parteien zusammengetan hatten, um gegen uns zu kämpfen. Wie sie hier gemeinsam saßen, aßen und tranken – sogar die Mare, obwohl ich mir sicher war, dass sie keine Nahrung brauchten. Es war jedenfalls ein eigenartiges Bild.

Ich spürte ihre Anwesenheit in jedem Winkel meines Körpers und musste mich immer wieder zusammenreißen, um dem inneren Drängen in mir nicht nachzugeben. Am liebsten hätte sich ein Teil von mir auf sie geworfen und ihnen ihre Kraft aus dem Leib gerissen. Doch ich wusste sehr genau, welcher kranke Teil in mir das war.

Reiß dich zusammen!, zischte ich Wraith an. *Hör auf, sie alle fressen zu wollen!*

Tut mir leid, es ist wirklich ziemlich verlockend. Aber ich verstehe natürlich, was du meinst. Hach, warum muss immer ich der Vernünftige sein?

Ja, natürlich, und wie er das war. Ich zählte besser nicht auf, wie oft ich seinetwegen schon in der Scheiße gesessen hatte.

Ich widmete mich wieder dem Raum und versuchte, mich damit abzulenken. Der Schein der Laternen erhellte den Saal, in dem es zu meinem großen Bedauern kein einziges Fenster gab. Von überall war das Klirren von Tellern und Zinnbechern zu hören, während die Leute ihre Mahlzeit genossen und sich lautstark miteinander unterhielten. Ich hätte am liebsten sofort die Beine in die Hand genommen, doch leider stand Jinx neben mir, die peinlichst genau darauf achtete, dass ich nicht floh.

»Da bist du ja«, hörte ich eine überschwängliche Stimme.

Eine junge Frau sprang von einem Tisch auf und kam auf uns zugerannt. Hatte ich zunächst noch gedacht, sie wollte zu Jinx, wurde ich schnell eines Besseren belehrt.

»Es ist so toll, hier eine echte Traumländerin begrüßen zu dürfen. Weißt du, dass ich noch nie eine mit eigenen Augen gesehen habe? Das ist eine echte Premiere für mich – also klar, wir haben uns schon mal getroffen, aber da wusste ich ja noch nicht, wer du bist.«

Die junge Frau legte einen Arm um mich und grinste mich freudestrahlend an. Ihre großen, dunklen Augen kamen mir bekannt vor, ebenso wie das hübsche Gesicht, das von langen, dunklen Locken umrahmt wurde. War das nicht die junge Frau, die in Caels Wohnung aufgetaucht war? Hieß sie nicht Trish? Und da wurde mir noch etwas anderes klar.

»Dann … dann gehörst du ebenfalls zu Morpheus«, stellte ich fassungslos fest.

Sie nickte und schenkte mir ein unschuldiges Grinsen. »Ganz genau. Aber ich bin der Meinung, dass wir unsere Differenzen auch mal hintanstellen können. Los, komm! Du musst mir alles über eure Welt erzählen«, verlangte sie und zog mich von Jinx weg. »Ich kümmere mich um sie. Amüsier du dich mal, das hast du dir echt verdient«, rief Trish meiner Wächterin zu, die nicht allzu erfreut über diesen Wachwechsel zu sein schien. Doch nun kam Cole zu ihr, und gemeinsam nahmen sie an einem Tisch am anderen Ende des Raums Platz.

»Cael hat erzählt, dass du in einer unserer Fallen aufgegriffen worden bist«, begann sie, nachdem wir Platz genommen hatten, und schaute mich an, als erwartete sie eine spannende Geschichte.

Ich hatte allerdings absolut keine Ahnung, was sie von mir hören wollte. »Ja, Kompliment an euch. Dieser Ort ist euch wirklich gut gelungen.«

Sie winkte ab. »Spielt gar keine Rolle. Erzähl mir lieber, ob du allein dort warst. Und gehörst du wirklich zu den Dreamcatchern?« Ihr Blick wanderte zu meinem Hals, an dem mein Sigil hing. »Es muss wohl so sein, wenn du eines trägst.«

Keine Ahnung, warum, aber nun sah ich zu ihrem Ausschnitt und entdeckte dort einen Anhänger, der meinem nicht ganz unähnlich war. Nur war ihrer aus schwarzem Metall gefertigt, und es war kein Stern darin, sondern kreisförmige Symbole.

Sie folgte meinem Blick, steckte das Amulett unter ihr Oberteil und grinste mich an. »Das hier ist ganz anders als eure Sigil. Immerhin musstest du dir deines selbst verdienen, oder? So funktioniert das bei euch doch, habe ich recht? Ich bin so gespannt, zu hören, wie dein Leben aussieht. Kommst du oft in die Menschenwelt? Und stimmt es, dass du den König kennst?«

Sie wirkte aufgeregt und erinnerte mich ein wenig an mich selbst, als ich das erste Mal in die Menschenwelt gekommen war. Dennoch wusste ich nicht, was ich auf ihre Fragen antworten sollte. War das ein kranker Plan? Versuchte sie, mich auszuhorchen?

»Du bist eine Freundin von Cael, oder?«, fragte ich und wechselte damit schnell das Thema. Es konnte nicht schaden, wenn ich herausfand, wer sie war.

»Eine Freundin?«, hakte sie nach und betonte das erste Wort ziemlich irritiert. Okay, vielleicht hatte ich mit meiner damaligen

Vermutung doch nicht so danebengelegen. Vermutlich war sie mit ihm zusammen. Keine Ahnung, was ich davon halten sollte. Doch ich kam gar nicht mehr dazu, mir Gedanken zu machen, denn nun schwang eine Tür auf und Cael kam herein. Ich hielt den Atem an, als ich sah, wer an seiner Seite war: der Anführer von Morpheus, Thaddeus. Was der wohl dazu sagen würde, mich hier mitten in der Halle an einem Tisch sitzen zu sehen, und das ohne Fesseln?

Die beiden unterhielten sich, während sie durch die Reihen schritten. Immer wieder neigten ein paar Menschen und Mare die Köpfe vor Thaddeus, der das aber gar nicht zu beachten schien. Dann lachte der riesige Kerl schallend. Offenbar hatte Cael etwas unglaublich Witziges gesagt.

»Bin gleich zurück«, versprach Trish und eilte los. Ohne zu zögern, rannte sie auf die beiden zu und warf sich an Caels Brust. Sie umarmte ihn, hob den Kopf und schaute ihn mit einem warmen Lächeln auf den Lippen an. »Na, ist die Überraschung gelungen?«

Cael hob die Brauen. Er schien tatsächlich nicht mit ihr gerechnet zu haben. »Was machst du denn hier?«

»Na, was wohl? Ich habe gehört, dass du nach Stonewall gehst, da wollte ich nicht fehlen und mir den ganzen Spaß entgehen lassen.«

»Hast du nichts anderes zu tun?«, wollte Cael wissen. »Stehen nicht gerade Prüfungen an?«

Sie zuckte mit den Schultern und schmiegte sich erneut an ihn. »Ich wollte nicht so lange von dir getrennt sein, und nun freu dich endlich, dass ich hier bin. Den Neuzugang habe ich übrigens auch schon kennengelernt. Ich bin total aufgeregt, dass sie hier ist. Eine echte Dreamcatcherin.«

Ihr Blick flog in meine Richtung, und damit war sie nicht allein. Auch Cael sah mich an. Feurig, voller Energie und irgendwie brandgefährlich. Ich kam mir ungeschützt vor auf meinem einsamen Platz.

»Auch wenn ich mich freue, dass du hier bist, Trish, von der Kleinen da solltest du dich besser fernhalten«, sagte Thaddeus. Ich war mir sicher, dass, wenn Blicke hätten töten können, ich in diesem Moment meinen letzten Atemzug getan hätte.

Die Angesprochene winkte nur ab. »Ich glaube kaum, dass sie mir hier an die Gurgel gehen wird. Und falls doch«, nun tauchte ein erstaunlich finsteres Funkeln in ihren Augen auf, »dann weiß ich mich durchaus zu verteidigen.« So schnell der dunkle Ausdruck in ihrem Gesicht erschienen war, so schnell verschwand er auch wieder. Grinsend klammerte sich Trish an Caels Arm und blickte ihn zärtlich an. »Du setzt dich doch zu uns.«

Er schien nicht wirklich eine Wahl zu haben, denn Trish zerrte ihn einfach hinter sich her. Zu meinem Leidwesen nahmen sie direkt neben mir Platz, wobei Trish den Stuhl neben mir wählte, sodass sie immerhin als Puffer zwischen Cael und mir diente.

Die Tür ging erneut auf, und mehrere Leute kamen mit Platten und Schüsseln herein, die sie auf den Tischen verteilten. Als das geschafft war, nahmen auch sie Platz, und alle begannen, sich das Essen auf die Teller zu türmen.

Ich blickte auf die Schüssel mit dampfenden Kartoffeln und die Platten, auf denen Bratenstücke und Fisch bereitlagen. Dazu gab es Gemüse, das offenbar in Butter geschwenkt worden war. Es roch köstlich, und mein knurrender Magen erinnerte mich daran, dass ich ganz schön Hunger hatte. Also langte ich ordentlich zu und häufte Kartoffeln, Fisch und Gemüse auf.

Aus den Augenwinkeln bemerkte ich, dass Cael mich beobachtete. Es nervte mich. Hatte er nichts Besseres zu tun? Ich schaute kurz zu ihm rüber und sah, wie Trish sich ihm zuwandte und ihm einen schnellen Kuss auf die Wange drückte.

»Es ist toll, wieder hier zu sein. Ich liebe Stonewall. Und vor allem ist es schön, dass wir Zeit miteinander verbringen können.«

Ihr Blick strahlte – es war offensichtlich, wie viel er ihr bedeutete. Und auch Cael schien sehr an der jungen Frau zu hängen. Zumindest benahm er sich ihr gegenüber anders. Er war sehr viel liebevoller, strahlte mehr und hatte diesen warmen Ausdruck in den Augen. Natürlich kannte ich weder ihn noch sie sonderlich gut. Dennoch war das Band zwischen ihnen deutlich spürbar. Ich fragte mich nur, wie sie damit umging, dass er sich offenbar auch mit anderen Frauen vergnügte. Machte ihr das gar nichts aus? Ich konnte mir nicht vorstellen, einen Mann mit irgendwem zu teilen. Aber andere gingen damit offenbar anders um.

Ich lenkte meinen Blick von den beiden weg und wandte mich wieder dem Teller vor mir zu. Irgendwie versetzte es mir einen Stich, die zwei so vertraut miteinander zu erleben. Ich hatte nur keine Ahnung, warum. Vielleicht lag es daran, dass ich mich nach solch einer Nähe sehnte. Auch ich hätte mich gerne vertrauensvoll an meinen Liebsten geschmiegt. Aber Nate war weit weg – auch im übertragenen Sinn. Er würde wohl für immer unerreichbar bleiben. Ob er von seinem Einsatz schon zurück war? Was hatte Warlor dem König über mich erzählt? Würde Nate nach mir fragen?

»Ist es so schrecklich hier bei uns oder schmeckt dir das Essen nicht?«

Ich wandte den Kopf zur Seite, wo mich Caels Blick mit voller Wucht traf. Ein verschmitztes Grinsen zierte seine Lippen. Der Kerl hatte schon etwas verflucht Anziehendes.

Ich schüttelte nur den Kopf und stocherte beiläufig in meinem Essen herum. »Es ist nur nicht sonderlich angenehm, mitten unter Feinden zu sein«, erwiderte ich und spießte ein Stück Fisch mit der Gabel auf. »Aber das Essen ist gut.«

»Das wird unsere Leute sicher freuen«, erwiderte er.

»Leute? Meinst du nicht eher Köche?«

»Nun ja, sie wissen durchaus, was sie machen, das schmeckt man ja auch. Aber eine fundierte Ausbildung haben sie nicht. Die meisten von ihnen sind Menschen, die sich uns irgendwann angeschlossen haben. Jeder hier hat zwar seine Aufgabe, aber man sucht sie sich selbst aus. Es ist nicht wie bei euch, wo die Geburt festlegt, welchen Weg man zu gehen hat.«

Menschen hatten dieses Essen also zubereitet … und sie waren frei. Das überraschte mich. Hier bei Morpheus wurde ihnen nicht gesagt, was sie zu tun hatten. Sie durften sich für ihre Arbeit selbst entscheiden. Wie das wohl war? Ganz kurz fragte ich mich, welchen Weg ich gehen würde? Was wäre eine Aufgabe, der ich mich annehmen wollte? Aber da es nie einen Grund gegeben hatte, mir diese Frage zu stellen, wusste ich keine Antwort darauf. Und das erschütterte mich irgendwie.

»Das heißt wohl, dass bei der Zubereitung auch keine Magie im Spiel war?«, fragte ich weiter.

Cael nickte. »Wir würden ohnehin niemals Magie für etwas so Profanes wie das Zubereiten einer Mahlzeit verschwenden.«

Ich runzelte die Stirn und sah ihn an. Mein Blick wanderte an seiner geraden Nase entlang, strich über seine Lippen bis zu seinem Hals hinab. Unter dem dunklen Oberteil konnte ich eine Kette ausmachen. Ich war mir ziemlich sicher, dass er ein Sigil trug. Also konnten auch Menschen damit über Magie verfügen. Aber wie viel mochte es sein? Wie stark war Cael?

Er hob belustigt eine Braue, als er mein nachdenkliches Starren bemerkte, sagte aber zum Glück nichts.

»Was die Magie betrifft, ist Cael ohnehin ein echter Langweiler«, beschwerte sich Trish. »Er ist so was von sparsam damit, schon fast knauserig.«

»Ich weiß eben, wie wertvoll sie ist, und will nicht, dass sie für irgendwelchen Unsinn verschwendet wird. Und das wäre es ganz sicher, wenn du mit Magie an deinem Outfit herumfeilst«, stichelte er in Trishs Richtung.

Die junge Frau verdrehte mit einem lauten Ächzen die Augen und ließ sich in ihren Stuhl zurücksinken. »Siehst du?«, meinte sie zu mir. »Ein echter Langweiler.«

»Du bist auch ohne ein rotes Kleid, das wie eine zweite Haut an dir liegt, wunderschön«, erklärte er und strich ihr liebevoll durchs Haar.

»Immerhin weißt du, wie man sich einschleimt«, gab sie grinsend zurück.

In diesem Moment kam ein junger Mann auf uns zu und ließ sich auf einem der freien Plätze nieder. Ich hatte ihn bei meiner Ankunft gesehen.

»Jacob, na, was gibt's?«, wollte Trish wissen.

»Ich wollte mal vorbeischauen und Hallo sagen. Wenn du dich hier schon mal blicken lässt, sollte ich die Chance nutzen.« Er lächelte verschmitzt.

»Wenn es nach mir ginge, würde ich gerne öfters hier sein. Aber du kennst ja Cael. Er ist lieber in der Stadt.« Sie warf ihm einen strafenden Seitenblick zu.

»Ich bin dort, wo ich sein muss. Da habe ich relativ wenig Optionen«, erklärte er.

»Aha, und was sind dort deine Aufgaben? Frauen im Park vor Maren zu retten, kann es nicht sein. Du hast mir ja bereits beim letzten Mal erklärt, dass du so etwas nicht häufig machst.« Ich wollte die Gunst der Stunde nutzen, um möglichst viel über ihn und Morpheus in Erfahrung zu bringen.

Na, sonderlich geschickt gehst du dabei aber nicht vor, stänkerte Wraith.

Ich ignorierte ihn und wartete auf Caels Antwort. Er zögerte, das fiel mir durchaus auf. »Ich suche Mare. Jinx, Cole und Arion helfen mir dabei – das hast du ja schon mitbekommen, als du im Hyde Park aufgetaucht bist.«

Ich wunderte mich ein wenig darüber, dass er mir tatsächlich Auskunft gab. Das wollte ich nutzen!

»Hmm … wie eigenartig, dass ich dich dort gar nicht gesehen habe.«

»Vielleicht war ich gerade mit etwas anderem beschäftigt«, erwiderte er in einem Tonfall, der weich wie Samt war und zugleich etwas Verruchtes hatte. Oder bildete ich mir das nur ein? Auf jeden Fall irritierte es mich ein wenig, sodass ich ein paar Sekunden schwieg und nicht wusste, was ich sagen sollte. Vielleicht ging es ihm auch nur darum. Er wollte mich zum

Schweigen bringen. Danach sah er aber gar nicht aus. Er wirkte eher, als würde er sich auf ein gefährliches Spiel einlassen, das zu spielen ihm ziemliche Freude bereitete.

In diesem Moment stand ein Mann auf, der eine Art Fiedel im Arm trug. Er stellte sich in die Mitte des Raums und verkündete: »Es wird Zeit, dass wir für ein bisschen Stimmung sorgen! Also los, bewegt euch!« Er spielte eine schnelle, mitreißende Melodie, bei deren Klang die Ersten aufsprangen und sich von dem Rhythmus mitreißen ließen.

»Na, wie wäre es?«, wollte Jacob von Trish wissen, die einen kurzen Blick mit Cael wechselte, dann aber mit den Schultern zuckte.

»Ich denke, du wirst eine Weile ohne mich auskommen, oder?«, wollte sie wissen.

»Ich werde ihn schon nicht umbringen«, versprach ich, auch wenn die Frage nicht an mich gerichtet gewesen war.

Cael lachte. »Sicher, geh nur. Wir zwei kommen klar.«

Wieder dieser tiefe Blick seiner dunklen Augen, die wie verglühende Sterne wirkten. Ich seufzte und verschränkte die Arme vor der Brust. Eine Weile sah ich Trish und Jacob zu, wie sie durch den Raum schwebten. Die beiden waren wirklich gute Tänzer und schienen eine Menge Spaß zu haben. Trish war jedenfalls ausgelassen und schien keine Hemmungen zu kennen, ihrer guten Laune Ausdruck zu verleihen. Noch etwas, das in unserer reservierten Welt eher unüblich war.

»Es kann nett sein, sich nicht immer an die Regeln halten und darüber nachdenken zu müssen, was von einem erwartet wird«, mischte sich Cael ein. Offenbar hatte er meinen nachdenklichen Blick richtig gedeutet.

»Was weißt du schon über unsere Welt?«, hakte ich nach und schaute weiterhin Trish und Jacob zu. Sie wirkten wirklich glücklich.

»Wir wissen mehr über deine Heimat, als du ahnst. Ich würde sogar behaupten, wir wissen mehr als du selbst.«

Ich riss die Augen auf und wandte mich ihm empört zu. »Ganz schön arrogant, so etwas zu behaupten, meinst du nicht?«

Er setzte sich auf Trishs Platz und beugte sich ein Stück zu mir vor. »Nicht, wenn es der Wahrheit entspricht.«

Ich schüttelte den Kopf. Eigentlich hätte ich dem Kerl gar nicht zuhören sollen. Er versuchte, mich zu manipulieren, das war offensichtlich. Nur warum er das tat, verstand ich nicht. Was spielte es für eine Rolle, was ich dachte?

»Na, dann lass mich an deinen Weisheiten mal teilhaben«, sagte ich provozierend.

»Ich weiß zum Beispiel, dass ihr sehr starren Regeln folgt. Euer ganzes Leben ist von Geburt an festgelegt. Ihr dürft euch nicht aussuchen, welchen Beruf ihr ergreifen wollt, ihr dürft nicht entscheiden, in welchem Teil der Stadt ihr leben möchtet. Ihr dürft meist nicht mal mit demjenigen zusammen sein, den ihr liebt.«

Ich funkelte ihn finster an, und eines wurde mir in diesem Moment klar: Er wusste, wer Nate war. Als er ihn vor dem House of Parliament getroffen hatte, war ihm klar gewesen, wer da vor ihm stand. Diese Erkenntnis machte etwas mit mir. Ich fühlte mich verraten. Und das fachte meine Wut an.

»Muss ja ein unglaublicher Spaß für dich gewesen sein, dich unter uns zu bewegen, und keiner hatte eine Ahnung, wer du bist. Aber du … du wusstest, wer Nate ist.«

»Wir alle kennen die königliche Familie. Über seine Feinde sollte man so viel wie möglich wissen – vor allem, wie sie aussehen. Wäre vielleicht ein Tipp, den sich dein Liebster zu Herzen nehmen sollte.«

»Ich bin nicht mit ihm zusammen.« Keine Ahnung, warum das aus mir herausplatzte.

»Nein, aber nur, weil es euer Stand nicht erlaubt«, erwiderte Cael. »Gut, und vielleicht auch weil ihr beide zu verklemmt seid, um den ersten Schritt zu machen. Das würde dir bei mir nicht passieren.«

Plötzlich lag ein hungriger Glanz in seinen Augen, und zugleich züngelte darin ein Feuer, von dem ich wusste, wie verschlingend es sein konnte, wenn man ihm ausgesetzt war.

»Danke, ich verzichte«, erwiderte ich trocken, griff zu meinem Becher und nahm einen großen Schluck.

»Wie du meinst. Du solltest trotzdem lernen, ein wenig lockerer zu werden und Spaß zu haben. Hier kannst du frei sein. Die Möglichkeit solltest du nutzen.« Cael stand auf und streckte mir die Hand entgegen.

Verdutzt starrte ich darauf, als wüsste ich nicht, was ich damit anfangen sollte. »Was hast du vor?«

Er verdrehte die Augen. »Echt jetzt? Nun komm schon! Vielleicht macht es dir ja sogar Spaß.«

Ich wog kurz meine Optionen ab. Natürlich konnte ich hier sitzen bleiben – wobei ich vermutlich die Unterhaltung mit Cael fortsetzen musste. Oder ich ging mit ihm nach vorne und tanzte. Es war vielleicht ein Fehler, aber irgendetwas zog mich zu der Tanzfläche und dem schnellen Takt hin. Vielleicht machte es tatsächlich Spaß, sich einen Moment lang frei zu fühlen, sich einfach nur zu bewegen und auf nichts und niemanden Rücksicht zu nehmen.

»Und Thaddeus hat nichts dagegen, wenn du mit einer Gefangenen tanzt? Immerhin wollte er mich noch vor wenigen Stunden umbringen.«

Cael zuckte mit den Schultern. »Thaddeus ist recht aufbrausend. Und man muss dazusagen, dass er die Dreamcatcher nicht besonders mag. Manche Entscheidungen trifft er deswegen etwas vorschnell.«

Ich hatte keine Ahnung, was er mir damit sagen wollte. Doch ich würde sicher nicht annehmen, dass ich nun außer Gefahr war.

Cael hielt meine Hand fest, während wir uns eine Stelle im Raum suchten, wo wir tanzen konnten. Es war eigenartig, seine Wärme auf meiner Haut zu spüren. Eigenartig, aber nicht unangenehm. Ganz und gar nicht. Ich legte meine andere Hand auf seine Schulter und er seine auf meine Hüfte. Ich spürte seine Finger durch den Stoff meines Oberteils. Sie waren warm und sanft. Ich war erstaunt, wie gut sie sich anfühlten.

Verlier bitte nicht den Kopf, warnte Wraith. *Es genügt mir bereits, wie du den Prinzen anschmachtest. Da brauche ich kein zweites Exemplar.*

Was soll ich denn bitte machen? Wir sind noch immer seine Gefangenen. Da sollte ich zum Schein besser mitspielen. Vielleicht haben wir so eine Chance, einen Weg zur Flucht zu suchen, stellte ich richtig.

Ja, rede dir das nur ein, stichelte der Mare.

Ich rollte mit den Augen und versuchte, Wraiths Stimme zu ignorieren.

»Er spricht mit dir, habe ich recht?«, hakte Cael nach.

Ich sah erstaunt auf. »Was meinst du?«

Er hob gespielt genervt die Brauen. »Den Mare in dir.«

Wir machten eine leichte Drehung, und Cael zog mich zu sich heran. Ich landete an seiner festen Brust und versuchte, etwas Abstand zwischen uns zu bringen. Mein Herzschlag beschleunigte sich, was sicher nur an der Anstrengung des Tanzens lag. Aber eines musste ich ihm lassen: Er war wirklich verdammt gut und es machte sogar Spaß.

Ich versuchte, mich auf seine Worte zu konzentrieren und seine warmen, festen Hände auf mir zu vergessen. Nur was sollte ich antworten? Durfte ich mich ihm gegenüber so weit öffnen?

»Manchmal verändert sich dein Gesichtsausdruck von einer Sekunde zur anderen. Dazu bewegst du die Lippen ein ganz klein wenig, als würdest du reden. Es ist nicht sehr offensichtlich, aber sie zittern.«

Ich war ehrlich erstaunt über diese Auskunft. Mir selbst war das nie aufgefallen. Wie hätte es das auch? Ich sah mich immerhin nicht, wenn ich mit Wraith sprach.

»Er treibt mich zwischendurch wirklich in den Wahnsinn«, erklärte ich, da es kaum einen Sinn hatte, es abzustreiten.

»Und warum schließt du ihn nicht einfach von deinem Verstand und deinen Gefühlen aus?«

»Wie meinst du das?«, hakte ich nach.

Er sah ein wenig erstaunt aus, oder bildete ich mir das ein?

»Du weißt nicht, dass man einen Mare auch zurückdrängen kann?«

»Was soll das heißen?«, fragte ich weiter. Mein Puls beschleunigte sich, und heißes Blut raste durch meine Adern. So lange hatte ich nach einer Lösung gesucht, und nun erfuhr ich endlich, dass sie tatsächlich existierte. Zu behaupten, ich wäre aufgeregt, wäre die Untertreibung des Jahrhunderts gewesen.

»Wir arbeiten mit den Mare zusammen, vergiss das nicht – und man sollte sein Gegenüber sehr genau kennen, bevor man sich mit ihm einlässt. Von daher wissen wir so einiges über diese Wesen. Immerhin unterstützen wir sie, stehen ihnen bei, und die meisten von ihnen machen es andersherum genauso mit uns. Da gibt es kaum mehr Geheimnisse.«

»Es ist also möglich«, stellte ich fest.

Vergiss es, Kleine! Das wird dir niemals gelingen. Dem Kommentar nach hatte dieser verfluchte Mistkerl es also gewusst.

»Es gibt wohl gewisse Techniken, die man nutzen kann, um etwas Abstand zwischen sich und den Mare zu bringen«, fuhr Cael fort.

Es war also möglich. Ich hatte eine Chance. Noch immer schien es so, als wüsste in meiner Welt niemand davon. Dort war es bislang offenbar sogar vollkommen unbekannt gewesen, dass man solche eine Symbiose mit einem Mare überhaupt eingehen und überleben konnte. Zumindest hatte ich nie jemanden darüber sprechen hören. Aber wer wusste schon, ob man mir wirklich immer die Wahrheit gesagt hatte?

Dürfte schwierig werden, das herauszufinden, meinte Wraith.

»Möglicherweise können wir uns gegenseitig von Nutzen sein«, schlug Cael vor und unterbrach meine Gedanken. Er zog mich ein Stück näher zu sich heran, sodass ich die harten Muskeln unter dem Stoff seines Oberteils spüren konnte. »Ich helfe dir dabei, zu lernen, den Mare in dir zu kontrollieren, und du verrätst mir im Gegenzug, wie du wirklich an ihn gekommen bist und warum du dich auf ihn eingelassen hast.«

Das Funkenspiel seiner Augen war bannend und beeindruckend. Wie Sterne, die vom Himmel fielen, um kometenhaft auf mich niederzugehen. Für einen Moment verschlug es mir die Sprache.

Ich hoffe doch sehr für dich, dass du dich darauf nicht einlässt. Du kannst diesem Kerl nicht trauen, zischte Wraith in meinem Kopf.

Sein Widerspruch kam nicht sonderlich überraschend. Es war klar, dass er alles daransetzte, sich nicht zurückdrängen zu lassen. Doch ich musste zugeben, dass diese Aussicht mich nicht kalt ließ. Wie hätte sie das auch? Allein die Vorstellung, Wraith loszuwerden und endlich wieder ich selbst zu sein, war berauschend. Allerdings würde ich mich niemals auf dieses Angebot einlassen, zumal ich Caels Bedingung nicht hätte erfüllen können. Ich konnte seine Fragen nicht beantworten, da ich die Antworten selbst nicht kannte.

Noch immer war sein Blick beeindruckend. Das lockende Lodern unterstrich seine Worte, die für mich die Freiheit bedeuten konnten. Ich lachte verächtlich und machte mich von ihm los.

»Wenn du wirklich denkst, dass ich mich in irgendeiner Weise auf eure Seite stellen würde …«

»Ich habe kein Wort darüber verloren, dass du die Seiten wechseln sollst. Zu unserem Deal gehört es nicht einmal, dass du uns etwas über deine Leute verrätst. Einzig du allein bist von Interesse. Das sollte ein ziemlich gutes Angebot sein.«

»Und was sagt euer Anführer dazu? Hat er eine Ahnung von dem, was du mir da anbietest, und wirst du dieses Versprechen am Ende überhaupt halten können?«

Ich hatte da so meine Zweifel. Zumal ich wusste, dass Morpheus nicht zu trauen war. Vermutlich hätte Cael mir die ganze Welt versprochen, wenn er dafür das bekam, was er wollte.

»Ich bin mir ziemlich sicher, dass meine Worte Gewicht haben werden«, sagte er kryptisch, doch es beruhigte mich leider gar nicht.

»Ich glaube kaum, dass wir je eine Übereinkunft treffen werden«, erklärte ich in festem Tonfall, machte einen Schritt von Cael weg und kehrte zu meinem Platz zurück.

Gut, gemacht, lobte Wraith. *Wäre ja noch schöner, wenn du auf diese falschen Versprechungen hereinfallen würdest.*

Kannst du nicht einfach mal die Klappe halten?!, zischte ich ihn in meinem Kopf an. Gerade jetzt konnte ich sein Geschwätz nicht ertragen, zumal es mir beinahe körperliche Schmerzen bereitete, wenn er mein Handeln guthieß. Ich strich mir müde übers Gesicht und spürte, wie ich langsam Kopfschmerzen bekam. Das alles war einfach zu verzwickt. In was war ich da nur hineingeraten?

Inzwischen schien Trish bemerkt zu haben, dass Cael wieder allein war. Sie nutzte die Gunst der Stunde und ging zu ihm. Vollkommen selbstverständlich schmiegte sie sich an ihn und tanzte mit ihm zu den immer schneller werdenden Klängen des Fidelspielers.

Ich blieb währenddessen auf meinem Platz sitzen und überlegte verzweifelt, wie ich von hier entkommen konnte. Jinx saß bei Cole im hinteren Bereich des Raums und ließ es sich schmecken. Sie griff wiederholt nach ihrem Becher und schien bereits etwas angetrunken zu sein, wie man an ihrem lauten Lachen und den schwankenden Bewegungen erkennen konnte.

»Das kommt auf keinen Fall infrage!«, donnerte plötzlich eine laute Stimme durch den Raum. Thaddeus' Faust knallte auf den Tisch, dass sein Teller nur so schepperte. »Wir müssen mehr Mare unter Kontrolle bekommen. Es nützt einfach nichts, wenn wir ständig nur darauf warten, dass sie sich uns freiwillig anschließen. So kann es nicht weitergehen.«

Arion saß neben Thaddeus und blickte ihn mit ernster Miene an. Es war offensichtlich, dass er sein Anliegen noch nicht fertig vorgebracht hatte, als der Anführer ihm ins Wort gefallen war.

»Wir haben es viel zu lange auf diese Weise versucht«, fuhr Thaddeus fort. »So langsam sollten wir unsere Vorgehensweise ändern und deutlich mehr Härte an den Tag legen. Nur so gewinnt man einen Krieg.«

Ich horchte entsetzt auf. Was plante Morpheus nur? Im Moment hörte es sich für mich ganz danach an, als würden sie Mare um sich scharen, damit sie mit deren Unterstützung unsere Welt angreifen konnten. Immerhin schien dieser Plan nicht ganz aufzugehen. Aber dennoch sollten wir uns nicht in Sicherheit wiegen.

Anspannung machte sich in mir breit, während ich versuchte, weitere Worte aufzuschnappen. Doch leider sprach Arion jetzt leise. Ich konnte nur sein Gesicht sehen, und das wirkte ernst. Er schien etwas von seinem Anführer zu wollen, aber der blieb stur und uneinsichtig. Vielleicht konnte uns der Starrsinn dieses Kerls irgendwann zum Vorteil werden.

Nur wenig später nahm Cael am Tisch der beiden Platz und beteiligte sich an der Diskussion. Es war zu ärgerlich, dass ich kein Wort hören konnte. Dafür fiel mir etwas anderes auf: Im Raum war ziemlich viel los. Alle waren beschäftigt. Die meisten waren in Unterhaltungen vertieft, tanzten, aßen oder tranken. Niemand schien auf mich zu achten.

Das war meine Chance!

Langsam stand ich auf und näherte mich der rechten Seite des Raums, wo besonders viel Lärm und Trubel herrschten. Vielleicht würde ich dort gar nicht auffallen.

Das ist eine bescheuerte Idee. Absolut dämlich! Die werden dich erwischen und dann … Ich habe wirklich keine Lust, dass das mein letzter Abend war. Dafür schwebt mir doch ein deutlich anderes Ambiente und deutlich mehr Action vor, beschwerte sich der Mare in meinem Kopf.

Halt die Klappe! Dein Geschwätz kann ich gerade überhaupt nicht gebrauchen, zischte ich zurück.

Ich musste mich konzentrieren und meine Umgebung ganz genau im Blick behalten. Da konnte ich mir keine Ablenkung leisten, und bei den beiden Göttern, das war er. Vorsichtig näherte ich mich dem ersten Tisch und versuchte, in möglichst großem Bogen an ihm vorbeizugehen.

Das wird niemals funktionieren, mahnte Wraith. *Du hast doch noch nicht mal einen Plan. Was, wenn du es tatsächlich in den Raum mit dem Wasserfall schaffst? Du hast keine Ahnung, wie hoch diese Öffnung in der Wand liegt, aus der du willst. Und selbst wenn … wie willst du von hier wegkommen? Ich gehe mal davon aus, dass du nicht zufällig weißt, wie man mit deinem Sigil einen Drachen rufen kann, oder?*

Natürlich hatte er recht mit seinen Einwänden. Dennoch durfte ich mich davon nicht abhalten lassen. Es war vielleicht meine einzige Chance.

Wir werden schon sehen, was passiert. Erst einmal müssen wir es dorthin schaffen.

Das ist Wahnsinn! Wenn sie dich erwischen, dann bist du tot, und das meine ich verflucht ernst. Los, komm schon! Setz dich einfach wieder auf deinen Platz und lass uns gemeinsam überlegen. Ich verspreche dir, dass ich dich nicht hängen lasse und mit dir ehrlich über einen Plan nachdenken werde. Aber das Ganze muss Hand und Fuß haben.

Es freute mich fast ein wenig, Wraith mal die Kontrolle verlieren zu sehen. Sonst schien ihn nichts ängstigen oder beunruhigen zu können. Von daher war das durchaus ein netter Moment. Leider konnte ich ihn nicht wirklich auskosten.

Ich blickte in den hinteren Teil des Raums, wo Jinx gerade den Becher an die Lippen setzte und einen weiteren Schluck trank. Sie saß mit dem Rücken zu mir, konnte mich also nicht sehen. Cole, der ihr gegenüber Platz genommen hatte, hingegen schon. Er lachte über etwas, das Jinx gesagt hatte, und hob den Kopf. Panisch drehte ich mich von ihm weg und suchte Schutz hinter der Gruppe, die vor mir am Tisch saß. Aber zum Glück schien Cole mich nicht bemerkt zu haben. Trish hopste mit ein paar anderen über die Tanzfläche, und Arion sowie Cael waren weiterhin in die Unterhaltung mit Thaddeus vertieft. Es war also mit Sicherheit der beste Moment, und mit etwas Glück würde ich es vielleicht schaffen.

Das kann nur schiefgehen, brachte Wraith seinen unerschütterlichen Optimismus zum Ausdruck.

Ich ließ mich davon nicht beirren und ging weiter. Langsam kam ich der Tür näher. Mein Herz klopfte wild in meiner Brust, während ich versuchte, ruhig zu bleiben und nicht aufzufallen. Nur noch wenige Meter …

Als die Gruppe am letzten Tisch, den ich passieren musste, die Becher hob, um anzustoßen, beschleunigte ich meine Schritte und hastete mit gesenktem Kopf an ihnen vorbei. Ich konnte es kaum glauben, als ich es tatsächlich zur Tür schaffte und hindurchschlüpfte. Innerlich jubelte ich auf, als ich über die Schwelle trat und in den Gang vor mir tauchte. Der erste Schritt war geschafft.

»Dachte ich mir doch, dass du etwas im Schilde führst, so wie du da drin herumgeschlichen bist. Hat sich also gelohnt, dich im Auge zu behalten.«

Mir lief es eiskalt den Rücken hinab. Ganz langsam drehte ich mich um und überlegte verzweifelt, was ich nun tun konnte.

11

Das war verdammt übel. Dieser Gedanke ging mir als Erstes durch den Kopf. Dann wurde ich auch schon von Wraiths lauten Schimpftiraden überschwemmt. Ich fühlte so viel Wut in mir, so viel Hass und Kampfeswillen. Es kostete unendlich viel Kraft, mich nicht auf den jungen Mann vor mir zu stürzen, der mit verschränkten Armen an der Wand lehnte und mich grinsend ansah.

»Hast wohl gedacht, du nutzt die Gunst der Stunde und versuchst, dich vom Acker zu machen. Gut, dass ich dich die ganze Zeit im Auge behalten habe.«

Der Stolz in Jacobs Miene war nicht zu übersehen. Warum hatte ich den Kerl vergessen? Weshalb war mir nicht aufgefallen, dass ich beobachtet wurde?

Du hättest auf mich hören sollen, meckerte Wraith. *Nun werden wir ihn leider töten müssen.*

Ich glaube kaum, dass es uns helfen wird, wenn wir ihn umbringen, stellte ich fest. Ein Kampf machte Lärm und zog nur weitere Aufmerksamkeit auf uns. Mal davon abgesehen, dass wir die anderen dann sicher nur noch wütender machten. Nein, das war keine Option.

»Wollen wir doch mal schauen, was die anderen von deinem kleinen Vorhaben halten«, sagte er und grinste mich breit an.

»Hältst du das wirklich für eine gute Idee?« Ich hatte keine Ahnung, was ich da tat. Die Worte purzelten einfach so aus meinem Mund. »Dir macht man offensichtlich nicht so leicht etwas vor. Von daher hast du sicher mitbekommen, dass Thaddeus gerade nicht in allzu bester Stimmung ist. Er unterhält sich mit Arion und Cael – es scheint um etwas Ernstes zu gehen. Sicher, dass du da stören willst? Wegen so etwas Unbedeutendem wie mir? Ziemlich mutig – oder absolut dumm.«

Mein Herz schlug mir bis zum Hals. Ich riskierte gerade wirklich Kopf und Kragen. Seine Augen weiteten sich, und ich sah ihm an, wie es in seinem Hirn arbeitete.

»Vielleicht ist es wirklich besser, ihn jetzt nicht zu unterbrechen. Thaddeus kann recht aufbrausend sein«, überlegte Jacob laut.

Ich nickte eifrig, als würde ich den Anführer von Morpheus bereits mein ganzes Leben lang kennen, weshalb ich Jacobs Einschätzung natürlich teilte.

»Dann bringe ich dich am besten auf dein Zimmer«, fuhr er fort.

Er ließ mich vorausgehen und behielt mich genau im Blick. Vielleicht hätte ich einen Fluchtversuch wagen können, aber das Risiko erschien mir doch zu groß. Sollte der nämlich scheitern, würde mich Jacob garantiert zu Thaddeus bringen. So gingen wir schweigend durch die Gänge, bis wir vor meiner Zimmertür ankamen. Ich trat ein und hörte, wie er einen Schlüssel im Schloss drehte. Ernüchtert lehnte ich mich gegen die Tür und atmete tief durch. Und schon wieder saß ich fest. Dabei wollte ich endlich von hier fort.

Na, immerhin leben wir noch, meinte Wraith.

»Das kann sich allerdings ganz schnell ändern. Genau darum müssen wir einen Weg nach draußen suchen.«

Ich blickte wieder zur Tür und überlegte fieberhaft, was ich tun konnte. Und dann fiel mir der Spalt auf, der zwischen

Boden und Tür lag. Vielleicht ließ sich damit arbeiten. Vorsichtig spähte ich durchs Schlüsselloch und jubelte innerlich auf, als ich erkannte, dass Jacob den Schlüssel hatte stecken lassen.

Und der Wahnsinn geht weiter, seufzte Wraith.

***

Ich wartete eine ganze Weile, bevor ich loslegte. Immer wieder lauschte ich nach draußen, ob ich von irgendwo Geräusche vernahm, und erst als es merklich stiller wurde, legte ich los. Ich wollte auf alle Fälle das Risiko vermeiden, erneut entdeckt zu werden. Aber es war verdammt schwer gewesen, sich so lange zu gedulden.

Da ich kein Papier in meinem Zimmer fand, zerrte ich mir mein Oberteil vom Leib und schob den dünnen Stoff unter dem Türrahmen durch. Als es so lag, wie ich es wollte, nahm ich den Dorn meines Gürtelverschlusses und versuchte, ihn in das Schloss zu bekommen. Es dauerte etwas, aber schließlich gelang es mir, damit tatsächlich den Schlüssel auf der anderen Seite herauszustoßen. Ich hörte das gedämpfte Klappern, als er auf der anderen Seite auf mein Oberteil fiel. Hastig zog ich ihn unter dem Türspalt zu mir heran und konnte nun ohne Probleme aufschließen. Erleichtert atmete ich auf, als die Tür aufsprang, und trat langsam in den dunklen Flur hinaus.

Das ist eine dumme Idee, flötete Wraith in meinem Kopf.

Klappe!, zischte ich zurück und drehte den Kopf nach links und rechts, um zu schauen, ob ich wirklich allein war. Es wunderte mich, dass Jinx nicht längst wieder Wache schob, aber offenbar hatte sie den Abend ziemlich genossen und einiges getrunken. Vielleicht hatte sie das ihr Pflichtbewusstsein vergessen lassen.

Ob Jacob wohl irgendwem mitgeteilt hatte, dass ich mich wieder auf meinem Zimmer befand? Irgendwie hatte ich die Vermutung, dass er diese Information weitergegeben hatte. Allerdings hätte Thaddeus dann sicher Leute als Wache zu mir geschickt. Es beunruhigte mich ein wenig, dass ich keine Ahnung hatte, was hinter meinem Rücken womöglich beschlossen worden war.

»Egal, ich schaffe das schon«, murmelte ich.

Erst einmal musste ich mich an den Weg zum Wasserfallraum erinnern. Ich hatte auf jedes Detail geachtet. Nicht einmal der Umstand, dass nur noch wenige Laternen brannten und die Lichtverhältnisse alles andere als gut waren, änderte etwas daran, dass ich den Weg genau wiedererkannte.

Ich war noch ein gutes Stück von meinem Ziel entfernt, als ich das Rauschen des Wasserfalls hörte. Vorsichtig schlich ich den Gang entlang und duckte mich, weil die Decke so niedrig war. Als ich den Raum erreichte, fiel eine schwere Last von meinen Schultern. Bis hierher hatte ich es also schon mal geschafft.

Kein dummer Kommentar von deiner Seite?, wollte ich von Wraith wissen, der ausnahmsweise ganz still war.

Ich halte es noch immer für Wahnsinn. Mehr gibt es da nicht zu sagen, knurrte er.

Du wirst dich noch bei mir bedanken, wenn wir morgen wieder zu Hause sind.

Ich hatte zwar eine Ahnung, dass diese zeitliche Einschätzung recht ambitioniert war, aber hey, lieber die Ziele zu hoch stecken als zu tief.

Mein Blick wanderte kurz zu dem rauschenden Wasserfall hinüber, der tosend in das Becken stürzte. Einige Laternen spendeten spärliches Licht, doch sie waren nicht die einzige Lichtquelle, wie ich feststellte. Ein Großteil der Pflanzen, die an der schwarzen Felswand wuchsen, gaben ein fluoreszierendes Leuchten von sich. Sie strahlten in Gelb-, Grün-, ja sogar Orangetönen. Der Anblick war unglaublich und faszinierend.

Während sich mein Blick langsam an der Felswand entlangtastete, nahm ich eine Bewegung aus Richtung des Wasserfalls wahr und wusste sofort, dass ich mich nicht allein im Raum befand. So schnell ich konnte, stürzte ich mich zu einer Stelle, die vom Licht der Laternen nicht erreicht wurde, und hoffte, dass mich die Dunkelheit komplett verschluckte. Ich drückte mich gegen die Wand, während mein Blick verzweifelt zu dem Loch huschte, von dem ich gehofft hatte, es könnte mein Ausweg sein.

Und in diesem Moment trat Cael unter dem tosenden Wasserfall ins Licht. Meine Augen weiteten sich, als ich ihn erblickte. Sein Oberkörper war nackt und das Wasser reichte ihm bis knapp über die Hüfte. Irgendwie erinnerte mich der Anblick an die Begegnung mit Thaddeus. Nur dass ich mich in dem Moment weitaus unwohler gefühlt hatte und mein Blick nicht bewundernd über dessen Körper gewandert war, unfähig, sich von dem Bild zu lösen. Das Lichterspiel der fluoreszierenden Pflanzen tanzte über seine Haut und strich über jeden Muskel, an dem die Wassertropfen hinabliefen. Ich musste zugeben, dass Cael einen bemerkenswert perfekten Körper hatte.

Er ging durch das Wasser und strich sich mit den Händen die nassen Locken zurück, die im fahlen Licht dunkel wirkten. Glühende Hitze schoss bei dem Anblick des Spiels seiner Muskeln durch meine Adern und brachte all meine Nervenenden zum Vibrieren. Ich verabscheute es, wie mein Körper auf seinen Anblick reagierte, aber ich konnte nichts dagegen tun. Er übte eine enorme Anziehungskraft auf mich aus, und das war verdammt unangebracht.

Cael ging noch ein Stück weiter durch das dampfende Wasser und hob den Kopf. Er sah genau in meine Richtung, und für einen Moment überkam mich Panik. Hektisch tat ich einen kleinen Schritt nach hinten, um mich noch fester an die Steinwand zu pressen. Das leise Scharren meiner Füße auf dem nackten Steinboden zuckte durch die Höhle. Es kam mir unendlich laut vor, dabei waren es doch nur ein paar Kiesel gewesen. Hoffentlich hatte er mich nicht gehört. Panisch hielt ich den Atem an, während ich mich an den Felsen presste und wieder zu Cael sah. Allerdings war er verschwunden.

Wie … wie war das möglich? Ich ließ den Blick schweifen und suchte das ganze Becken ab, doch vergeblich. War er vielleicht untergetaucht?

In diesem Moment erschien eine Gestalt. Blitzschnell tauchte sie genau vor mir auf, presste mir den Unterarm an die Kehle und drückte mich gegen den harten Felsen hinter mir. Caels Augen blitzten mich dunkel und voller Zorn an. Mein Puls schoss hoch, während ich nicht anders konnte, als ihn panisch anzustarren. Verdammt, wie hatte er nur so unglaublich schnell sein können?!

»Du bist das«, stellte er fest, als er mich erkannte. Er lockerte den Griff, ließ mich aber nicht los. »Lag ich also richtig damit, dass hier jemand ist. Es wundert mich allerdings ein wenig, dass es sich dabei um dich handelt. Solltest du nicht auf deinem Zimmer sein?«

Er war mir so nah, dass ich die Wärme seiner nassen Haut auf mir spürte. Sein Blick loderte und erinnerte mich an einen nachtdunklen Himmel, in dem jeden Moment ein Gewitter losbrechen würde. Immerhin bekam ich meine Gedanken so weit zusammen, dass mir klar wurde, dass Jacob tatsächlich Bericht erstattet hatte.

»Also, was willst du hier? Ich hoffe mal nicht, dass du zum Spannen gekommen bist.« Ein süffisantes Grinsen erschien auf seinen Lippen, das ich ihm am liebsten aus dem Gesicht gewischt hätte.

»Das hättest du wohl gerne«, zischte ich.

Er lachte nur und nahm nun endgültig den Arm runter. Allerdings ließ er noch immer nicht von mir ab. Seine Hände legte er neben meinen Kopf an die Höhlenwand, sodass ich zwischen seinen Armen gefangen war. Er kam mir noch ein kleines Stück näher. Ich konnte nicht verhindern, dass mein Blick kurz nach unten zu seiner muskulösen Brust und seinem äußerst gut definierten Bauch wanderte. Ich schluckte schwer und hätte wohl erleichtert aufatmen sollen, als ich feststellte, dass er untenrum bekleidet war.

Er folgte meinem Blick und hob amüsiert eine Braue. Immerhin ging er auf das Thema nicht weiter ein. »Na, bekomme ich nun eine Antwort? Wobei ich bereits eine Vermutung habe, wohin du wolltest.« Er nickte hinter sich zu der Öffnung in der Steinwand. »Wenn das ein Fluchtversuch werden sollte, hätten ein paar weitere Nachforschungen sicher nicht geschadet. So kommst du hier jedenfalls nicht raus.«

Ich sagte doch, das ist eine Schnapsidee, und nun stecken wir erst richtig in der Scheiße, beschwerte sich Wraith.

Hältst du das wirklich für den passenden Moment?, giftete ich zurück.

Ich habe es dir gleich gesagt. Du hättest es lassen sollen, und nun hat er uns erwischt. Was glaubst du, was jetzt mit uns passiert?

Ich verdrehte die Augen und schnaufte entnervt.

Cael neigte seinen Kopf ein ganz klein wenig nach links, während sich sein Blick unerbittlich in mich schnitt. »Er redet wieder mit dir.«

»Nichts, um was du dich kümmern musst. Immerhin ist der Kerl ununterbrochen am Quatschen. Irgendwie gewöhnt man sich daran.«

»Ist das so?«, hakte Cael nach.

Ich zuckte nur mit den Schultern.

»Mein Angebot steht noch immer. Ich könnte dir helfen.«

»Du glaubst doch nicht, dass ich auch nur einen Tag länger freiwillig bei euch bleibe? Ich will nichts wie weg von hier. Und keine Sorge, wenn ich erst wieder zu Hause bin, bekomme ich das mit dem Mare schon irgendwie in den Griff. Ich habe Freunde, die mir zur Seite stehen und mich unterstützen, ohne im Gegenzug etwas von mir zu verlangen.«

Natürlich dachte ich dabei an Nate und unser Training in den vergangenen Wochen. Früher oder später würde es auf diese Weise klappen – ganz bestimmt.

Cael lachte abfällig auf. »Und du denkst wirklich, dass dein Prinz eine Antwort auf dein Problem hat? Er hat doch absolut keine Ahnung, wie man den Mare unter Kontrolle bringt. Woher auch? Aber du vertraust ihm und läufst sehenden Auges in dein Verderben. Denn eines ist klar: Niemand hält es ewig aus, jeden Aspekt seines Lebens mit einem anderen zu teilen.

Vor allem dann nicht, wenn es dabei um die eigenen Gedanken geht.«

»Was weißt du schon?!«, zischte ich Cael an.

Doch in meinem Inneren berührte er etwas mit seinen Worten. Er schürte eine Angst, die tief in mir saß und Sorgen mit sich brachte, die ich stets im Zaum zu halten versuchte. Was, wenn es mir nicht gelingen sollte? Was, wenn ich Wraith niemals wieder loswurde? Mir war klar, dass ich nicht auf ewig so weiterleben konnte.

»Früher oder später wirst du den Verstand verlieren oder daran zerbrechen«, fuhr Cael fort und streckte die Hand nach mir aus. Er legte sie auf meine Wange, und die Stelle, die er berührte, kribbelte warm. Es war, als würde meine Haut in Flammen aufgehen. Leider war es nicht mal unangenehm. »Vielleicht solltest du überdenken, wem du dein Vertrauen schenkst. Oder wenigstens, ob es nicht besser wäre, hin und wieder eine neue Sichtweise zuzulassen. Es kann sich lohnen, neue Dinge auszuprobieren.«

Caels Atem strich mir entgegen, heiß, lodernd und drängend. Er brannte auf meiner Haut und brachte alle Nervenenden zum Glühen. Was war das nur? Warum fühlte ich mich zu diesem Kerl hingezogen?

»Dein Prinz kann dir nicht helfen, das wirst du früher oder später einsehen müssen. Deine Hoffnungen sind bei ihm verschwendet, ebenso wie deine Sehnsucht. Er wird nichts davon je erfüllen können.«

Seine Worte schnitten sich wie kalter Stahl in mein Herz. Qualvoll zog es sich zusammen, während ich mich innerlich dagegenstemmte und die Sätze zu verdrängen versuchte. Doch tief in mir wusste ich, dass Cael recht hatte. Nate und ich würden niemals zusammen sein. Nicht auf die Weise, die ich mir wünschte.

»Du weißt gar nichts über mich«, gab ich zurück und legte meine Hände auf seinen Brustkorb, um ihn von mir zu schieben, doch blitzschnell schlang sich seine Linke um mein rechtes

Handgelenk und hielt es fest. Meine Finger lagen auf seiner Brust. Seine Haut fühlte sich unfassbar samtig und fest an. Ich spürte, wie die Muskeln bei jeder Bewegung arbeiteten, und riss erstaunt die Augen auf, als er meine Hand fester auf sich drückte.

»Es lohnt sich nicht, Illusionen nachzujagen.«

»Nate ist keine Illusion«, erwiderte ich, auch wenn ich spürte, wie unwahr diese Worte waren.

»Ach ja?«, hakte Cael nach. »Dann sag mir, wie oft hast du ihn schon auf diese Weise gespürt?«

Er ließ meine Hand ein Stück an seinem Oberkörper entlangwandern. Als meine Fingerspitzen über seine rechte Brustwarze glitt, zog sich etwas in mir zusammen. Ich hielt den Atem an, als er mit seiner Rechten lockend über meine Wange strich. Zärtlich wanderte sein Daumen über meine Haut und vollführte dort so gekonnt kleine kreisende Bewegungen, dass mein Blut zu kochen begann. Als er meinen Mund erreichte, glitt sein Daumen langsam über meine Lippen und fuhr neckend jeden Millimeter nach. Der Druck war stark und zugleich unglaublich zärtlich. Er öffnete meinen Mund ein kleines Stück, sodass mir keuchend ein Atemzug entwich. Ganz langsam ließ er die Spitze seines Daumens zwischen meine Lippen gleiten und berührte meine Zunge.

»Oder das hier?«, fragte er mit rauer Stimme, während sein Daumen weiter mit meiner Zunge spielte, er sich zu meinem Hals beugte und seine Lippen drängend auf mich legte. Es war wie ein heißer Blitz, der durch meinen kompletten Körper glitt, als ich diesen glühenden Kuss auf meiner Haut spürte. Mein Herz raste und in mir tobte ein verbotenes Verlangen. Das Schlimmste aber war, dass ich tief in mir die Antwort auf seine Fragen hörte. Immer und immer wieder schoss ein schneidend kaltes Nein durch mich hindurch. Nein, Nate hatte all das niemals mit mir geteilt. Ich war ihm niemals auf diese Weise nah gewesen, und das schmerzte mehr, als ich in Worte fassen konnte.

Als Cael ein letztes Mal mit seiner Zungenspitze über meine Haut glitt, wusste ich nicht, ob ich darüber enttäuscht oder erleichtert sein sollte. Und für diese Unentschlossenheit verabscheute ich mich.

Er zog den Kopf zurück und schaute mich mit einem Blick an, der dunkel und lodernd zugleich war. Dieser Mann war die reinste Versuchung, geschaffen, um mich ins Verderben zu führen. Und ich wäre ihm nur zu gerne widerstandslos gefolgt. Meine Brust wogte unter meiner schnellen Atmung. Noch immer schaute ich ihn an und versuchte, Herr über meine Gefühle zu werden. Ja, ich sehnte mich nach Leidenschaft und Nähe. Ich wollte frei sein, meine eigenen Entscheidungen treffen und meine Sehnsüchte stillen. Aber er … er war eine Gefahr. Er war ganz einfach der Falsche, und ich würde mich niemals so einfach verführen lassen.

»Ich weiß, dass Nate und ich keine Zukunft haben. Aber das heißt noch lange nicht, dass ich mich dem Erstbesten an den Hals werfe. Und es bedeutet erst recht nicht, dass ich mich oder gar meine Welt an euch verrate. Solange ich hier bin, werde ich alles dafür tun, um nach Hause zurückzukommen. Ich werde jede Minute, jede Sekunde dafür kämpfen, bis es mir gelungen ist.« Ich legte all meine Kraft in diesen Satz, meinen ganzen Willen, und hoffte, dass er verstand, wie ernst es mir war.

Cael schwieg einen Moment, dann trat er einen Schritt zurück und ließ endlich von mir ab. »Das ist bedauerlich. Vielleicht überlegst du es dir irgendwann anders. Aber bis dahin …« Er gab den Weg frei und streckte den Arm in Richtung Ausgang aus. »Du kannst jederzeit gehen. Wir werden hinter dein Geheimnis wohl nur kommen, wenn du mit uns zusammenarbeitest. Es macht also keinen Sinn, dich gegen deinen Willen festzuhalten. Früher oder später werden wir uns ohnehin wiedersehen, dessen bin ich mir sicher«, versprach Cael unheilvoll. Allerdings konnte ich mir darüber gerade keine Gedanken machen. Ich war viel zu verwirrt.

»Was? Ich bin nicht mehr eure Gefangene?«, hakte ich ungläubig nach.

Glaub ihm kein Wort! Das ist sicher nur eine Falle. Er spielt irgendein krankes Spiel mit dir.

Ganz abwegig war Wraiths Einwand nicht. Dennoch würde ich nicht hier stehenbleiben und nichts tun. Mit schnellen Schritten ging ich an Cael vorbei und eilte als Erstes zu der Öffnung in der Höhlenwand. Ich streckte den Kopf und lugte hinaus. Eine eisige Faust griff nach mir und vergrub sich in meinem Magen. Der Anblick war erschütternd. Hier ging es senkrecht den Fels hinunter. Die klaffende Tiefe war unheimlich, ebenso wie die spitzen Felsen, die aus der Wand ragten und einem jeden Knochen im Leib zerschmettern würden, bevor man sein elendes Ende auf dem Boden fand, der da unten in der Dunkelheit irgendwo sein musste.

»Ich habe es dir gesagt«, mischte sich Cael ein, der noch immer an derselben Stelle stand.

»Und, wie soll ich stattdessen von hier wegkommen?«, fragte ich. Was war das nur für ein durchtriebenes Spiel?

Er ging an den Rand des Beckens, wo eine Hose und ein Hemd lagen. Mit geschmeidigen Bewegungen zog er die Sachen über und bedeutete mir, ihm zu folgen. Einen Augenblick blieb ich noch stehen. Ich war mir nicht sicher, was ich tun sollte. Konnte ich ihm wirklich vertrauen? Aber was war die Alternative?

Ich gab mir also einen Ruck und folgte ihm mit entschlossenen Schritten. Er führte mich durch die engen Gänge der Höhle. Immer wieder musste sich Cael ducken, um nicht mit dem Kopf an die tief hängende Decke zu stoßen. Die ganze Zeit sagte er kein Wort. Ich behielt die Umgebung genau im Blick und versuchte, mich zurechtzufinden. Aber mittlerweile hatte ich vollkommen die Orientierung verloren.

»Wo bringst du mich hin?«, platzte es schließlich aus mir heraus.

Wir betraten gerade einen hallenartigen Raum, der mit einem Herd und einem großen Tisch in der Mitte ausgestattet war.

Überall hingen Kräuterbündel von der Decke, in einem Regal befanden sich jede Menge Gefäße, in denen ich Gewürze vermutete. Daneben waren mehrere Käselaibe und getrockneter Schinken aufgereiht. Wir befanden uns offensichtlich in der Küche.

»Keine Sorge, Proviant werden wir nicht benötigen. So lange sollten wir nicht unterwegs sein. Wenn du aber noch Hunger hast, greif gerne zu«, schlug Cael vor.

»Du willst mich begleiten?«, hakte ich fassungslos nach.

»Was denkst du, wie du hier wegkommst? Du hast gesehen, wie hoch wir sind.«

Der Kerl hat irgendwas vor. Los, greif dir eines der Messer und ramm es ihm zwischen die Rippen!, forderte Wraith mich auf.

Automatisch huschte mein Blick in Richtung des Messerblocks, der auf dem Küchentresen stand.

»Das würde ich an deiner Stelle lassen, denn dann kommst du hier tatsächlich nicht mehr weg«, sagte Cael und ging einfach weiter.

Er schien keine Angst zu haben, dass ich dem Impuls nachgeben und ihn angreifen könnte. Aber in der Tat konnte ich eine Attacke nicht riskieren. Im Moment schien er meine einzige Hoffnung zu sein, hier rauszukommen, und das gefiel mir gar nicht. Ich wollte nicht auf jemanden angewiesen sein – erst recht nicht auf ihn.

Wir gingen weiter, und ich ließ Cael keine Sekunde aus den Augen. Ich wurde aus ihm nicht schlau. Warum sollte er sich gegen seine Leute stellen und mir helfen?

»Wir sind gleich da«, verkündete er, ohne sich nach mir umzudrehen.

In diesem Moment hörte ich ein Geräusch hinter mir – und es schien lauter zu werden. Überrascht blieb ich stehen und drehte mich danach um. Auch Cael hörte es und blickte hinter sich. Er seufzte leise. Da wurde auch mir klar, was ich da vernahm: Schritte von mehreren Personen, und sie kamen genau auf uns zu.

»Verdammt«, zischte ich und machte einen Satz auf Cael zu. »Und was jetzt? Wir müssen etwas tun, sie sind gleich da.« Und was dann mit mir geschehen würde, lag auf der Hand. »Wir müssen hier weg!«, schrie ich Cael entgegen und lief an ihm vorbei, aber es war bereits zu spät.

Hinter mir hörte ich nun nicht mehr nur Schritte, sondern leider auch Stimmen.

»Jetzt haben wir dich! Tja, ist wohl doch nicht so leicht, von hier wegzukommen, was?«

Jinx trat hervor, und sie war leider nicht allein. Arion, Cole und drei weitere Männer waren bei ihr. Sie schien wirklich alles drangesetzt zu haben, um mich aufzuhalten. Ich starrte die junge Frau an, die sich vor mir aufbaute und um deren Körper herum ich plötzlich ein eigenartiges Glühen sah. Ich runzelte die Stirn, während sich mein Blick auf sie konzentrierte. Es sah aus wie ein leuchtender Nebel von tiefroter Farbe. Ich verstand es nicht, allerdings erinnerte ich mich, dass ich so etwas schon einmal erlebt hatte. Kurz bevor Wraith den Mare verschlungen hatte, war von meinem Gegner ein ähnliches Strahlen ausgegangen.

»Gut, dass ich vor dem Schlafengehen noch mal bei deinem Zimmer vorbeigeschaut habe, sonst hätte …« Jinx brach mitten im Satz ab, als sie erkannte, dass ich nicht allein war. Erstaunt wandte sie sich an Cael. »Was machst du hier?«

Er verschränkte die Arme vor der Brust. »Alexis möchte uns verlassen. Ich habe ihr die Gründe genannt, warum das meiner Meinung nach keine gute Idee ist, sie lässt sich aber nicht überzeugen. Und da ich keine Lust habe, ihr ständig nachzujagen, um sie davon abzuhalten, sich bei einem Fluchtversuch das Genick zu brechen, werde ich sie nach London bringen, von wo sie hoffentlich allein zurück in ihre Welt findet.«

Gut, ich war nicht die Einzige, die ihn fassungslos anstarrte. War das sein Ernst? Ich war mir nicht sicher, ob es seine Worte waren, die mich sprachlos machten, oder die Tatsache, dass er sie direkt vor seinen Leuten aussprach.

»Bist du übergeschnappt?!«, wollte Jinx wissen und schaute Cael aufgebracht an. »Wir brauchen die Kleine noch. Mit ihren Kräften können wir weitere Mare finden und …«

»Ich habe meine Meinung zu dem Thema bereits deutlich zum Ausdruck gebracht«, unterbrach er sie mit schneidender Stimme, in der unglaubliche Stärke und Autorität mitschwangen. Niemand hätte es gewagt, ihm zu widersprechen. »Es ist entschieden. Die Kleine verlässt uns heute noch«, verkündete Cael und wandte sich von der Gruppe ab.

In diesem Moment erreichte uns eine weitere Person: Thaddeus. Sein Gesicht glühte beinahe, als er uns erblickte. Eine Ader pochte unheilvoll an seiner Schläfe, als ihm dämmerte, was sich hier abspielte.

»Was soll das, Cael?«, wollte er wissen.

»Ich habe es bereits gesagt«, antwortete er mit fester Stimme. Da war keine Spur von Angst, nicht mal der Hauch eines Zweifels. »Alexis wird in ihre Welt zurückkehren.«

»Das ist doch … Wie kannst du nur?! Da haben wir eine von ihnen, dann ist sie sogar noch mit dem Königshaus verbandelt, und du …«, begann Thaddeus von Neuem.

»Ich habe mich entschieden«, fiel ihm Cael ins Wort. »Und ich glaube, weder du noch sonst irgendwer hat da etwas mitzureden, oder irre ich mich?«

Sein Tonfall war eisig und dunkel. Selbst mir jagte er einen Schauder über den Rücken. Doch es machte mir auch etwas anderes klar: Ich hatte die ganze Zeit falschgelegen. Sprachlos starrte ich Cael an, als die anderen langsam die Köpfe vor ihm neigten.

»Wenn es das ist, was du willst. Du bist unser Anführer. Du entscheidest«, erklärte Thaddeus, während er sich noch tiefer verbeugte und sich sein vor Wut brennender Blick ein letztes Mal auf mich legte. Es fiel ihm sichtlich schwer, die Situation zu akzeptieren und sich nicht weiter einzumischen.

Langsam ging Cael weiter, doch als er merkte, dass ich wie festgewachsen dastand, wandte er sich zu mir um. »Kommst du endlich?«

Ich starrte ihn an und wusste nicht, was ich denken oder sagen sollte. Die ganze Zeit hatte ich vollkommen danebengelegen. Nicht Thaddeus war der Anführer von Morpheus, sondern Cael. Und damit wurde er für mich – für meine Welt – noch gefährlicher, als er ohnehin schon war.

12

Ich blickte in die nicht gerade erfreuten Gesichter, die mich allesamt anstarrten. Keinem schien Caels Entschluss sonderlich zu gefallen, aber sie wagten keinen Widerspruch. Das sagte wohl einiges über ihn aus.

Ich folgte Cael wohl besser, denn auch wenn ich den Grund dafür nicht verstand, er schien mich tatsächlich gehen lassen zu wollen. Also nahm ich die Beine in die Hand. Mit wenigen Schritten hatte ich ihn eingeholt.

»Du bist ihr Anführer«, stellte ich fest, nachdem wir für kurze Zeit schweigend nebeneinander hergegangen waren. »Ich dachte, Thaddeus wäre derjenige, der das Sagen hat.«

Keine Ahnung, warum ich das überhaupt zur Sprache brachte. Im Grunde spielte es keine Rolle, wer von beiden Morpheus anführte. Sie waren alle meine Feinde. Und dennoch bewies es, dass Cael offenbar gerne Spielchen spielte und nicht einmal in diesem Punkt die Wahrheit sagen konnte.

»Thaddeus besitzt eine gewisse Machtposition. Immerhin war er es, der die Menschen einst versammelt und zum Kampf gegen die Traumländer aufgerufen hat«, antwortete Cael vollkommen ruhig.

Das hatte ich bereits mitbekommen, und fragte mich, wie es sein konnte, dass Thaddeus noch am Leben war. Wenn er Morpheus wirklich gegründet hatte, musste er um die dreihundert Jahre alt sein. Immerhin war er ein Mensch, und die erreichten für gewöhnlich nicht ein solch hohes Alter.

»Und doch bist du es, der am Ende das Sagen hat«, stellte ich ungerührt fest. Ich musterte ihn von der Seite und versuchte, aus dem Ganzen schlau zu werden. Es musste einiges über ihn und seine Kräfte aussagen, dass er es war, der an der Spitze stand.

»Vielleicht liegt es daran, dass ich Thaddeus' Vertrauen genieße«, antwortete er und schenkte mir einen dunklen Blick.

Wieder so eine kryptische Aussage. Doch mehr schien ich nicht aus ihm herauszubekommen, was nicht hieß, dass ich es nicht weiter versuchen wollte.

Kalter Wind wehte mir entgegen und fuhr heulend durch den Gang. Wir waren wieder an dem Ort mit den vielen Öffnungen in den Wänden, und ich konnte in der Dunkelheit sogar die Felsvorsprünge erahnen, wo Jinx, Arion und Cole ihre Drachen hatten landen lassen. Offenbar würden wir wieder diesen Weg nehmen.

»Ziehst du mir auch gleich einen Sack über den Kopf oder muss ich vielleicht sogar ein Betäubungsmittel trinken, damit ich nicht ausplaudern kann, wo euer Versteck liegt?«, hakte ich nach.

Ein schiefes Lächeln tauchte auf seinen Lippen auf, als er amüsiert den Kopf schüttelte. »Das wird wohl kaum nötig sein.« Er streckte die Hand aus und holte sein Sigil unter dem Hemd hervor. Das Metall war deutlich dunkler und mit verschiedenen Symbolen versehen, die von Ranken umschlungen waren. Als er es berührte, begann es zu leuchten, und golden glühende Tropfen rannen daraus hervor. Bevor sie den Boden erreichten, lösten sie sich zu einem goldenen Nebel auf, der in sanften Bahnen durch die Luft schwang und etwas neben ihm zu bilden begann.

Ich stand ratlos da und verstand nicht, was ich da sah. Aus meiner Welt kannte ich nur den Nebel, der aus dem Sigil troff.

Dieses goldene Licht, dieses Gleißen und Strahlen … es war beeindruckend und verwirrend zugleich.

Langsam bildete sich eine Gestalt neben Cael. Der Vorgang kam mir bekannt vor, auch wenn ich das Leuchten dabei zum ersten Mal sah. Der Drache war riesig und streckte seinen langen Hals empor. Kurz schüttelte er den gigantischen Kopf, auf dem silbern schimmernde Hörner wuchsen. Im ersten Moment konnte ich nichts anderes tun, als das imposante Tier anzustarren. So etwas hatte ich wirklich noch nicht gesehen. Seine Schuppen glänzten golden und sandten ein warmes Strahlen aus.

»Wollen wir?«, fragte Cael, während er auf das riesige Tier zuging und sich noch einmal nach mir umdrehte.

»Du willst mich einfach so mitnehmen?«, hakte ich irritiert nach. »Hast du keine Angst, dass ich meine Leute zu euerem Versteck führe?«

Caels Lippen kräuselten sich zu einem wissenden Lächeln. »Ich glaube kaum, dass du das tun wirst. Du bist nicht dumm und weißt, dass wir im Zweifelsfall deine letzte Hoffnung sind. Wenn du den Mare in dir je unter Kontrolle bringen willst, wirst du uns brauchen. Das ist dir klar. Und selbst wenn du diesen Schritt noch nicht gehen willst, du bist mit Sicherheit schlau genug, um dir diese Tür offenzuhalten.«

Ich fluchte innerlich, denn ein Teil von mir wusste, dass er recht hatte. Niemals würde ich dem König etwas hiervon verraten, und das lag vor allem daran, dass ich ihm nicht traute. Ich wusste nicht, was er mit diesen Informationen anfangen würde, und vor allem hatte ich keine Ahnung, was er mit mir machen würde, nachdem ich ihm davon berichtet hatte. Was, wenn er auch darin einen Grund sah, um mich endgültig aus dem Weg zu räumen? Ich konnte den König schlecht einschätzen, aber so viel wusste ich: Er ging über Leichen.

»Ich werde dich nach London bringen. Du hast dein Sigil noch nicht lange, und zu Beginn ist es einfacher, die Übergänge zu benutzen, die man bereits kennt. Wir wollen doch verhindern, dass du mal wieder in der Menschenwelt strandest.«

»Danke für dein unermessliches Vertrauen«, gab ich etwas grob zurück. Allerdings wusste ich, dass er mit der Einschätzung vermutlich recht hatte. Ich sollte kein Risiko eingehen.

Ich sah noch einmal zu Cael hinauf, dann stieg ich auf den Rücken des Drachen und versuchte, möglichst viel Abstand zu Cael zu halten.

»Sicher, dass du da hinten sitzen bleiben willst?«, fragte er.

Ich hatte mich auf den hinteren Rücken des Drachen gesetzt, gerade so weit, dass ich nicht hinunterrutschte. Dennoch war es hier alles andere als bequem.

»Ich komme schon zurecht«, erwiderte ich trotzig. Ich wollte auf keinen Fall in Caels Nähe kommen.

Er zuckte mit den Schultern. Der Drache streckte seine Flügel aus, und plötzlich tauchte dunkler Rauch um ihn herum auf.

Cael drehte sich noch einmal zu mir, und als er mein verdutztes Gesicht bemerkte, erklärte er: »Aureum ist nicht gerade unauffällig. Darum tarnt er sich mit dem Nebel. Wir wollen nicht riskieren, dass Außenstehende auf uns aufmerksam werden.«

Gleich darauf erhob sich das Tier und stieg immer höher. Es kostete mich ziemlich viel Willenskraft, nicht loszuschreien, während Cael das riesige Tier antrieb und wir eine Geschwindigkeit an den Tag legten, die mir die Tränen in die Augen trieb. Und nicht nur das. Mehrere Male wäre ich beinahe von dem Drachenrücken gerutscht. Es fehlte nicht viel, und ich wäre in die Tiefe gestürzt. Zum Glück konnte ich mich jedes Mal irgendwie an dem riesigen Körper festklammern.

Ich hatte keine Ahnung, wie lange wir durch die Nacht flogen. Immer wieder blitzten Wälder durch den Nebel des Drachen unter uns auf, dann größere Städte, deren Lichter von hier oben winzig klein wirkten. Es waren wundervolle Bilder, die ich sicher nicht vergessen würde. Die Menschenwelt war noch immer ein Ort, der viel Faszination auf mich ausübte, und es war etwas ganz Besonderes, auf diese Weise Einblicke zu erhalten. Diese Welt war riesig. Es gab so viele Städte, Wälder,

Seen, Berge. Es war herrlich. Und leider auch so unübersichtlich, dass ich das Versteck von Morpheus wohl nie wiederfinden würde. Vielleicht hatte dieser Aspekt zu Caels Entscheidung beigetragen. Immerhin kannte er mich ein wenig und wusste wohl, dass ich keinerlei Orientierung in dieser Welt besaß.

Es erschien mir wie eine halbe Ewigkeit, in der wir durch die dunkle Nacht flogen. Erst als der Morgen graute, erreichten wir unser Ziel. Vor uns tauchten unendlich viele Lichter auf, die in dieser frühen Stunde noch immer brannten. Überall schlängelten sich die Linien der Autoscheinwerfer auf dem Boden entlang. So viele Straßen … so viele Häuser. Es war ein gigantisches, herrliches Lichtermeer. Und wir hielten genau darauf zu.

Nur wenige Minuten später senkte sich der Drache langsam hinab, bis wir schließlich an einem Waldstück landeten.

»Da wären wir«, verkündete Cael und stieg ab.

Ich tat es ihm gleich, und nur wenige Augenblicke später ließ er das imposante Tier wieder in seinem Sigil verschwinden.

»Hast du dieses Mal ein Handy dabei, um deine Freunde um Hilfe zu bitten?«, fragte er. Da war kein Hohn oder Sarkasmus in seiner Stimme. Es schien tatsächlich eine bloße Frage zu sein, ganz ohne Hintergedanken.

»Nein, das ist nicht mehr nötig«, verkündete ich. »Ich schaffe das sicher allein.«

»Gut«, erwiderte Cael. »Ich gehe davon aus, dass du ohne mich weitergehen willst, oder soll ich dich noch ein Stück begleiten?« Ein verlockendes Lächeln zupfte an seinem rechten Mundwinkel, doch ich ignorierte es lieber.

»Ich komm zurecht«, erwiderte ich und konnte es kaum erwarten, ihn endlich loszuwerden.

Ganz glauben konnte ich allerdings noch nicht, dass er mich wirklich einfach gehen lassen wollte. Aber bislang gab es keinerlei Anzeichen, dass es eine Falle war.

»Dann komm gut nach Hause, und wenn etwas ist, du weißt, wo du mich findest.«

Mit diesen Worten drehte Cael sich um und verschwand in der Dunkelheit der Nacht. Einen Moment blieb ich noch stehen, dann atmete ich erleichtert aus. Offenbar war ich tatsächlich frei. Ich konnte mein Glück kaum fassen und wollte es lieber nicht auf die Probe stellen. Mit schnellen Schritten ging ich auf die Lichter der Stadt zu. Meine Hand legte ich bereits um mein Sigil und versuchte, mich darauf zu konzentrieren.

Auch wenn es mir nicht gefällt, vermutlich ist es besser, wenn wir wieder zusammenarbeiten, schlug ich Wraith vor. Immerhin wollte ich so schnell wie möglich nach Hause, und da war es besser, wenn mein Amulett sofort funktionierte.

Sehe ich genauso.

Und so verbanden wir unsere Kräfte und spürten dem Strom des Sigils nach, das uns in eine bestimmte Richtung führte. Die Rauchfäden, die über den Boden wanderten, waren jedenfalls eindeutig. Ich behielt sie ganz genau im Blick, während ich immer tiefer in die Stadt hineinging und inständig hoffte, die letzten Erlebnisse hinter mir lassen zu können. Doch vieles war so prägnant gewesen, so überwältigend, dass ich sicher war, es würde mir niemals gelingen.

13

Ich drehte mich im Bett um und atmete den vertrauten Duft des Kissens ein. Auch wenn es nicht sonderlich prall gefüllt oder gar weich war – es war mein Kissen. So viele Nächte hatte ich darauf geschlafen. Es bedeutete Geborgenheit für mich. Heimat. Zuhause.

Als ich meinen Kopf zum Fenster wandte, bemerkte ich, dass die Sonne bereits hoch stand. Normalerweise schlief ich nie bis zum Mittag, aber was war gerade schon normal?

Ich stand auf, ging zu dem kleinen Tisch, auf dem eine Schüssel und ein Krug Wasser standen, und wusch mich schnell. Anschließend zog ich meine Kleidung über und ging nach unten.

Meine Mutter stand am Herd und setzte, dem erdig-harzigen Geruch nach, gerade die Paste an, die wir auf unsere Boote auftrugen, um sie wasserdicht zu halten oder Löcher auszubessern.

»Konntest du dich ein wenig ausruhen?«, fragte sie, während sie in dem großen Topf rührte. »Ich habe dir etwas vom Frühstück aufgehoben.« Sie nickte in Richtung Tisch, wo eine Schüssel mit Haferbrei sowie ein Kanten Brot standen.

Es kam mir wie eine halbe Ewigkeit vor, seit ich das letzte Mal hier gewesen war. Dennoch spürte ich sofort die heimelige

Atmosphäre und die Vertrautheit. An diesen Ort gehörte ich. Das war meine Welt.

»Danke, das ist lieb«, sagte ich und nahm am Tisch Platz, wo ich mir die Schüssel mit Haferbrei nahm und sofort zu essen anfing. Auch wenn es sicher nicht mit den opulenten Mahlzeiten im Palast mithalten konnte, so schmeckte es herrlich und ich genoss jeden Bissen.

Während ich aß, spürte ich den Blick meiner Mutter auf mir. Sie musste etliche Fragen haben. Immerhin war es nicht ausgemacht gewesen, dass ich wieder zu ihnen zurückkommen würde. Wussten sie, dass ich in die Menschenwelt geschickt worden war?

»Nate war hier«, erklärte sie. »Er hat uns erzählt, dass du mit einer Mission betraut worden bist.«

So war meine Mutter, und ich liebte sie dafür. Sie hielt nie lange mit etwas zurück und kam gleich zur Sache. Ich ließ den Löffel in die Schüssel sinken und schaute sie abwartend an.

»Es hat ihm offenbar gar nicht gefallen. Er hat sich ziemliche Sorgen um dich gemacht.« Sie brach kurz ab, und ich spürte, wie ihr Blick prüfend an mir entlangwanderte. »Ist etwas passiert? Ich habe natürlich nichts dagegen, dass du wieder zu uns nach Hause kommst, aber du standest am frühen Morgen vor unserer Tür und bist halb tot in dein Bett gefallen. Da frage ich mich natürlich, ob etwas vorgefallen ist.«

»Wo sind eigentlich Tristan und Vater?«, fragte ich und hoffte, etwas Zeit schinden zu können, bevor ich ihr eine Antwort geben musste.

»Sie sind schon auf dem Fluss, um eine Weinlieferung zu transportieren. Ich gehe davon aus, dass sie am späten Nachmittag zurück sein werden. So, und nun weiche nicht länger aus. Rück schon mit der Sprache raus und sag, was passiert ist.« Sie ließ den Löffel in den Topf sinken, kam auf mich zu und nahm neben mir Platz. Abwartend schaute sie mich an.

Ich versuchte, meine Gedanken zu ordnen und all das Geschehene irgendwie in Worte zu fassen. Bei einem war ich mir allerdings sicher: Es war besser, wenn ich meinen Eltern nichts von dem Aufenthalt im Hauptquartier von Morpheus erzählte. Niemand durfte davon erfahren – zumindest nicht, bis ich einen Weg gefunden hatte, Wraith unter Kontrolle zu bringen. Und so erzählte ich ihr nur von dem Auftrag und was geschehen war, nachdem ich in das Lagerhaus geschaut hatte.

»Ich kann nicht mehr in den Palast zurück«, schloss ich meine Erzählung. »Warlor hat mich zurückgelassen, und ich bin mir ziemlich sicher, dass niemand gekommen ist, um nach mir zu suchen. Es war eine gute Möglichkeit, mich loszuwerden. Genau davon hat der König damals gesprochen. Er war sich sicher, dass ich irgendwann mein Leben verlieren würde, und niemand wollte das verhindern.«

»Du solltest mit Nate sprechen«, schlug meine Mutter vor. »Sag ihm das und mach ihm klar, dass du nicht mehr im Palast leben möchtest. Erst recht nicht unter diesen Umständen.«

»Eigentlich müsste ich auch mit dem König sprechen«, merkte ich an. »Er soll sehen, dass ich noch am Leben bin, dass ich es geschafft habe. Und vor allem soll ihm klar sein, dass ich nichts mehr mit ihm und seinen Leuten zu tun haben will. Ich möchte in mein altes Leben zurückkehren. Seit ich wieder hier bin, wird mir immer stärker bewusst, wie sehr mir mein Zuhause fehlt, wie sehr ihr mir fehlt. Meine Arbeit. Mein Leben. Dieses andere, das bin nicht ich.«

Meine Mutter stand auf und legte den Arm um mich. »Komm erst mal zur Ruhe und überlege dann, was du tun willst. Wie du dich auch entscheidest, wir stehen immer hinter dir. Und wenn du nicht mehr ins Schloss zurückkehren willst, dann werden wir dich darin unterstützen. Niemand kann dich zwingen, auch der König nicht.«

Uns war beiden klar, wie schwierig es sein würde, sich gegen König Dawnsparks Wort zu stellen, aber wir Fehris waren schon immer stur gewesen.

Sie ging zum Herd zurück, wo sie sich erneut um die Paste kümmerte. »Du kannst gerne hierbleiben. Wir freuen uns, wenn du bei uns bist. Dennoch solltest du dich auf jeden Fall mit Nate unterhalten. Er hat sich wirklich große Sorgen um dich gemacht.«

Sie warf mir einen forschenden Seitenblick zu. Ich kannte das von ihr. Das war ihre Art, zu überprüfen, ob ihre Botschaft angekommen war.

Ich ging zu ihr, lehnte mich gegen ihren Rücken und sagte: »Keine Sorge, das werde ich, und nicht nur mit ihm. Mir ist es wichtig, dass die Verhältnisse geklärt sind und ich offiziell nichts mehr mit dem König zu tun habe.«

Ich bin mir ziemlich sicher, dass du dir den König nicht zum Feind machen solltest. Aber was weiß ich schon, ächzte Wraith in meinem Kopf.

Ich versuchte, seine Stimme nicht zu beachten, aber es war verdammt schwer. Mir war klar, dass ich eine Lösung für dieses Problem brauchte. Auf Dauer konnte es so unmöglich weitergehen. Aber niemals würde ich dafür Morpheus um Hilfe bitten.

Meine Mutter legte den Arm um mich und zog mich fest an sich. Es kam selten vor, dass sie ihre Gefühle derart deutlich zum Ausdruck brachte. Sie liebte uns, das wussten Tristan und ich. Aber seit wir älter waren, nahm sie uns nur noch selten in den Arm. Dennoch tat es mir gerade unglaublich gut, weshalb ich mich nur allzu bereitwillig an meine Mutter schmiegte.

»Ich bin so froh, dass dir nichts passiert ist. Es ist schon schlimm genug, dass du von diesem Mare angegriffen worden bist. Aber alles, was danach kam … Ich wünschte, du hättest das nie erleben müssen.«

»Schon gut«, murmelte ich, obwohl wir beide wussten, dass es eben nicht gut war. Es war schrecklich, was mir widerfahren war, und erst recht, dass der König mein Leben so bereitwillig aufs Spiel gesetzt hatte. Genau darum würde ich einen Schlussstrich ziehen. Ich würde bei meiner Familie bleiben und mein altes Leben wiederaufnehmen. Dafür musste ich nur endlich Wraith loswerden.

Der gab ein abfälliges Geräusch von sich und meinte: *Oh ja, setz doch einfach das Training mit deinem Prinzen fort. Sicher wirst du mich so aus deinen Gedanken drängen können.* Er klang verächtlich und herablassend, aber vielleicht spielte er das auch nur, damit ich diese Übungsstunden sein ließ. Wie dem auch sei, er würde mich nicht kleinkriegen, und irgendwann, irgendwann würde ich endlich wieder ich selbst sein.

***

Am späten Nachmittag kamen mein Vater und mein Bruder von ihrer Lieferung zurück. Freudestrahlend öffnete mein Vater die Tür und drückte mich an seine breite Brust. Ich liebte das Gefühl seiner starken Arme um mich, das feuchte Leder an meiner Wange und der vertraute Geruch nach dem Wasser des Styrak. Für mich gab es nichts Schöneres.

»Meine Kleine, es ist gut, dass du wieder hier bist.« Er drückte mich noch einmal ganz fest an sich, bevor er mich ein Stück von sich schob, sodass er mich ausgiebig mustern konnte. »Ich bin froh, zu sehen, dass du unverletzt bist. Und nun erzähl, was passiert ist.«

Es fiel mir nicht leicht, noch einmal über alles zu sprechen, aber natürlich sollte auch mein Vater Bescheid wissen.

»Aus diesem Grund möchte ich hierbleiben«, beendete ich meinen Bericht. »Ich werde nicht mehr in den Palast zurückgehen.«

Mein Vater hatte sich die ganze Geschichte schweigend angehört, doch ruhig war er dabei nicht geblieben. Immer wieder hatte er die Fäuste vor Wut geballt, ungläubig die Stirn gerunzelt oder abfällig geschnaubt. Jetzt standen nichts als Verachtung und blanke Abscheu in seinem Gesicht.

»Leider kann ich nicht mal behaupten, dass mich das Verhalten des Königs oder dieses Ausbilders sonderlich überrascht. Sie sind jederzeit bereit, einen von uns für ihre Sache zu opfern.« Er legte tröstend den Arm um mich.

Tristan hatte sich gegen die Wand gelehnt und mit verschränkten Armen zugehört. »Du kannst auf keinen Fall dorthin zurück, so viel steht fest.«

Mein Vater nickte. »Du bleibst hier, und selbst wenn der König vor unserer Tür stehen sollte, an unserem Entschluss wird sich nichts ändern. Du kehrst auf keinen Fall zu ihnen zurück.«

Ich war erleichtert, zu hören, dass meine gesamte Familie hinter mir stand. Allerdings musste ich zugeben, dass es durchaus ein gewisses Wagnis darstellte. Noch wusste niemand, was der König mit mir vorhatte. Doch falls er darauf bestand, dass ich in den Palast zurückkam, und ich mich weigerte … Ich wollte mir lieber nicht ausmalen, wie dieser Konflikt ausgehen würde.

»Du musst die Sache klären«, schlug meine Mutter vor. »Auch wenn es keinem von uns gefällt, du kannst solch eine Entscheidung nicht treffen, ohne den König wenigstens zu informieren. Sag ihm, was passiert ist und warum du zu uns zurückkommen wirst. Das zumindest solltest du tun, damit es kein böses Blut gibt.«

Ob das helfen würde? Ich biss mir nachdenklich auf die Unterlippe, als es plötzlich laut an der Tür klopfte. Erstaunt sah ich auf in die Gesichter meiner Familie. Ihre beunruhigten Blicke ließen mich Schlimmes ahnen. Sicher war es nicht unbemerkt geblieben, dass ich wieder hier war. Und früher oder später wurden solche Neuigkeiten auch zum König getragen. Irgendwie hatte ich gehofft, dass es später sein würde.

»Ich geh schon«, verkündete mein Vater und trat zur Tür. Er streckte den Rücken durch und öffnete, ohne zu zögern.

Ich atmete erleichtert auf, als ich Nate dort stehen sah.

»Ist sie hier?«, wollte er wissen.

»Ja, ich bin wieder zurück«, antwortete ich und trat vor. Ich würde mich vor Nate sicher niemals verstecken.

Die Erleichterung stand ihm ins Gesicht geschrieben. Mein Vater gab die Tür frei, und Nate war mit ein paar schnellen Schritten bei mir. Zu meiner großen Überraschung zog er mich an seine Brust und drückte mich fest an sich. Es kam selten vor, dass er seine Zuneigung in der Öffentlichkeit zeigte – erst recht nicht vor meinen Eltern. Ich genoss die Stärke und die Wärme seines Körpers und sah keinen Grund, mich von ihm zu lösen. Ganz im Gegenteil. Es tat mir so gut, dass ich mich an ihn lehnte, meine Hände in sein Hemd grub und mein Gesicht an seine feste Brust drückte. Es war ein herrliches Gefühl.

Nates Hand schmiegte sich um meinen Hinterkopf, während seine Finger sanft durch mein Haar glitten. Er hielt mich so fest, als hätte er Angst, mich zu verlieren. Und auch wenn ich wusste, dass ich in diese Geste vermutlich viel zu viel hineininterpretierte, so war ich unendlich dankbar dafür und genoss sie in vollen Zügen.

Langsam beugte sich Nate zu mir hinab und hauchte mir einen Kuss aufs Haar. Mit seinen dunkelgrünen Augen blickte er mich an. Sie wirkten groß und zugleich fast ein wenig verloren.

»Ich bin unendlich froh, dass du wieder hier bist und es dir gut geht«, sagte er.

»Ja, allerdings ist dieser Umstand nicht diesem Ausbilder zu verdanken, der sie begleitet hat«, mischte sich mein Vater ein.

Nate wandte sich ihm zu und runzelte irritiert die Stirn. »Ich glaube, du musst mir erst einmal genau erzählen, was passiert ist.«

»Vielleicht sollten wir dafür rausgehen«, schlug ich vor und hoffte, dadurch etwas Zeit zu gewinnen, um mir darüber klar zu werden, was ich ihm sagen wollte.

Nate nickte und wir verließen mein Elternhaus. Kalter Wind blies uns entgegen, der den Geruch des Flusswassers mit sich brachte. Ich war daran gewöhnt, doch für jemanden, der nicht direkt am Styrak lebte, konnte er durchaus etwas Stechendes haben. Nate ließ sich allerdings nichts anmerken. Gemeinsam verließen wir das Viertel der Fehris und gingen am Ufer des Styrak spazieren. Ich mochte die Flusslandschaft sehr. Das hohe Schilf, die grünen Wiesen und die langen Gräser, die sich im Wind bogen, vermittelten mir immer ein Gefühl von Heimat.

»Nun, willst du erzählen, was los war?«, hakte Nate nach.

Bislang waren wir schweigend nebeneinander hergegangen. Es war nicht unangenehm gewesen, und ich hatte die Zeit genutzt, um zu überlegen, was ich sagen wollte. Schließlich war ich zu dem Entschluss gekommen, dass ich selbst Nate nichts über meine Zeit bei Morpheus verraten konnte. Wenn ich das tat, würde er alles daransetzen, um den Stützpunkt zu finden und den Leuten dort den Garaus zu machen. Und niemals würde ich Nate in einen Kampf schicken, in dem er sein Leben riskieren musste.

Ich sollte meine nächsten Schritte genau abwägen, denn mit einem hatte Cael leider recht: Bislang schien es so, als wären sie die Einzigen, die mir mit Wraith vielleicht helfen konnten. Ich war fest entschlossen, sie niemals um Unterstützung zu bitten, aber sie waren am Ende meine letzte Chance. Hinzu kam, dass ich den Stützpunkt wohl niemals finden würde. Dafür war der Weg zu weit gewesen. Aber würde mir der König diese Tatsache glauben oder würde er es als Grund nehmen, um mich als Verräterin zu bezeichnen und endgültig aus dem Weg zu räumen? Es gab so viel zu bedenken, und ich durfte keine Fehler machen. Genau darum musste ich die Sache mit dem Stützpunkt für mich behalten, auch wenn es mir unendlich schwerfiel. Ich hatte keine Geheimnisse vor meinen Eltern – und auch nicht vor Nate. Doch das würde sich nun ändern.

Du lernst langsam, zu taktieren, stellte Wraith fest. *Gut, vielleicht erleben wir doch noch das Ende dieser Woche.*

Wenn es nach mir geht, würdest du das definitiv nicht, knurrte ich ihn in meinem Kopf an.

Wunderbar, dass du in diesem Punkt wenig bis gar nichts zu entscheiden hast, brummte der Mare zurück.

Ich versuchte, seine Stimme zu ignorieren und mich wieder auf Nate zu konzentrieren. Abwartend schaute er mich an, und ich begann erneut, zu erzählen. Ich berichtete ihm von allem – zumindest, bis ich in den Stützpunkt gebracht worden war. Diesen Teil ließ ich aus.

»Ich habe keine Ahnung, wie lange ich in dem Lager gefangen gehalten worden bin«, log ich und ging damit ein ziemliches Risiko ein, denn natürlich konnte ich nicht vollkommen sicher sein, dass Warlor nicht doch mit Dreamcatchern zurückgekommen war, um mich zu retten. Doch ich hatte große Zweifel daran. Immerhin hatte er sich einfach aus dem Staub gemacht, und das vermutlich noch bevor ich überhaupt gefangen genommen worden war. »Ich war die ganze Zeit gefesselt und hatte die Augen verbunden.« Ich wagte es nicht einmal, Nate anzusehen. Es fiel mir unendlich schwer, ihn anzulügen. War es wirklich richtig? Sollte ich ihm nicht doch die Wahrheit sagen?

»Warlor hat meinem Vater wohl mitgeteilt, dass du gefasst worden bist«, räumte Nate ein und strich sich erschöpft durchs Haar. »Sie haben allerdings niemanden geschickt, um dich zu retten.«

Obwohl ich es geahnt hatte, fühlte es sich an, als hätte man mir eine Faust in den Magen gerammt. Es war schwer, das zu hören.

»Es tut mir leid, Alexis«, fuhr Nate fort und schaute mich entschuldigend an. »Warlor war der Auffassung, dass es keine Möglichkeit gibt, dich dort rauszuholen. Es wäre ein zu großes Wagnis für die anderen Dreamcatcher gewesen, den Stützpunkt zu stürmen. Und außerdem …« Er brach mitten im Satz ab und wich meinem Blick aus.

»Und außerdem was?«, hakte ich nach. So einfach würde er mir nicht davonkommen. Er sollte sagen, was Sache war.

Er sah mir wohl deutlich an, dass ich nicht lockerlassen würde, weshalb er nun doch fortfuhr. »Und außerdem war Warlor sich sicher, dass du bereits tot bist.«

Ich riss die Augen auf und hielt den Atem an, doch dann nickte ich nüchtern. Obwohl ich gewusst hatte, wie emotionslos Warlor und auch der König die Entscheidung gefällt hatten, mir keine Hilfe zu schicken, schockierte es mich nun doch, genau das zu hören.

»Natürlich riskiert der König nicht das Leben eines wertvollen Dreamcatchers für das einer einfachen Fehris«, fasste ich zusammen.

»So ist es nicht«, wandte Nate ein.

Ich sah ihn schockiert an. »Ist das dein Ernst?! Du verteidigst dieses Verhalten auch noch?«

Nun war er es, der die Augen aufriss und mich fassungslos anschaute. »Denkst du das wirklich? Ich versuche nur, dir zu erklären, was geschehen ist und wie es dazu kam, dass dir niemand zur Hilfe geeilt ist.«

»Na, da bin ich ja gespannt, welcher Umstand es rechtfertigt, mich einfach zu opfern.«

»Niemand hat dich geopfert. Es war eine Mission. Jeder von uns Dreamcatchern weiß bei einem Einsatz, was er riskiert und dass er vielleicht nicht lebend zurückkommen wird. Ich kann verstehen, dass du da anders reagierst. Immerhin kennst du die Dreamcatcher nicht wirklich und bist erst vor Kurzem zu uns gekommen.«

»Natürlich, ich weiß gar nichts über eure elitäre Truppe. Ich kenne sie genauso wenig, wie ich Ahnung von den Adeligen habe oder über das Leben, das ihr führt. Willst du das damit sagen? Glaubst du wirklich, ich habe keinen Dunst davon, was ihr macht, was ihr leistet oder welchen Gefahren ihr euch aussetzt? Auch wir aus der Unterschicht bekommen einiges mit. Wir verschließen unsere Augen nicht, und außerdem leisten auch wir unseren Teil, damit diese Gesellschaft funktionieren kann. Siehst du das denn, Nate? Siehst du es wirklich?«

»Das … fragst du nicht tatsächlich?« Nate war ehrlich geschockt von meinen Worten. Offenbar hatte ich einen wunden Punkt getroffen. »Du weißt, dass ich eines Tages König über diese Welt werde. Ich setze alles daran, dass es meinem Volk gut geht, und damit meine ich wirklich alle Traumländer. Ich tue alles, um die Probleme zu erkennen, um zu verstehen, was gebraucht und von mir erwartet wird. Und du behauptest tatsächlich, ich würde nicht richtig begreifen?« Er verzog verletzt das Gesicht und wirkte fast so, als hätte ich ihn geschlagen.

»So … so habe ich das nicht gemeint«, versuchte ich mich zu verteidigen. »Aber du musst zugeben, dass es schwer für mich ist, zu akzeptieren, dass niemand auch nur einen Gedanken an mich verschwendet oder gar nach mir gesucht hat. Sie haben mich aufgegeben, und das bereitwillig.«

Und dabei wurde ein Gedanke immer lauter in mir: Hatte Nate das auch getan? War auch er nicht gekommen, um nach mir zu suchen?

Er schüttelte den Kopf und blickte mich an, als würde er die Person gar nicht mehr wiedererkennen, die vor ihm stand. Und mir ging es gerade nicht anders. Ich konnte nicht begreifen, wie er die Taten seines Vaters oder die von Warlor rechtfertigen konnte.

»Sie haben keine Verstärkung geschickt, weil es in ihren Augen keine Möglichkeit zur Rettung gab. Sie wussten nicht, wie viele Leute dort stationiert waren. Normalerweise fackelt Morpheus nicht lange und tötet uns Dreamcatcher. Sie nehmen üblicherweise keine Gefangenen«, fügte er hinzu. »Das alles hat zu der Entscheidung beigetragen, dass sie für eine vage Hoffnung nicht das Leben weiterer Männer riskieren wollten.«

»Klar, natürlich nicht. Und dass Warlor bei der ersten Gelegenheit die Beine in die Hand genommen hat, war natürlich auch vollkommen in Ordnung.« Ich konnte es nicht fassen, dass wir tatsächlich auf verschiedenen Seiten standen. Wie hatte es dazu kommen können? Normalerweise verstanden Nate und ich uns blind. Und nun … nun war er plötzlich auf der Seite seines Vaters.

»Warlor hat nur unsere Regeln befolgt. Du wurdest gefangen genommen und warst in den Augen der Dreamcatcher verloren. Es mag sich hart anhören, aber Warlor hat nach Vorschrift gehandelt.«

Ich schüttelte den Kopf, schluckte schwer und wusste nicht, was ich noch sagen sollte. »Dann war alles richtig. Dein Vater hat gar nicht beschlossen, die Gelegenheit zu nutzen, um mich aus dem Weg zu räumen, sondern hat einfach nur die Tatsachen hingenommen, wie sie waren.«

Natürlich war mir bewusst, wie trotzig ich mich anhörte, und vielleicht war mein Verhalten kindisch. Dennoch konnte ich einfach nicht darüber hinwegsehen, dass Warlor, die Dreamcatcher, der König und nun sogar Nate es als korrekt ansahen, mich einfach als verloren zu betrachten.

»Dieses Leben ist hart«, fuhr er fort. »Das habe ich dir immer gesagt.«

Ich nickte stumm. Vielleicht war das der Grund, warum nur die Adeligen Teil der Dreamcatcher werden konnten. Möglicherweise waren nur sie abgebrüht genug, um ihre eigenen Leute zu opfern. Ich war mir jedenfalls sicher, dass es so etwas bei uns Fehris nicht gegeben hätte. Wenn einer von uns in den Fluss stürzte, suchten alle anderen so lange nach ihm, bis sie ihn fanden – selbst wenn es nur die Leiche war, die sie der Familie zurückbringen konnten. Aber wir waren füreinander da und ließen einander nicht hängen.

»Wie dumm von mir, dass ich darauf nicht hören und ein Teil euerer Welt sein wollte.« Ich klang reserviert, fast schon kalt. Aber tatsächlich fühlte ich mich auch so. Ich war so schockiert, dass in mir alles zu Eis gefror. Einer Eingebung nach streckte ich mich und sagte: »Ich sollte vielleicht noch mal mit deinem Vater sprechen. Möglicherweise ist es für ihn doch von Interesse, was mit mir geschehen ist. Vor allem kann er mit eigenen Augen sehen, dass ich nicht getötet worden bin und es geholfen hätte, wenn man mir Hilfe geschickt hätte. Immerhin ist es nur dem Zufall geschuldet, dass ich entkommen konnte. Wären die beiden Wärter nicht so unaufmerksam gewesen, hätten sie bemerkt, wie ich versucht habe, meine Fesseln zu lösen. Irgendwann hat es geklappt, und als der Wächter in der Nacht eingeschlafen war, habe ich die Chance genutzt.«

Fiel es mir nach Nates Worten leichter, ihn anzulügen? Sicher nicht. Es verstärkte nur das bittere Gefühl in mir, das mich die ganze Zeit durchtränkte. Noch nie hatte ich mich ihm so fremd und fern gefühlt. Und das gefiel mir gar nicht.

»Ich bin jedenfalls froh, dass du am Leben bist«, sagte er deutlich sanfter. »Du hast keine Ahnung, was es mit mir gemacht hätte, wenn …« Er brach mitten im Satz ab, als könnte er die Worte nicht mal aussprechen. Er schluckte schwer und brauchte einen Moment, bis er fortfuhr. »Ich wusste nichts von dieser Mission. Glaub mir, ich hätte dich nicht alleine gehen lassen.«

Das tat ich. Natürlich wusste ich, dass Nate an meiner Seite geblieben wäre. Immer.

»Als ich gehört habe, dass man von deinem Tod ausgeht … Ich war so fassungslos, so wütend und gleichzeitig am Boden zerstört. Niemals in meinem Leben habe ich solch eine Angst verspürt.«

Ich sah das Leid in seinem Gesicht, das wie eine offene Wunde in seiner Seele pochte. Der Schmerz lag da, versteckte sich nicht und war deutlich spürbar. Nate hatte gelitten. Er hatte Angst um mich gehabt und er hatte getrauert. Dennoch hatte er nicht nach mir gesucht.

Er legte den Arm um mich und zog mich an sich. Sein Duft umgab mich, hielt mich fest. Alles war wie immer, und doch fühlte es sich nicht so an. Mein Herz brach. Es tat weh, und ich wusste nicht, was ich dagegen tun konnte.

»Wenn es irgendeine Chance gegeben hätte, wenn ich früher davon erfahren hätte, du weißt, dass ich sofort gekommen wäre. Ich hätte alles darangesetzt. Ich würde dich niemals aufgeben.«

Ja, das war mir klar. Doch leider hätte sein Vater das niemals zugelassen. Und am Ende stand noch immer fest, dass Nate nun mal nicht gekommen war. Vielleicht lag es wirklich daran, dass er zu spät davon erfahren hatte. Möglicherweise war er erst seit Kurzem von seiner eigenen Mission zurück -und dennoch lag da plötzlich eine Kluft zwischen uns. Denn eines stand fest: Wenn ich davon erfahren hätte, dass Nate in Gefahr schwebte, ich hätte alles stehen und liegen lassen. Nichts und niemand hätte mich aufhalten können. Nicht einmal der König.

14

Gleich am nächsten Tag suchte ich König Dawnspark auf. Es fiel mir nicht leicht, aber die Wut in meinem Bauch half. Dieses Gespräch musste sein, denn es gab einiges zu klären.

Noch immer hing mir der gestrige Streit mit Nate nach. Allerdings war das nicht der einzige Grund, warum ich nicht gefragt hatte, ob er mich begleiten wollte. In unserer letzten Unterhaltung hatte er deutlich gemacht, wie er die Sache sah und dass er keinerlei Fehlverhalten auf Warlors Seite erkennen konnte. Und wenn ich eines bei der heutigen Unterhaltung nicht brauchte, dann war es jemand, der zum König hielt.

Hinzu kam, dass ich unserem Herrscher offen und ehrlich meine Meinung sagen wollte – noch etwas, das Nate vermutlich nicht zugelassen hätte.

Ja, weil es dumm ist, drängte sich Wraith in meine Gedanken. *Und selbstmörderisch und nicht durchdacht und …*

Jaja, erwiderte ich. *Wenn es nach dir ginge, sollte ich dem König wohl schmeicheln, um ihm irgendwann ein Messer in den Rücken zu rammen.*

Hm, wohl eher ein paar Nebelfäden, aber das ist vermutlich Haarspalterei.

Jedenfalls bin ich so nicht.

Bedauerlich, erwiderte er.

Ich ging über die große Wiese in Richtung Palasttor. Im blühenden Garten gingen bereits einige Adelige ihrer Lieblingsbeschäftigung nach. Sie spazierten umher oder saßen auf Bänken um den Springbrunnen, genossen das Wetter und unterhielten sich.

Ich ließ sie links liegen und wandte mich an die Palastwachen, die neben dem Eingangstor Posten bezogen hatten.

»Lassen Sie dem König bitte ausrichten, dass Alexis DeWinter ihn zu sprechen wünscht.«

Diese Forderung war ziemlich dreist – das war mir absolut bewusst. Normalerweise bat man in unterwürfigem Tonfall um eine Audienz, man verlangte sie nicht – erst recht nicht, wenn man aus der Unterschicht stammte. Da war es ausgeschlossen überhaupt mit dem Herrscher sprechen zu dürfen. Von daher starrten mich die Wachen durchaus überrascht an.

»Hast du den Verstand verloren?«, hakte der Kleinere der beiden ungläubig nach. »Als ob der König mit jemandem wie dir sprechen würde.«

»Ich kann gerne drinnen warten, bis er Zeit hat«, fuhr ich fort und hielt dem eisigen Blick stand.

Wieder schallte von links ein Kichern zu mir. Schien ja eine sehr witzige Unterhaltung zu sein, die die Damen am Brunnen, versteckt hinter ihren Fächern, führten. Ich warf noch einmal einen kurzen Blick in ihre Richtung und hielt erstaunt den Atem an. Zwischen ihnen spazierte der König mit einigen Adeligen umher.

Sofort ließ ich die Wachen stehen und eilte auf ihn zu.

Die Soldaten schienen plötzlich erkannt zu haben, wohin ich wollte, und riefen mir nach: »Bleib stehen!«

Aber natürlich hörte ich nicht darauf, sondern nahm die Beine in die Hand. Ich rannte über den sandigen Boden, folgte den verschlungenen Pfaden zwischen den Beeten und war nur noch wenige Schritte von unserem Herrscher entfernt, als sich vier Männer in meinen Weg stellten.

»Halt!«, riefen sie und zielten mit ihren Speeren auf mich.

Das war ja ein kurzes Vergnügen, stellte Wraith fest.

Jetzt war nicht die Zeit für seine Kommentare.

»Eure Majestät, ich muss mit Euch sprechen. Es ist dringend!«, rief ich.

Erstaunlicherweise sah er mich an, und für einen kurzen Moment glaubte ich, tatsächlich Überraschung in seinem Gesicht zu lesen. War er wirklich verwundert darüber, dass ich noch am Leben war, oder war er einfach nur verblüfft, dass ich mich hierhergewagt hatte? Was auch immer der Grund war, er wedelte kurz mit der Hand und seine Wachen nahmen Abstand zu mir.

»Alexis«, stellte der König fest und klang fast ein wenig erfreut. In gemächlichem Tempo kam er auf mich zu und schenkte mir ein Lächeln. »Was für eine nette Überraschung. Ich bin sehr erleichtert, dass du heil zurück bist. Warlor hat mir berichtet, dass ihr bei eurem Auftrag mit einigen Schwierigkeiten zu kämpfen hattet und er dich zurücklassen musste.«

Ich riss die Augen auf. Die Selbstverständlichkeit, mit der er das aussprach, machte mich fassungslos.

»Lass uns ein paar Schritte gehen«, fuhr er fort und bedeutete mir mit einer Handbewegung, ihm zu folgen. Die restlichen Adeligen warfen sich ein paar erstaunte Blicke zu – immerhin sahen sie gewiss nicht oft, wie der König mit einer Fehris sprach. Nach ein paar Sekunden wandten sie sich dann aber doch ab und ließen uns allein.

König Dawnspark schlenderte an einem Beet mit blühendem Rhododendron vorbei. »Ich kann verstehen, dass du aufgebracht bist. Immerhin hast du dich in einer sehr schwierigen und sicher beängstigenden Situation wiedergefunden.«

»Ich bin von Morpheus gefangen genommen worden«, brachte ich es auf den Punkt, »und hätte beinahe mein Leben verloren.«

»Ja, und dennoch stehst du nun putzmunter vor mir. Es ist erstaunlich, was du alles schaffst.« Seine Stimme klang auf einmal kühl, und ich war mir sicher, dass es ihm gar nicht gefiel, mich nun lebendig vor sich zu haben. »Es zeigt, dass mehr in dir steckt, als man auf den ersten Blick vermuten mag.«

»Nun, dass ich noch hier bin, ist jedenfalls nicht Warlor zu verdanken. Hattet Ihr ihn mir nicht als Unterstützung mitgeschickt?«

Er zuckte mit den Schultern und blickte mich ratlos an. »Und genau das war er auch. Er war so lange an deiner Seite, wie es ihm möglich war. Doch wenn ein Dreamcatcher als verloren gilt, geht keiner zurück, um ihn zu retten. Die Regeln sind hart und nur die wenigsten sind für dieses Leben geeignet. Sicher hast du vieles davon bei Nathaniel, Cass und William mitbekommen. Aber es ist etwas anderes, es am eigenen Leib zu erfahren.«

Er versuchte, alles kleinzureden. Dabei war ich mir sicher, dass Warlors Verschwinden kein Zufall gewesen war.

Ich blieb stehen und sah zu König Dawnspark auf. »Die ganze Zeit hatte ich angenommen, es sei Euch wichtig, herauszufinden, wie ich den Angriff des Mares überleben konnte. Ich dachte, es sei Euch ein Anliegen, meine Kräfte für die Dreamcatcher einzusetzen.« Dank des Gesprächs, das ich heimlich mitangehört hatte, war mir durchaus bewusst, dass es nicht ganz so war. Aber vielleicht konnte ich ihn so aus der Reserve locken.

»Und nun glaubst du das nicht mehr?«, hakte er ungläubig nach. Seine Augen weiteten sich, als er zu verstehen schien. »Du denkst, ich hätte deinen Tod mutwillig in Kauf genommen, habe ich recht?« Er beugte sich ein Stück zu mir und fuhr grinsend fort: »Nun, damit liegst du ganz richtig. Aber genau das mache ich bei jedem Dreamcatcher. Gut, du bist noch nicht lange Teil von ihnen und bist unerfahren. Dafür kannst du Mare wahrnehmen und hast durch diese Verbindung neue Kräfte gewonnen. Ich denke, das macht es wieder wett. Wenn du weiter als Dreamcatcher arbeiten willst, dann solltest du eines schnell begreifen: Bis auf Nathaniel ist jeder austauschbar, und so schrecklich der Tod auch sein mag, er ist ein einkalkuliertes Risiko. Hätte ich um dich eine Träne vergossen? Wohl kaum. Wäre es mir unter Umständen sogar gelegen gekommen, wenn du dein Leben verloren hättest? Sicher. Habe ich Warlor Anweisungen gegeben, dich zu beschützen? Weshalb hätte ich das tun sollen, wenn du dich doch stattdessen beweisen und uns zeigen kannst, was in dir steckt? Aber glaub mir, wenn ich deinen Tod bewusst gewollt hätte, würdest du längst nicht mehr atmen.«

Fassungslos starrte ich den König an. Er war offen gewesen – verdammt offen – und hatte im Grunde das zugegeben, was ich längst wusste: Ich hatte keinerlei Bedeutung für ihn. Solange ich für ihn von Nutzen war, tolerierte er mich. Wenn ich bei einem Einsatz aber mein Leben verlor, war das ebenfalls willkommen.

»Nun, du bist noch hier, was mir zeigt, dass du durchaus auch nützlich sein kannst. Von mir aus darfst du also gerne weiter als Dreamcatcher arbeiten.«

Bis ich umgebracht wurde, fügte ich in Gedanken hinzu. Denn mit diesem Ende rechnete er ganz sicher.

»Oder ich kehre in mein altes Leben zurück«, wandte ich ein. Er glaubte doch nicht ernsthaft, dass ich mich nach dieser Aktion weiter benutzen lassen würde?!

Er wartete einen Moment und durchbohrte mich mit seinem Blick. »Von mir aus kannst du dir eine Pause gönnen und erst mal wieder als Fehris arbeiten. Aber wenn ich dich zu einem Einsatz rufe, dann hast du zu folgen. Ich bin der König, und auch du hast mir zu gehorchen, kleine Fehris.« Er schlenderte weiter, als wäre nichts geschehen, verschränkte die Hände hinter dem Rücken und schien den sonnigen Tag zu genießen, indem er das Gesicht gen Himmel reckte. »Ich denke, wir haben alles besprochen, Alexis DeWinter. Kehre zu deiner Familie zurück. Ich bin sicher, wir werden uns schon bald wiedersehen.«

Damit ging er zu den Adeligen zurück und ließ mich stehen. Ich starrte ihm noch eine ganze Weile hinterher und spürte, wie mir trotz des Sonnenscheins immer kälter wurde. Ein eisiges

Gefühl breitete sich in mir aus, das sich nicht abschütteln ließ. Wie jeder andere hier in dieser Welt konnte ich nichts gegen die Worte des Königs ausrichten. Ich würde abwarten müssen, bis er mich mit einem neuen Auftrag betraute, und diese Ausweglosigkeit gefiel mir gar nicht. Doch solange ich Wraith und damit diese Kräfte in mir hatte, gab es keinen Ausweg.

15

Das klamme Gefühl auf meiner Haut war mir vertraut, und dennoch hatte es in all den Jahren nie seinen Schrecken verloren. Wie eisige Finger krochen die Nebelschwaden über mich und suchten nach einer Stelle, an der sie unter meine Kleidung kriechen konnten. Der Turm lag noch ein ganzes Stück entfernt, dennoch bahnte sich sein strahlendes Leuchten bereits einen Weg zu mir. Heute würde ich endlich wieder Traumgeister auf dem Styrak überführen. Ich hatte mein altes Leben zurück, und trotzdem hatte sich vieles verändert.

Falls du jetzt wieder auf mich anspielst, du solltest froh sein, dass du mich hast, beschwerte sich Wraith. *Irgendwann wirst du das auch noch erkennen.*

Daran hatte ich so meine Zweifel. Natürlich setzte mir der Umstand zu, dass ich diesen Mare nicht loswurde. Doch weit mehr beschäftigte mich der Streit mit Nate. Wir waren einander immer nah gewesen, und selbst wenn wir uns mal gezofft hatten, irgendwie hatten wir einander dennoch stets verstanden. Davon war dieses Mal allerdings nichts zu spüren gewesen. Nate war schließlich einfach gegangen, ohne dass er oder ich einen Schritt auf den anderen zugemacht hatten. Auch das hatte es bisher nie gegeben. Es stand wohl außer Frage, dass sich etwas zwischen uns verändert hatte, und das gefiel mir gar nicht.

Als ich bei den Säulen ankam, erkannte ich, dass ich nicht die Erste war, die dort wartete. Clerk, ein schmaler Kerl, dem man die Auswirkungen des Nebels bereits deutlich ansah, war ebenfalls dort. Neben ihm stand Runis, die ihre Arme vor der Brust verschränkt hatte und mit eiserner Miene auf den Turm starrte.

Als ich die beiden erreichte, wandten sie sich mir zu. Die Stille kam ein wenig überraschend für mich. Normalerweise wurde bereits jetzt um die Traumgeister gefeilscht, doch davon war nichts zu hören.

»Wenn es heute nur bei uns dreien bleibt, sollte jeder eine lohnende Überfahrt machen können«, sagte ich und gesellte mich zu ihnen.

»Wundert mich sehr, dass du hier noch mal auftauchst«, knurrte Clerk mit unverhohlener Feindseligkeit. »Jetzt, wo du das feine Leben gewöhnt bist, ist diese Form der Arbeit doch sicher nichts mehr für dich.«

Ich hob irritiert die Brauen und schenkte ihm einen finsteren Blick. »Du hast es vielleicht nicht mitbekommen, aber es war nicht meine Entscheidung, im Palast untergebracht zu werden.«

»Ja, das glaub ich. War sicher eine harte Zeit. Mit all dem Essen, den feinen Gewändern und dem gemütlichen Bett – kaum auszuhalten«, ätzte der ältere Fehris weiter.

»Lass sie«, mischte sich Runis ein. »Was ich so gehört habe, hat sie es wirklich nicht leicht gehabt.«

Clerk warf mir einen misstrauischen Blick zu und nickte bestätigend. »Ja, sie soll von einem Mare angefallen worden sein. Angeblich hat dieser Vorfall etwas mit dem plötzlichen Interesse des Königs und des Hohepriesters an ihr zu tun. Muss also ganz schön heftig gewesen sein.«

Sein Misstrauen war deutlich zu spüren, und ich musste zugeben, dass es überraschend kam. In den letzten Wochen hatte ich mir viele Gedanken über alles Mögliche gemacht und unzählige Probleme gewälzt. Dabei war mir nie die Frage in den Sinn gekommen, wie die anderen Fehris fortan auf mich reagieren würden. Vielleicht hatte ich mich zu sehr auf das verlassen, was Runis damals zu mir und Rudy Norell gesagt hatte: dass ich immer zu den Fehris gehören würde. Hatte sie damals nur für sich gesprochen? Sahen andere Fehris mich immer noch als Verräterin?

»Keine Sorge, ich bin noch immer die Alte, und genau deswegen werde ich auch nicht zulassen, dass du mich gleich unterbietest. Ich brauche diesen Auftrag und werde ihn mir von keinem von euch wegschnappen lassen.«

Vielleicht war das der falsche Weg, auf Clerks Anschuldigungen zu reagieren, aber was hätte ich ihm erklären sollen? Wie hätte ich ihm begreiflich machen können, dass ich bloß mein altes Leben zurückwollte? Alles, was ich ihm hätte sagen können, wären nichts als Lügen gewesen. Und davon hatte es in letzter Zeit genügend gegeben. Es war besser, zum Alltag überzugehen und ihm zu zeigen, dass ich noch immer eine Fehris war.

Runis' Lippen kräuselten sich zu einem Lächeln, dann nickte sie anerkennend. »Ich nehme drei Traumgeister für insgesamt dreißig Mana Scales.«

Clerk schnaubte entrüstet, ließ sich aber von dem beginnenden Bietergefecht mitreißen. »Vergiss es! Ich gehe runter auf vier Geister für fünfunddreißig.«

Es tat gut, diese Form von Alltag wieder spüren zu dürfen, und es entlockte mir tatsächlich ein Lächeln. »Zwei für zwölf«, verkündete ich und wusste, dass ich Runis und Clerk damit nicht besonders glücklich machte.

»Na, diese Überfahrt scheint dir ja verdammt wichtig zu sein«, stellte Runis fest.

Ich nickte. Tatsächlich war ich zu allem entschlossen. Ich brauchte diese Fahrt. Es war ein weiterer Bestandteil meines alten Lebens, und das musste ich mir Stück für Stück zurückholen.

»Hoffen wir mal, dass Agun heute viele Traumgeister zu vergeben hat«, murmelte Clerk leise vor sich hin und schaute wieder zum Turm.

In diesem Moment wurde dort die Tür geöffnet und Agun trat heraus. Er war wirklich eine imposante Erscheinung und strahlte neben dieser stoischen Ruhe auch eine beeindruckende Kraft aus. Er wirkte auf den ersten Blick nicht sonderlich muskulös und war eher von drahtiger Statur. Doch wir alle wussten, dass wir den Anführer der Fehris nicht unterschätzen sollten.

In der Hand hielt er mehrere silberne Seile, die zu sieben Gestalten hinter ihm führten, die mit den Stricken gefesselt waren. Mein Blick schwebte kurz über die bläulich durchscheinenden Geister, und ich atmete erleichtert auf. Es war kein Albtraum unter ihnen.

»Alexis«, stellte Agun fest, während er langsam über den gepflasterten Platz trat, der den Turm umgab. »Du bist also wieder hier.«

»Ja, und ich wäre sehr froh, wenn ich eine Fahrt übernehmen dürfte. Um ganz sicherzugehen, dass ich auch eine bekomme, wäre ich bereit, nur zwei Geister für zwölf Mana Scales zu nehmen.«

Agun hob erstaunt eine seiner dunklen Brauen. »Bist du dir sicher, dass du das wirklich willst? Dir muss klar sein, dass sich das kaum für dich lohnen wird.«

Im Augenblick war mir alles recht. Hauptsache, ich konnte auf den Styrak raus und meine Arbeit machen.

»Ich bin mir sicher.«

Agun nickte und zögerte nicht weiter. »Ich gehe davon aus, dass von euch beiden keiner dieses Angebot unterbieten möchte.«

Schweigen trat ein, was wohl Antwort genug war.

»Gut, dann kannst du schon mal aufbrechen«, fuhr der Fehris-Anführer fort und reichte mir zwei Stricke.

Die Geister konnten sich ihr Aussehen selbst aussuchen. Dennoch wählten die meisten eine Form, die ihnen vertraut war – meist ein recht exaktes Abbild ihres menschlichen Daseins. Ich nahm die beiden Traumgeister entgegen, bei denen es sich um eine männliche und eine weibliche Gestalt handelte. Die Frau trug einen langen, dunklen Rock und eine helle Bluse. Ihr Gesicht war schmal, und es hatten sich tiefe Falten hineingegraben. Das Haar reichte ihr nur bis knapp zu den Schultern. Der Mann ging leicht gebeugt. Obwohl er nun als Traumgeist keine Schmerzen mehr hatte, schien er diese Schonhaltung gewohnt zu sein. Er hatte eine Cordhose und ein schlichtes Hemd an. Seine Lippen waren schmal, wirkten aber freundlich, ebenso wie seine Augen, die etwas sehr Waches hatten.

»Dann folgt mir bitte«, forderte ich die beiden auf und ging an Runis und Clerk vorbei, die bereits mit dem Feilschen beschäftigt waren. Die beiden waren so vertieft, dass sie mir nicht einmal mehr einen Blick zuwarfen.

»Bin ich wirklich tot?«, fragte die Frau, während wir durch den Nebel gingen.

»Nicht wirklich«, erklärte ich. »Es ist ein wenig komplizierter. Jeder Mensch hat Träume im Leben. Diese gehen mit seinem Tod jedoch nicht einfach verloren. Sie kommen hierher. Und genau das seid ihr beide: Träume von je einem Menschen, der gestorben ist.«

Die Frau schaute mich irritiert an. Sie wartete einen Moment, als müsste sie meine Antwort erst verarbeiten, dann sagte sie erneut: »Ich glaube, ich bin tot.«

»Haben Sie ihr nicht zugehört? Wir sind offenbar Träume«, stellte der Mann richtig.

»Träume? Nein, ich habe eigentlich ganz gut geschlafen. Aber ich glaube, ich bin nicht mehr aufgewacht. Kann es sein, dass ich gestorben bin?«, hakte die Dame erneut nach.

Ich war mir nicht sicher, ob die Frau zu ihrer Lebzeit an Demenz gelitten hatte. Manchmal übernahmen die Träume solche Krankheitsbilder und machten dann einen verwirrten Eindruck. Auf die Frau musste ich auf jeden Fall gut aufpassen.

Hoffentlich müssen wir dieses Gequatsche nicht lange ertragen, beschwerte sich Wraith. *Ist ja nicht auszuhalten.*

Du wirst dich daran gewöhnen müssen. Das gehört zu meinem Leben, erwiderte ich.

Ein sehr trauriges und tristes Leben, wenn ich das mal so sagen darf. Da war es ja selbst im Palast spannender, und von der Menschenwelt will ich gar nicht erst anfangen, fuhr er schwärmerisch fort.

Du kannst gerne jederzeit gehen, erwiderte ich, hatte aber leider keine Hoffnung, dass er das tun würde.

Wir erreichten das Nebeltor, ich öffnete die beiden Flügeltüren und trat hindurch. Kaum war das geschehen, atmete ich erleichtert auf. Endlich raus aus dem Nebel. Ich lockerte das Tuch, das ich mir über den Mund gebunden hatte, und ging zum Aufzug. Ratternd öffnete ich die Tür und bugsierte die beiden Geister hinein.

»Bei meinem Sohn im Haus gibt es auch einen Aufzug«, verkündete die Frau. »Fahren wir zu ihm?«

»Wohl kaum«, murmelte der Mann und sah fragend zu mir. »Wird es schlimm?«

Ich schüttelte den Kopf. »Ihr werdet euch frei fühlen. Jegliche Last und alle Sorgen fallen von euch ab. Es gibt nur noch Wärme und Glück. Ihr müsst keine Angst davor haben.«

Ganz schien er von meinen Worten noch nicht überzeugt, auch wenn er nickte.

Der Aufzug fuhr langsam außen am Berg hinab und kam schließlich ratternd zum Stehen. Ich öffnete die Tür, trat hinaus und machte mich auf den Weg zum Anlegeplatz. Mein Boot konnte ich bereits aus einiger Entfernung erkennen, und mein Herz machte ein paar freudige Sprünge. Es tat gut, so etwas wie Normalität zu empfinden.

Als ich es erreicht hatte, ließ ich die beiden Geister einsteigen und verknotete die Seelenstricke in der dafür vorgesehenen Halterung. Anschließend stieg ich ebenfalls ein, nahm den Riemen in die Hand und manövrierte das Boot auf den Fluss hinaus.

Ich genoss den Geruch des Wassers und das Gefühl des Riemens, den ich immer wieder kraftvoll in die Fluten tauchte. Hier war mein Zuhause. All das, was ich in der letzten Zeit erlebt hatte, war ein Abenteuer gewesen, ein Ausflug in eine andere Welt, zu der ich einfach nicht gehörte.

»Ich glaube, ich bin gestorben«, sagte die Frau erneut und schaute verwirrt auf das Wasser. »Bin ich ertrunken?«

Der Mann neben ihr rollte mit den Augen, sparte sich aber jede Antwort. Ich hielt den Blick auf die Wellen gerichtet und achtete auf die Stromschnellen. Mittlerweile wusste ich sehr genau, wo sie lagen. Dennoch durfte man den Fluss nie unterschätzen. Er hielt immer wieder Überraschungen bereit.

Wir hatten die Anlegestelle bereits weit hinter uns gelassen und auch die Häuser von Lighthaven waren nicht mehr zu sehen. Stattdessen fuhren wir an den herrlichen Ufern mit den saftig grünen Wiesen vorbei, hinter denen sich die Wälder abzeichneten. Ich liebte diese Landschaft und genoss das Gefühl der Freiheit, das mich hier stets überkam. Außerdem freute ich mich über die Stille. Selbst Wraith hielt endlich mal die Klappe und schonte meine Nerven.

Ich steuerte das Boot leicht nach links, um einer Stromschnelle auszuweichen, da meldete sich die Frau wieder zu Wort. »Bei mir hat es neulich auch gebrannt. Ich hatte irgendwas in den Toaster gesteckt, das kein Brot war. Hat ganz schön geraucht.«

Ich verdrehte ein wenig die Augen. Nicht, dass ich auf die Frau wütend war, aber die Stille war angenehm gewesen.

»Ich sehe gar kein Feuer. Kann es auch ohne Flammen brennen?«, fragte sie.

Ich runzelte die Stirn und wandte mich dem Traumgeist zu, als der Mann plötzlich zu schreien begann. »Was ist das?!«

Es blieb mir gar keine Zeit, zu reagieren. Alles ging viel zu schnell. Ich starrte auf die grauen Rauchfäden, die aus meinem Körper drangen und sich um den Mann und die Frau wanden. Es kam mir vor, als hätten die rauchartigen Tentakel ein Eigenleben. Gnadenlos und ohne Erbarmen griffen sie die Traumgeister an.

Im ersten Moment verstand ich nicht, was da geschah – oder vielmehr, ich wollte es nicht. Denn im Grunde war mir klar, was da vor sich ging. Wraith verschlang die beiden.

Die Frau schrie qualvoll auf, als die Fäden sich immer fester um sie wickelten und sie zu zerreißen drohten. Auch der Mann brüllte und bettelte erst um Hilfe, dann um Gnade.

»Hör auf damit!«, schrie ich Wraith an, doch der lachte nur kalt.

Nicht so gut wie Mare, aber auch ein kleiner Tropfen Magie kann wertvoll sein.

Ich konnte kaum glauben, was ich da hörte. Hektisch sprang ich nach vorne, um irgendetwas zu tun, doch es war bereits zu spät. Die durscheinenden Körper der beiden Traumgeister zersprangen, und es blieben nur goldene Lichtpunkte übrig, die sich die Rauchfäden sofort griffen und in meinen Körper zerrten. Ich spürte das warme Gefühl, das schon fast etwas Berauschendes hatte, als die Magie in mich überging. Es war herrlich, und zugleich spürte ich den tiefen Wunsch in mir, mehr davon zu bekommen.

Das war falsch! So abgrundtief falsch! Noch immer hielt ich den Riemen in der Hand und stand in meinem Boot, das nun leer war. Die Geister waren verschwunden. Sie waren von mir verschlungen worden. Ihre Kraft strömte durch meine Adern und befeuerte meine Magie.

Was für ein herrliches Gefühl, freute sich Wraith. *Vielleicht ist dein Job doch gar nicht so übel, wie ich zunächst dachte.*

»Wie konntest du nur?«, fauchte ich ihn an. »Wie konntest du das tun?«

Noch immer starrte ich auf die Stelle, an der die beiden Traumgeister gerade noch gesessen hatten. Ich hatte sie verschlungen. Ich trug ihre Magie in mir. Da war nichts mehr, das ich zum Lichttor hätte bringen können. Ich hatte eine Kraft in mich aufgenommen, die nicht mir bestimmt gewesen war. Ich war mir sicher, dass es kein schlimmeres Vergehen geben konnte.

»Warum? Warum hast du das getan?«, wollte ich wissen und ließ mich erschöpft in mein Boot sinken.

Das fragst du noch?! Na, weil ich es kann und weil wir diese Kraft brauchen. Es ist erbärmlich, wie wenig Magie dir zur Verfügung steht. Erst recht, wenn man bedenkt, dass du ständig von diesen Traumgeistern umgeben bist. Nette, kleine Magiespender, die viel einfacher zu fangen sind als Mare.

Ich schüttelte fassungslos den Kopf und konnte noch immer nicht begreifen, was gerade geschehen war.

»Du hast keine Ahnung, was du angerichtet hast«, murmelte ich. »Hast du auch nur die geringste Vorstellung davon, was du mir angetan hast?«

Ich hätte vor Wut schreien können und wollte nichts lieber, als diesen Parasiten aus mir herauszureißen. Er brachte mir nur Ärger, und nun auch noch das! Er hatte dieser Welt Magie gestohlen. Sie stand uns allen zu. Wir brauchten sie, um den Nebel aufrechtzuerhalten und uns vor den Menschen zu schützen. Er hatte Schreckliches getan und nebenbei erneut mein Leben zerstört. Denn eines war klar: So würde ich niemals als Fehris arbeiten können. Es war vorbei! Und ich hatte keine Ahnung, wie ich das irgendwem erklären, geschweige denn meinen Lebensunterhalt verdienen sollte.

Mir war schlecht, alles drehte sich und ich spürte nichts als Panik. So schnell ich konnte, lenkte ich das Boot ans nächste Ufer. Dort angekommen sprang ich ans Festland und ließ mich erschöpft ins Gras sinken. Noch immer kämpfte ich darum, mich nicht übergeben zu müssen. Wie sollte ich dafür eine Lösung finden? Wie sollte es weitergehen? Ich drehte mich auf den Rücken und starrte in den Himmel. Mein Leben war vorbei. Alles war vorbei.

»Der Hohepriester hatte recht. Man sollte dich im Auge behalten.«

Ich zuckte erschrocken zusammen, als ich die fremde Stimme hörte. Sofort setzte ich mich auf. Ein Mann trat hinter einem dichten Gebüsch hervor. Er trug eine einfache graue Kutte, was mir alles sagte: Er war ein Priester. Nun steckte ich erst recht in Schwierigkeiten, denn seine Worte ließen keinen Zweifel daran, dass er alles mitangesehen hatte. Schlimmer konnte es nicht mehr werden.

16

Der Kerl wirkte auf den ersten Blick unscheinbar. Er musste mittleren Alters sein, das blonde Haar war an einzelnen Stellen von weißen Strähnen durchzogen. In seine Stirn hatten sich tiefe Falten gegraben und er hatte hervorstehende Wangenknochen. Die Augen lagen tief in den Höhlen und machten wohl deutlich, dass er ein karges Leben führte. Viele Priester hielten sich streng an die kirchlichen Gesetze, die vor allem keine Völlerei duldeten und davon sprachen, dass Hunger und Leid einen dem Gott Vellias näherbrachten. Ich hielt nicht viel davon, denn wenn irgendwas davon gestimmt hätte, wären die meisten Fehris wohl längst im Himmelreich angekommen.

Mit einem kühlen Lächeln auf den Lippen kam der Kerl in der Kutte auf mich zu.

Einem Priester kannst du wohl keine Magie entreißen, oder?, fragte ich Wraith stumm, obwohl mir klar war, dass das nur bei Maren funktionierte – und offenbar auch bei Traumgeistern, was letztendlich nicht überraschend war. Immerhin waren Mare zu Beginn ihrer Existenz nichts anderes als Traumgeister.

Das vielleicht nicht, aber immerhin haben wir gerade etwas Magie gewonnen. Auch wenn es nicht viel war, könnten wir sie nutzen. Seinem Tonfall war anzuhören, dass er nichts gegen einen Kampf einzuwenden hatte. Ganz im Gegenteil.

Ich rappelte mich auf, wich ein paar Schritte vor dem Priester zurück und blickte zu meinem Boot. Konnte ich es vielleicht dorthin schaffen? Langsam ging ich rückwärts und prallte gegen etwas Weiches. Ich wollte mich gerade umdrehen, als ich auch schon von zwei starken Händen gepackt wurde. Sofort trat ich um mich und versuchte, meine Arme freizubekommen. Der Kerl schien nicht der Kräftigste zu sein, denn tatsächlich waren meine Bemühungen nicht umsonst. Er konnte mich kaum halten. Ich schaffte es, meinen Arm freizukämpfen, schlug nach hinten und traf ihn wohl irgendwo in den Magen. Er ließ mich los. Ich sah mich nicht weiter nach ihm um und rannte schnurstracks zu meinem Boot. Hinter mir hörte ich, wie die Priester mir folgten.

»Lasst sie nicht entkommen! Wir haben lange auf diese Chance gewartet und werden sie nicht ungenutzt lassen.«

Mein Herz donnerte in meiner Brust, während ich, so schnell ich konnte, zum Boot eilte.

Das schaffst du nie, erklang Wraiths Stimme. *Bleib stehen und lass uns gegen dieses Pack kämpfen!*

Ich hatte keine Zeit, ihm darauf eine Antwort zu geben. Ihm hätte eigentlich klar sein sollen, dass das absoluter Wahnsinn war. Außerdem war ich mir ziemlich sicher, dass ich in richtig großen Problemen steckte, sollte ich einen Priester töten – und genau darauf würde es hinauslaufen, wenn Wraith eingriff.

Endlich erreichte ich das Ufer, watete ins eiskalte Wasser und streckte die Hand aus, um das Boot zu mir zu ziehen. Da vernahm ich ein eigenartiges Geräusch. Es war ein schneidendes Zischen. Ich drehte mich um und spürte, wie ich von etwas getroffen und umschlungen wurde. Ein Seelenstrick, wie ich mit Entsetzen feststellte. Offenbar hatte einer der Priester eine Schlinge geworfen und mich wie ein wildes Tier eingefangen.

Das Seil schlang sich um meinen Oberkörper und presste meine Arme fest an meinen Rumpf. *Verfluchter Mist!*, ging es mir durch den Kopf, als ich mich langsam umdrehte. Nun sah ich auch, dass nicht nur zwei Männer gekommen waren, um mich dingfest zu machen. Gleich sechs Priester eilten mir entgegen. Da ich keine Chance hatte, ins Boot zu kommen, drehte ich mich um und versuchte, am Ufer entlang zu flüchten. Aber es brauchte nur einen harten Ruck an dem Strick und ich fiel der Länge nach hin. Ich wollte auf die Füße kommen oder mich wenigstens umdrehen, damit ich mit dem Gesicht nicht mehr im Gras lag. Immerhin Letzteres gelang mir schließlich, doch da blickte ich auch schon zu einem der Priester auf. In der Hand hielt er ein eigenartiges Stück Stoff, das er mir nun aufs Gesicht presste. Ich schrie erneut, wand mich und versuchte, zu entkommen, doch ich hatte keine Chance. Rasend schnell begann sich alles um mich zu drehen, dann erschlafften meine Glieder, und plötzlich sank ich in eine tiefe Bewusstlosigkeit.

***

Nur langsam fiel die bleierne Schwere von mir ab und ich erwachte aus tiefer Dunkelheit. Ich tat einen erschrockenen Atemzug und riss die Augen auf. Innerhalb von Sekundenbruchteilen fiel mir ein, was geschehen war, und ich ahnte bereits, wo die Priester mich hingebracht hatten.

Ich hatte niemals in diesen Raum mit den Regalen, den vielen Gläsern, Kräutern und Instrumenten zurückkehren wollen. Ich dachte an die Pritsche, auf der ich wochenlang gelegen und die schrecklichen Untersuchungen hatte überstehen müssen.

Langsam drehte ich den Kopf und sah mich um. Zu meiner großen Verwunderung befand ich mich nicht in dem kleinen Raum in der Sakristei. Ergab das einen Sinn?

Ich lag auf einer Chaiselongue, was auf jeden Fall ein gewaltiger Fortschritt zu dem Möbelstück war, auf dem ich mich bei meinem letzten Aufenthalt in der Sakristei wiedergefunden hatte. Sie war mit blauem Samt bezogen und fühlte sich weich an. Als ich mich weiter umschaute, fielen mir als Erstes die riesigen

Rundbogenfenster auf, die teilweise mit buntem Glas versehen waren. Dahinter lag ein gepflegter Garten, den ich noch nie zu Gesicht bekommen hatte – aber das war nicht verwunderlich. Das gewöhnliche Volk durfte die Sakristei nicht betreten.

Warmes Licht flutete den Raum und tanzte über den grauen Steinboden. Es gab mehrere Bücherregale aus hellem Holz, und direkt vor mir befand sich ein kleiner Glastisch, auf dem eine Karaffe mit Wasser sowie ein Becher standen. Falls jemand gedacht hatte, dass ich so dämlich wäre, freiwillig etwas zu trinken, hatte er sich in mir getäuscht. Mein Mund war trocken, das musste ich zugeben, doch lieber wäre ich verdurstet, als das anzurühren.

Neben dem Tisch stand ein gemütlich aussehender Sessel. Dieser Ort hatte durchaus seine Reize. Er war nicht überfüllt, und Prunk suchte man vergeblich. Und doch wirkte das alles nicht wie ein Gefängnis. Dabei war ich mir sicher, dass ich mich in der Sakristei befand. Warum hatte man mich in diesen Raum gebracht?

Wir werden es wohl gleich erfahren, meldete sich Wraith in meinem Kopf zu Wort.

Tatsächlich hörte auch ich nun Schritte, und gleich darauf wurde die Tür geöffnet. Es war keine große Überraschung, dass der Hohepriester erschien und mit einem kühlen Lächeln auf den Lippen den Raum betrat. Ich sprang sofort auf, griff mir die Karaffe und machte mich bereit, sie zu meiner Verteidigung einzusetzen. Keine Ahnung, wie lange ich mich damit erfolgreich gegen den Kerl zur Wehr setzen konnte. Aber ich würde nicht zulassen, dass ich noch einmal in seine Fänge geriet.

Er hob die Hände und blickte mich mit Unschuldsmiene an. »Ich kann deine Bedenken durchaus verstehen. Daran bin ich sicher nicht ganz unschuldig. Doch ich hoffe, dass wir diese Missverständnisse aus dem Weg räumen können.«

Er kam mit langsamen Schritten auf mich zu und ließ sich in den Sessel sinken, wo er die Finger ineinander verschränkte und mich anblickte.

»Ich denke, wir hatten einen schlechten Start. Genau darum bist du hier, damit wir noch einmal in aller Ruhe miteinander reden können.«

Ich musste mich verhört haben. Das konnte doch nicht sein Ernst sein?! »Sie haben mich entführt! Das ist Ihnen schon klar, oder? Ihre Leute haben mich verfolgt, überwältigt und betäubt. Und das ist erst nach unserem schlechten Start passiert.« Der Kerl musste den Verstand verloren haben. Vor allem begriff ich noch immer nicht, was er von mir wollte.

»Nun, für mich steht fest, dass wir einander von Nutzen sein können. Ich muss einräumen, dass mein Vorgehen bei unserer letzten Begegnung vielleicht etwas grob war. Aber es war wichtig, herauszufinden, ob dieser Mare etwas in dir verändert hat.«

»Tja, das war ja sehr erfolgreich«, murmelte ich vor mich hin, ließ mich auf das Sofa sinken, behielt aber sicherheitshalber die Karaffe in der Hand. Man wusste ja nie, ob man sie nicht doch noch brauchen würde.

Er winkte ab. »Die Frage hat sich ohnehin erübrigt. Es ist wohl offensichtlich, dass du den Mare in dich aufgenommen hast. Noch verstehe ich nicht, wie du es geschafft hast, dabei am Leben zu bleiben. Du bist eine einfache Fehris. Aber im Grunde spielt es eine untergeordnete Rolle. Wichtig ist nur, dass es so ist.« Wieder schlich sich ein kühles Lächeln auf seine Lippen, das etwas sehr Berechnendes hatte.

Ich versuchte, ruhig zu bleiben und mir nichts anmerken zu lassen. Dabei schlug mir das Herz bis zum Hals. Der Kerl wusste, dass ich einen Mare in mir trug. Woher? Es stand wohl außer Frage, dass er mich hatte beobachten lassen. Vermutlich auch, als Wraith die beiden Traumgeister verschlungen hatte.

»Meine Erkenntnisse können nicht wirklich überraschend für dich kommen. Dir muss klar gewesen sein, dass der König, aber auch ich dich stets im Blick haben. Allein der Umstand, dass König Dawnspark dich zu einem Dreamcatcher erhoben hat, hatte doch einiges an Aussagekraft.«

Ich spannte meine Hände fester um die Karaffe, wandte mich aber in vollkommener Gelassenheit an den Hohepriester. »Wollen Sie mir endlich sagen, was Sie von mir wollen?«

»Ist das nicht offensichtlich?«, fragte er erstaunt. »Ich möchte, dass du dich uns anschließt.«

Ich hob irritiert eine Braue. Hatte der Kerl den Verstand verloren?

»Das kann nicht Ihr Ernst sein«, brachte ich schließlich hervor. Sollte ich ihn noch mal daran erinnern, wie er in der Vergangenheit mit mir umgegangen war und was er mir alles angetan hatte?

Er stand auf und ging ein paar Schritte durch den Raum. »Ich kann natürlich verstehen, dass dieser Vorschlag überraschend für dich kommt, doch eine Zusammenarbeit wäre für uns beide von Nutzen.«

»Nun sagen Sie es endlich: Was genau wollen Sie von mir?«, forderte ich ihn auf. So langsam verlor ich die Geduld.

Was es auch ist, es kann nichts Gutes sein, mischte sich Wraith kurz ein, und ich konnte ihm insgeheim nur zustimmen.

»Du kommst schnell auf den Punkt, das gefällt mir«, fuhr der Hohepriester fort. »Nun, dann will ich dich auch nicht länger auf die Folter spannen. Du könntest die Position der Kirche und des Glaubens stärken, wenn du dich zu uns bekennst. Wenn wir den Leuten erst klarmachen, was dir widerfahren und wie besonders dieser Umstand ist … das könnte viel verändern. Du weißt, dass wir stets ein genügsames und einfaches Leben predigen. Nur so haben wir die Chance, Vellias' Gunst zu erlangen, der im Himmelreich über uns wacht. Im Laufe der Zeit haben wir alle den rechten Weg verloren. Wir bedienen uns immer mehr der Magie, verlassen uns allein auf sie und vertrauen darauf, dass sie schon alles für uns richten wird. Diese Annahme ist falsch und wird uns langfristig von den Göttern wegführen. Niemand will Dornas oder Vellias verärgern, aber genau das tun wir auf diese Art und Weise. Und noch schlimmer: Wir entfernen uns weiter von ihnen, was schließlich unser Ende besiegeln wird.«

Vermutlich glaubte der Hohepriester tatsächlich, was er sagte. Im Grunde war ich mir nicht mal vollkommen sicher, ob es die beiden Götter gab: Vellias, der auch der Bauer genannt wurde und für Wachstum und das Leben stand, oder Dornas, der Krieger, der zielstrebig war, ein gewisses Kalkül an den Tag legte und all seine Feinde bezwang, um am Ende ans Ziel zu gelangen. Ob sie existierten oder nicht, das spielte für mich und mein Leben keine Rolle. Ich hatte immer realere Sorgen und darum nie viel mit den Göttern am Hut gehabt. Dennoch wusste ich natürlich, wie die Priester dachten. Immerhin hatte ich mir ihre Predigten oft genug anhören müssen. Es kam trotzdem mehr als überraschend, dass der Hohepriester ernsthaft glaubte, ich könnte irgendwie hilfreich für ihn sein.

»Du könntest ein Sinnbild für unsere Welt darstellen: eine Fehris, der nie viel Magie zustand, die ein genügsames und gottesfürchtiges Leben geführt hat und die letztendlich darum von den Göttern mit einem besonderen Geschenk bedacht wurde.«

Ich habe immer gesagt, dass ich klasse bin. Aber dass ich nun offenbar ein Geschenk der Götter sein soll, das hätte nicht mal ich selbst zu sagen gewagt, lobte sich Wraith. War klar, dass ihm die Worte des Hohepriesters gefielen.

Wie war das noch? Hast du nicht gerade erst behauptet, dass von dem Kerl nichts Gutes kommen kann?, erinnerte ich ihn, aber der Mare schien meinen Einwand schnell beiseitezuschieben.

Vielleicht ist er doch gar nicht so übel. Er scheint auf jeden Fall nicht auf den Kopf gefallen zu sein.

»Du könntest eine Botschafterin für unsere Sache sein, ein Leitbild, ein Vorbild«, erklärte der Hohepriester.

Damit wäre ich genau das, was der König nicht wollte. Er hatte bereits recht deutlich gemacht, wie er zu diesem Leitbild der Unterschicht stand.

»Dem König dürfte das weniger gefallen. Und ich kann mich irren, aber ich gehe davon aus, dass es keine gute Idee ist, König Dawnspark zu verärgern.«

Kaum hatte ich die Worte zu Ende gesprochen, erschien wieder dieses wissende Lächeln im Gesicht des Hohepriesters. »Du würdest unter dem Schutz der Kirche stehen, und wie du weißt, steht nicht mal der König über uns. Er könnte dir nichts anhaben. Du wärst in Sicherheit.«

Die Vorstellung, dass ich mich beim Hohepriester sicher fühlen sollte, kam mir abwegig vor, aber natürlich hatte er in gewisser Weise recht. Selbst der König konnte nicht von ihm fordern, mich herauszugeben. Er käme in der Sakristei nicht an mich heran. Dennoch, niemals würde ich mich freiwillig in die Hände dieses Mannes begeben.

»Ich sehe schon, du zweifelst und vertraust mir nicht so richtig. Gut, das kann ich verstehen. Darum schlage ich vor, dass du ein paar Tage bei uns bleibst, uns bei unserer Arbeit beobachtest und dir ein eignes Bild machst. Ich bin mir sicher, dass du schnell begreifen wirst, dass wir zu den Guten zählen und du uns vertrauen kannst. Ich biete dir jedenfalls eine wirkliche Hilfe an.«

»Ich denke nicht, dass ich die annehmen werde«, gab ich freiheraus zu. Ob er mich gehen lassen würde, wenn ich darauf bestand?

Er seufzte dramatisch. »Das ist wirklich schade. Dabei habe ich dir noch gar nicht erzählt, bei was wir dir unsere Unterstützung anbieten könnten.«

Sein Tonfall verriet, dass jetzt etwas Bedeutsames kommen würde.

»Nun, weißt du, ich habe zwar noch nie davon gehört, dass es jemand überlebt hat, wenn ein Mare versucht hat, seinen Körper zu übernehmen, aber es gibt Geschichten, die besagen, dass König Thaldrin Nightshade während des Krieges Mare für sich genutzt hat. Mit einem soll er sogar eine Verbindung eingegangen und ihn in seinen Körper aufgenommen haben. Er hat eine Vereinbarung mit diesem Wesen getroffen, und der Mare hatte fortan wieder einen festen Körper. Der damalige König der Albtraumlande hingegen ist dadurch sehr viel stärker geworden. Du kennst diese Kraft sicher ebenfalls, die der Mare mit sich bringt.«

Durchaus, und ich wusste auch, um wie viel stärker sie wurde, wenn er sich neue Magie von anderen holte.

»Und ich vermute, dass du auch weißt, wie anstrengend diese Verbindung sein kann.« Sein Blick durchdrang mich schneidend wie ein Stück Glas. »Man muss sehr stark sein, um den Mare in den Griff zu bekommen, und ohne dir zu nahe treten zu wollen: Ich kann mir nicht vorstellen, dass du die nötigen Voraussetzungen dafür hast. Von daher ist es sicher schwer, wenn da etwas Fremdes in einem ist. Etwas, das ständig darum kämpft, die Kontrolle über einen zu erlangen. Man ist hilflos, fast verloren. Kein schönes Gefühl. Doch ich glaube, ich könnte die Lösung für dich haben.«

Versuchte der Kerl, mich mit falschen Versprechungen zu umgarnen, oder steckte in seinen Worten wirklich ein Funken Wahrheit?

Natürlich nicht. Er manipuliert dich nur!

Warst du gerade eben nicht noch vollkommen begeistert von ihm?, hakte ich nach.

Ich habe von Anfang an gesagt, dass man den Kerl nicht unterschätzen sollte, und dabei bleibe ich.

Das wusste ich selbst nur zu gut. Dennoch … was, wenn er doch die Wahrheit sagte?

»Ich bleibe bei meinem Vorschlag. Du verbringst einige Tage hier bei uns, schaust dir alles an, damit du deine eigenen Schlüsse ziehen kannst. Wenn du dann noch immer möchtest, steht es dir frei, zu gehen. Das ist doch fair, findest du nicht?«

Ich runzelte die Stirn und sah ihn fragend an. Konnte ich ihm trauen? »Und was, wenn ich sofort gehen möchte?«

»Nun, das wäre sehr dumm von dir. Außerdem hat wohl jeder eine Chance verdient. Darum muss ich leider darauf bestehen: Drei Tage, danach kannst du dich entscheiden und bist frei.«

Damit war mein Schicksal wohl besiegelt – zumindest fürs Erste.

17

Es herrschte Schweigen in dem kahlen Steingewölbe. Wundervoll geschwungene Bögen spannten sich über mir, während das Geklapper des Bestecks durch die Halle dröhnte. Ich saß an einem langen Tisch auf einer Holzbank und starrte meine Schüssel mit Gerstenbrei an, der zäh von meinem Löffel tropfte. Das Zeug schmeckte wirklich nicht allzu gut und war mit Sicherheit nicht mit den Köstlichkeiten im Palast zu vergleichen. Die brauchte ich auch gar nicht. Zu Hause hatten wir auch keine dekadenten Mahlzeiten gehabt, dennoch waren sie immer lecker gewesen. Das hier war allerdings kaum essbar. Aber die Bescheidenheit der Priester sollte sich eben auch in ihren Mahlzeiten widerspiegeln – so zumindest hatte ich es verstanden.

Um mich herum saßen die Priester, die in ihre grauen Kutten gehüllt waren und schweigend ihre Mahlzeit zu sich nahmen. Mit der Stille kam ich noch viel weniger klar. Auch wenn wir zu Hause nur zu viert waren, so herrschte immer Leben bei uns. Wir sprachen über unsere Erlebnisse, redeten über unsere Pläne und scherzten. Es war stets eine Fröhlichkeit zu spüren. Die fehlte in der Sakristei völlig. Hier war alles ernst und gedrückt.

Die Männer würdigten mich jedenfalls keines einzigen Blickes. Sie schienen tatsächlich nur hier zu sein, um zu essen. Da fand kein Austausch zwischen ihnen statt, keiner sprach oder lachte, und das obwohl alle Priester sich um diese Uhrzeit hier versammelten. Da hätte man durchaus annehmen können, dass sie die Gunst der Stunde für eine nette Konversation nutzten.

Zu meiner großen Verwunderung war der Hohepriester ebenfalls hier. Er saß mitten unter den anderen Geistlichen am Tisch, hatte sich also nicht mal einen besonderen Platz wie den am Kopfende ausgesucht. Er aß denselben Gerstenbrei wie wir und goss sich aus einem der Wasserkrüge etwas zu trinken ein. Irgendwie hatte ich angenommen, dass er seine besondere Stellung für sich nutzen würde – das taten die Bessergestellten zumindest für gewöhnlich.

Klappernd kratzten die Priester die Reste ihres Breis in ihren Schüsseln zusammen, bevor sie ihr Geschirr in einen Nebenraum zum Abwasch brachten. Das alles ging sehr geordnet und vor allem still vonstatten.

Ich tat es ihnen gleich und brachte mein Geschirr weg. Die Geistlichen zogen im Anschluss los, um ihr Tagwerk zu vollbringen. Ich hingegen stand etwas unbeholfen da.

Na, vielleicht doch einen Fluchtversuch wagen?, schlug Wraith vor. *Jetzt wäre vielleicht ein ganz guter Zeitpunkt.*

Du glaubst ernsthaft, dass wir eine Chance haben, von hier wegzukommen? Ich lachte innerlich höhnisch auf. *Die Sakristei wird gut bewacht und der Hohepriester wird zusätzlich dafür gesorgt haben, dass ich nicht einfach verschwinden kann. Und selbst wenn es mir gelingen sollte, was dann? Mir bliebe nur, Schutz beim König zu suchen, und das will ich ganz sicher nicht. Wobei das hier natürlich nicht wirklich besser ist.*

Nein, ich würde versuchen, die drei Tage durchzustehen und darauf zu hoffen, dass der Hohepriester Wort hielt. Dennoch war ich nicht so dumm, mich allein darauf zu verlassen. Ich würde die Zeit nutzen und schauen, ob ich nicht doch einen Weg fand, hier herauszukommen.

»Ich hoffe, du konntest dich ein wenig stärken. Wir achten stets darauf, dass unsere Mahlzeiten – mögen sie auch noch so bescheiden sein – nahrhaft, aber auch bekömmlich sind.« Der Hohepriester trat neben mich und schenkte mir ein huldvolles Lächeln. »Ich hatte ja bereits erwähnt, dass ich dir gerne ein paar Einblicke in unseren Alltag gewähren möchte. Ich denke, es ist wichtig, dass du verstehst, was wir tun und dass wir nur die besten Absichten haben.«

Das mochte durchaus so sein, dennoch würde das nichts daran ändern, dass ich mit ihm nicht zusammenarbeiten würde.

»Wenn du mir folgen möchtest«, fuhr er fort, drehte sich um und ging einen langen Korridor mit sehr hoher Decke entlang. Mehrere Rundbogenfenster spannten sich neben uns, durch die warmes Licht in den steinernen Gang flutete.

»Und wie fühlst du dich bisher bei uns?«, fragte er in freundlichem Plauderton, während er mit schnellen Schritten vor mir herging.

»Es ist ungewohnt«, brachte ich schließlich hervor und hoffte, dass meine Worte unverfänglich genug waren.

Er nickte wissend. »Ja, das kann ich durchaus verstehen. Ich hatte bislang auch eher das Gefühl, dass du keinen allzu starken Bezug zum Glauben hast.« Er musterte mich.

Ich hielt seinem Blick stand und erwiderte: »Sie können nicht ernsthaft erwarten, dass ich der Kirche noch sonderlich zugetan bin nach allem, was Sie mir angetan haben.«

»Das ist natürlich ein Punkt. Ich hoffe, dass du trotz unseres schlechten Starts offen für all das bist, was ich dir zeigen möchte. Es könnte viel für dich verändern«, versprach er hochtrabend.

Tja, wir würden sehen. Ich hatte jedenfalls noch gewisse Zweifel.

Wir erreichten eine weitere Halle, deren Decke hoch und mit einer Kuppel geschmückt war. Mehrere Bögen spannten sich darunter und gingen in Säulen über, die die Konstruktion stützten. Das Licht fiel durch riesige Fenster an den Seiten herein. Einige Priester hatten sich in dem Raum bereits versammelt und in einer Schlange aufgestellt. Ich runzelte die Stirn und musste erst näher herangehen, um zu erkennen, vor was sie sich aufgereiht hatten. Es war ein steinernes Podest, auf dem eine silberne Schale stand. Der Anblick dieser Kostbarkeit kam mir seltsam vor, denn wie ich bereits mehrfach hatte feststellen dürfen, legten die Priester großen Wert auf Bescheidenheit. Nirgends ließen sich übermäßige Zierden oder gar wertvolle Gegenstände finden. Von daher zog diese Schale mein Interesse auf sich. Ich ging noch ein Stück näher heran und sah, wie der erste Priester in der Schlange nun darauf zuging. Er streckte die Hand aus und tauchte die Fingerspitzen in das Gefäß, zog sie anschließend wieder heraus und berührte seine Schläfen sowie als Letztes sein Herz.

Ich hatte keine Ahnung, was da vor sich ging, doch plötzlich sah ich, wie goldene Lichtpunkte aus dem Körper des Mannes drangen. Sie schwebten für einen kurzen Moment um ihn in der Luft, nur um sich wenig später in die silberne Schale zu senken und darin zu verschwinden.

Diese Lichter kamen mir allzu bekannt vor. Ich hatte sie dank Wraith bereits einige Male gesehen.

Magie also, stellte der Mare fest. *Interessant. Sie entfernen die magische Kraft aus den Körpern der Priester. Was sie damit wohl anstellen?*

»Als Diener unseres Glaubens geben wir freiwillig unsere Magie ab. Jedes Mal, wenn sich unser Speicher füllt, kommen wir hierher und geben unsere Magie in das Wasser des Lebens.«

Ich hob irritiert eine Braue. Sie taten was?!

Wieder trat einer der Priester vor, um die magische Kraft aus sich zu holen und an die Schale zu übergeben. Ich konnte es kaum glauben. Sie opferten ihre Magie – und die bedeutete in unserer Welt alles. Ich konnte kaum fassen, dass sie freiwillig darauf verzichteten.

»Und was geschieht mit der gesammelten magischen Kraft?«, wollte ich wissen.

»Das siehst du dir am besten gleich mit eigenen Augen an«, verkündete der Hohepriester und schenkte mir ein warmes Lächeln.

Es dauerte etwas, bis auch der letzte Geistliche seine Magie an das Wasser weitergereicht hatte. Anschließend verließen alle bis auf einen einzigen Priester den Raum. Ihn bemerkte ich erst jetzt. Er hatte die ganze Zeit am anderen Ende gewartet und ging nun auf das Podest mit der Schale zu. Im Gegensatz zu den Männern vor ihm tauchte er beide Hände komplett in die Flüssigkeit und ließ sie einen Moment darin. Es dauerte nicht lange, da begann es aus dem silbernen Behältnis zu leuchten. Es glühte so stark, dass es über den Rand zu sehen war.

Er nimmt die Magie in sich auf, stellte ich stumm fest und Wraith pflichtete mir bei.

Dürfte eine nette Menge sein. Ich bin fast ein wenig neidisch. Diese Schale sollten wir uns merken. Wäre klasse, wenn wir da irgendwie rankämen. Es würde es uns so viel leichter machen, an Stärke zu gewinnen.

Ich bin mir ziemlich sicher, dass sie um den Wert wissen und diese Schale beschützen, erwiderte ich.

Tja, wir werden sehen.

Ich wollte mir lieber nicht vorstellen, was mit mir passieren würde, sollten wir tatsächlich so dumm sein, das zu wagen.

Das goldene Licht verschwand allmählich, und der Priester zog seine Hände schließlich aus dem Wasser des Lebens zurück. Langsam drehte er sich von der Schale fort und trat ein paar Schritte in den Raum hinein. Dort blieb er stehen und schien auf etwas zu warten.

Mittlerweile konnte ich mir sogar denken, was gleich geschehen würde. Natürlich wurden diese Geschichten auch unter den Fehris weitergetragen – immerhin verfügten wir nicht über viel magische Kraft und hatten oft mit Krankheit und Armut zu kämpfen. Dennoch war mir nicht bewusst gewesen, dass die Priester tatsächlich ihre gesamte Magie an einen einzigen Geistlichen übertrugen, damit er helfen konnte.

Meine Familie war zum Glück noch nie in so große Not geraten, dass sie sich an die Kirche hatte wenden müssen. Auch von anderen Fehris hatte ich nie dergleichen gehört, aber wer ging damit schon hausieren? Hinzu kam, dass es noch weitaus ärmere Traumländer gab, die mit Krankheit, Hunger und Tod zu kämpfen hatten. In unserer Welt gab es Bettler und Leute, die kein Zuhause hatten. Sie lebten nicht in der Stadt, kamen aber tagsüber dorthin, um Magie oder Mana Scales zu erbetteln. Viele von ihnen wandten sich auch an die Kirche.

Die Türen wurden geöffnet und die ersten Bittsteller traten ein. Traumländer in heruntergekommener Kleidung, die um ihre dürren Körper schlotterte. War bei uns Fehris die Kleidung oft schon in keinem guten Zustand, so konnte man das hier kaum mehr als Kleidung bezeichnen. Teilweise waren es nur noch löchrige Lumpen, die sie irgendwie um ihre Körper gewickelt hatten. Viele von ihnen wirkten krank und starrten mit großen Augen aus ihren blassen Gesichtern zu dem Mann vor ihnen, von dem sie sich Hilfe erhofften.

»Ich dachte immer, nur Priester dürften die Sakristei betreten«, flüsterte ich dem Hohepriester zu.

»Für die Schwächsten unter uns öffnen wir immer und überall unsere Tore. Auch unsere heiligen Hallen«, erklärte er.

Zwei weitere Priester kamen hinzu, die mit mehreren Körben beladen waren. Sie stellten sich in der Nähe des Podests auf und warteten dort.

Eine dürre Frau, die immer wieder schrecklich hustete und eingefallene Wangen hatte, trat als Erstes vor. »Ich bekomme nachts schlecht Luft und muss ständig husten. Manchmal ist mir, als würde ich ersticken«, erklärte sie dem Mann.

Der schaute sich die Frau genau an, ließ sie mehrfach durchatmen und hörte ihren Brustkorb ab. Dann nickte er. »Ich werde dir ein wenig Magie geben, damit die akuten Beschwerden nachlassen. Das wird allerdings nicht allzu lange vorhalten. Du brauchst Medizin. Ich gebe dir ein Fläschchen und einen Tiegel mit. Von dem Inhalt der Flasche trinkst du jeden Morgen und

Abend einen Schluck. Mit der Salbe reibst du dir die Brust ein, damit du wieder besser atmen kannst. In einigen Tagen sollten die Beschwerden nachlassen. Wenn nicht, kommst du wieder hierher.«

Die Frau nickte dankbar und nahm die Medikamente entgegen, die ihr einer der beiden Männer aus dem Korb reichte. Anschließend legte der erste Priester ihr beide Hände auf die Wangen und ließ etwas Magie in sie strömen. Zumindest konnte ich sehen, wie ihre Haut kurz golden leuchtete. Sie machte einen kleinen Knicks und verließ mit schnellen Schritten die Sakristei.

Was für eine Verschwendung von Magie, murrte Wraith.

Natürlich siehst du das so. Du hast wohl noch nie Armut erlebt. Ich gebe es nicht gerne zu, aber hier verrichtet die Kirche tatsächlich ein gutes Werk, erwiderte ich.

Oh ja, und wie. Sie machen diese armen Leute von ihrer Hilfe abhängig. Keiner von ihnen wird allein wieder auf die Beine kommen. Sie werden immer im Wald leben und andere um Unterstützung anflehen. Und wenn die Priester diese Leute auch noch von ihren Krankheiten heilen, wird ihr Leid unnötig in die Länge gezogen.

Ich war entsetzt von Wraiths Einstellung. Er war kalt, ohne jedes Mitgefühl. Ich wusste, dass er anders war als wir Traumländer. Dennoch hätte ich nicht gedacht, dass so viel Grausamkeit in ihm steckte.

Ich schwieg und behielt jedes weitere Wort für mich. Meine Abscheu konnte er mit Sicherheit auch so spüren, denn sie war groß genug, um meinen ganzen Körper zu durchtränken.

Statt mich weiter mit dem Mare zu befassen, sah ich den Priestern bei ihrer Arbeit zu und beobachtete, wie der nächste Bittsteller vortrat und sein Anliegen vorbrachte. Warum tat der König nicht ebenfalls so etwas? Weshalb war nicht er es, zu dem das Volk ging und um Hilfe bat? Aber dann fielen mir wieder die harschen Worte von König Dawnspark ein: weil in dieser Gesellschaft nicht der Einzelne zählte. Es kam nur auf die

Gemeinschaft an. Die musste funktionieren. Und diese armen Geschöpfe gehörten nicht dazu. Sie waren kein wichtiger Teil, den es zum Funktionieren unserer Welt brauchte. Die Erkenntnis erschütterte mich. Vielleicht tat die Kirche doch mehr für uns, als ich angenommen hatte.

18

Ich riss an einer besonders unnachgiebigen Pflanze, die fest in der Erde verwurzelt war und mir meine Arbeit ziemlich schwer machte. Ich verstärkte meine Bemühungen, und endlich gab das kleine Gewächs nach. Mit einem Ruck zog ich es aus der Erde und warf es in einen Eimer, der neben mir stand.

Erschöpft strich ich mir den Schweiß von der Stirn. Die Sonne stand mittlerweile hoch und brannte mit ziemlicher Intensität auf mich herab. Der Hohepriester hatte mir, gleich nachdem die Bittsteller gegangen waren, den Garten gezeigt. Er war herrlich und hatte trotz seiner wohldurchdachten Struktur etwas Wildes, Ungezähmtes. Überall wuchsen Kräuter, die einen herrlichen Duft verströmten und von den Priestern gesammelt wurden, um Tränke und Salben herzustellen. Es gab aber auch lange Beete, in denen Gemüse und Salate wuchsen, dazu noch Felder mit Mais und Getreide. Etwas dahinter lagen große Wiesen mit prächtigen Obstbäumen.

Um alles kümmerten sich die Priester selbst. Ein Großteil ihrer Arbeit bestand darin, den Garten zu pflegen. Als ich die Männer gesehen hatte, die sich über die Beete beugten und Unkraut zupften, hatte ich mich kurzerhand angeschlossen. Ich wollte nicht den ganzen Tag untätig sein. Das hatte ich bereits im Palast zu Genüge gehabt, und ein paar Pflanzen konnte ich durchaus rausreißen.

Selbst der Hohepriester packte mit an, was mich erneut wunderte. Ich war so ein Verhalten von höher gestellten Personen nicht gewohnt.

»Es freut mich, dass du anpacken kannst«, sagte er.

»Mit Unkraut habe ich zwar nicht allzu viel Erfahrung, aber ich helfe gerne«, erwiderte ich.

Tatsächlich meinte ich es auch so. Ich konnte den Hohepriester zwar noch immer nicht sonderlich leiden und wegen dem, was er mir angetan hatte, würde ich ihm gegenüber wohl immer eine gewisse Vorsicht an den Tag legen. Dennoch ließ sich nicht leugnen, dass er mit seinen Priestern wertvolle Arbeit leistete.

Schmier ihm ruhig noch mehr Honig ums Maul, murrte Wraith. *Ihm wird sicher noch nicht genug Zucker in den Arsch geblasen.*

Es nervte mich, dass er sich mal wieder einmischen musste, aber ich kannte es ja leider nicht anders.

»Was haben Sie eigentlich meiner Familie gesagt, wo ich bin?«, fragte ich. »Sie haben doch sicher nach mir gesucht.«

»Ich habe einen meiner Leute zu deinen Eltern gesandt. Er hat ihnen offen und ehrlich erklärt, dass wir dir helfen wollen. Und das stimmt auch – vor allem, was den Mare in dir angeht. Du kannst ihn nicht unter Kontrolle halten, das ist ausgeschlossen. Von daher kann ich mir gut vorstellen, was das für dich bedeuten muss.«

Was hat der Kerl jetzt wieder vor?, murmelte Wraith.

Auch ich ahnte, dass der Hohepriester auf etwas Bestimmtes hinauswollte. »Folge mir am besten. Ich denke, jetzt ist ein guter Zeitpunkt. Immerhin hast du unsere Arbeit mittlerweile ein wenig kennenlernen können und damit auch uns. Wir führen nichts Schlechtes im Schilde – ganz im Gegenteil.«

Der Hohepriester richtete sich auf und ging in das Haupthaus zurück. Einen Moment blieb ich zögernd stehen, folgte ihm dann aber. Ich war ehrlich gespannt, was er mir zeigen würde.

Zunächst ging er mit mir durch mehrere Gänge, bis er vor einer Wendeltreppe stehen blieb, die nach unten führte. Die betrat er und stieg hinab. Es war dunkel dort unten, und langsam überkam mich ein schlechtes Gefühl. Was hatte der Hohepriester vor?

Ich kann nicht fassen, dass du diesem Kerl wie ein kleines, dummes Hündchen nachläufst. Es ist offensichtlich, dass er nur seine eigenen Pläne verfolgt. Das tun diese hohen Herren doch alle!

Ich war mir nicht sicher, ob Wraith mit seiner Einschätzung richtiglag oder ob er sie nur kundtat, weil er Angst hatte, der Hohepriester könnte tatsächlich etwas an der Hand haben, mit dem ich Wraith zum Schweigen bringen konnte.

»Gibt es wirklich etwas, mit dem man einen Mare in sich unterdrücken kann?«, hakte ich nach.

»Mir ist wichtig, dich davon zu überzeugen, dass du dich uns anschließt. Du hättest große Vorteile davon – ebenso wie ich, das will ich nicht abstreiten. Und ich denke, es könnte deiner Entschlusskraft zuträglich sein, wenn ich dir das hier zeige. Ich bin mir nämlich sicher, dass es eine Lösung für dein Problem sein könnte.«

Wenn er wirklich mich mit Problem meint, dann …, brauste Wraith los, doch ich ließ ihn nicht aussprechen.

Dann hat er den Nagel auf den Kopf getroffen, denn du bist ein Problem, und zwar ein verdammt großes!

Es war kein Geheimnis, dass ich wohl so ziemlich alles dafür getan hätte, um die Kontrolle über meinen Körper und mein Leben zurückzuerlangen. Das war natürlich auch dem Hohepriester klar. Nun würde sich gleich herausstellen, ob das Schwierigkeiten für mich bedeuten konnte.

Am Ende der Treppe wurden wir von Dunkelheit empfangen, die über den Boden kroch, sich an den Wänden entlangtastete und alles verschluckte. Die Luft war feucht und kühl, sodass ich kurz fröstelte und mir über die Arme rieb.

Der Hohepriester ging ein paar Schritte, bis er die Wand neben uns erreichte, und machte dort etwas, das ich zunächst nicht erkennen konnte. Plötzlich flammte eine Fackel auf. Lächelnd sah er mich an.

»Es ist nicht mehr weit«, versprach er und marschierte durch einen langen, schmalen Gang.

Ich folgte ihm auf dem Fuße und strich mir fröstelnd über die Arme. Es war wirklich kühl hier unten. Dazu noch der modrige Geruch …

Vor einer Holztür blieb der Hohepriester schließlich stehen und schob sie langsam auf. Sie öffnete sich mit einem Knarren, und der Hohepriester trat beiseite, damit ich eintreten konnte. Ich musterte ihn einen kurzen Moment lang und versuchte herauszufinden, ob das eine Falle war. Allerdings, wenn er mich hätte einsperren oder töten wollen, hätte er es bereits getan. Also ging ich in die Mitte des Raums und versuchte erst einmal, zu verstehen, was ich dort sah.

In langen Regalreihen waren rote Kristalle in allen möglichen Größen aufgereiht. Von kiloschweren Trümmern bis zu kleinsten Fragmenten schien alles vorhanden zu sein. Nur warum? Ich hatte diese Art von Steinen noch nie zuvor gesehen.

»Du hast es heute Morgen sicher nicht bemerkt. Dafür standest du zu weit weg«, begann der Hohepriester, der nun zu mir trat. »Kleinere Fragmente dieser Kristalle, die du hier siehst, haben sich in der Schale befunden. Mit ihnen erschaffen wir das Wasser des Lebens. Sie sind der eigentliche Grund, warum das Wasser in der Lage ist, einem Traumländer Magie zu entziehen.«

Erstaunt wandte ich mich dem Hohepriester zu und musterte anschließend die Steine mit ganz neuem Interesse. Derweil ging er zu einem der Regale und nahm eines der kleineren Kristallstücke heraus. Er betrachtete es von allen Seiten, während das Licht seiner Fackel über den dunkelroten Stein wanderte. Er sah wunderschön aus und war von so einer tiefen Farbe, dass es fast ein wenig an Blut erinnerte.

»Diese Kristalle sind mächtig und in gewisser Weise gefährlich. Legt man einen von ihnen in Wasser, verändert es sich. Das hast du heute miterlebt. Das Wasser des Lebens nimmt einem die Magie. Doch der Stein selbst ist zu so viel mehr fähig.«

Er drehte sich zu mir und hielt mir den Kristall entgegen. Misstrauisch sah ich ihn an.

»Trägt man einen direkt am Körper, blockiert er jede Form von Magie.«

Ich riss die Augen auf. Mit einem Mal verstand ich, was dieser Stein für mich bedeuten konnte, und auch Wraith meldete sich sogleich zu Wort. Er war aufgebracht, wütend und irgendwie … ängstlich. Seine Gefühle rauschten durch mich hindurch, erfassten mich und versuchten, mich zu überschwemmen. Er sprach schnell und gehetzt.

Mach das nicht! Wag es ja nicht, diesen Kristall zu nehmen. Du weißt, was das auch für dich bedeutet. Deine Magie wäre ebenfalls blockiert, du könntest nie wieder zaubern. Willst du das? Ist es dir das wirklich wert?

Ich musste im Grunde nicht lange überlegen. Ich sah den Hohepriester an und griff zu.

***

Ich lag in meinem Bett und starrte an die Decke. Wie lange war ich schon hier? Ich hatte keine Ahnung, aber es spielte auch keine Rolle. Dafür genoss ich viel zu sehr die angenehme Stille um mich herum. Kein Wraith mehr. Keine Stimme in meinem Kopf, die mich mit fremden Gefühlen überschwemmte. Ich war wieder ich selbst. Natürlich spürte ich auch, dass keine Magie mehr in mir zu finden war. Ein kleiner Preis für meine Freiheit, den ich nur zu gerne zahlte.

Ich drehte mich auf dem schmalen Bett zur Seite und ließ den kleinen Kristall durch meine Finger gleiten. Der Hohepriester hatte ihn an einer kleinen Lederschnur befestigt, damit ich ihn um den Hals tragen konnte, wo er nun über meinem Sigil hing. Im fahlen Sternenlicht, das durch die Fenster drang, sah er fast schwarz aus. Das Rot ließ sich nur noch erahnen.

Wie es Wraith wohl ging? Ich wusste, dass er noch immer da war, doch nun konnte er nicht mehr mit mir sprechen und auch keine Magie mehr anwenden. Er war ein Gefangener. Sicher war das nicht leicht für ihn. Ich konnte den Kristall auch einfach wieder abnehmen, allerdings wäre das absoluter Wahnsinn. Wraith würde mich sofort mit seinen Lügen und falschen Versprechungen verrückt machen. Er würde alles versuchen, damit ich den Kristall nicht noch einmal zur Hand nahm. Nein, so war es richtig. Ich war frei und konnte in mein altes Leben zurückkehren. Noch zwei Tage, dann würde mich der Hohepriester gehen lassen – und eine Entscheidung von mir fordern. War ich dazu bereit? Konnte ich mich wirklich zur Kirche bekennen und als ihre Verbündete auftreten? Würde es im Volk überhaupt einen Unterschied machen? Wen würde es interessieren, zu wem ich hielt? Nicht mal dem König waren meine Kräfte besonders wichtig gewesen. Er hatte in mir vor allem ein Ärgernis gesehen. Wenn ich nun so weit gehen und mich offen gegen ihn stellen sollte, würde ich die Sakristei niemals mehr verlassen können. War es also doch besser, das Angebot des Hohepriesters auszuschlagen? Aber würde er mir den Kristall dann überlassen? Ich war mir nicht sicher und spürte, wie über all diese Gedanken meine Augen immer schwerer wurden.

***

Beim Frühstück war ich bestens gelaunt und aß meine Schüssel mit Gerstenbrei schnell leer. Die Nacht war etwas anstrengend gewesen und ich hatte nicht ganz so viel Schlaf abbekommen. Vielleicht rührten die Kopfschmerzen da her? Sie waren nicht schlimm, dennoch spürte ich das zähe Pochen in meinen Schläfen. Falls es noch stärker werden sollte, würde ich einen der Priester fragen. Sie hatten genug Heilkräuter, eines davon würde sicher helfen.

Gleich nach dem Frühstück ging ich mit einem Teil der Priesterschaft erneut in die Halle, wo die Bittsteller warteten.

Dieses Mal war es an mir, einen der Körbe zu halten, in denen sich Tiegel, Flaschen und Gefäße stapelten. Der Priester holte selbst das heraus, was er brauchte. Dennoch war es interessant, ihn bei seiner Arbeit zu beobachten. Ob so mein Leben aussehen würde, wenn ich mich dazu entschloss, zu bleiben?

Fast erwartete ich, einen bissigen Kommentar von Wraith zu hören, aber er blieb still. Automatisch strich ich über die Kette mit dem Kristall. Niemals hätte ich gedacht, dass es so einfach sein könnte, den Mare in mir zum Schweigen zu bringen. So oft hatte ich mit Nate trainiert und versucht, Wraith damit die Macht über mich zu entziehen. Letzten Endes hatte es nur diesen magischen Kristall gebraucht. Ganz kurz wanderten meine Gedanken zu Nate, aber auch zu meiner Familie. Wussten sie wirklich, dass ich hier war? Mir war klar, dass ihnen der Zugang zur Sakristei verboten war. Nur die Bittsteller durften diesen Ort betreten. Dennoch hätten sie doch bestimmt versucht, mir zumindest eine Nachricht zukommen zu lassen, oder nicht? Hielten die Priester alles von mir fern? Zuzutrauen wäre es ihnen.

Nates Gesicht flammte vor meinem inneren Auge auf und mein Herz zog sich zusammen. Bei unserer letzten Begegnung hatten wir uns gestritten, aber dennoch würde er mich nicht im Stich lassen. Allerdings hatte er auch nicht nach mir gesucht, als ich im Hauptquartier von Morpheus gewesen war.

Ich strich mir müde über die Stirn. Meine Kopfschmerzen wurden schlimmer, und so langsam machte sich die kurze Nacht doch bemerkbar. Ich war wirklich erschöpft.

»Gibt es ein Problem?«, fragte der Priester, dem ich assistierte.

Ich schüttelte den Kopf, doch das änderte nichts an seinem sorgenvollen Blick.

»Vielleicht solltest du dich ausruhen.«

Im ersten Moment wollte ich verneinen, doch schließlich bemerkte ich, dass ich stattdessen nickte. Vielleicht war es doch besser, wenn ich mich hinlegte. Nur einen Moment. Nur einen kurzen Augenblick …

19

Als ich das nächste Mal erwachte, stand die Sonne bereits sehr hoch. Keine Ahnung, wie lange ich geschlafen hatte, aber es musste eine ganze Weile gewesen sein. Immerhin waren meine Kopfschmerzen weg, wie ich erfreut feststellte. Zudem fühlte ich mich ein klein wenig fitter.

Es war ungewohnt, aufzuwachen und keine nervtötende Stimme in mir zu vernehmen, die mich mit bissigen Kommentaren in den Wahnsinn trieb. Stattdessen konnte ich der Ruhe um mich lauschen, den Schritten, die draußen vor der Tür den Flur entlanghuschten. Es war eine echte Befreiung. Endlich war ich wieder mit mir allein und konnte meinen eigenen Empfindungen und Gedanken nachspüren. Die waren allerdings gerade etwas wirr. Wobei das Problem eher darin bestand, dass ich keine Ahnung hatte, wie ich dem Hohepriester klarmachen sollte, dass ich keine Zusammenarbeit mit ihm anstrebte. Meine Hand wanderte zu der Kette, die über dem Sigil hing. Ich berührte den roten Kristall und wusste, wie schwer es sein würde, wenn der Hohepriester ihn mir wieder abnehmen sollte. Jetzt, wo ich so deutlich vor Augen hatte, wie es war, ganz ich selbst zu sein, schien mir allein der Gedanke unerträglich. Hinzu kam, dass der König keinen großen Wert auf mich legte und mich lieber tot als lebendig sah. Der Hohepriester konnte mich vor ihm schützen. Aber der Preis, den ich dafür zahlen musste, war hoch – in meinen Augen viel zu hoch.

Wie ich es auch drehte und wendete, ich steckte in einer Zwickmühle. Mir blieb nicht mehr viel Zeit, um eine Lösung zu finden. Doch zunächst würde ich bei allem mitspielen und mir weiterhin das Leben in der Sakristei anschauen.

Ich verließ mein Zimmer und bog in Richtung Garten ab, um dort bei den Beeten zu helfen. Allerdings kam ich gar nicht bis dorthin. Ein junger Priester mit wilden, roten Locken und einem schmalen Gesicht stellte sich mir in den Weg.

»Der Hohepriester schickt mich, um dich zum Gebet abzuholen. Du kommst gerade noch rechtzeitig zur Non«, verkündete er, als müsste mir dieser Ausdruck etwas sagen.

Daraufhin eilte er auch schon mit schnellen Schritten voraus und ich ihm, nach einem kurzen Zögern, hinterher. Ich musste zugeben, dass mir gerade wirklich nicht nach Beten zumute war. Aber es wurde von mir verlangt – und es gab Schlimmeres.

Wir durchquerten einen Durchgang, der uns nach draußen brachte und direkt an einem Teil des Gartens entlangführte. Der Weg war überdacht und mit Steinsäulen gesäumt. Der Blick auf den Garten, wo Blüten aller Art um die Wette strahlten und Gemüse sowie jede Menge Kräuter wuchsen, war beeindruckend. Es hatte etwas Beruhigendes und erinnerte mich ein wenig an das Gefühl, wenn ich mit meinem Boot auf dem Styrak fuhr. Auch dort war man dem trubeligen Stadtleben fern und konnte die beruhigende Atmosphäre der Natur genießen.

Wir erreichten die andere Seite, wo sich eine Holztür mit Eisenbeschlägen befand. Dahinter hörte ich bereits einen eigentümlichen Gesang, der lauter wurde, als der Priester die Tür öffnete und wir den Raum betraten. Es war ein mystischer, tiefer Klang, der einnehmend war, auch wenn ich kein Wort von dem verstand, was die Priester sangen. Der Raum war groß mit einer imposanten, kuppelförmigen Decke aus buntem Glas.

Sonnenstrahlen drangen hindurch und zauberten strahlende Lichter auf den Boden und die Wände. Wie es in unseren Tempeln üblich war, stand auf der rechten Seite ein großer Altar, auf dem landwirtschaftliche Geräte lagen. Aber auch üppig, mit Gemüse und Obst, bestückte Körbe waren auf und um den Altar verteilt. An einem Tisch lehnte eine Sichel direkt neben einer Vase mit geschnittenen Ästen, an denen grüne Blätter und erste Äpfel hingen. Natürlich durfte auch ein großer Krug mit Wasser nicht fehlen, denn es stand für Leben und Wachstum. Diese Seite des Tempels war dem Gott Vellias geweiht, dem Bauern, der für unser aller Dasein eine große Rolle spielte.

Auf dieser Seite waren die Wände mit grünen Ranken bemalt, die von herrlichen Blüten umrahmt waren. Im Hintergrund erkannte ich dichte Wälder und Felder, auf denen Getreide, Obst und Gemüse wuchsen.

Auf der linken Seite sah es ganz anders aus. Auf dem Altar lagen Schwerter, Äxte und Speere. Die Wände waren ebenfalls mit einer Landschaft bemalt, doch dort sah man einen langen Kriegszug, der sich bis auf ein Schlachtfeld wand. Tod und Gräuel waren dort zu erkennen: Männer und Frauen, die voller Eifer gegeneinander kämpften – und töteten. Überall war Blut. Krieger trennten mit Schwertern Gliedmaßen von Körpern, Tote lagen in Schlamm und Blut am Boden. Es war ein schreckliches Bild. Und dennoch verehrten wir auch Dornas, der stets kämpferisch war und uns half, weise die nächsten Schritte zu planen, niemals unsere Zielstrebigkeit zu verlieren und am Ende unseren Weg zu beschreiten.

Noch immer hallte der Gesang der Priester durch den Raum, wehklagend, dankbar und stolz zugleich, womit er beide Seiten verband, die auf den ersten Blick so unterschiedlich wirkten. Doch im Grunde gehörte beides zusammen: Man baute sich ein Leben auf, sorgte für Wachstum und Wohlstand – doch wo Leben war, lauerte auch der Tod. Man musste sich verteidigen, wachsam sein und um das kämpfen, was man liebte. So verkündete es jedenfalls die Kirche.

Ich war so in meine Gedanken vertieft, dass ich die Person, die plötzlich neben mir stand, erst viel zu spät bemerkte. Der Hohepriester musterte mich eine ganze Weile. Etwas an seinem Blick empfand ich als störend, fast schon unangenehm. Es war, als würde er etwas in mir suchen. Doch plötzlich war dieser Ausdruck auch schon wieder verschwunden, und ein freundliches Lächeln tauchte in seiner Miene auf.

»Du bist die Erste, die nicht zu unseren Reihen gehört und diesen Ort betreten darf. Wie gefällt es dir?«

Ich ließ meinen Blick erneut schweifen und suchte nach den richtigen Worten. »Es ist sehr … eindrücklich«, brachte ich schließlich hervor.

Er nickte. »Es mag nicht immer einfach sein, dem Schmerz und dem Leid so offen ins Auge zu sehen, doch sie gehören zu unserem Dasein dazu. Was man liebt, muss man auch verteidigen. Das hat der große Krieg vor dreihundert Jahren deutlich gezeigt.«

Ich wusste nicht, was ich dazu sagen sollte, und war froh, dass ich zu dieser düsteren Zeit noch nicht gelebt hatte. Vor allem aber hoffte ich, dass sich solch ein Ereignis nie wiederholen würde.

»Nun, wir alle müssen um das kämpfen, was uns wichtig ist. Nur so können auch Veränderungen eintreten, und die sind wichtig, damit ein jeder von uns zu wachsen vermag«, fuhr er fort.

Irgendwie hatte ich das Gefühl, dass der Hohepriester nicht mehr über die Götter und irgendwelche vergangenen Kriege sprach. Fast hörte ich Wraith in mir flüstern, dass der Kerl etwas im Schilde führte. Tja, dessen war ich mir ebenfalls sicher.

»In letzter Zeit habe ich genügend Veränderungen durchlebt, weshalb ich momentan auf weitere gerne verzichte«, verkündete ich und hoffte, dass er verstand, was ich ihm damit sagen wollte.

»Manches lässt sich nicht aufhalten, ganz gleich, wie sehr man es sich auch wünscht. Dem Lauf der Dinge kann man sich nicht entgegenstellen, zumal er oftmals sehr viel Gutes mit sich bringt. Ich hoffe für dich, dass du diese Vorteile irgendwann sehen kannst.«

Nun war ich mir sicher, dass er von seinem Angebot sprach.

Der Gesang um uns herum verebbte und die Priester sammelten sich in der Mitte des Raums, wo sie zu Boden sanken, die Arme nach vorne streckten und in ein stilles Gebet verfielen. Auch der Hohepriester ging zu den anderen und ließ sich neben ihnen auf dem Boden nieder. Nur ich war noch auf den Beinen. Da selbst mir das ziemlich unhöflich erschien, tat ich es ihnen gleich. Immerhin war mir das Ritual von den Gottesdiensten im Tempel nicht unbekannt. Während ich meine Gebete an Vellias wandte, hoffte ich, dass ich heil aus diesem Ränkespiel herauskommen würde.

***

Nach dem Gebet strömten die Priester nach draußen, um ihrer Arbeit nachzugehen. Ich schloss mich dem Strom an, bevor mich der Hohepriester noch mal in ein Gespräch verwickeln konnte. Als ich bemerkte, dass er sich noch immer im Gebetsraum befand, ließ ich mich erleichtert ein Stück zurückfallen. Es gab keinen Grund mehr, mich mitten im Pulk zu bewegen. Erleichtert atmete ich auf, als die Priester einfach an mir vorbeizogen und mir keinen weiteren Blick schenkten.

Gerade ging ich an einer der Steinsäulen vorbei, da packte mich plötzlich eine Hand und riss mich zur Seite. Ich gab einen spitzen Schrei von mir, doch sogleich verschlossen Finger meinen Mund und erstickten jeden Ton. Ich schlug um mich und versuchte, den Angreifer zu fassen zu bekommen. Mit meiner Faust traf ich ihn ziemlich heftig im Gesicht.

»Autsch, verdammt!«, hörte ich eine Stimme fluchen, und erstaunlicherweise kam sie mir sehr bekannt vor. Während der Kerl sich die Hände um die Nase legte, drehte ich mich um und sah mich Cass gegenüber. Er war in eine Kutte der Priester gekleidet und sah mich vorwurfsvoll an. »Musst du immer so brutal sein? Da kommt man, um dich zu …«

Ich unterbrach ihn mitten im Satz und warf mich kurzerhand stürmisch an ihn. »Cass! Ich kann es kaum glauben«, sagte ich und schaute ihn an. »Was machst du hier?«

»Das fragst du noch?«, erwiderte er überrascht. »Ich bin hier, um dich zu retten. Und es war nebenbei gesagt gar nicht so einfach, sich hier reinzuschleichen. Du willst nicht wissen, wie lange es gedauert hat, an diese Kutte zu kommen.« Er winkte ab. »Lassen wir das. Hauptsache, ich habe es geschafft und kann dich nun hier rausholen.«

Okay, damit hatte ich nicht gerechnet. Andererseits wusste er, was mir der Hohepriester angetan hatte, als ich das letzte Mal in seine Hände geraten war. Ich rechnete es ihm hoch an, dass er nun extra hier war, um mir zu helfen.

Suchend schaute ich mich um, entdeckte aber niemanden sonst. Ein kleiner Stich der Enttäuschung durchfuhr mich, denn ich hatte gehofft, dass auch Nate gekommen war. Sofort schob sich unser letzter Streit in meine Erinnerung. War er darum nicht hier? Hatten seine Prioritäten woanders gelegen?

»Wir sollten los«, unterbrach Cass meine Gedanken. Hektisch sah er sich um, ob die Luft rein war. »Die anderen warten schon. Wir können keine Zeit verlieren.«

Die Worte ließen mich aufhorchen. »Nate und William sind auch hier?«

Er nickte schnell. »Natürlich. Jeder überwacht einen anderen Posten. Es war nicht leicht, unbemerkt hier herzukommen, das kannst du mir glauben. Von daher sollten wir uns jetzt wirklich aus dem Staub machen.«

Cass griff nach meiner Hand und zog mich hinter sich her. Die Verlockung, einfach mit ihm zu gehen und das alles hinter mir zu lassen, war groß, doch ein kleiner Rest meines Verstandes hielt mich davon ab. Ich riss mich von Cass los und blieb stehen.

Irritiert hob er eine Braue. »Was machst du da, Alexis?«

Es fiel mir unendlich schwer, vor allem weil ich wusste, wie viel die drei mit ihrem Rettungsversuch riskiert hatten. Und nicht nur das. Ich hätte alles dafür gegeben, um bei ihnen sein zu können. Aber so konnte ich nicht gehen. Noch immer hatte ich den Kristall um den Hals, den mir der Hohepriester gegeben hatte. Wenn ich einfach abhaute, hätte ich ihn gestohlen, und ich war mir ziemlich sicher, dass das dem Hohepriester nicht gefallen würde. Viel wichtiger aber war, dass ich drei Tage bleiben musste. Drei Tage, in denen er mir die Kirche und diesen Ort näherbringen wollte, damit ich aus freien Stücken entscheiden konnte. Wenn ich dann nicht bleiben wollte, durfte ich gehen. Das hatte er mir zugesichert. Ich wusste nicht, inwieweit ich mich darauf verlassen konnte, doch ich war mir sicher, dass ich all meine Chancen auf ein friedvolles Leben zerstörte, wenn ich gegen die Abmachung verstieß. Er würde mich suchen, mich vielleicht sogar jagen. Und ich konnte unmöglich noch eine zweite so mächtige Institution gegen mich aufbringen, wenn ich bereits dem König ein Dorn im Auge war. Ich musste es zumindest versuchen und schauen, was das Wort des Hohepriesters wert war. Es war meine einzige Möglichkeit, wenn ich je wieder ein ruhiges Leben führen wollte.

Cass sah den Zwiespalt in meinen Augen, legte seine Hand auf meine Wange und blickte mich tröstend an. »Wir beschützen dich, Alexis. Niemals lassen wir zu, dass dir etwas passiert. Vertrau uns!«

Er machte es mir unendlich schwer. Mein Herz zog sich qualvoll zusammen. Nichts hätte ich lieber getan, als mit ihm zu gehen, aber diese Verantwortung, diese Bürde – das konnte ich ihnen einfach nicht antun. Ich musste für mich selbst einstehen und kämpfen.

»Warum willst du nicht mitkommen?«, hakte Cass nach. Die Enttäuschung in seinem Gesicht war nicht zu übersehen – und es tat mir unendlich leid.

»Ich habe eine Übereinkunft mit dem Hohepriester getroffen. Die läuft nach drei Tagen aus. Wenn ich dann noch immer gehen will, wird er sich mir nicht in den Weg stellen. Zumindest hoffe ich, dass ich ihm trauen kann«, erklärte ich. »Mir bleibt nichts anderes übrig, als darauf zu hoffen. Wenn ich jetzt gehe, habe ich einen weiteren mächtigen Feind, und das ist das Letzte, was ich im Augenblick gebrauchen kann.«

»Ich kann mir schon denken, was er von dir will«, fauchte Cass. »Er verlangt sicher, dass du dich ihm anschließt, habe ich recht? Alexis, wenn du das nicht machst, was denkst du, wird er dann tun? Dich mit wehenden Fahnen und einem freundlichen Abschiedsgruß ziehen lassen?!« Er lachte verächtlich. »Wohl kaum.«

Mir war klar, dass das Risiko bestand. Aber immerhin hatte ich so eine Chance. Wie sollte mein Leben aussehen, wenn ich jetzt einfach die Flucht ergriff? Wohin sollte ich gehen? Ich konnte unmöglich zu meiner Familie zurück. Dort würde der Hohepriester sicher als Erstes nach mir suchen. Hinzu kam, dass ich alle, die mir lieb waren, mit solch einer Aktion in große Gefahr brachte. Was, wenn der Hohepriester gegen meine Eltern vorging? Oder wenn er sich an Nate, Cass und William wandte? Er war nicht dumm und würde mit Sicherheit wissen, dass sie mir geholfen hatten. Nein, ich würde es auf dem Weg versuchen, der ausgemacht war, und wenn er sich am Ende tatsächlich als Fehler erwies, musste immerhin nur ich allein damit leben.

Darum schüttelte ich den Kopf und blickte Cass schweren Herzens an. »Es geht nicht. So sehr ich es mir auch wünsche, ich kann nicht einfach verschwinden.«

Er schaute mich mit kaltem Blick an. »Das ist ein schwerer Fehler, glaub mir das. Ich wünschte, du würdest ihn nicht machen, denn er wird dich Kopf und Kragen kosten.«

»Im Moment bin ich nirgends in Sicherheit«, stellte ich richtig. Er tat gerade so, als müsste ich nur aus der Sakristei spazieren und alles wäre wieder gut. Aber dem war nun mal nicht so. »Der König hat versucht, mich töten zu lassen. Er hat mich auf diese Mission mit Warlor geschickt und ihn sicherlich angewiesen, mich bei erster Gelegenheit im Stich zu lassen. Wie kannst du da glauben, dass ich es riskieren kann, mir einen weiteren mächtigen Feind zu machen?«

»Warlor hat nur das getan, was jedem Dreamcatcher gesagt wird. Wir sind angehalten, unser Leben niemals für einen Einzelnen zu riskieren. Aber vielleicht hat Nate recht und du verstehst das wirklich nicht.«

»Wie reizend, dass er mit dir darüber gesprochen hat und ihr euch einig seid«, fuhr ich ihn kratzbürstig an, doch es verletzte mich, dass offenbar keiner verstehen wollte, wie ich mich in diesem Moment gefühlt hatte. Hinzu kam, dass ich mir sicher war, dass Warlor Nate, Cass oder William niemals einfach zurückgelassen hätte. Aber vielleicht irrte ich mich in diesem Punkt ja tatsächlich. Im Moment wusste ich einfach gar nichts. Ich hatte keine Ahnung, was richtig und was falsch war, und hatte das Gefühl, ständig den nächsten schweren Fehler zu begehen.

»Dann ist das dein letztes Wort?«, wollte Cass wissen.

Ich zögerte keinen Moment und nickte. »Ich muss es auf meine Weise versuchen. Es ist mein Kopf, um den es geht, und den werde ich allein aus der Schlinge ziehen.« Nur leider hatte ich noch immer keine Ahnung, wie ich das genau machen sollte.

Cass nickte knapp. »Ich hoffe, dass du diese Entscheidung nicht irgendwann bereuen wirst.«

Mein Herz zog sich zusammen. Es tat weh, diese Distanz, die ich bereits bei Nate gefühlt hatte, nun auch bei Cass wahrzunehmen. So lange waren wir schon Freunde. Wir verstanden uns blind. Vor allem Cass war nie nachtragend, immer fröhlich und gut gelaunt. Ihn nun so verärgert und verletzt zu sehen, war ungewohnt und vor allem schmerzhaft.

»Pass auf dich auf«, sagte er zum Abschied und verschwand im Garten hinter ein paar Sträuchern.

Ich blieb mit bebendem Herzen zurück und musste alle Kraft aufwenden, um ihm nicht doch noch im letzten Moment nachzueilen.

Kurz bevor er aus meinem Sichtfeld verschwand, drehte er sich ein letztes Mal um, schenkte mir ein Lächeln, das mich tief in meiner Seele berührte, und rief: »Wir sind immer für dich da. Daran wird sich nichts ändern, vergiss das nie!«

Tränen traten mir in die Augen, und ich musste schwer schlucken. Irgendwie bekam ich gerade das Gefühl, einen schweren Fehler begangen zu haben, den ich bald schon bitterlich bereuen würde. Und dennoch konnte ich nun nicht mehr zurück. Ich würde auch den letzten Tag durchstehen müssen.

20

Selten war mir etwas im Leben so schwergefallen wie diese Entscheidung. Cass gehen zu lassen, während ich hier an diesem Ort blieb, war das Schlimmste, das ich je hatte machen müssen. Und dennoch wusste ich tief in meinem Herzen, dass es die einzig richtige Entscheidung gewesen war.

Ich ging zu dem überdachten Korridor zurück, öffnete die Tür an dessen Ende und trat hindurch. Vor mir tat sich der lange Gang auf, der deutlich dunkler war als die vielen anderen, die durch die Sakristei führten. Hier gab es nur wenige Fenster, und die steinernen Wände wirkten düster, fast schon erdrückend.

»Hier steckst du«, sprach mich einer der Priester an. Offenbar war mein Fehlen mittlerweile bemerkt worden. »Der Hohepriester will dich sprechen.«

Ich verdrehte innerlich die Augen, folgte dem Mann aber, der mich in einen Korridor brachte, wo gerade eine Tür aufging, aus der der Hohepriester trat.

»Wie schön, dich zu sehen. Mittlerweile konntest du schon einiges von dieser herrlichen Einrichtung mit eigenen Augen bewundern. Doch etwas ganze Besonderes fehlt noch. Mir ist wichtig, dass du siehst, was wir hier wirklich alles leisten. Dann wirst du dich uns mit gutem Gewissen anschließen können. Komm mit mir, ich möchte dir etwas zeigen, das dir unseren Standpunkt noch mal klar vor Augen führen wird.«

Noch immer erschienen mir die vielen Gänge wie ein einziges Labyrinth. Auf unserem Weg erkannte ich immerhin den Korridor wieder, der zum Speisesaal führte – allerdings gingen wir dort nicht entlang. Wir wandten uns nach links, wo der Haupteingang lag.

Nur wenige Minuten später standen wir vor einer gigantischen Flügeltür aus Holz, hinter der vermutlich eine ganze Reihe von Wachleuten wartete. Ich legte meine Hand vorsichtig auf die raue Tür.

»Mir war von Anfang an bewusst, dass sehr viel Neugier in dir steckt«, sagte der Hohepriester, der mich nicht aus den Augen ließ. »Diese Eigenschaft kann von Vorteil sein. Immerhin zeigt es, dass du interessiert bist. Allerdings kann sie einen auch ins Verderben stürzen. Manche Geheimnisse sollten besser nicht entdeckt werden. Vor allem nicht von den falschen Leuten. Hier in der Sakristei haben wir aber nichts zu verbergen. Komm mit, es ist nicht mehr weit.«

Ich hatte noch immer keine Vorstellung, wo der Hohepriester mich hinbringen wollte, aber ich musste zugeben, meine Neugier war geweckt. Zu meinem Erstaunen ging er auf das große Holztor zu, schob den Balken beiseite und öffnete die Tür. Draußen führten ein paar verwilderte Steintreppen hinab zu einer Wiese, hinter der ein dichter Wald begann. Dort musste die Höhle liegen, die direkt zum Styrak führte – der einzige Weg, über den man die Sakristei erreichen konnte. Deswegen war dieser Ort so gut geschützt. Niemand kam ungesehen hinein, aber ebenso war es unmöglich, einfach zu verschwinden. Erst recht, da ich nun die vielen Wachen sah, die auf der Steintreppe postiert waren. Sie trugen Lederrüstungen, Helme und schwere, spitze Lanzen in den Händen. Die Männer schenkten dem Hohepriester nur einen kurzen Blick, ließen uns aber anstandslos passieren.

»Mach dir keine Sorgen um die Wachen. Solange du bei mir bist, werden sie dir nichts tun«, verkündete er in freundlichem Plauderton.

Mir entging jedoch die Warnung nicht, die in seinen Worten mitschwang. Allein würde ich es niemals an diesen Männern vorbeischaffen.

Der Hohepriester wandte sich einem kleinen Weg zu, der rechts an der Sakristei vorbeiführte. Das Gelände wirkte unwegsam. Überall wuchsen riesige Büsche; Ranken wucherten an dem Felsen, neben dem die Sakristei erbaut worden war, und verliehen dieser Gegend etwas Mystisches.

»Nun, nicht mehr lange, und du wirst deine Entscheidung treffen müssen. Ich kann durchaus verstehen, dass es nicht leicht für dich ist. Immerhin wird sich vieles ändern. Aber ich verspreche dir, es wird nur zu deinem Besten sein.«

Ich konnte mir ein Leben in der Sakristei noch immer nicht vorstellen. Zwar war die Arbeit der Priester durchaus interessant und ich erkannte sehr wohl, dass sie Gutes taten, aber es war alles so durchgetaktet. Es gab keinerlei Freiheiten, und auch hier war der Einzelne nicht wirklich von Interesse. Es zählte allein die Gemeinschaft und was sie für andere tun konnte – ein wertvoller Gedanke. Dennoch sah ich mich nicht an diesem Ort. Ich wollte mein altes Leben zurück, und mit dem Kristall um meinen Hals hatte ich eine echte Chance darauf.

»Du könntest dir eine Arbeit bei uns suchen«, fuhr der Hohepriester fort, während er vor mir dem geschlängelten Kiesweg folgte. »Bei der Verteilung an die Armen brauchen wir immer Hilfe. Aber auch der Garten scheint dir gefallen zu haben. Dort wäre dein Einsatz natürlich ebenfalls willkommen. Selbstverständlich würde dieses neue Leben auch viel Ungewohntes für dich mit sich bringen, das ist mir durchaus bewusst. Du müsstest an unseren Gebeten teilnehmen und dich unserem Alltag anpassen. Wichtig ist natürlich auch, dass du bei öffentlichen Feierlichkeiten und Predigten anwesend bist und zeigst, dass du zu uns gehörst. Wenn wir deine Geschichte erst einmal in die Welt hinausgetragen haben, wird sich vieles ändern. Glaub mir, du wirst so viel für die Unterschicht und dein Volk tun. Es werden ganz neue Zeiten anbrechen. Du kannst wirklich etwas bewegen. Der König wird lernen müssen, damit umzugehen, denn ich weiß natürlich, dass er erst einmal nicht begeistert sein wird. Aber irgendwann wird auch er ein Einsehen haben, und bis dahin brauchst du dich nicht zu fürchten. Du stehst unter unserem Schutz und niemand wird dir etwas anhaben können.«

Er malte das ganze Szenario bunt aus und versprach eine Menge, aber eines ließ er unerwähnt: Ich würde meine Freiheit aufgeben, und das für immer.

Vor uns erstreckte sich die steile, dunkle Felswand, die meterhoch in den Himmel ragte. Efeu und andere Kletterpflanzen hangelten sich daran hinauf und tauchten den kalten Stein in ein wundervolles, grünes Gewand. Der Hohepriester strich ein paar Zweige tief hängenden Efeus beiseite, und erst jetzt entdeckte ich den Höhleneingang, der dahinterlag. Er ging weiter und wurde von der Dunkelheit verschluckt. Ich folgte ihm auf dem Fuße und fragte mich erneut, wohin er mich führte.

Wasser tropfte von der Decke, und ich musste bei jedem Schritt aufpassen, wohin ich meine Füße setzte. Ich konnte kaum die Hand vor Augen sehen. Doch als wir ein paar Meter gegangen waren, brach sich ein Lichtstrahl Bahn. Dort hinten musste ein Ausgang sein.

»Wie du weißt, ist uns dieser Berg heilig. Unseren Lehren nach war das der Ort, den die beiden Götter zuerst erschaffen haben. Hier begann das Leben. Genau darum ist direkt neben dem Berg unsere Sakristei erbaut worden. Die Götter haben diese wunderbare Welt erschaffen und über alles einen König gestellt, der darüber wachen und die Bewohner führen soll. In seiner Weisheit und Güte hat der erste König diesen Berg den Traumländern überlassen, die sich den Göttern verschrieben haben, um ihnen einen Ort für ihr Schaffen und Wirken zu geben. Dort konnten die Priester den Göttern am nächsten sein. Und noch immer ist es so. Dieser Berg, unsere Sakristei – sie bedeuten alles für uns, und auch König Dawnspark hält sich an die damalige Übereinkunft, dass das hier unser Reich ist. Dennoch kann man nicht von der Hand weisen, dass er in gewissen Dingen Einfluss ausübt – was sein Recht ist. Nicht, dass du mich falsch verstehst. Es bestehen Abkommen zwischen uns, damit unsere Zusammenarbeit reibungslos verläuft. Und diese Höhle gehört dazu.« Er machte eine kurze Pause und fuhr dann schwärmerisch fort: »Ist sie nicht wundervoll? Ein mystischer, magischer Ort. Man kann die Kraft förmlich fühlen, die von ihm ausgeht. Aber lass dich nicht täuschen, diese Höhle ist mit vielen Gängen und geheimen Wegen mit dem Berg verbunden. Sie kann todbringend sein, wenn man sich nicht auskennt.«

Gut, auch diese Warnung hatte ich klar und deutlich verstanden. Ich sollte wohl nicht glauben, dass diese Höhle ein Weg in die Freiheit sein konnte.

Das Licht vor uns wurde zusehends heller und strahlender, sodass ich meine Umgebung deutlich besser wahrnehmen konnte. Und ich musste zugeben, dass die Höhle wirklich beeindruckend war. Zumindest die Stellen, bis zu denen die Lichtstrahlen reichten, zeigten, wie riesig sie war. Ich konnte die Decke nicht mal erahnen. Die Wände waren schwarz und mit dunklem Moos bewachsen. Hier und da rann Wasser durch den Stein und sammelte sich in kleinen Rinnsalen, die an uns vorbeiflossen. Ich sah meterhohe Stalagmiten, die sich in verschiedenen Farbschichten nach oben streckten. Man konnte sich durchaus vorstellen, dass hier einst die Götter am Werk gewesen waren.

Wir erreichten den Ausgang, wo strahlendes Sonnenlicht auf uns herabfiel. Vor uns ragten die dicken, undurchdringlichen Felswände des Berges auf, die allerdings Platz für eine kleine, ebene Fläche gelassen hatten. Schützend umschlossen sie diesen runden Platz, sodass niemand Zugang dorthin hatte, dem es nicht gestattet war. Dieser Ort strahlte etwas absolut Magisches aus. Dennoch kroch mir eine kalte Gänsehaut den Rücken hinab und wanderte über meinen ganzen Körper, als ich sah, was dort in der Mitte stand.

Dabei wirkte auf den ersten Blick alles harmlos. Auf dem runden Platz wuchs saftiges, grünes Gras – eine lebendige Oase inmitten des toten Felsens. Etliche Zeichen waren in die die Wiese hineingebrannt worden. Verunsichert runzelte ich die Stirn und starrte verwirrt auf das, was an einem Pflock festgebunden war, der genau in der Mitte des Platzes stand.

Ich hätte die durchscheinende Gestalt gar nicht sehen müssen, um dennoch zu spüren, dass der Mann vor uns ein Mare war. Er hatte langes, wirres Haar, von dem ihm mehrere Strähnen ins Gesicht fielen und seine dunklen Augen teilweise verdeckten. Ein entschlossener Ausdruck brannte in seinem Blick, der voller Wut und blankem Hass war.

Die Arme des Mannes waren mit einem Seelenstrick gefesselt, dessen Ende an dem Pfosten befestigt war. Seine körperlichen Proportionen waren zwar korrekt – was nicht immer der Fall war, wenn diese Wesen zu Maren wurden, wie ich aus Erfahrung wusste –, doch die stark durchscheinende Präsenz machte deutlich, dass er noch nicht sehr lange als Mare existierte und vermutlich eher schwach war. Dennoch konnte er unserer Welt erheblichen Schaden zufügen. Diese Wesen waren trotz allem deutlich stärker als viele von uns Traumländern.

Um ihn herum standen mehrere Priester, und direkt an der Felswand waren zwei Soldaten postiert, die eindeutig Rüstungen der Königsgarde trugen. Ich musste nicht lange rätseln, um zu verstehen, warum sie hier waren. Mit Sicherheit bewachten sie den Gefangenen.

»Der Mare wurde gerade erst gefasst. Er hat sich wohl an der Grenze zu den Albtraumlanden herumgetrieben und konnte dort von einigen Dreamcatchern aufgegriffen werden«, erklärte der Hohepriester.

Mir war sofort klar, dass es sich hierbei nur um den Einsatz handeln konnte, an dem Cass und William teilgenommen hatten. Sie waren also erfolgreich gewesen. Noch einmal schaute ich den Mare an, dessen Gesichtsausdruck zwischen blankem Hass und Verzweiflung schwankte. Er wusste, dass er keine Chance hatte und verloren war. An diesem Ort würde er geläutert werden. Seine magische Kraft würde seinen Körper verlassen, um gereinigt zu werden, bevor sie als reine Magie in unsere Welt übergehen konnte. Der Körper, den er sich bislang aufgebaut hatte, würde dabei zerstört werden, und er würde aufhören, zu existieren. Keine allzu schöne Vorstellung – zumindest für den Mare.

»Es kommt leider selten genug vor, dass ein Mare gefangen genommen wird, sodass wir ihn reinigen können. Von daher freut es mich, dass du das mit eigenen Augen miterleben kannst. So wirst du auch diesen Teil unserer Arbeit kennenlernen und sehen, dass wir damit einen wichtigen Beitrag für diese Welt leisten«, fuhr der Hohepriester fort, betrachtete allerdings nur den Mare, der weiterhin verzweifelt an seinen Fesseln zerrte.

Langsam trat der Hohepriester vor und reihte sich zwischen die anderen Männer ein, die ebenfalls Position bezogen. Sie stellten sich kreisförmig um den Mare auf, der nun hektisch um sich sah und seine Angst nicht mehr verbergen konnte.

»Lasst mich frei! Lasst mich gehen! Ich bringe euch alle um, wenn ihr mir zu nahe kommt«, drohte er panisch.

Die Priester achteten nicht auf seine Worte, streckten die Arme gen Himmel, schlossen die Augen und setzten zu einem eigentümlichen Gesang an. Schon in der Kapelle hatten sie einen ähnlich tiefen Singsang hören lassen, dennoch klang das hier ganz anders. Es war bedrohlicher, befremdlicher und vor allem spürte ich, dass die Stimmen etwas auslösten. Sie setzten Magie ein, was nur bedeuten konnte, dass die Priester zuvor das Wasser des Lebens für sich genutzt hatten, damit sie überhaupt in der Lage waren, diese Zeremonie durchzuführen.

Die Symbole im Gras begannen zu leuchten. Ihr rotes Strahlen breitete sich über den ganzen Platz aus und tastete sich langsam zu dem gefesselten Mare vor, der seine Bemühungen mittlerweile eingestellt hatte und wie erstarrt auf das Glühen blickte, das immer näher rückte. Als ihn die ersten Strahlen erreichten, riss er den Kopf in die Höhe und schrie. Er brüllte gellend und so ohrenbetäubend, dass selbst ich seinen Schmerz spüren konnte.

Die Priester wiederholten ihren Gesang zwei weitere Male. Während jeder Runde konnte man sehen, wie der Mare schwächer wurde. Schweißperlen standen ihm auf der Stirn und seine Beine zitterten. Noch immer versuchte er, sich mit aller Kraft aufrechtzuhalten. Es war ein harter Kampf, den er am Ende verlor. Er sackte zusammen und blieb regungslos auf dem Boden liegen, wo das rote Licht über ihn kroch und in seinen Körper drang. Es war befremdlich und entsetzlich zugleich, mitanzusehen, wie der Mare unkontrolliert zu zucken begann und Schaum aus seinem Mund trat.

Erst jetzt verstummte der Gesang, und die Priester verließen den Kreis. Schweigend wandten sie sich der Höhle zu und verließen den Platz.

»Den Rest macht nun die Magie«, erklärte der Hohepriester. »Es dauert etwas, bis seine Kraft entnommen und an unsere Welt zurückgegeben ist.«

Er ging voraus, und ich sah ein letztes Mal zu dem zuckenden Wesen, aus dem langsam das Leben floss. Der Anblick war schrecklich, auch wenn ich wusste, dass es richtig war. Die Mare waren unsere Feinde, sie zerstörten unsere Welt. Ihre Magie gehörte dem Nebel, damit dieser weiterhin aufrechterhalten werden konnte. Es war ebenso richtig, wie es schrecklich war.

Ich folgte dem Hohepriester, und auch die beiden königlichen Wächter gingen mit uns in die Höhle und stellten sich dort schützend an den Eingang, um den Mare zu bewachen, bis das Ritual vollendet war. Ich wagte einen letzten Blick hinter mich. Irgendwie fühlte ich mich schuldig dafür, dass ich froh war, diesen Ort verlassen zu dürfen. Einen Ort, an dem Gutes und Schreckliches zugleich geschah.

21

Direkt nach dem Frühstück am nächsten Tag hatte mich der Hohepriester erneut zu dem Platz hinter der Höhle geführt. Die Wachen hatten noch immer an Ort und Stelle gestanden. Als wir in ihr Blickfeld getreten waren, hatten sie nur kurz genickt und den Weg freigegeben.

Obwohl ich geahnt hatte, was mich erwarten würde, war ich vom Anblick doch überrascht gewesen. An dem Pfahl hatten nur noch die Seelenstricke gehangen – von dem Mare hingegen hatte jede Spur gefehlt. Er war von dem roten Licht geläutert und seine Magie an unsere Welt übergeben worden.

Die Gänsehaut, die bei diesem Bild über meine Arme gekrochen war, spürte ich selbst jetzt noch. Der Körper des Mares hatte sich in nichts aufgelöst, aber etwas von ihm war geblieben. Beinahe hatte ich ihn um mich herum spüren können. In der Luft, im Stein … Seine Magie war weiterhin um uns und würde unserer Welt wertvolle Dienste erweisen.

Der Besuch in der Höhle lag nun Stunden zurück. Mittlerweile war ich wieder in dem Saal, wo die Priester sich um die Bittsteller kümmerten. Heute dauerte es eine halbe Ewigkeit, bis der Priester Magie, Arzneien und gute Worte an die Bedürftigen verteilt hatte. Ich hatte so schlecht geschlafen, dass mir immer wieder die Augen zufielen und ich mich strecken musste, um wieder zu mir zu kommen. Es war wirklich kein guter Tag. Vielleicht setzte mir die Zeremonie mit dem Mare zu. Es war nicht einfach gewesen, das mitanzusehen, auch wenn ich wusste, wie wichtig dieser Dienst für unsere Welt war.

Ich fühlte mich wie gerädert und konnte mich kaum auf etwas konzentrieren. Keine guten Voraussetzungen, wenn man bedachte, dass ich heute dem Hohepriester erneut gegenübertreten musste – heute würde er meine Entscheidung erwarten. Die stand für mich längst fest, aber ich musste genau darauf achten, wie ich es ihm mitteilte. Kurz ließ ich den Gedanken zu, dass ich heute Abend vielleicht schon wieder bei meiner Familie sein würde. Sofort spürte ich die Sehnsucht nach meinem Zuhause, nach Ruhe und Geborgenheit, nach einem friedlichen Leben.

Automatisch wanderte meine Hand zu dem Kristall. Dieser Wunsch würde sich wohl nur erfüllen, wenn ich den Stein behalten durfte – und daran glaubte ich nicht so recht. Er war ein perfektes Druckmittel, das der Hohepriester sicher nicht so schnell aus der Hand geben würde.

Die Zeremonie schien kein Ende zu finden, und bei der Menge an Bittstellern, die noch dastanden, befürchtete ich, dass es sich noch eine ganze Weile hinziehen würde. Ich streckte mich müde und sah aus den Augenwinkeln, wie sich der Hohepriester näherte. Das konnte nichts Gutes bedeuten.

»Du wirkst ein wenig erschöpft«, stellte er fest.

Ich nickte vage. »Ich habe schlecht geschlafen.«

»Das tut mir leid. Du hast natürlich auch viele neue Eindrücke erlebt, so etwas kostet Kraft. Dennoch sollten wir die Gunst der Stunde nutzen und uns unterhalten. Ich denke, mittlerweile konntest du dir ein Bild von uns machen und unsere Arbeit kennenlernen. Du weißt, dass wir dir vieles bieten können.«

Sein Blick wanderte unübersehbar zu der Kette mit dem roten Kristall, und ich musste mich zusammennehmen, um nicht danach zu greifen. Ein klammes Gefühl überkam mich allein beim Gedanken daran, dass er mir den Kristall wieder abnehmen könnte.

»Ich hoffe, du hast dich entschieden«, fuhr er fort.

Ich spürte, wie eine Kälte sich von meinem Magen aus in meinem Körper ausbreitete. Sie floss durch meine Knochen, meine Muskeln, meine Adern. Sie war überall und ließ mich zittern. Sie wanderte höher, stieg in meinen Kopf und schien dort jeden Gedanken in Eis zu verwandeln. Plötzlich konnte ich kaum mehr denken, mein Kopf fühlte sich an, als würde er jeden Moment explodieren. Es tat entsetzlich weh und alles drehte sich.

»Ich muss … ich glaube, ich brauche einen kurzen Augenblick«, brachte ich schleppend hervor und hörte selbst, wie angespannt meine Stimme klang.

»Alles in Ordnung mit dir?«, hakte der Hohepriester besorgt nach.

Ich brachte irgendwie ein Nicken zustande und schleppte mich davon. »Nur … nur sehr heftige Kopfschmerzen.«

Das entsprach nicht mal ansatzweise der Wahrheit, schien mir aber im Moment die beste Antwort zu sein. Ich hatte ja selbst keine Ahnung, was gerade in mir vorging. Aber irgendetwas stimmte nicht. Noch nie in meinem Leben hatte ich mich so gefühlt. Es war, als würde ich innerlich zu Eis gefrieren.

Ich stolperte den Flur entlang, während das Bild vor meinen Augen immer wieder unscharf wurde oder zur Seite kippte. Ich hatte das Gefühl, jeden Moment zusammenzubrechen, aber ich wollte es wenigstens bis in mein Zimmer schaffen. Mein Herz donnerte in meiner Brust wie dumpfe Hammerschläge, während dieses eisige Gefühl immer stärker wurde. Ich zitterte am ganzen Leib und konnte kaum mehr etwas sehen. Alles schwankte und drehte sich. Ich wischte mir mit zitternden Händen den Schweiß von der Stirn, als ich von einer Kältewelle überrollt und hinweggerissen wurde, deren scharfe Spitzen in mein Bewusstsein stießen.

Hör mir jetzt genau zu! Wir haben keine Zeit zu verlieren. Du hast keine Ahnung, welch Anstrengung es mich gekostet hat, dem Wasser des Lebens ein wenig Magie zu entnehmen, als du weggetreten warst, damit ich diesen Kristall lahmlegen kann. Es wird sicher nicht lange dauern, bis er die Verbindung zwischen uns wieder durchtrennt. Von daher, pass jetzt gut auf!

Wraiths Stimme klang undeutlicher als sonst. Sie war verwaschen, als käme sie von sehr weit her. Dennoch vernahm ich ihn deutlich, und genau das sollte eigentlich nicht möglich sein. Hatte er es wirklich geschafft, sich gegen die Kraft des roten Kristalls zu stemmen? Ich war wütend und verzweifelt. Da hatte ich geglaubt, endlich eine Lösung für mein Problem gefunden zu haben, und nun war er doch wieder da. Einfach so. Obwohl auch er verzweifelt klang. Wenn auch nur ein Fünkchen Wahrheit in seinen Worten steckte, dann hatte es ihn einiges an Kraft gekostet, zu mir durchzudringen.

Da sich noch immer alles drehte, hielt ich mich mit zitternden Händen an der Wand fest und murmelte: »Verschwinde endlich! Hast du mich nicht schon genug in den Wahnsinn getrieben? Lass mich einfach in Frieden.«

Hörst du mir eigentlich zu?! Hast du auch nur ein Wort von dem verstanden, was ich dir gerade zu sagen versucht habe? Dieser Priester treibt ein falsches Spiel mit dir, verstehst du das? Der Kristall, den er dir als Rettung verkauft, wird dein Untergang sein. Er will dich ausschalten, damit er mich bekommt. Kapierst du das? Ein Mare, der eine Verbindung mit einem anderen Wesen eingegangen ist, ist unfassbar stark. Das weiß der Priester, und genau diese Macht will er für sich nutzen. Der Kristall sorgt dafür, dass alles, was dich ausmacht, vernichtet wird. Dein Wesen, dein Selbst wird zerstört, und am Ende bleibe nur ich in deinem Körper zurück. Und ich werde mächtig sein, denn all deine Lebenskraft, all das, was dich am Leben gehalten hat, ist dann auf mich übergegangen.

Wraith sprach unglaublich hektisch. Es war ihm deutlich anzuhören, dass er in Eile war. Aber konnten seine Worte wirklich der Wahrheit entsprechen? Ich spürte, wie sich mein Puls beschleunigte und etwas Heißes das Eis in mir langsam zum Schmelzen brachte. War es Wut? War es Hass? Wie konnte Wraith nur so weit gehen? Wie konnte er eine derartige Geschichte erfinden, bloß um mich zu manipulieren und seinen Hintern zu retten? Ich konnte verstehen, dass er nicht weiter unterdrückt werden und aus dem Schattendasein in mir ausbrechen wollte. Aber er hatte mir keine andere Wahl gelassen. Diese Geschichten nun zu hören, diese Lügen, mit denen er mich in Panik zu versetzen versuchte – es war das Letzte!

»Wie kannst du glauben, dass ich so dämlich bin und dir das abkaufe? Ein Kristall, der meine Seele von innen heraus tötet und meine Lebenskraft auf dich überträgt? Hältst du mich für so dumm, dass ich dir das abnehme? Warum sollte der Hohepriester das tun? Was nützt es ihm, dich an seiner Seite zu haben?«

Ich lachte abfällig. Ein Mare brachte ihm nichts. Es war, wie der Hohepriester gesagt hatte: Ich konnte ihm helfen. Wenn ich mich zum Glauben bekannte, konnte ich zu einem Symbol werden. Genau das war es, wovor sich der König fürchtete.

Meine Güte, Alexis, sei nicht so verdammt stur! Denk an die Kopfschmerzen, die du ständig hattest. Diese bleierne Erschöpfung. So fühlst du dich doch sonst nicht – erst recht nicht tagelang. Woher kommt das wohl? Was passiert mit dir? Du stirbst, Kleine! Dein Bewusstsein verschwindet langsam und macht Platz für mich. Du musst doch bemerkt haben, dass du nicht immer bei dir warst oder an einem anderen Ort zu dir gekommen bist. Da war dein Verstand komplett ausgeschaltet, und ich war an der Oberfläche, kapierst du das?

Nein, ich verstand es nicht. Oder besser gesagt, ich wollte es nicht verstehen. War es möglich? Hatte Wraith wirklich recht? Mir fielen gleich mehrere Situationen ein, die mir jetzt tatsächlich seltsam erschienen. Als ich diese starken Kopfschmerzen gehabt hatte, war ich plötzlich in meinem Bett aufgewacht. Oder auch vorhin, als die Priester die Almosen verteilt hatten. Ich hatte immer wieder das Gefühl gehabt, kurz eingenickt zu sein.

Was war mit mir passiert? Verzweifelt strich ich mir mit den Händen übers Gesicht. Ich hatte keine Ahnung, was der Wahrheit entsprach und was eine Lüge war. Was sollte ich glauben? Wem vertrauen?

Meine Güte, Alexis! Wir haben keine Zeit mehr. Meine Magie ist gleich aufgebraucht, dann habe ich nichts mehr, womit ich mich gegen den Kristall stellen könnte. Er wird die Verbindung zwischen uns wieder trennen und ich ende als Sklave des Priesters. Ich habe allerdings nicht vor, mich von ihm benutzen zu lassen, darum brauche ich dich. Nimm endlich die Kette ab. Los, tu es! Ich kann es nicht. Wenn ich den Körper kontrolliere, dann mit meinem Bewusstsein, mit meiner Kraft, und die ist noch immer die eines Mares. Und als Mare kann ich den Stein nicht ablegen.

Ich schüttelte kraftlos den Kopf, während meine Finger zu dem Kristall wanderten. War das nur ein Trick? Versuchte er wirklich, mich zu manipulieren? Ich fürchtete mich davor, dass es nicht so war, denn wenn er tatsächlich die Wahrheit sagte …

Fuck, Alexis!, brüllte Wraith. *Dann bleibt mir wohl nichts anderes übrig. Hoffentlich erkennst du, wenn du diese Erinnerung gesehen hast, dass du mir glauben musst. Das ist unsere letzte Chance.*

22

Ich befand mich wieder in dem Raum mit der hohen Decke und den herrlichen Fenstern. Bittsteller standen in einer Reihe und warteten darauf, dass sie dran waren. Ich hatte keine Ahnung, wie ich hierhergekommen war, aber ich bemerkte, dass ich einen Korb im Arm trug. Sofort überkam mich das Gefühl eines Déjà-vus. Hatte ich nicht schon einmal genauso hier gestanden, einen Korb gehalten und dem Priester assistiert?

Meine Hand strich müde über meine Stirn. Ich hatte schreckliche Kopfschmerzen und sie wurden immer schlimmer. Die Nacht war einfach viel zu kurz gewesen – auch wenn ich mich gar nicht so recht daran erinnern konnte. Ich spürte aber deutlich, wie erschöpft ich war.

»Fühlst du dich nicht gut?«, fragte der Priester, dem ich assistierte.

Ich schüttelte den Kopf, doch das änderte nichts an seinem sorgenvollen Blick. »Vielleicht solltest du dich ausruhen«, schlug er vor.

Im ersten Moment wollte ich verneinen, aber stattdessen nickte ich. Vielleicht war es doch besser, wenn ich mich hinlegte. Nur einen Moment. Nur einen kurzen Augenblick …

Und plötzlich fielen mir die Lider zu. Es geschah wie von selbst. Alles wurde dunkel um mich herum und ich verschwand, verlor mich im Nichts und hatte keine Ahnung mehr, wo ich war.

»Alles in Ordnung?«, hörte ich erneut die Stimme des Priesters.

Da spürte ich plötzlich wieder etwas, aber es fühlte sich vollkommen anders an. Meine Haltung veränderte sich, wurde aufrechter, meine Beine stellten sich breiter auseinander, wie ich es für gewöhnlich nie tat. Meine Arme verschränkten sich vor meiner Brust, während sich meine Lippen zu einem eisigen Grinsen kräuselten. Und dann öffneten sich meine Augen. Ich sah den Priester vor mir, der mich irritiert ansah, und als Nächstes hörte ich eine Stimme. Meine Stimme – und dennoch klang sie vollkommen anders. Das Tempo war sehr viel schneller, die Wörter waren anders betont und niemals sprach ich mit solch einer Verachtung. Ich spürte, wie die Worte in mir nachklangen, die ich gerade über meine Lippen brachte.

»Was genau führt ihr eigentlich im Schilde? Mir ist natürlich klar, dass ihr versucht, die Verbindung zwischen der Kleinen und mir zu trennen. Ich spüre, wie sie schwächer wird und ich stärker. Ein seltsamer Zug von einem Geistlichen, der sich dem Guten verschrieben hat, oder nicht?«

»Vielleicht kann ich deine Fragen klären.«

Der Hohepriester trat auf mich oder besser gesagt auf Wraith zu, legte ihm freundschaftlich die Hand auf die Schulter und dirigierte uns von den anderen weg. Wir verließen die Halle und gingen in einen Nebenraum, der klein war und in dem jede Menge Körbe und Kräuter gelagert wurden. Alles Dinge, die sie für die Bedürftigen brauchten.

Der Hohepriester lehnte sich an einen Tisch und betrachtete Wraith ausgiebig. »Es freut mich, dich kennenzulernen, und vor allem, dass wir mal ganz in Ruhe plaudern können. Es ist schön, zu sehen, dass es nicht lange gedauert hat, dich an die Oberfläche zu holen. Nun, in nächster Zeit wird es immer häufiger passieren und du wirst länger die Oberhand haben, bis … ja, bis Alexis DeWinter vollkommen verschwunden ist.«

Meine Stirn legte sich in Falten und ich starrte den Hohepriester misstrauisch an. »Was soll das?«, fragte Wraith mit meiner Stimme.

»Ist das nicht offensichtlich? Du weißt selbst, über welche Macht Mare verfügen, wenn sie in den Körper eines anderen Wesens übergehen und sich diesen teilen. Nicht umsonst macht ihr genau das. Natürlich ist dir auch bewusst, wie viel stärker ihr seid, wenn ihr den Wirt ausschaltet und tötet.« Ein eisiger Glanz glühte in den Augen des Hohepriesters, der nun jegliche Freundlichkeit abstreifte und sein wahres, gnadenloses Wesen zeigte. »Ich habe dir ein wenig unter die Arme gegriffen, indem ich Alexis den Kristall gegeben habe. Er sorgt einerseits dafür, dass die Verbindung zwischen euch schwächer wird – das braucht es auch, wenn die Kleine sterben soll. Wir wollen ja nicht riskieren, dass du bei dem Prozess Schaden nimmst. Und andererseits überträgt er dir Alexis' Lebenskraft. Du hast sicher bemerkt, dass deine Kräfte allmählich zunehmen. Nun, das alles hast du mir zu verdanken.«

Er deutete eine leichte Verbeugung an, die wie blanker Hohn in meinen Augen wirkte. Das konnte nicht wahr sein. Der Kerl wollte mich tatsächlich ans Messer liefern. Nein, das war noch viel zu milde ausgedrückt: Sein einziges Ziel war mein Tod, und dafür hatte er sich einen kranken Plan zurechtgelegt.

Wraith schnaubte abfällig und blickte den Hohepriester mit herablassender Miene an. »Ein Dankeschön bekommst du an der Stelle sicher nicht von mir. Du machst das wohl kaum, weil du hoffst, in mir einen besonders netten Kerl zu treffen, mit dem du einen kleinen Kaffeeplausch halten kannst. Also, rück mit der Sprache raus: Was hast du vor?«

Mir entging nicht, dass er den Hohepriester duzte, was wohl zeigte, dass der Mann jegliche Würde in Wraiths Augen verloren hatte.

»Ist das nicht offensichtlich?«, hakte der Hohepriester nach und breitete huldvoll die Arme aus. »Ich möchte die Ordnung wiederherstellen. In unserer Welt läuft so einiges schief. Der

Glauben rückt immer weiter in den Hintergrund und verliert an Bedeutung. Und das liegt vor allem am Königshaus, das sich insgeheim über die Institution der Kirche stellt, und ich sage dir: Das tut niemand! Auch kein König! Man will auf keinen meiner Vorschläge eingehen. Ständig muss ich wie ein Bittsteller vor den König treten und ihm meine Belange vortragen. Dabei sollte es genau umgekehrt sein. Er braucht die Kirche. Aber das sieht er nicht. Er glaubt, er wäre allein an der Macht und stünde über allem. Aber das tut er nicht. Er steht nicht über der Kirche und ganz sicher nicht über mir.« Der Hohepriester war immer lauter geworden und redete sich regelrecht in Rage.

»Aha, nun begreife ich so langsam, woher der Wind weht«, erwiderte Wraith grinsend.

»Wie dem auch sei«, fuhr der Hohepriester fort, nachdem er sich wieder ein wenig beruhigt hatte. »Es wird Zeit, dass sich in unserer Welt etwas ändert. Der König tut uns nicht gut. Er und seine gesamte Familie müssen weg. Nur so kann sich etwas ändern. Nur dann ist Platz für etwas Neues, für eine neue Ordnung, in der die Kirche allein an oberster Stelle steht.« Er strich sich erschöpft durchs Gesicht. Das alles schien ihn sichtlich mitzunehmen. Doch als er Wraith wieder ansah, tauchte ein wissendes Grinsen auf seinen Lippen auf. »Und du wirst die Waffe sein, die es braucht, um das Alte auszulöschen. Wenn Alexis erst einmal weg ist, wirst du große Stärke gewonnen haben. Aber nicht nur das. Du wirst weiterhin wie sie aussehen. Es wird nicht viel Geschick brauchen. Die Königsfamilie kennt das Mädchen gut. Sie lassen Alexis in ihre Nähe. Es wird ein Leichtes sein, den König in ihrer Gestalt aus dem Weg zu räumen.«

Ich konnte nicht sagen, wie sehr mich diese Worte schockierten. Mir war klar gewesen, dass der Hohepriester einen Plan hatte, aber dass er derart durchtrieben war, machte mich fassungslos. Und vor allem bekam ich Angst. Ich hatte unendliche Angst um unsere Welt. Ich fürchtete mich davor, was dieser Wahnsinnige anstellen konnte, wenn er sich an die Spitze stellte. Und vor allem hatte ich Angst um Nate und seine Familie.

Auch wenn ich den König nicht mochte, wollte ich nicht, dass er getötet wurde – und das erst recht nicht von mir oder von jemandem, der meinen Körper übernommen hatte.

»Netter Plan«, verkündete Wraith. »Nun musst du mir nur sagen, warum ich dir dabei helfen sollte. Was habe ich davon?«

Der Hohepriester ging ein paar Schritte durch den kleinen Raum, verschränkte die Arme vor der Brust und blickte Wraith mit einem Ausdruck an, der fast an Wahnsinn grenzte. »Du bist Alexis los und hast ihren Körper komplett für dich allein. Außerdem wirst du ziemlich stark sein. Das sollte doch Anreiz genug sein, findest du nicht?«

Wraith schüttelte den Kopf. »Ich soll einen Königsmord begehen, der dich und deine kleine Priesterschar an die Spitze dieser Welt katapultiert. Ich denke, da sollte doch mehr drin sein.« Er lächelte kühl und zog den Mundwinkel dabei hoch, sodass meine Zähne gut zu sehen waren. Es hatte etwas Bedrohliches. »Ich muss allerdings einräumen, dass ich kein gutes Gefühl habe, mit jemandem wie dir zusammenzuarbeiten. Du manipulierst und betrügst recht viel. Nicht, dass ich etwas dagegen hätte. Man muss immer einen Plan haben – genauso handele ich auch. Aber aus diesem Grund weiß ich nur zu gut, dass man solch einer Person nicht trauen sollte. Du kannst es mir also nicht übel nehmen, wenn ich lieber meiner eigenen Wege gehe und dich die Sache mit dem König selbst regeln lasse. Ihr werdet schon einen Weg finden, euch gegenseitig an die Gurgel zu gehen. Dafür brauchst du mich nicht.«

Wraith ging einfach los und marschierte am Hohepriester vorbei. Offenbar hatte er alles gesagt und die Sache war für ihn erledigt. Kurz bevor er an der Tür ankam, wandte sich der Hohepriester aber noch einmal an ihn.

»Tja, es ist nur so, dass du im Grunde gar keine andere Wahl hast. Ich habe dich in der Hand«, sagte er mit einer Stimme, die schärfer als spitzes Glas war.

Ein eisiges Lächeln breitete sich in seiner Miene aus, er streckte die Hand aus und ballte die Faust. Der Schmerz, der durch mich fuhr, riss an jeder Nervenfaser, an jeder Sehne, an jedem Muskel in mir und drohte, mich zu zerreißen. Die Qual schraubte sich nach oben, immer höher und höher, bis ich glaubte, die Besinnung zu verlieren. Wraith schrie mit meiner Stimme. Sie war schrill und so voller Leid, wie ich sie zum Glück noch nie hatte hören müssen.

Kraftlos sackte mein Körper zusammen und fiel zu Boden, wo ich mich wand und zuckte, als würde ein Blitz durch meinen Leib jagen. Meine Augen waren zusammengekniffen, ich konnte nichts mehr sehen – nur spüren, und das war die absolute Hölle. Doch genauso schnell, wie der Schmerz gekommen war, endete er plötzlich.

»Ich hoffe, das war Demonstration genug«, verkündete der Hohepriester und trat neben meinen gekrümmten Leib, der weiterhin am Boden lag. Langsam beugte er sich zu mir hinab, griff nach meinem Oberteil und zog mich zu sich heran. Mit einem Blick, der vollkommen krank war, blitzte er mich an. »Du gehörst mir, Mare. Ich hoffe, das hast du begriffen. Auch wenn du kein Traumgeist mehr bist, bist du dennoch anders als der Rest von uns, die in den Traumlanden leben. Genau darum kannst du den Kristall nicht entfernen.«

Zitternd und unter größter Anstrengung hob ich den Arm. Es gelang mir nur langsam, meine Finger in die Nähe des Anhängers zu bringen, um das Schmuckstück von meinem Hals zu reißen. Doch bevor ich es berührt hatte, schoss eine Schmerzenswelle durch mich hindurch, und eine unsichtbare Kraft drückte meine Hand von dem Anhänger fort. Es ging nicht. Ich konnte den Kristall nicht berühren. Entsetzt sah ich zum Hohepriester, auf dessen Lippen ein grässliches Lächeln erschien.

»Hinzu kommt die besondere Eigenschaft, die wir ihm verliehen haben und die du gerade kennenlernen durftest. Der Stein ist mit meinem Willen verbunden, und wenn ich darauf bestehe, dann wird er sich gegen dich wenden, um dir unfassbare Qualen zu bereiten. Verärgere mich also besser nicht, Mare. Das würde übel für dich ausgehen.« Damit stieß er mich zurück auf den Boden, erhob sich und klopfte sich den Staub von der Kutte. »Noch bevor die Frist abgelaufen ist, wird Alexis vollkommen ausgelöscht sein und ihr Körper gehört dir. Dann werden wir gemeinsam Großes vollbringen. Ich kann es kaum erwarten.«

Mit diesen Worten ließ er Wraith liegen, der noch immer am ganzen Leib zitterte, es aber immerhin schaffte, den Kopf zu heben und dem Hohepriester einen finsteren Blick hinterherzuwerfen.

Mit diesem Bild in meinem Kopf kam ich zu mir. Ich fand mich im Flur wieder, wo ich mich an einer Wand abstützte und hektisch atmete. Meine Augen waren weit aufgerissen, und noch immer spürte ich den Schmerz, der in Wraiths Erinnerung durch meinen Körper geflossen war. Was ich da gesehen hatte, was ich gerade miterlebt hatte, war grauenhaft gewesen und erschütterte mich bis in meine Grundfeste. Es durfte nicht wahr sein! Es konnte nicht sein, dass ich erneut derart manipuliert worden war. Diese Erinnerung war schrecklicher als alles, was der Kerl mir während meiner Gefangenschaft angetan hatte.

Ich lauschte in mich, konnte Wraith aber nicht mehr hören. Der Kristall schwächte unsere Verbindung und drängte ihn zurück – zumindest sollte es so für mich aussehen. Ich legte meine Hand auf den roten Stein und spürte die glatte Oberfläche. Vielleicht war die Erinnerung nicht real? Möglicherweise war all das, was ich gesehen hatte, ein Versuch von Wraith, seine Freiheit zurückzuerlangen. Doch im Grunde kannte ich die Wahrheit. Ich wusste, dass er nicht gelogen hatte. Mit einem kräftigen Ruck riss ich den Kristall von meinem Hals.

23

Das wurde aber auch Zeit. Ich dachte schon, du schnallst es gar nicht mehr, meldete sich Wraith zu Wort, kaum dass ich die Kette von mir geworfen hatte.

»Ich habe dich auch unheimlich vermisst«, erwiderte ich in ironischem Tonfall.

Es war ein seltsames Gefühl, seine Stimme wieder zu hören. Einerseits war sie mir mittlerweile sehr vertraut – eine Tatsache, die mir gar nicht recht war. Andererseits sehnte ich mich bereits jetzt nach der Stille zurück. Fortan war ich nicht mehr allein und hatte leider keine Ahnung, ob ich es überhaupt je wieder sein würde.

Los, komm schon! Wir müssen hier schleunigst weg. Der Hohepriester ist nicht dumm und wird früher oder später nach dir sehen.

Das war mir durchaus bewusst. »Und du glaubst, dass wir einfach rausspazieren können?«, flüsterte ich.

Besser als rumzustehen ist es allemal, erwiderte der Mare.

Ich schüttelte genervt den Kopf, ging dann aber los und versuchte, möglichst nicht zu rennen. Wenn ich jemandem über den Weg laufen sollte, war es sicher besser, wenn ich normal wirkte und nicht wie auf der Flucht. Ich redete mir einfach ein, ich würde auf mein Zimmer gehen oder vielleicht in den Garten, um dort zu helfen. Die Vorstellung half, um meinen Puls zu beruhigen.

Als mir zwei Priester entgegenkamen, senkte ich hastig den Kopf und setzte langsam meinen Weg fort. Mein Herz hämmerte mir so heftig gegen die Rippen, dass ich mir sicher war, die beiden würden meine Anspannung spüren. Offenbar war dem aber nicht so, denn sie beachteten mich gar nicht und gingen weiter ihres Weges. Als ich um die nächste Ecke bog, schaute ich mich mehrfach um, doch allem Anschein nach war ich allein. Also lief ich los, um die letzten Meter zu überbrücken. Immer wieder schaute ich mich nach einem Weg um, der mich in die Freiheit führen konnte. Es musste doch einen Ausweg geben.

Nachdem ich durch endlose Flure gestreift und mir jede Ecke, jedes Fenster angesehen hatte, landete ich schließlich vor der großen Doppelflügeltür.

Ich habe so meine Zweifel, dass das klappen wird, meinte Wraith.

Natürlich hatte er recht. Aber was blieb mir sonst für eine Wahl? Konnte ich es mit den Wachen aufnehmen, die dort draußen warteten? Hatte ich eine Chance, es in den Wald und durch die Höhle zu schaffen, um diesem Ort zu entfliehen? Ich würde es wohl gleich herausfinden.

Ich zog an dem eisernen Ring und machte mich bereit, mehreren schwer bewaffneten Männern gegenüberzutreten. Allerdings kam es gar nicht so weit. Das Tor ließ sich keinen Millimeter bewegen.

Es ist verschlossen, stellte ich fest und ließ den Ring wieder los.

Meine Gedanken rasten. Was sollte ich tun? Wie kam ich hier raus? Die Sakristei war gut abgeriegelt, um das gesamte Grundstück war eine hohe Steinmauer gezogen. Niemals würde ich es darüber schaffen.

Allerdings sah es auch nicht so aus, als würde ich diese Tür öffnen können. Ich berührte vorsichtig das kühle Holz und besah es mir genau. Die Eisenbeschläge waren dick und stark, es würde nicht leicht werden, dort hindurchzukommen.

Wir werden Magie brauchen, meinte Wraith. *Anders wird es nicht funktionieren.*

Mir war klar, dass er recht hatte. Doch leider waren meine Reserven erschöpft. Wraith schien alles aufgebraucht zu haben, um sich gegen den Kristall zu wehren und zu mir durchzudringen.

Ja, wir werden einiges brauchen. Zum Glück wissen wir, wo wir Magie finden können.

Das kann nicht dein Ernst sein!, stieß ich in Gedanken aus. Er wollte nicht wirklich zu der Schale mit dem Wasser des Lebens und noch einmal Magie daraus ziehen?! Wie sollte das funktionieren? Immerhin war der Raum voller Priester und Bittsteller. Das Podest mit der Schale stand im Fokus aller Anwesenden.

»Da stelle ich es mir einfacher vor, das Kopfkissen des Hohepriesters zu stehlen, während er darauf ein Nickerchen hält«, meinte ich..

Netter Einfall, das hätte diesen Aufenthalt sicher etwas reizvoller gemacht. Aber ich gebe mich gerne erst mal mit der Magie aus dem Wasser zufrieden, erklärte Wraith.

Wir können unmöglich in den Saal platzen und vor aller Augen Magie aus dem Wasser holen, wendete ich ein.

Warum nicht? Ich habe es beim letzten Mal genau so gemacht und es hat geklappt. Gut, wir brauchen diesmal mehr Magie, aber dennoch. Wichtig ist nur, dass wir uns beeilen. Wenn mich mein Zeitgefühl nicht völlig im Stich lässt, dürfte die Zeremonie noch nicht zu Ende sein. Wir hätten also eine Chance.

Ich hielt das alles für absoluten Wahnsinn. Allein die Vorstellung, in die Halle zu treten, die voller Leute war, und Magie zu stehlen … Das konnte doch nicht gut gehen.

Was ist die Alternative?, wollte Wraith wissen.

Er traf damit einen wunden Punkt. Ich konnte unmöglich hierbleiben. Der Hohepriester rechnete damit, dass ich nicht mehr existierte, und würde wenig erfreut sein, etwas anderes festzustellen.

Du willst doch nicht für immer hierbleiben, oder?, hakte er nach.

Ich grummelte. Uns blieb nicht mehr viel Zeit.

»Das ist die dümmste Idee aller Zeiten«, murmelte ich vor mich hin und ging los.

Dieses Mal hetzte ich deutlich schneller durch die hohen Gänge und hoffte inständig, dass wir rechtzeitig ankamen.

Wie soll das überhaupt ablaufen?, wollte ich von Wraith wissen, während ich nach rechts abbog. *Was muss ich machen?*

Du musst gar nicht viel tun. Stell dich einfach so dicht wie möglich an das Becken. Wir müssen die Priester gut im Blick behalten, und wenn keiner auf uns achtet, berührst du mit deiner Hand das Wasser. Ein Finger genügt schon. Ich brauche gar nicht viel Kontakt. Den Rest erledige ich.

Ich war mir nicht sicher, ob ich Wraith so viel Spielraum einräumen wollte. Immerhin hatte ich keine Ahnung, was er vorhatte oder wie er die Magie aus dem Wasser nehmen wollte. Allerdings war es wohl auch nicht wichtig, eine genaue Instruktion von Wraith zu erhalten – immerhin war es an ihm, die Kraft zu absorbieren. Ich war dazu nicht in der Lage, er musste das tun. Es war wohl eher dieser Punkt, der mir nicht gefiel: Ich war auf den Mare angewiesen. Allerdings stand außer Frage, dass er mindestens so sehr wie ich von hier verschwinden wollte. Von daher hoffte ich, dass er mich nicht hintergehen würde.

In meinem Inneren seufzte er. *Ernsthaft? Du traust mir noch immer nicht, und das obwohl ich dir gerade den Hintern gerettet habe? Was wäre bitte schön aus dir geworden, wenn ich es nicht geschafft hätte, mich gegen den Kristall zu stemmen?*

Wir wussten wohl beide, dass es dann nicht mehr lange gedauert hätte, bis ich gestorben wäre. In dem Punkt war ich ihm also wirklich etwas schuldig.

Versuch einfach, ruhig zu bleiben und dir nichts anmerken zu lassen. Sag den Leuten, dass es dir wieder besser geht und du der Zeremonie gerne bis zum Ende beiwohnen würdest. Es wird schon keiner sagen, dass du gehen sollst.

Und was, wenn der Hohepriester dort ist?, hakte ich nach.

Auch ihm sagst du nichts anderes. Dir geht es gerade besser und du würdest den Priestern gerne bei ihrer Arbeit zusehen. Tu so, als würdest du dich etwas schwach fühlen, dich aber an die Forderungen des Hohepriesters halten und am Alltag hier teilhaben wollen. Schmier ihm ein bisschen Honig ums Maul, von wegen, dass du es so beeindruckend findest, wie sie sich um die Ärmsten kümmern, und dass du dir solch eine Aufgabe auch für dich sehr gut vorstellen könntest. Wirf ihm ruhig einen kleinen Happen zu, damit er denkt, du würdest sein Angebot doch annehmen.

Dieser Kerl war wirklich so was von manipulativ. Aber in diesem Fall sollte ich wohl wirklich alles versuchen, um Zeit zu schinden und den Hohepriester bei Laune zu halten.

Wenn das mal gut geht, erwiderte ich, als ich vor dem Raum angekommen war. Ich atmete noch mal tief durch und ließ dann keine Sekunde mehr verstreichen. Mit festen Schritten ging ich hinein und stellte erleichtert fest, dass die Prozedur noch nicht beendet war. Allerdings waren nicht mehr allzu viele Bittsteller in der Reihe. Ich zählte nur noch sechs. Ich musste mich also wirklich beeilen.

Ich ging auf den Priester zu, der am Becken stand, und fragte höflich: »Mir geht es wieder besser. Kann ich vielleicht helfen?« Ich setzte mein wärmstes und freundlichstes Lächeln auf und kam mir dabei so falsch vor, dass ich hoffte, der Kerl würde mich nicht mit einem einzigen Blick durchschauen.

Ich spürte, wie er mich mit herablassender Miene betrachtete, dann streckte er den Arm aus und reichte mir den Korb. Ich nahm ihn dankend entgegen, versuchte, mir nichts anmerken zu lassen, und stellte mich neben ihn.

Der nächste Bittsteller trat vor: ein Mann, der sich schwerfällig nach vorne schleppte und sein rechtes Bein nachzog. Er war noch nicht sonderlich alt, weshalb ich vermutete, dass er sich vor einiger Zeit eine Verletzung zugezogen hatte, die nicht gut verheilt war. Er trug ein ausgeleiertes Hemd, das voller Flecken und Löcher war. Die Hose hatte er sich mit einem Seil um die Hüfte gebunden, damit er sie nicht verlor. Er sah schlecht aus, sehr mager, und insgesamt schien er in einem bedenklichen Zustand zu sein.

Hör auf, die Bettler zu begutachten und ein Status-Update über deren Gesundheitszustand zu machen. Das spielt überhaupt keine Rolle. Sieh lieber zu, dass du näher an das Podest kommst, maulte Wraith.

Der Kerl kannte wirklich gar kein Mitgefühl und hatte nur sein eigenes Wohlbefinden im Kopf.

Ja, und genau so solltest du auch mal handeln. Ansonsten wird es keinen nächsten Tag mehr für dich geben, an dem du dir um so unnötige Dinge Gedanken machen kannst.

Ich biss die Zähne zusammen und schluckte einen Kommentar hinunter. Später konnte ich ihm noch immer meine Meinung geigen, dafür musste ich aber erst mal hier rauskommen.

Während der Priester vor mir den Bittsteller nach seinem Anliegen fragte, trat ich von einem Bein aufs andere, als würden sie mir vom Stehen wehtun, und machte einen kleinen Schritt zur Seite.

Wenn du in dem Tempo weitermachst, sind wir morgen früh noch nicht mal in der Nähe.

Halt die Klappe!, zischte ich ihn an und sehnte mich ein klein wenig nach dem Kristall zurück.

Ich tat noch einen Schritt und blickte zu dem Podest. Es waren vielleicht noch drei große Schritte – ich musste mich also ein wenig ranhalten. Doch während ich mich weiter umsah, wurde mir bewusst, dass niemand der Anwesenden mich wirklich im Blick hatte. Alle Augen waren auf den Priester vor mir gerichtet, der nun auf den Mann zuging, um ihm Magie zu schenken. Die Gelegenheit nutzte ich und machte noch einen großen Schritt.

Ja, gut so!, freute sich Wraith. *Ich hab doch gesagt, es wird klappen.*

In Jubel wollte ich noch nicht ausbrechen, dafür war es deutlich zu früh. Aber dennoch freute ich mich über diesen kleinen Erfolg.

»Ich gebe dir noch etwas Brot sowie einen Krug Wasser mit. Es ist wichtig, dass du wieder zu Kräften kommst«, sagte der Priester zu dem Bedürftigen und drehte sich nach hinten um.

Ich blickte schnell in meinen Korb, stellte aber fest, dass sich darin nur Arzneien befanden. Der Mann neben mir trat stattdessen vor und reichte dem Priester die gewünschten Sachen. Die Gelegenheit nutzte ich natürlich für einen weiteren Schritt.

»Du bist also zurück«, hörte ich eine Stimme, die mich aufhorchen und innerlich zu Eis gefrieren ließ. Der Hohepriester betrat den Saal und hatte mich natürlich sofort entdeckt. »Dir geht es wieder besser«, stellte er fest. »Ich hatte gehofft, du würdest gleich zu mir kommen, damit wir unser Gespräch fortsetzen können.« Forschend und voller Misstrauen sah er mich an.

Ich durfte mir jetzt keinen Fehler erlauben.

»Danke, ja ich fühle mich besser. Ich wusste nicht, dass es Ihnen so wichtig war, das Gespräch augenblicklich weiterzuführen«, sagte ich mit einem unschuldigen Lächeln auf den Lippen. »Außerdem wusste ich nicht, ob Sie nicht beschäftigt sind. Immerhin haben Sie als Oberhaupt dieser Kirche viel zu tun, da kann ich kaum erwarten, dass Sie auf mich warten, bis ich mich erholt habe. Darum dachte ich, ich komme hierher zurück und wohne dem Rest der Zeremonie bei. Ich finde es beeindruckend, wie die Kirche den Bedürftigen hilft, und hoffe, dass ich in Zukunft vielleicht ebenfalls etwas dazu beitragen kann, Sie alle zu unterstützen.« Ich hatte erstaunlich ruhig geklungen und hoffte, dass ich mich glaubwürdig genug angehört hatte, damit der Hohepriester keine Zweifel bekam.

Der ließ sich nichts anmerken, nickte schließlich und meinte: »Fahrt ruhig mit der Arbeit fort.«

Das tat der angesprochene Priester nun auch und verabschiedete den Mann mit dem verletzten Bein. Als Nächstes war eine Frau an der Reihe, die auf den ersten Blick nicht krank zu sein schien. Sie trat nach vorne und verkündete ihr Anliegen, doch ich hörte nur noch mit einem Ohr zu.

Mach schon!, wisperte Wraith. *Wir haben keine Zeit zu verlieren.*

Ich schielte zu dem Podest mit der Schale hinüber, aus der ich das sanfte Leuchten des Wassers erkennen konnte. Ich war so nah! So verdammt nah! Wraith hatte recht. Ich musste etwas unternehmen. Jetzt, wo der Hohepriester hier war, war das meine einzige Chance, und die musste ich endlich ergreifen.

Ich trat noch einmal von einem Bein aufs andere und ließ meinen linken Fuß ein ganz kleines Stück über den Steinboden gleiten. Es geschah absolut lautlos, und die Bewegung war so klein, so sanft, dass sie niemand hatte sehen können. Niemand! Und doch bellte plötzlich die Stimme des Hohepriesters durch den Raum und zerschnitt die Luft.

»Alexis, jetzt, wo ich dich so sehe, kann es sein, dass du die Kette mit dem Kristall nicht mehr trägst?«

Im ersten Moment hatte ich das Gefühl, dass sich die Stimme des Hohepriesters wie Eis um mich legte und alles in mir einfror. Es war, als würde sie an meinem Körper hinaufkriechen und dabei jeden Muskel ersterben lassen. Meine Nackenhärchen stellten sich auf, während sich mein Magen anfühlte, als hätte sich eine eiskalte Faust darin vergraben, um ihn gnadenlos in Stücke zu reißen.

Ich drehte den Kopf in die Richtung des Hohepriesters, der mir einen finsteren Blick zuwarf, in dem ich sofort erkannte, dass er Bescheid wusste. Dann rannte ich los und schlitterte gegen das Podest.

»Haltet sie auf!«, brüllte der Hohepriester, der bereits auf mich zukam. Die Priester liefen los, während Wraith in mir brüllte, als wollte er sich bis in meine Gehirnwindungen sprengen.

BEEIL DICH!

So schnell ich konnte, streckte ich die Hand aus und ließ sie über den Rand der Schale gleiten. Sie war kalt, doch ich spürte auch ein Prickeln, eigenartig und zugleich ziemlich anziehend. Da war so viel Magie, die direkt unter meinen Fingern pochte und mich zu rufen schien. Und ich wollte sie haben. Ich wollte sie besitzen. Unbedingt! Der Gedanke war so präsent, dass er alles andere verdrängte. Ich wollte sie, brauchte sie, und die Magie lag direkt vor mir. Zum Greifen nah. Und genau das tat ich.

Ich tauchte meine Finger in das Wasser, das sich kein bisschen flüssig anfühlte. Es war eher ein Gefühl von kühlem Samt, der sich weich und schwer um meine Haut schmiegte. Wraiths Lachen hallte durch meinen Kopf, wand sich meine Kehle hinauf und schallte durch meinen Mund. Es klang absolut wahnsinnig, und für einen kurzen Moment spürte ich Angst. Ich hatte die Kontrolle verloren.

24

Jetzt seid ihr fällig! Ihr alle!«, schrie ich und wusste sofort, als ich die Worte hörte, dass sie nicht von mir stammten. Meine Stimme klang verändert, dunkler, rauchiger, tiefer, aber vor allem wahnsinniger. Es war Wraith, der da aus mir sprach. Er hatte die Kontrolle, und es jagte mir eine Scheißangst ein. Aber ich konnte nichts dagegen tun. Ich stand einfach nur da, hielt noch immer die Hand in die Schale und sah dabei zu, wie sich unzählige nebelartige Fäden aus meinem Körper wanden. Rasend schnell zischten sie durch die Luft. Ein jeder von ihnen schien sein Ziel ganz genau zu kennen und hielt darauf zu.

Gnadenlos wickelten sie sich um die Priester, sogar den Bittstellern jagten sie nach und versuchten, sie zu fassen zu kriegen. Ich konnte nur tatenlos zusehen, wie sie einen nach dem anderen packten und sich um ihre Opfer wanden, sodass sie zu Boden stürzten. Vor allem die Priester versuchten, sich zu wehren – doch hatten wir einen entscheidenden Vorteil: Sie alle hatten ihre Magie abgegeben und waren somit im Grunde leichte Opfer. Nur der eine Priester, der die Bittsteller mit Magie versorgte, hatte mir etwas entgegenzusetzen. Er beschwor Feuerbälle, die er blitzschnell in meine Richtung warf. Doch einige meiner Nebelschnüre änderten sogleich die Richtung, vergrößerten sich, bis sie zu einer dichten Rauchwolke wurden, und verschluckten die brennenden Geschosse.

Die anderen Schnüre zogen sich immer fester zu, schnitten ihnen ins Fleisch, krochen hinauf, legten sich um die Hälse und Münder.

»Wraith, hör auf!«, schrie ich. »Sofort!«

Du bist viel zu weich. Denk daran, was sie dir angetan haben und was sie noch alles tun werden. Glaubst du, sie lassen dich ab jetzt einfach in Ruhe? Sie werden dich suchen, dich jagen und keinen Frieden geben, bis sie dich haben.

Der Hohepriester lag nur ein Stück von mir entfernt und blitzte mich trotz seiner misslichen Lage voller Hass an. Es war ihm anzusehen, dass er nicht aufgeben würde. Nicht solange er noch einen Atemzug in seinem Körper hatte.

Aber dennoch …

Ich bin keine Mörderin, sagte ich zu dem Mare in mir. *Genau darum werde ich das nicht zulassen.*

Sei nicht so dumm!

Du bist dumm! Was denkst du denn, was los ist, wenn herauskommt, dass ich eine Handvoll Priester und den Hohepriester auf dem Gewissen habe? Wir hätten kein Leben mehr. Keine Chance! Darum hör jetzt endlich auf!

Wraith knurrte laut, doch dann lockerte er die Rauchfäden, die um die Kehlen der Leute lagen, tatsächlich ein Stück, sodass sie wieder atmen konnten.

Wir sollten gehen, schlug ich vor, während ich an den Priestern vorbeilief, die weiterhin von den Nebelschnüren am Boden gehalten wurden. Mir war klar, dass Wraiths Macht über sie nur über eine gewisse Distanz funktionierte. Und ganz sicher reichte die nicht bis zum Eingangstor. Die Priester würden also schon bald wieder auf die Beine kommen. Bis dahin sollte ich besser weg sein.

Ich lief, so schnell ich konnte, durch die Korridore und hoffte, niemandem zu begegnen. Allerdings zerschlug sich diese

Wunschvorstellung bald. Eine Gruppe von vier Geistlichen kam mir entgegen, doch sie schien nichts von dem mitbekommen zu haben, was in dem Saal stattgefunden hatte – zumindest noch nicht.

Ich kam unbehelligt an ihnen vorbei und erreichte schwer atmend das Eingangstor, das dunkel und einschüchternd vor mir emporragte. Ich legte meine Hände auf das raue Holz und blickte hinauf.

Wenn wir diese Tür mit Magie auseinanderreißen, werden sich die Wächter, die davorstehen, sofort auf uns stürzen, sagte ich.

Lass das mal meine Sorge sein, war alles, was Wraith dazu sagte.

Genau das würde ich nicht tun. Immerhin war er gerade kurz davor gewesen, etliche Priester samt Hohepriester umzubringen.

Der Mare gab ein tiefes Seufzen von sich. *Schon gut. Ich werde mich zusammenreißen. Nur mach endlich, dass wir von hier wegkommen.*

Lass es uns gemeinsam versuchen, schlug ich vor.

Ich musste es offen zugeben: Es fiel mir verdammt schwer, Wraith zu vertrauen. Auch wenn er mich vor dem Hohepriester gerettet hatte, war ich mir ziemlich sicher, dass der vorrangige Grund reiner Eigennutz gewesen war. Aber er hatte sich nicht gewehrt, als ich die Kontrolle übernommen hatte. Es konnte dennoch nicht schaden, die Zügel so wenig wie möglich aus der Hand zu geben.

Wenn du darauf bestehst …

Sogleich spürte ich einen Fluss in mir, der ähnlich dem war, der durch mich strömte, wenn ich das Sigil zu benutzen versuchte. Reine Magie floss durch mich und durchtränkte meine Adern. Ich versuchte nicht, sie in eine bestimmte Richtung zu lenken, sondern schloss mich ihr an, ließ mich mittreiben, und als ich spürte, dass ich vollkommen mit ihr verbunden war, nutzte ich die Kraft, die plötzlich berauschend stark und mächtig in mir war. Sie platzte regelrecht aus mir heraus und stürmte dem Tor entgegen. Unzählige schwarze Nebelfäden schossen aus meinem Körper, prallten gegen das schwere Holz und gruben sich in die winzigsten Öffnungen, die sie finden konnten. Meine Magie zwängte sich in den Türspalt, in jede kleine Unebenheit und unter die Nieten. Es geschah alles unglaublich schnell. Ein lauter Knall, und die Nebelarme hatten das gewaltige Tor vollkommen auseinandergerissen, sodass ich ohne Mühe hindurchgehen konnte. Staub flirrte durch die Luft, während ich das Tor anstarrte und nicht fassen konnte, was ich da sah. Die Türen sahen aus, als hätte ein Riese sie entzweigerissen.

Ich kam allerdings nicht dazu, mich viel länger mit diesem Bild zu beschäftigen, denn in diesem Moment stürzte mir bereits ein Trupp Wachen entgegen. Ich wusste, dass sie ausgebildet waren, um die Sakristei und die Priester, die darin lebten, zu beschützen. Sie stellten also eine ernst zu nehmende Gefahr dar, was sie sofort unter Beweis stellten.

Ein Mann in schwarzer Lederrüstung stürzte sich mir entgegen. In der Hand hielt er eine lange und ziemlich spitze Lanze, mit der er mich angriff. Instinktiv tauchte ich unter der Waffe hinweg, machte eine schnelle Drehung und stieß meinen Arm vor. Wie auf Kommando schoss ein Nebelfaden aus meinem Körper, folgte meinem Fingerzeig und wickelte sich um den Mann, dem die Waffe klirrend aus der Hand fiel.

Ich wirbelte erneut herum, zog den Kopf ein und wich dem Angriff einer weiteren Wache aus. Mit zwei schnellen Schritten nach hinten entkam ich auch seiner nächsten Attacke. Bevor er erneut ausholen konnte, ließ ich die Nebelfäden auch auf ihn los. Sie schlangen sich um den Kerl, hoben ihn hoch und schleuderten ihn durch die Luft. Mit einem lauten Krachen landete er etwa zwanzig Meter entfernt im Flur.

Endlich mal wieder ein echter Kampf. Wie ich das vermisst habe, freute sich Wraith.

Ich brachte deutlich weniger Begeisterung auf. Noch einmal streckte ich den Arm und schickte einen Nebelfaden zu einem weiteren Gegner, der mir entgegenstürmte.

Irgendwie scheint das gar kein Ende zu nehmen, stellte ich fest, während ich die Männer in den schwarzen Rüstungen betrachtete, die durch das Tor auf mich zukamen.

Vielleicht sollten wir dem Ganzen ein Ende bereiten. Hat Spaß gemacht, aber wir wollen ja nicht riskieren, dass die Priester und der Hohepriester womöglich auch noch auftauchen und sich einmischen.

Im ersten Moment verstand ich nicht, was Wraith vorhatte, doch dann nahm ich eine unglaublich starke Magieansammlung in mir wahr. Sie schraubte sich zu einer unvorstellbaren Macht hoch, die mich den Atem anhalten ließ. Ich glaubte, Wraiths kaltes Lachen zu hören, als er sie losließ und die Gegner, wie von riesigen Geschossen getroffen, fortgeschleudert wurden. Die Nebelfäden ballten sich zu schwarzen Kugeln und gingen mit voller Wucht auf die Männer nieder. Es waren nicht einmal zwei Wimpernschläge nötig gewesen, um sie alle kampfunfähig zu machen. Überall lagen sie am Boden und rührten sich nicht mehr. Blieb nur zu hoffen, dass sie noch am Leben waren. Allerdings war keine Zeit, um das zu überprüfen. Ich musste fort, und das so schnell wie möglich.

Ich rannte an den Wachen vorbei und versuchte, nicht auf ihre Wunden zu achten, die zum Teil deutlich zu erkennen waren. Die meisten hatten die Augen geschlossen, weshalb ich wirklich hoffte, dass sie nur bewusstlos waren.

Um was du dir alles Gedanken machst. Das sind unsere Feinde, und sie hätten mit Sicherheit keine Gnade gekannt – so viel ist sicher, kam es von Wraith.

Ich wusste, dass die Kerle mich nicht getötet hätten – dafür war das Interesse des Hohepriesters an mir beziehungsweise an Wraith zu groß. Aber dies war nicht die richtige Zeit für eine Grundsatzdiskussion.

Ich rannte durch das offene Tor und erreichte den steinernen Weg, der von Bäumen und Sträuchern flankiert war. Er ging in ein kleines Waldstück über, doch ich wusste, dass dahinter die Höhle lag, die ich durchqueren musste, um den Styrak zu erreichen. Ich rannte weiter, und mein Herz pumpte heißes Adrenalin durch meine Adern. Vielleicht schaffte ich es wirklich bis zum Fluss. Aber was dann? Wenn ich dort kein Boot fand, war ich aufgeschmissen. Die Strömung des Styrak war zu stark, als dass ich hätte schwimmen können. Es würde nicht lange dauern, bis die Fluten mich ergriffen und fortzögen – immer weiter vom rettenden Ufer weg. Als Fehris kannte ich die Tücken des Flusses und wusste, dass man darin nicht lange überleben konnte.

Was war also die Alternative? Mich hier irgendwo im Wald verstecken und hoffen, dass die Priester mich nicht fanden? Und selbst wenn ein Boot vorhanden war, wo konnte ich danach hin? Bei meiner Familie würde mich der Hohepriester sicher als Erstes suchen. Sollte ich also zum König gehen und ihn um Schutz bitten? Es widerstrebte mir aus tiefstem Herzen, mich erneut in eine Abhängigkeit zu begeben. Ich wollte nicht zum Spielball der Mächtigen werden und mich von einem zum anderen schieben lassen wie ein Pfand, mit dem sie machen konnten, was sie wollten. Nein, wenn ich meine Freiheit bewahren wollte, musste ich einen anderen Ort finden.

Vielleicht solltest du diese Gedanken erst einmal zurückstellen. Wichtig ist vor allem, dass wir von hier wegkommen. Wie es dann weitergeht, werden wir sehen. Am Ende bleibt dir noch immer die Menschenwelt. Ich bin ohnehin dafür, dass wir dorthin gehen.

Ja, weil du dann ungehemmt Mare fressen kannst, knurrte ich zurück.

Warum auch nicht? Du hast gerade mit eigenen Augen gesehen, zu was wir fähig sind, wenn wir über genug Magie verfügen. Und die, das möchte ich an der Stelle noch mal anmerken, neigt sich gerade mal wieder verdächtig stark dem Ende zu.

Was auch kein Wunder ist, nachdem du so großzügig damit umgegangen bist, merkte ich an. Allerdings sah ich natürlich ein, dass wir kaum eine andere Wahl gehabt hatten.

Endlich erreichte ich den Wald – und das keine Sekunde zu früh, wie ich feststellte, denn hinter mir erklangen Stimmen und sehr viele Schritte.

Ich sagte doch, dass ich aufpasse und versuche, sie nicht zu töten. Und jetzt kannst du wieder mal feststellen, dass es besser gewesen wäre, wenn du auf mich gehört hättest. Tote hätten uns jedenfalls nicht verfolgen können.

Manchmal ging mir Wraiths Besserwisserei so was von auf die Nerven – okay, wem machte ich etwas vor: Das war eigentlich immer der Fall.

Ich rannte weiter und erreichte gerade das Waldstück, als eine Lanze knapp an mir vorbeizischte. Nur wenige Zentimeter, und sie hätte mir den Kopf gespalten.

Ich tauchte in das Dickicht ein und hoffte, dass die Bäume und Sträucher es den Wächtern schwerer machen würden, mich zu finden. Um sicherzugehen, verließ ich den Pfad und bahnte mir meinen Weg durchs Unterholz. Das war allerdings wohl nicht die beste Idee, denn es war verdammt schwer, schnell durch das unwegsame Gelände zu kommen – vor allem, wenn man dabei keine Geräusche machen wollte. Obwohl ich mir Mühe gab, war das Knacken der Äste nicht zu überhören. Meinem Gefühl nach hallte es überdeutlich durch das Waldstück und würde vermutlich jeden Wächter, der nicht vollkommen taub war, sofort auf mich aufmerksam machen.

Ich sag es ja nur ungern, aber einen weiteren Kampf sollten wir nicht riskieren. Um unseren Magiebestand steht es jedenfalls gerade nicht mehr allzu gut.

Da waren wir ganz einer Meinung, weshalb mir nur zu hoffen blieb, dass mein Vorsprung groß genug war, sodass ich vielleicht doch noch entkommen konnte. Hektisch ließ ich den Blick schweifen und suchte nach dem Eingang zur Höhle, der hier irgendwo sein musste. Nur noch dort hindurch, dann konnte ich vielleicht tatsächlich entkommen.

Das Geräusch von knackenden Ästen schallte durch den Wald. Offenbar hatten sich die Männer getrennt, um nach mir zu suchen. In gebückter Haltung eilte ich weiter und achtete auf jeden meiner Schritte, damit ich nicht zu laut war. Ich erreichte eine besonders unwegsame Stelle, wo sich mir jede Menge Dornen, Brennnesseln und tief hängende Äste in den Weg stellten. Es dauerte eine Weile, bis ich mich durchgekämpft hatte und an eine Felswand gelangte, der ich folgte. Nur wenige Meter später sah ich tatsächlich den Höhleneingang. So schnell ich konnte, rannte ich hinein und musste aufpassen, nicht auf den rutschigen Steinen hinzufallen. Zum Glück fiel durch mehrere Öffnungen in der Decke über mir Licht ein, sodass ich zumindest etwas sehen konnte. Platschend rannte ich durch die Pfützen, die sich auf den Steinen gebildet hatten, und die Geräusche hallten durch die Höhle. Leider vernahm ich auch allzu genau, dass ich nicht alle Verfolger hatte abschütteln können.

Ich beschleunigte also noch mal mein Tempo und hoffte, dass ich es irgendwie vor den Wachen zum Ufer des Styrak schaffen würde. Als das Sonnenlicht vor mir auftauchte und durch den Ausgang der Höhle flutete, atmete ich erleichtert auf. Hinter mir hörte ich noch immer schnelle Schritte, doch dank des Halls konnte ich nicht einschätzen, wie weit sie von mir entfernt waren.

In diesem Moment kam ich draußen an. Büsche und Bäume säumten das Ufer des glitzernden Styrak. Und da war noch etwas anderes.

Mein Herz machte einen kleinen Stolperer, und im ersten Moment fragte ich mich, ob mir meine Augen einen Streich spielten. Nachdem ich zweimal geblinzelt hatte, war ich mir jedoch sicher, dass es keine Einbildung war. Da lag ein Boot vertäut.

»Da habe ich endlich mal Glück im Leben!«, jubelte ich leise und stapfte los.

Mit einem schnellen Blick fand ich die Stelle, wo das Boot an einen Baum gebunden war, und atmete erleichtert auf. Nun würde ich zumindest von hier wegkommen. Auf dem Fluss würde ich durchatmen können, und wenn etwas Ruhe eingekehrt war, fand ich sicher eine Lösung für mein Problem mit der Unterkunft.

Ich ging gerade an einer Birke vorbei, als ich hinter mir plötzlich ein Geräusch vernahm. Im ersten Moment war ich mir nicht sicher, was es gewesen war. Das Knacken eines Asts? Das Rascheln von Blättern, als ein Vogel sich von einem Baum in die Lüfte erhoben hatte? Oder war es doch ein Schritt gewesen?

Ich wirbelte sofort herum, stieß den Arm nach vorne, sodass ein Nebelfaden aus meinem Körper raste und zu der Stelle flog, von der ich das Geräusch vernommen hatte.

25

Der junge Mann schaffte es gerade noch, den Kopf einzuziehen und meinem Angriff zu entkommen. Sofort stellte ich meine Attacken ein und war mir nicht sicher, ob mir meine Augen nun doch einen Streich spielten. Es konnte im Grunde nicht sein. Eigentlich machte es überhaupt keinen Sinn. Und dennoch war Nate da. Er stand nur wenige Meter von mir entfernt und sah mich mit einer Mischung aus Entsetzen, Überraschung und unendlicher Erleichterung an. Als er seinen Mund öffnete und meinen Namen aussprach, war mir, als hätte ich nie etwas Schöneres gehört. Erleichterung durchdrang mich, Freude, aber auch eine tiefe Sehnsucht. Sofort rannte ich los und warf mich in Nates Arme, der mich auffing und fest an sich zog. Seine starken Hände um mich zu spüren, die mich hielten und noch immer Heimat und Geborgenheit für mich bedeuteten, tat unendlich gut und kam mir fast unwirklich vor. Hier, ganz in der Nähe der Sakristei, auf Nate zu treffen – damit hätte ich niemals gerechnet.

Ich hob den Blick und tauchte in sein herrliches Gesicht ein, das mir so vertraut war und dessen Eigenheiten ich hätte im Schlaf nachzeichnen können.

»Was tust du hier?«, wollte ich wissen und machte mich von ihm los.

»Was denkst du denn?«, fragte er, und seine Lippen kräuselten sich zu einem herrlichen Lächeln. »Ich hatte gehofft, dass du früher oder später Vernunft annehmen und die Flucht ergreifen würdest. Und ich dachte, es könnte von Vorteil sein, wenn jemand hier ist, um dir im Notfall zu helfen.«

»Du bist die ganze Zeit hiergeblieben?«, fragte ich fassungslos. »Und was hast du deinen Eltern gesagt?«

»Natürlich. Ich lasse dich nicht allein. Aber alles andere erzähle ich dir später. Erst mal bin ich froh, dass es dir gut geht. Wir sollten schauen, dass wir von hier wegkommen.«

Ich nickte und blickte auf meine Hände, die weiterhin auf seiner festen Brust ruhten und mit dem weichen Stoff seines Hemds spielten. Nur noch einen kurzen Moment. Ich brauchte nur noch einen Augenblick, um zu realisieren, dass er wirklich echt war.

»Wir müssen weiter. Mein Boot hast du ja bereits gefunden«, raunte Nate.

Ich nickte und trat einen Schritt zurück. Es tat fast weh, seine Nähe nicht mehr zu spüren. Andererseits hatten wir tatsächlich keine Zeit mehr zu verlieren.

»Na, lässt du mich das Boot steuern?«, hakte ich nach, während ich darauf zuging. »Es scheint gut in Schuss zu sein, auch wenn es keines dieser königlichen Luxusdinger ist.«

»Natürlich darfst du«, antwortete er und machte das Tau los, während ich ins Boot sprang und mir den Riemen griff. Nate gab dem kleinen Boot einen Stoß, sodass es in den Fluss glitt, und sprang dann selbst hinein.

Ich steuerte uns sogleich gen Mitte des Styrak und suchte nach geeigneten Strömungen, die uns möglichst schnell von der Sakristei fortbrachten. Erleichtert stellte ich fest, dass wir von keinem Verfolger entdeckt wurden. Es half, dass der Fluss hier eine Biegung machte und wir schnell aus dem Sichtfeld verschwunden waren. Dennoch dauerte es eine ganze Weile, bis auch die letzte Anspannung von mir abfiel und ich aufatmen konnte.

»Was war nun mit deinen Eltern?«, griff ich das Gespräch von gerade auf. Da wir nun in einen ruhigeren Bereich des Flusses kamen, musste ich nicht mehr allzu sehr aufpassen. Ich setzte mich also neben Nate und wartete auf seine Antwort.

Ich konnte mir kaum vorstellen, dass er ihnen etwas von mir und seiner geplanten Rettungsaktion erzählt hatte. Niemals hätten sie zugelassen, dass sich der zukünftige Herrscher dieser Welt im Wald versteckte, um eine Fehris aus den Fängen des Hohepriesters zu befreien – noch dazu, obwohl diese das im ersten Moment nicht mal gewollt hatte.

»Cass und William kümmern sich um sie. Ich bin mir sicher, dass sie die beiden schon irgendwie beruhigen.«

Ich hob zweifelnd meine Braue, was Nate ein Schmunzeln entlockte.

»Du bist also nur meinetwegen bei der Sakristei geblieben«, wiederholte ich noch mal die Feststellung und konnte es weiterhin kaum glauben.

»Es wäre Wahnsinn gewesen, dich hierzulassen. Auch wenn ich es nicht offen aussprechen sollte, ich traue dem Hohepriester nicht besonders, und für mich war immer klar, dass du nicht noch mal in seine Hände fallen darfst.« Nate rückte zu mir, seine Rechte schmiegte sich sanft in mein Haar und ließ eine Strähne zärtlich durch seine Finger rinnen.

»Und was ist mit dem Gebot, dass Dreamcatcher nicht zurückkehren, um eine einzelne Person zu retten?«

Dieser Satz hatte mich sehr verletzt, aber nicht mehr als die Tatsache, dass er nicht nach mir gesucht hatte, als ich von Morpheus gefangen gehalten worden war.

Seine Finger glitten tiefer und schmiegten sich an meine Wange. Sein Daumen und sein Zeigefinger legten sich um mein Kinn und zogen meinen Kopf so, dass ich ihn anschauen musste. Er beugte sich ein Stück näher. Mit dem Funkeln in seinen Augen hätte er den Sternen Konkurrenz machen können.

»Ich bin nicht als Dreamcatcher hier«, hauchte er, und sein Atem strich zärtlich wie eine süße Liebkosung über meine Lippen.

Mein Herz machte einige schnelle Schläge, während die Worte in mir nachhallten und mein Blut zum Kochen brachten. Es bedeutete mir unendlich viel, dass er das gesagt hatte, aber vor allem, dass er hier war. In einer fließenden Bewegung überbrückte er die letzten Zentimeter, die zwischen uns lagen, und hauchte mir einen Kuss auf die Stirn. Seine Arme schlangen sich erneut um mich und hielten mich auf solch wundersame Weise fest, dass ich mir wünschte, die Zeit möge stillstehen. Aber genau das tat sie leider nicht.

»Ich lasse dich nicht im Stich«, wiederholte Nate und schenkte mir wieder diesen Blick, der mir durch Mark und Bein ging.

Das Boot näherte sich langsam dem Ufer, weshalb ich aufstehen und die Richtung ändern musste – das fiel mir allerdings gerade alles andere als leicht. Ich hielt erst mal auf Lighthaven zu, doch war ich mir nicht sicher, ob das wirklich eine gute Idee war. Je länger ich darüber nachdachte, desto schlechter erschien sie mir. Denn wo konnte ich schon hin? Wo sollte ich Unterschlupf finden, ohne jemanden in Gefahr zu bringen?

»Du wirkst angespannt«, unterbrach Nate meine Gedanken. »Ich nehme an, du überlegst, wo du hingehen kannst.«

Ich nickte und starrte auf Lighthaven, das ich bereits in der Ferne ausmachen konnte. Wie oft hatte ich dieses Bild vor mir gesehen: Die kleinen Häuser am Wasser, die sich dicht aneinanderschmiegten, waren für mich immer ein sicherer Hafen gewesen. Jedes Mal, wenn ich auf dem Styrak fuhr und dieses Bild sah, fühlte ich mich zu Hause. Daran änderten auch die größeren Häuser nichts, die sich dicht an dicht säumten. Die weißen Türme des Schlosses zeichneten sich im Hintergrund ab. Sie ragten so hoch auf, als wollten sie mit dem Himmel verschmelzen. Lighthaven war mein Zuhause, der Ort, an dem ich mich sicher fühlte. Doch das war nun vorbei. Ich hatte keine Ahnung, wo ich noch hingehen konnte, und fürchtete mich vor dem Moment, an dem ich einsehen musste, dass es für mich hier keinen Platz mehr gab.

»Zu meinen Eltern kann ich nicht«, antwortete ich auf Nates Frage. »Der Hohepriester wird dort sicher als Erstes nach mir suchen.« Ich warf ihm einen kurzen Seitenblick zu und war mir nicht sicher, wie er meine folgenden Worte aufnehmen würde. »In den Palast kann ich aber auch nicht.«

Ich ließ den Satz so stehen und fügte keine Erklärung hinzu. Nate kannte meine Gründe sicher zu Genüge, allen voran natürlich diesen: Ich traute seinem Vater nicht. Dafür hatte das Gespräch, das ich damals belauscht hatte, zu viel in mir verändert. Mein Tod würde ihn nicht stören. Ganz im Gegenteil. Und auch wenn noch immer nicht feststand, dass er mich wirklich hatte umbringen lassen wollen, so hatte er mein Ableben auf jeden Fall billigend in Kauf genommen. Darum konnte ich niemals in den Palast zurück. Außerdem wollte ich nicht sofort in die nächste Abhängigkeit geraten.

Nate nickte wissend und schwieg einen Moment, während ich das Boot in eine langsamere Strömung lenkte und überlegte, ob wir nicht irgendwo am Ufer anlegen sollten, um erst einmal in Ruhe nachzudenken.

»Ich glaube, ich hätte da eine Idee, wo du Unterschlupf finden könntest«, sagte Nate plötzlich und schenkte mir ein süffisantes Lächeln. »Es wäre etwas außerhalb, was im Moment ganz gut passen würde. Der Hohepriester wird dich vermutlich eher in der Stadt suchen lassen. Zudem würde er es niemals wagen, dort aufzutauchen.« Dieses Funkeln in seinen Augen sollte mir wohl zu denken geben.

»Was hast du vor?«, hakte ich nach.

Nate beugte sich zu mir. »Erst mal muss ich noch ein paar Sachen klären. Aber je länger ich darüber nachdenke, desto sicherer bin ich mir, dass dies das absolut perfekte Versteck für dich ist. Ich erkläre dir später alles. Leg erst einmal an. Es ist besser, wenn dich in der Stadt niemand sieht.«

Ich schluckte meine Widerworte runter und beschloss, dass ich ihm zumindest eine Chance geben sollte. Immerhin hatte er eine Idee – mir hingegen fiel kein einziger Ort ein, an dem ich mich verstecken konnte. Also ermahnte ich mich zur Ruhe, was mir nicht leichtfiel.

***

Wie hatte ich mich auf diesen Wahnsinn nur einlassen können?! Das konnte nicht funktionieren. Niemals! Hinzu kam, dass sich alles in mir sträubte und ich nichts wie weg wollte. Doch wohin? Das war die Frage, auf die ich keine Antwort hatte. Und genau darum blieb mir leider keine andere Wahl, weshalb ich schließlich eingewilligt hatte, als Nate mit diesem verrückten Plan gekommen war.

Flame flog mit rasantem Tempo dem Palast entgegen, der von einem riesigen Garten aus perfekt geraden Beeten und akkurat geschnittenen Bäumen umsäumt war. Das Schloss selbst war quaderförmig. Ich zählte fünf Türme, vier kleine jeweils an den Ecken des Gebäudes, die mit hübschen Zinnen versehen waren, und einen großen in der Mitte. Das ganze Schloss bestand aus braunen Ziegeln und hatte unzählige Fenster, die vor allem im Erdgeschoss hoch und breit waren.

Das war also das Schloss der Clearshines, ging es mir durch den Kopf, während ich auf das imposante Gebäude blickte, in dem ich für die nächste Zeit wohnen sollte.

Ich hatte Cass' Zuhause noch nie gesehen, was kein Wunder war. Clearmont Castle lag unweit der Grenze der Albtraumlande, und so weit war ich noch nie in das Landesinnere unserer Welt vorgedrungen. Es war ein gutes Stück von Lighthaven entfernt und damit sicher ein geeignetes Versteck. Allerdings hatte ich Zweifel, dass ich dort wirklich willkommen war.

Ich sah zu Cass hinüber, der auf Toasty flog und mir keck zuwinkte, als er meinen Blick bemerkte. Er hatte sofort seine Hilfe angeboten, als Nate ihm den Vorschlag unterbreitet hatte.

Doch es war Cass' Mutter gewesen, die letztendlich die Entscheidung getroffen hatte. Ich war mir nicht sicher, wie Nate es geschafft hatte, sie zu überzeugen. Agatha Clearshine war dem Königshaus und damit Nates Familie sehr verbunden. Natürlich hätte sie einem Befehl des Prinzen niemals widersprochen, selbst wenn sie ihn nicht für gut befand. Sie hätte es auch niemals gewagt, Nate an den König zu verraten. Dafür war ihr Pflichtbewusstsein zu groß. Wenn sie einen Befehl von einem Mitglied der Königsfamilie erhielt, dann erfüllte sie ihn, so sehr es ihr auch widerstreben mochte – und ich war mir absolut sicher, dass das gerade der Fall war.

Ich war Agatha Clearshine nicht oft begegnet, doch wenn, war sie mir mit einer kühlen Höflichkeit gegenübergetreten. In ihren Augen und in ihrer ganzen Haltung hatte ich stets etwas wie Verachtung wahrgenommen. Vielleicht bildete ich mir das aber auch nur ein.

Ich seufzte tief und schaute nach links, wo William auf Wings flog. Er wirkte ernst und überhaupt nicht so ausgelassen wie seine beiden Freunde. Vielleicht ahnte auch er, dass dieses Unterfangen komplizierter werden konnte, als Nate und Cass annahmen.

Ich ließ meinen Blick noch einmal über das imposante Schloss schweifen und schließlich weiter zu den dichten Wäldern, die dahinter lagen. Aus dieser Höhe konnte man deutlich erkennen, wo die Albtraumlande begannen. Die schwarzen Bäume, die ihre knorrigen Äste in die Höhe streckten, waren ein eindeutiges Zeichen. Die Wälder dort waren so dicht und verschlungen, dass man den Boden nicht erkennen konnte. Aber ein Blick genügte, um mir eine Gänsehaut über den Körper zu jagen. Es gab so viele schaurige Geschichten über diesen Ort, der so unwirklich, düster und bedrohlich schien, dass ich geneigt war, ihnen Glauben zu schenken.

Flame setzte langsam zur Landung vor dem Palast an und senkte sich hinab. Cass und William taten es uns gleich, sodass wir wenig später direkt vor dem Palast auf der großen Wiese zum Stehen kamen.

Ich war noch nicht von Flames Rücken geklettert, als sich das imposante Eingangstor öffnete. Zu meiner großen Verwunderung kam die ganze Dienerschaft heraus, um uns zu empfangen. Von der Köchin bis zum Kammerdiener waren sie alle da und stellten sich in Reih und Glied vor uns auf. Mir lief ein kalter Schauder den Rücken hinab, wenn ich nur daran dachte, dass ich mit ihnen allen in den nächsten Tagen und vielleicht sogar Wochen in diesem Haus leben sollte.

»Was denkst du, wie lange ich hierbleiben muss?«, fragte ich Nate leise. Im Moment konnte ich mir nicht mal vorstellen, hier auch nur eine Nacht durchzustehen.

»Ein paar Wochen wären vermutlich ganz gut. Ich muss Leute auf den Hohepriester ansetzen, die ihn im Auge behalten, um eine Vorstellung davon zu bekommen, wie seine Pläne aussehen. Ich werde auch deine Familie überwachen lassen, um sicherzugehen, dass er niemanden zu ihnen schickt.«

Ich seufzte wieder. Das klang nach einem ziemlich langwierigen Unterfangen. Würden ein paar Wochen überhaupt ausreichen?

»Glaub mir, es wird dir gefallen«, versuchte mich Cass aufzumuntern und legte mir freundschaftlich den Arm um die Schultern. »So weit draußen zu sein, hat auch Vorteile. Kein Königshaus in der Nähe, kein Hohepriester, der dir nachjagt. Hier hast du deine Ruhe und Zeit, mal ein paar spannende Dinge auszuprobieren. Wie wäre es beispielsweise mit Reiten oder Bogenschießen?«

Ich hob eine Braue und fragte mich, ob er den Verstand verloren hatte. Was sollte ich auf einem Pferd? Sie waren allein den Adeligen vorbehalten. Leute aus der Mittelschicht hatten im besten Fall Esel oder Ochsen. Außerdem war in Lighthaven alles gut zu Fuß erreichbar. Warum sollte ich mich also auf solch ein Tier setzen und dabei riskieren, mir den Hals zu brechen? Und Bogenschießen? Ernsthaft?!

»Schon gut!« Er hob unschuldig die Hände. »Du kannst auch den ganzen Tag auf deinem Zimmer sitzen und schmollen. Das ist natürlich auch eine Option.«

Ich versetzte ihm einen kleinen Hieb auf den Oberarm, woraufhin er gespielt nach Luft schnappte und das Gesicht verzog.

»Du bist echt ein Idiot«, meinte ich grinsend.

»Solange ich dich damit zum Lächeln bringen kann.« Seine Miene wurde ein klein wenig ernster, als er fortfuhr: »Ich bin froh, dass du doch noch zur Vernunft gekommen und aus der Sakristei geflohen bist. Wir haben uns ganz schön Sorgen um dich gemacht.«

Ich lehnte meinen Kopf kurz an seine Schulter. »Du sollst nicht das Gefühl haben, als wäre ich dir und deiner Familie für deine Hilfe nicht dankbar. Ich bin froh, bei euch unterkommen zu dürfen. Es ist nur so ungewohnt für mich, und nachdem ich im Palast war, wollte ich eigentlich nicht wieder in einem der Herrschaftshäuser wohnen.« Zumal ich keine Ahnung hatte, ob Cass' Familie das für längere Zeit mitmachen würde.

»Du bist bei uns willkommen und kannst dir sicher sein, dass meine Eltern dich niemals an irgendwen verraten werden. Der Befehl stammt von Nate, und damit ist es für sie in Stein gemeißelt.«

Wir betraten den Palast, dessen Eingangsbereich mit einem glänzenden Holzboden ausgelegt war und dem Raum so eine gewisse Wärme verlieh. Das Personal folgte uns, und einer der Diener wies mich eine lange Wendeltreppe hinauf.

»Wir haben bereits ein Zimmer für Sie herrichten lassen. Master Cass, Lord Lumenvale und Eure Königliche Hoheit, werdet Ihr die Nacht ebenfalls hier verbringen? Dann lasse ich gerne auch für Euch Zimmer bereitmachen.«

»Wir werden vermutlich alle ein paar Tage bleiben«, verkündete Nate, trat neben mich und legte mir von hinten den Arm um die Hüfte. Dabei ging er so geschickt vor, dass es die Angestellten nicht mitbekamen. Nate beugte sich ein Stück zu mir vor und wisperte: »Ich dachte, so fällt dir das Eingewöhnen vielleicht ein wenig leichter. Und Cass hat noch etwas mehr Zeit, dich von den Vorzügen hier draußen zu überzeugen.« Seine Stimme tanzte über mein Ohr und schwebte über meinen Nacken, von wo ein süßes Kribbeln meinen Rücken hinabfloss.

»Wenn du jetzt auch noch damit anfängst, dass ich Bogenschießen lernen soll …«

Nate lachte, und es tat mir unendlich gut, ihn so befreit zu sehen. Vielleicht würde die Zeit hier doch gar nicht so übel werden.

»Und wie erklärst du deinen Eltern deine Abwesenheit? Ich könnte mir vorstellen, dass sie nicht allzu erfreut darüber sind, wenn du für mehrere Tage aus Lighthaven verschwindest.«

»So schwer uns die Angriffe der Mare auch treffen, in diesem Fall bringt es auch etwas Gutes mit sich. Cass, William und die anderen konnten ihn stellen und an die Sakristei übergeben, dennoch müssen wir das Gebiet weitläufig durchsuchen, um sicherzugehen, dass der Mare hier wirklich keine Schäden angerichtet hat. Natürlich eignen sich Cass und William am besten dafür, immerhin waren sie beim letzten Einsatz dabei, und Cass kennt dieses Gebiet wie kein anderer. Ich konnte Warlor davon überzeugen, dass er mich ebenfalls zu dem Einsatz schickt, immerhin brauchen die beiden Hilfe und es schadet nicht, wenn ich mich als zukünftiger Herrscher öfter an der Grenze blicken lasse.«

Ich grinste verschmitzt. Das hatte er wirklich geschickt eingefädelt. Wir erreichten mein Zimmer, wo die anderen sich erst mal von mir verabschiedeten, damit ich mir in Ruhe alles ansehen konnte. Ich öffnete die Tür und trat ein. Es war tatsächlich eine Augenweide und konnte dem im Palast des Königs sicher Konkurrenz machen. Der kleine Erker mit der Sitzbank gefiel mir gut, auch wenn der Blick auf den pechschwarzen Wald der Albtraumlande gewöhnungsbedürftig war. Er sah so unwirklich aus, als müsste man nur einen Fuß hineinsetzen, um für immer verschlungen zu werden. Bei dem Anblick musste ich an ein

Kinderlied denken, das meine Mutter mir und Tristan früher immer vorgesungen hatte. Die Melodie summte ich nun leise vor mich hin, während ich auf die Albtraumlande blickte:

In der Nacht, so still und klar,
lauert in den Weiten eine dunkle Gefahr.
Doch fürchte dich nicht, mein Kind, habe Mut,
denn in dir ein glänzend Licht, ein Funken ruht.

Es dauerte eine Weile, bis ich mich von den Erinnerungen an meine Kindheit und dem Bild vor mir losreißen konnte. Dann legte ich mich in das weiche Bett, das mit einem beigen Himmel überdacht war, und ließ meinen Blick über die weichen Teppiche schweifen, die den Holzboden bedeckten. Im Kamin prasselte ein Feuer, und der Schein der Flammen tastete sich über die Schränke und Kommoden, die allesamt wundervoll gearbeitet waren. Das hier war also für die nächste Zeit mein Zuhause. Ob ich mich daran gewöhnen konnte?

Kurz dachte ich an meine Familie und fragte mich, was sie gerade machten? Ob sie sich sehr um mich sorgten? Nate hatte versprochen, so schnell wie möglich mit ihnen zu sprechen und sie über alles in Kenntnis zu setzen, was in der letzten Zeit geschehen war. Nur wo ich mich befand, das wollte er ihnen nicht sagen. Nicht weil er annahm, dass sie mich je verraten würden. Aber es war sicherer für sie, wenn sie meinen Aufenthaltsort nicht kannten.

Ich schmiegte mich in das weiche Kissen und atmete den fremden Duft der Seife ein. Wieder mal war mein Leben komplett auf den Kopf gestellt worden, und ich musste mich an so viel Neues gewöhnen.

Trotzdem hätten wir es schlechter treffen können, mischte sich Wraith ein. *In der Sakristei gab es zwar jede Menge Magie für uns, doch ansonsten war der Laden recht karg und hat es ziemlich an Komfort mangeln lassen. Das wird uns hier wohl nicht passieren.*

Wie schön, dass dieser Ort deinen Ansprüchen genügt. Das wird Cass sicher gerne hören, kommentierte ich.

Seine Familie hat auf jeden Fall Ahnung davon, wie man es sich gut gehen lässt. So was weiß ich zu schätzen.

Ich verdrehte die Augen und wünschte mir mal wieder, ich wüsste, wie ich den Mare zum Schweigen bringen konnte. Da ich einem weiteren Kommentar gerne entgehen wollte, stand ich auf und trat ans Fenster, wo mein Blick erneut auf die Grenze der Albtraumlande fiel. Das Schloss der Nightshades konnte man von hier aus nicht sehen. Es lag sehr viel weiter im Inneren des Landes. Dennoch fragte ich mich, wie die Familie es in diesen düsteren Gefilden überhaupt aushielt. War es nicht erschreckend, all diese Dunkelheit um sich zu haben?

In diesem Moment hörte ich Schritte, die aufgeregt über den Flur hasteten. Da ich gerade ohnehin nichts anderes zu tun hatte, öffnete ich die Tür und streckte den Kopf hinaus. Ich sah zwei Diener, die den Korridor entlangeilt kamen. Ich wusste, dass es sich auch für die Dienerschaft nicht gehörte, zu rennen. Von daher musste ihr Regelverstoß einen wichtigen Grund haben – und ich hatte einen Verdacht, wie der aussah.

Sogleich folgte ich dem Flur und stieg die Wendeltreppe hinab. Ich hatte noch nicht das Ende erreicht, da wurde die große Tür geöffnet und eine Frau in langem Mantel und roten, wilden Locken betrat den Raum. Die Dienerschaft verneigte sich tief, und ein Mann trat hervor, um ihr beim Ausziehen des Mantels zu helfen.

»Wir freuen uns sehr, dass Sie hier sind, Mylady. Ich schaue gleich nach dem Kutscher und werde dem Stallmeister Bescheid geben, dass er sich um die Pferde kümmern soll«, verkündete der Diener, der sich besagtes Kleidungsstück über den Arm legte und Agatha Clearshine Platz machte, damit sie die restliche Dienerschaft begutachten konnte.

»Ja, mach das und richte mein Zimmer her. Ich werde vorerst hierbleiben. Irgendwer muss ja ein Auge darauf haben, dass hier alles reibungslos verläuft. Diese Situation ist immerhin kein Alltag für uns und bedarf unserer allergrößten Aufmerksamkeit.«

Ihre Stimme klang kühl, fast schon frostig. Allerdings hatte ich sie nie anders erlebt.

Sie strich sich über die Falten ihres roten Kleides, das um den Ausschnitt herum mit Spitze verziert war und glockenförmig zu Boden fiel. Die Farbe unterstrich den Glanz ihres feuerroten Haares, das zu einem Knoten gebunden war. Ihr schmales Gesicht wirkte blass und ließ sie fast ein wenig zerbrechlich aussehen. Doch ein Blick in ihre grünen Augen ließ einen sofort erkennen, dass man sich mit dieser Frau besser nicht anlegte.

»Du bist also schon da«, stellte Agatha Clearshine fest, als ihr Blick die Treppe hinaufwanderte und sie mich dort stehen sah.

Ich war nicht sonderlich gut darin, auf höfische Weise zu knicksen – schon gar nicht auf einer Treppe. Dennoch versuchte ich es und verneigte mich tief in der Hoffnung, dass ich nicht gleich die Stufen herunterpurzeln und mir direkt vor ihr das Genick brechen würde.

»Cass, Nate und William waren so freundlich, mich herzubringen. Ich möchte mich auch an dieser Stelle von Herzen bei Ihnen dafür bedanken, dass Sie mich in Ihrem Zuhause wohnen lassen.«

»Nun, seine Hoheit der Prinz hat meinem Mann und mir nicht wirklich eine Wahl gelassen. Es war sein Befehl, und an den halten wir uns natürlich.«

Ihr Blick wanderte prüfend an mir auf und ab. Es war deutlich zu sehen, dass sie etliche Fragen hatte, auf die sie nur zu gerne eine Antwort wüsste.

»Der Prinz hat mir erzählt, dass der Hohepriester nach dir sucht, du aber auch für die Krone von großer Bedeutung bist, weshalb er dich nicht in die Finger bekommen darf. Interessant, was so alles in dir zu stecken scheint. Auf den ersten Blick wirkst du allzu gewöhnlich, wenn ich das sagen darf.«

Mir wäre es lieber gewesen, sie hätte die Worte für sich behalten, aber es war sicher keine gute Idee, es mir mit meiner Gastgeberin jetzt schon zu verscherzen, indem ich ihr ehrlich mitteilte, was ich dachte.

»So ist es wohl mit vielem. Das Äußere allein ist eben nicht entscheidend.«

»Das mag vielleicht für deine Welt zutreffen, doch bei uns bedeutet der äußere Schein unglaublich viel. Er kann sogar zu einer Waffe werden. Aber das wirst du wohl kaum verstehen.«

Sie war wirklich genauso reizend, wie ich sie in Erinnerung hatte.

»Oh, Mutter, man könnte glatt meinen, du willst unseren Gast vergraulen.« Cass kam von rechts den Flur entlang, und er war nicht allein.

Nate ging neben ihm und sagte zu seinem Freund: »Du musst das falsch verstanden haben. Deine Mutter wäre niemals so unhöflich einem Gast gegenüber – vor allem dann nicht, wenn sie weiß, wie wichtig er mir ist.«

Ich war ein wenig erstaunt über seine offenen Worte, doch sie zeigten immerhin Wirkung bei Agatha Clearshine. Sie machte einen tiefen Knicks vor Nate und neigte das Haupt.

»Selbstverständlich ist Alexis bei uns willkommen, das versteht sich von selbst, und es wird ihr während ihres Aufenthalts bei uns an nichts fehlen.«

Ich war mir nicht sicher, wie viel ich auf diese Worte geben konnte. Mir war durchaus bewusst, dass sie sich daran halten würde, aber gerne tat sie es ganz sicher nicht. Doch spielte das überhaupt eine Rolle? Ich sollte mich vermutlich einfach nur glücklich schätzen, in Sicherheit zu sein.

»Ich danke Ihnen jedenfalls sehr, dass Sie Alexis in der nächsten Zeit eine Unterkunft zur Verfügung stellen – und dafür, dass Sie sich extra herbemüht haben. Ich weiß, wie beschäftigt Sie sind«, sagte Nate mit einem warmen Ausdruck im Gesicht, den man tatsächlich für Dankbarkeit halten konnte.

»Das ist selbstverständlich. Irgendwer sollte hier sein und sicherstellen, dass alles zu Eurer Zufriedenheit verläuft. Mein Mann ist in Lighthaven geblieben und kommt dort unseren Aufgaben nach. Er wird verlauten lassen, dass ich für einen kurzen Besuch in den Palast zurückgekehrt bin, um nach dem Rechten zu sehen. Es wird also niemand Fragen stellen.«

Nate nickte und wandte sich an mich. »Wollen wir William holen und dann eine kleine Runde trainieren? Kann nicht schaden, wenn wir dranbleiben, was meinst du?«

Mir war durchaus klar, dass er nicht von einer sportlichen Übungseinheit sprach, sondern von seinem Plan, dass er mir helfen würde, Wraith in den Griff zu bekommen.

Oh ja, lass uns ruhig hier irgendwo im Palast mit nicht nur dem Prinzen, sondern auch mit seinen zwei bescheuerten Freunden rumhampeln. Das hilft bestimmt, hörte ich Wraith in abfälligem Tonfall sagen.

»Da will ich auf jeden Fall mitmachen«, freute sich Cass. »William kann es sicher ebenfalls nicht erwarten.«

Ich war mir nicht so sicher, wie ernst er seine Worte meinte, aber dem Funkeln in seinen Augen nach freute er sich tatsächlich darauf.

***

Cass hatte uns zu einem Stück Garten geführt, das vom Schloss aus nicht einsehbar war. Er meinte, es sei vielleicht besser, wenn wir während der Trainingseinheit nicht die ganze Zeit unter Beobachtung stünden. Vermutlich wäre ich nicht mal auf die Idee gekommen, dass uns jemand vom Palast aus zuschauen könnte. Aber wenn man in diesen Kreisen aufwuchs, wusste man es wohl besser. Wissen bedeutete Macht in der Welt der Adeligen, weshalb man nie vorsichtig genug sein konnte.

Die Wiese lag auf der Rückseite des Palasts und war von hohen Bäumen umgeben, die einen guten Sichtschutz boten. Die Birken, die beiden riesigen Ahornbäume und die gewaltigen Eichen stellten mit dem satten Grün ihrer Blätter einen starken Kontrast zur Grenze der Albtraumlande dar, die man von hier aus recht gut sehen konnte. Sie war nicht wie mit einem Lineal gezogen. Vielmehr war es ein sanfter Übergang – ein

Wechsel von starken, gesunden Pflanzen mit farbenprächtigen Blättern, die ab der Grenze immer kränklicher wirkten. Die Stämme waren krumm, verbogen und hatten Wucherungen, als würde sich eine Krankheit durch sie hindurchfressen. Die Blätter wirkten verwelkt, waren braun und würden wohl bald abfallen. Dazwischen standen Bäume mit schwarzen Blättern, die wie Kohlestücke glänzten, und dicken, dunklen Stämmen, die jedoch alles andere als krank wirkten. Es war vielmehr wie eine andere Welt, die ab der Grenze zum Vorschein kam.

»Kein allzu schöner Anblick, aber man gewöhnt sich daran«, sagte Cass, der neben mich trat.

Ich konnte mir das nur schwer vorstellen. Die Grenze machte deutlich, dass dahinter etwas Fremdes, fast schon Bedrohliches lag und dass unsere Welten nie wieder wirklich eins geworden waren. Dafür hatte der Krieg, den König Nightshade begonnen hatte, gesorgt. Und selbst wenn Lionell Nightshade, der Bruder des damaligen Albtraumkönigs, unserem Herrscher absolute Treue geschworen hatte, musste er abgeschieden in diesem finsteren Reich ausharren.

»Auch wenn es auf den ersten Blick ein wenig bedrohlich aussieht, es hat durchaus seine Reize«, fuhr Cass fort.

Ich sah ihn fragend an.

»Als Kind habe ich mich hin und wieder über die Grenze geschlichen«, erklärte er. »Meine Eltern sind schier ausgerastet, wenn sie mich dabei erwischt haben, aber ich fand es unfassbar spannend. Die Albtraumlande sind so anders und haben etwas Faszinierendes.«

»Lass das besser nicht deine Mutter hören. Sie lässt nur selten irgendwas Gutes an den Albtraumländern«, mischte sich William mit einem vielsagenden Lächeln ein.

Cass machte eine wegwerfende Handbewegung. »Spricht nur für ihre beschränkte Sichtweise. Wenn ich da an die Tochter von Lionell Nightshade denke, die wäre es allemal wert, etwas mehr in die Verbindungen zwischen unseren Ländern zu investieren.«

»Wenn ihr wieder damit anfangt, Eve anzuhimmeln, bin ich weg«, unterbrach ich Cass, bevor er noch mehr ins Schwärmen geraten konnte.

»Schon gut, schon gut. Wir sind ja auch zum Trainieren hier«, beschwichtigte Cass und streckte sich, als würde er sich auf einen Kampf vorbereiten. »Also, womit beginnen wir? Wie sehen eure Übungsstunden aus?«

Nate erklärte es den beiden kurz, woraufhin William nachdenklich nickte. »Macht durchaus Sinn in meinen Augen. Konntest du denn bereits eine Veränderung bemerken?«, wollte er von mir wissen.

»Allzu oft sind wir noch nicht zum Üben gekommen«, wandte Nate ein.

»Ein Grund mehr, die Zeit hier richtig zu nutzen«, verkündete Cass und berührte sein Sigil, um Kraft zu schöpfen.

»Du willst wohl in die Vollen gehen?«, stellte ich sorgenvoll fest. Immerhin hatte ich bereits Mühe gehabt, gegen Nate zu bestehen. Nun wollten auch noch Cass und William mitmischen. Mit gleich drei Gegnern sah ich meine Felle davonschwimmen.

Ich hätte große Lust, den dreien mal zu zeigen, wo es langgeht. Ein ganz klein wenig Magie haben wir ja noch, wisperte Wraith vielsagend in meinem Kopf.

Die Vergangenheit sollte dir eigentlich eine Lehre sein. Wir können niemals etwas davon verschwenden. Wer weiß, ob wir sie nicht noch brauchen werden. Es wird also auch ohne gehen müssen, meinte ich und trat den Jungs gegenüber, die bereits Stellung bezogen hatten. Mit einem Blitzen in den Augen sahen sie mich an, dann stürmten sie auch schon auf mich los.

26

Meine Hüfte tat so verdammt weh, dass ich kaum sitzen konnte. Ich kniff kurz die Augen zusammen und atmete tief ein. Die drei hatten mich wirklich nicht geschont, aber ich war stolz darauf, dass ich auch ihnen ein paar ordentliche Hiebe verpasst hatte. Cass' rechtes Auge wurde jetzt schon blau – was seiner Mutter überhaupt nicht zu gefallen schien. Zumindest schenkte sie ihm immer wieder einen finsteren Blick und hatte sich alles andere als begeistert gezeigt, als er ihr von unserem Übungskampf erzählt hatte.

Es war anstrengend gewesen, und die drei hatten mich an den Rand der Erschöpfung getrieben, dennoch hatte es mir zwischendurch sogar ein wenig Spaß gemacht – zumindest wenn ich einen Hieb parieren oder sogar selbst einen Treffer landen konnte.

Danach war Cass auf die glorreiche Idee gekommen, den Tag mit einer kleinen Reitstunde ausklingen zu lassen. Da ich ohnehin nicht mehr wirklich hatte laufen können, war mir die Idee gar nicht so dumm vorgekommen. Es hatte sich allerdings herausgestellt, dass es gar nicht einfach war, sich auf solch einem Tier zu halten. Mit dem Lenken hatte ich schon meine

Probleme gehabt, und zu Beginn war das imposante Pferd überall hingelaufen, nur nicht in die Richtung, in die ich wollte. Als es dann auch noch schneller geworden war, hatte ich wirklich gedacht, ich würde jeden Moment vom Rücken gleiten. Zum Glück hatte ich wegen meiner Arbeit ein recht gutes Gleichgewicht, und auch meine Erfahrung auf einem Drachen half mir. Gegen Ende hatte ich jedenfalls deutliche Fortschritte gemacht.

Ich trank noch einen Schluck aus meinem silbernen Becher und überlegte, ob ich mir ein weiteres Stück Braten und etwas Brot nehmen sollte. Cass' Mutter beobachtete mich und ahnte wohl, was ich vorhatte. Irgendwie schienen ihr die Mengen, die ich in mich hineinstopfte, nicht zu gefallen. Allein schon, um ihr zu zeigen, dass mir niemand in mein Essen reinzureden hatte, häufte ich mir eine weitere Portion auf und grinste breit.

»Es freut mich, dass es dir bei uns offensichtlich schmeckt«, fauchte sie mich sogleich an.

Ich biss von dem Brot ab, kaute und schluckte. »Die Übungseinheit und das Reiten waren anstrengend und haben mich ziemlich hungrig gemacht. Außerdem ist es wirklich köstlich.« Ich steckte mir noch ein Stück Brot in den Mund und ließ es mir schmecken. Das Essen bei den Adeligen hatte durchaus seine Vorzüge.

»Ich bin mir nicht sicher, ob es sich ziemt, dass drei junge Männer aus angesehenen Adelshäusern mit einer Fehris irgendwelche Kampfübungen absolvieren und ihr auch noch den Umgang mit einem Pferd beibringen. Damit kann sie in ihrem Leben doch gar nichts anfangen.«

Ihre Worte waren beleidigend, doch leider teilten die meisten Traumländer ihre Meinung. Ich wollte mir lieber nicht ausmalen, was Nates Vater zu dieser Angelegenheit gesagt hätte.

»Sie dürfen nicht vergessen, dass Alexis keine gewöhnliche Fehris ist«, wandte sich Nate mit einem charmanten Lächeln an die hochwohlgeborene Dame. »Sie gehört zu uns Dreamcatchern, und als solche muss sie regelmäßig trainieren. Es ist für jeden von uns von Nachteil, wenn ein Dreamcatcher seine Übungen schleifen lässt«, erklärte er und griff nach seinem Becher.

»Natürlich, wie Ihr meint. Ich kenne mich in diesen Bereichen nicht aus und muss zugeben, dass ich dafür auch recht dankbar bin. Für uns zählen wohl andere Dinge, die ebenfalls von großer Bedeutung sind.«

»Das wissen wir alle«, bestätigte Nate mit ernster Miene.

Agatha Clearshine tupfte sich mit einem kleinen Stofftuch den Mund ab und stand auf. »Ich werde mich für den restlichen Abend zurückziehen. Es ist spät, und morgen stehen einige Dinge an. Ich wünsche eine erholsame Nacht.«

Den letzten Satz sprach sie derart scharf aus, dass man ihn fast für eine Art Befehl halten konnte. Es war jedenfalls klar, dass sie jeden von uns lieber sofort in seinem Bett sehen wollte, als dass wir hier weiter zusammensaßen.

Als sie gegangen war, entspannte sich die Stimmung merklich – vielleicht lag es aber auch einfach nur an mir, da ich nie richtig durchatmen konnte, wenn Cass' Mutter in der Nähe war.

»Ich hoffe, dass ihr nicht wirklich vorhabt, mich irgendwann mit ihr alleinzulassen. Ich glaube nicht, dass ich ihren stechenden Blicken lange standhalten könnte. Vermutlich falle ich irgendwann einfach tot um.«

Cass lachte und winkte ab. »Sie kann vielleicht ruppig sein, aber sie würde dich nie verraten, geschweige denn dir etwas antun. Und ja, ein paar böse Blicke wirst du vielleicht verkraften müssen, aber die kenne ich auch zu gut.«

Sehr tröstlich, zischte Wraith. *Ich würde ihr nur zu gerne Paroli bieten. Danach würde sie es nicht mal mehr wagen, in unsere Richtung zu blicken.*

Untersteh dich, ihr irgendetwas anzutun, warnte ich ihn. *Immerhin bietet sie uns Unterschlupf, da werden wir wohl auch ein paar böse Blicke von ihr verkraften.*

»Wie ist es eigentlich?«, unterbrach Cass meine Gedanken und beugte sich zu mir vor. »Hast du das Gefühl, dass das

Training schon etwas gebracht hat? Kannst du den Mare zum Schweigen bringen?«

Ich zuckte mit den Schultern, weil ich diese Frage nicht wirklich beantworten konnte. »Ab und zu schon. Allerdings kann ich nicht sagen, ob es wirklich an den Übungskämpfen liegt oder einfach nur daran, dass Wraith von sich aus mal die Klappe hält.«

»Wraith«, murmelte William. »Wie passend!«

Reizend, der Kerl. Wenn er so weitermacht, kommt er auf meine Liste von Leuten, denen ich das Maul stopfen will.

Oh ja, so eine Liste habe ich auch. Allerdings stehst du dort ganz allein drauf, erwiderte ich.

»Auf Dauer kann es so auf keinen Fall weitergehen. Wir müssen einen Weg finden, wie wir Alexis helfen können«, sagte Nate und strich sich nachdenklich durchs Haar.

»Da fällt mir etwas ein«, platzte es plötzlich aus Cass heraus. Er beugte sich über den Tisch. »Du könntest dich in unserer Bibliothek umschauen. Vielleicht findest du dort etwas, das dich weiterbringt.«

Ich musste zugeben, dass ich nicht allzu viel Hoffnung hatte. Was sollte ich in einem Buch schon finden? Eine Anleitung, wie man einen Mare wieder loswurde, gab es dort sicher nicht.

»Na, komm mit! Ich zeig dir alles«, meinte Cass und stand auf.

Zweifelnd sah ich Nate und William an, die hilflos mit den Schultern zuckten.

Cass und ich gingen eine lange Treppe hinauf, die mit einem hellgrünen Teppich bedeckt war und uns an großen Wandgemälden vorbeiführte, die wohl Vorfahren von Cass zeigten. Die Bilder waren riesig, und die Männer und Frauen starrten ohne Lächeln vor sich hin. Das freundliche Funkeln, das Cass stets in den Augen trug, suchte ich dort vergebens, und auch sonst fiel mir keine große Familienähnlichkeit zwischen ihnen und Cass auf – was vielleicht sein Glück war. Einen sonderlich sympathischen Eindruck machte keiner von ihnen.

»So, da wären wir«, verkündete er, blieb vor einer Tür stehen und drückte sie auf.

Er ließ mir den Vortritt, und ich ging langsam in den Raum hinein. Ich befand mich in einer Bibliothek, was mich nicht überraschte. Die Größe tat es dann aber doch. Der Raum war gigantisch und zog sich über zwei Etagen. Überall waren lange Regalreihen zu sehen, die bis zur Decke ragten und nur mit Leitern erreicht werden konnten, die entweder auf dem Boden dieser Ebene standen oder auf der Empore des nächsten Stocks. In der Nähe der langen Fensterreihe luden gemütlich aussehende Sitzecken zum Schmökern ein. Es gab aber auch zwei Schreibtische, auf denen Papier und Stifte bereitlagen. Abgerundet wurde das ganze Ambiente durch weiche Teppiche und grüne Pflanzen, die in Töpfen in den Ecken oder auf Kommoden platziert waren.

»Das ist wirklich beeindruckend«, stellte ich anerkennend fest.

Cass nickte und ging weiter in den Raum hinein. Ich stand zunächst etwas unbeholfen herum, folgte ihm dann aber. Er ging um eine Ecke und wandte sich einer Treppe zu, die auf die Empore führte.

»Meine Familie hat eine recht große Sammlung an Büchern und Schriften. Sie stammen aus unserer ganzen Welt – und damit meine ich wirklich alle Teile.« Er drehte sich zu mir um und schenkte mir einen vielsagenden Blick. »Von daher kann ich mir gut vorstellen, dass man selbst im königlichen Palast diese Art von Schriftstücken nicht finden kann.«

So langsam begann ich zu begreifen, von was Cass da sprach. »Willst du mir sagen, dass ihr Bücher aus den Albtraumlanden habt?«

Er antwortete nicht, doch seine Miene verriet, dass ich mit meiner Vermutung richtiglag. Er ging zu einer der hinteren Regalreihen. Dort befand sich auf der linken Seite eine Glasvitrine, in der mehrere Bücher standen. Cass holte einen Schlüssel aus der Tasche und schloss sie auf.

»Bist du dir sicher, dass das in Ordnung ist?«, hakte ich entsetzt nach. Die abgeschlossene Vitrine machte wohl deutlich, dass nicht jeder Zugang zu diesen Büchern haben sollte.

»Mach dir keine Gedanken darüber. Ich gebe dir die Bücher. Meine Mutter wird nichts dagegen sagen. Außerdem könnten sie für dich wichtig sein.«

Er holte mehrere ledergebundene Bände hervor und reichte sie mir. Ich starrte auf die schweren Wälzer, die in hellbraunes, schwarzes oder rotes Leder geschlagen waren. Dem Zustand nach waren sie alle sehr alt. Zumindest sahen sie abgegriffen aus, manchmal hing etwas vom Einband herab oder die Farbe war verblichen.

»Und du willst mir wirklich weismachen, dass diese Bücher aus den Albtraumlanden stammen?«, hakte ich noch mal nach.

Cass nickte und wirkte nun doch etwas angespannt. »Wir wohnen nah an der Grenze, und natürlich mussten wir uns immer wieder mit den Albtraumländern auseinandersetzen. Es war wichtig, dass meine Familie und die Nightshades gut miteinander auskamen.« Cass ließ den Satz halb in der Luft hängen, doch ich ahnte, was er mir sagen wollte.

»Ihr wart früher mit den Nightshades befreundet«, stellte ich fest.

Cass zuckte mit den Schultern. »Nun ja, so würden meine Eltern es nicht ausdrücken. Ich war zu der Zeit ja noch nicht geboren und kann es darum nicht sagen. Aber meine Eltern bezeichnen es als vertrauensvolle Zweckgemeinschaft. Natürlich waren sie entsetzt und haben sich sofort abgewandt, als die Nightshades sich gegen König Dawnspark aussprachen. Aber dennoch … meine Eltern hatten wohl lange Zeit Angst, unser König könnte ihnen misstrauen und das Verhältnis zu den Nightshades würde sie am Ende mit in den Untergang reißen. Sie waren sehr froh, dass Nates Vater sie ihren Rang behalten ließ. Wie dem auch sei, seitdem sind sie vorsichtig mit allem, was mit den Albtraumlanden zu tun hat. Genau darum wollen sie auch nicht, dass irgendwer von diesen Büchern erfährt. Alles, was mit den Albtraumlanden zu tun hat, könnte unter Umständen üble Konsequenzen für uns bringen.«

»Ich danke dir, dass du mir das anvertraust«, sagte ich und strich vorsichtig über das raue Leder des obersten Buchs, das ich in den Armen trug. »Das weiß ich sehr zu schätzen.«

Cass nickte und wirkte fast ein wenig verlegen. »Ich wusste, dass du es verstehen würdest. Es … ist nicht ganz einfach. Dieses Thema ist mit einer Menge Ängsten verbunden. Es ist schon kein leichtes Los, direkt an der Grenze der Albtraumlande zu leben. Dafür sind wir viel zu oft von anderen Adelsfamilien schief angesehen worden. Doch so richtig schlimm wurde es erst, nachdem Thaldrin Nightshade den Krieg begonnen hatte. Viele haben sich gefragt, ob wir mit ihm unter einer Decke stecken.«

Ich konnte seine Ängste verstehen und hatte durchaus eine Vorstellung, wie es für ihn gewesen sein musste, mit diesen Anfeindungen und Vorurteilen aufzuwachsen.

»Und du bist dir wirklich sicher, dass ich mir diese Bücher ausleihen kann?«

Er nickte noch einmal, und endlich tauchte auch das Lächeln auf seinen Lippen auf, das ich so gut kannte. »Du kannst sie so lange behalten, wie du möchtest. Ich hoffe sehr, dass sie dir weiterhelfen. Die Albtraumländer hatten schon immer eine stärkere Verbindung zu den Mare. Sei es nun die Albträume oder die böse Essenz, die in den Minen eingeschlossen ist. Sie haben einen Hang zur Dunkelheit.«

Ich schaute erneut auf die Bücher in meinem Arm, die alt, aber dennoch gewöhnlich aussahen. Ob ich darin wirklich etwas finden konnte, das mir weiterhalf? Ich hoffte, dass ich schon bald eine Antwort darauf erhalten würde.

***

Wie spät es mittlerweile wohl war? Draußen war es stockdunkel, und meine Augen brannten vom vielen Lesen. Ich war mir also sicher, dass es mitten in der Nacht sein musste. Dennoch konnte ich die Bücher nicht aus der Hand legen. Ich hatte mir als Erstes das Buch mit dem braunen Ledereinband vorgenommen. Darin stand viel über die Familie der Nightshades, über deren Vorfahren und andere Adelsgeschlechter, die in den Albtraumlanden unter ihnen dienten. Ich wusste, dass ihnen allen ihre Titel nach dem Krieg aberkannt worden waren. Alle Adeligen hatten ihre Schlösser und Paläste aufgeben müssen und führten seitdem ein gewöhnliches Leben. Lionell Nightshade hatte alles überwachen und kontrollieren müssen. Sicher keine leichte Aufgabe – und auch die Umstellung musste unfassbar schwer gewesen sein.

Ich blätterte um und stellte fest, dass es auf den folgenden Seiten vor allem um König Thaldrin Nightshade und dessen Frau ging. Die ersten Herrschaftsjahre wurden beschrieben, wie er sich um die Minen gekümmert hatte, aber auch immer mehr in Kontakt mit Maren gekommen war. Er ließ einige sogar in den Albtraumlanden leben und bot ihnen ein Zuhause an. Kein Wunder, dass dies das ohnehin schon schwierige Verhältnis zu den Traumladen und insbesondere zu König Dawnspark weiter verschlechterte. Angeblich hatte Thaldrin Nightshade sich schließlich weiter von den Traumlanden abspalten und jegliche Zusammenarbeit einstellen wollen. Doch das war unmöglich gewesen, da in den Albtraumlanden nun mal die Minen lagen, in denen die dunkle Essenz gelagert wurde, die aus den Albträumen extrahiert wurde. Die beiden Könige hatten sich zu einem Gespräch getroffen, das aber offenbar alles andere als gut verlaufen war. Anschließend hatte für Nightshade wohl festgestanden, dass er seine Pläne nur mit Kampf würde durchsetzen können. Also hatte er einen Mare in sich aufgenommen.

Als ich diese Stelle erreichte, hielt ich den Atem an und las die Worte immer wieder.

»König Nightshade wusste, dass seine Chancen schlecht standen. Darum wandte er sich an einen der Mare, die er in seinem Land aufgenommen hatte. Er schlug ihm einen Pakt vor. Er konnte nicht wissen, ob er die Verbindung überleben würde, aber er war so verzweifelt, dass er das Risiko einging. Man nimmt an, dass der König aufgrund der Nähe zu den Minen über eine gewisse Empfänglichkeit verfügte, die es ihm ermöglichte, eine Einheit mit den dunklen Kräften zu bilden. König Nightshade nahm den Mare in seinen Körper auf. Wenig später griff er mit der neu gewonnenen Kraft die Traumlande an und entfesselte einen grausigen Krieg. Viele Albtraumländer folgten ihm entschlossen in den Kampf, doch etliche verloren ihr Leben. Am Ende blieb ihnen nichts anderes übrig, als ihre Niederlage einzusehen.«

Ich ließ das Buch sinken und spürte, wie die Gedanken sich in meinem Kopf überschlugen. Mir war immer klar gewesen, dass es etwas Besonderes war, dass ich noch am Leben war, nachdem Wraith versucht hatte, meinen Körper zu übernehmen. Nun realisierte ich aber erst richtig, was das bedeutete. Ich verstand, warum sowohl der König als auch der Hohepriester dieses enorme Interesse an mir gehabt hatten und unbedingt herausfinden wollten, warum ich noch am Leben war. Offenbar hatte bisher wirklich nur Thaldrin Nightshade solch eine Verbindung eingehen und überleben können. Ich stellte also tatsächlich eine große Ausnahme dar. Selbstverständlich war es wichtig für den König und den Hohepriester, herauszufinden, warum das so war. Vielleicht lehnte ich mich damit weit aus dem Fenster, aber ich hätte ihnen zugetraut, dass sie die gewonnenen Informationen für sich verwenden würden. Jeder von ihnen strebte nach Macht, und genau das würde ein Mare ihnen bringen, wenn sie einen in sich halten konnten. War es wirklich dieser Grund, warum die beiden so dringend hinter mein Geheimnis kommen wollten?

Ich musste an Cael denken, dem ebenfalls viel daran lag, dieses Rätsel zu lösen. Sehnte auch er sich insgeheim nach einem Bund mit einem Mare? Und konnte ein Mensch der Kraft solch eines Wesens überhaupt standhalten?

So viele Fragen, auf die ich keine Antwort hatte. Ich strich mir erschöpft durch die Haare. Dabei fiel mein Blick erneut auf das Buch und damit auf die nächste Seite. Dort war eine Zeichnung abgebildet. Ich musste nicht erst die Zeilen lesen, die darunter standen, um zu wissen, wer die Personen darauf waren. Da es bei den Textstellen gerade um die Nightshades gegangen war, konnte dies nur das Königspaar der Albtraumlande sein. Und genau so war es auch, wie mir die Zeilen darunter verrieten. Auf dem Bild waren Thaldrin und Elowen Nightshade zu sehen. Die beiden wirkten ganz anders, als ich sie mir vorgestellt hatte. Die Zeichnung war in Schwarz-Weiß gehalten, weshalb sich nur erkennen ließ, dass Thaldrin sehr helles Haar gehabt haben musste, während Elowens Haare deutlich dunkler waren. Beide hatten einen entschlossenen Blick, während um ihre Lippen der Anflug eines Lächelns spielte.

König Thaldrin Nightshade trug ein langes, weites Hemd, das mich an eine Tunika erinnerte, deren Kragen hochgeschlossen war. Vom Hals aus war die Tunika mit einem herrlichen Muster bestickt, das sich über die Brust zog und zum Bauch hin auslief. Er hatte helle Augen, ein schmales Gesicht mit einer geraden Nase und langes, leicht gewelltes Haar. Ich musste zugeben, dass ich ein ganz anderes Bild von ihm im Kopf gehabt hatte, irgendwie dunkler, bedrohlicher, mit einer finsteren Ausstrahlung. So wirkte er auf der Abbildung überhaupt nicht – ganz im Gegenteil.

Seine Frau strahlte etwas Liebliches aus mit dem zarten Lächeln auf den Lippen und dem hellen, schulterfreien Kleid. Auf ihrem dunklen Haar thronte eine goldene Krone, die mit Edelsteinen verziert war. Sie blickte mit verträumtem Blick vor sich hin, und ich konnte mir beinahe einbilden, sie würde mich ansehen. Beide waren wunderschön, das musste ich zugeben. Kaum zu glauben, dass sie so viel Leid über unsere Welt gebracht hatten. Doch man sah wohl den wenigsten an, welch schreckliche Dinge sie im Schilde führten.

Da schauen beide noch ganz verzückt. Von ihrem schrecklichen Ende haben sie da sicher noch nichts geahnt, gab Wraith seinen Kommentar dazu ab. *Letztendlich hat ihn auch der Bund mit einem Mare nicht retten können. Ich hoffe sehr, dass uns ein anderes Schicksal ereilen wird.*

Seiner Stimme fehlte jegliche Bissigkeit, was ungewöhnlich war. Stattdessen klang er ernst und nachdenklich. Keine Ahnung, ob mich das beunruhigen sollte. Seine Worte brachten mich jedenfalls ins Grübeln. Wie würde unsere Geschichte ausgehen? Ich blickte ein letztes Mal auf das Bild des Königspaars und hoffte inständig, dass ich nicht gemeinsam mit Wraith den Tod finden würde.

27

Ein seltsames Rumpeln und Klappern drang an meine Ohren und vertrieb die letzten Reste eines wirren Traums. Es dauerte einen Moment, bis ich richtig wach war und mich orientiert hatte. Ich spürte sofort die bleierne Müdigkeit, und nur zu gerne hätte ich mich noch einmal in mein Kissen geschmiegt, die Decke über den Kopf gezogen und einfach weitergeschlafen. Dafür waren die Geräusche aber zu präsent. Diener eilten über die Flure, und die Hektik, die sie verbreiteten, war bis in mein Zimmer zu spüren. Ich schlüpfte also aus dem Bett und machte mich für den Tag fertig. Ein Blick in den Spiegel zeigte mir deutlich, dass ich definitiv viel zu wenig geschlafen hatte und ziemlich schlecht aussah. Da half auch das kalte Wasser nicht, das ich mir ins Gesicht spritzte.

Ich ging mit schnellen Schritten die Treppe hinunter und gelangte zum Eingangsbereich, wo – zu meiner großen Überraschung – mehrere Leute versammelt waren. Mein Atem stockte, als mein Blick an dem dunkelhaarigen Mann in der pelzverbrämten Robe hängen blieb.

»Sieh mal einer an. Mit dir habe ich gar nicht gerechnet, Alexis DeWinter. Was für eine Freude und große Überraschung, dich hier anzutreffen.« Lionell Nightshade schenkte mir ein kleines Lächeln, das mir einen Schauder über den Rücken jagte.

Langsam wanderte mein Blick zu der jungen Frau, die neben dem König stand. Eve, seine Tochter, war also auch mitgekommen. Allein der Anblick der schönen Frau, in deren herrlichen Augen etwas Wildes und Kämpferisches lag, versetzte mir einen kleinen Stich, der sich tief in mein Herz schnitt. Und er schmerzte umso mehr, als ich entdeckte, dass Nate auf sie zukam, sich direkt neben sie stellte und ihr ein Lächeln schenkte.

»Alexis gehört mittlerweile den Dreamcatchern an. Cass, William und ich haben ihr angeboten, uns hierher zu begleiten. Der Palast liegt recht abgelegen, sodass wir keinerlei Ablenkungen haben und uns voll auf das Training konzentrieren können.«

König Nightshade nickte verständnisvoll. »Es ist sicher nicht einfach für eine Fehris, in die Dreamcatcher-Riege aufgenommen zu werden. Ich bin mir sicher, dass du über ein großes Talent verfügst, sonst hättest du die Prüfung nicht bestanden. Aber natürlich wird es dir noch an Übung und Erfahrung mangeln.«

»Umso mehr macht es deutlich, was Ihr irgendwann für ein König sein werdet«, sagte Eve zu Nate. »Ihr setzt Euch auch für die Niedriggeborenen ein und gebt ihnen sogar Aufgaben, die ihnen von Natur aus eigentlich nicht zustehen. Das finde ich bewundernswert.« Ihr rotes Haar schimmerte wie flackerndes Feuer.

»Ja, wir legen alle viel Hoffnung in die Zukunft«, stimmte ihr Vater zu und ließ seinen Blick von Eve zu Nate hinüberwandern.

Irgendwie kam ich mir ziemlich fehl am Platz vor – und zudem ein wenig angegriffen. Auch wenn die Tochter des Albtraumkönigs es in nette Worte gepackt hatte, am Ende blieb ich weit unter dem Stand der Anwesenden.

»Nun, es freut mich jedenfalls sehr, dass wir hier alle aufeinandertreffen«, fuhr König Nightshade fort. »Obwohl ich natürlich immer meine Augen und Ohren offenhalte, hatte ich keine Ahnung, dass Ihr hier sein würdet.«

Da war wieder dieser schmeichlerische Ausdruck um seine Lippen. Mich überraschte es, wie offen er zugab, dass er die königliche Familie ausspionieren ließ. Aber vermutlich war es unter den Adeligen einfach ein offenes Geheimnis, über das man sich vor anderen nicht aufregte.

»Die Möglichkeit zu diesem Aufenthalt hat sich recht überraschend ergeben. Wir konnten nicht viel vorbereiten und waren sehr dankbar, dass uns Lady Clearshine so freundlich aufgenommen hat«, antwortete Nate.

Ich war erstaunt, wie ruhig er blieb. Es war ihm nicht anzumerken, dass ihm dieses Gespräch unangenehm sein könnte oder er angespannt war. Er wirkte vollkommen normal, und ich bewunderte ihn dafür. Mir hätte man den Schrecken vermutlich sofort am Gesicht ablesen können – oder ich hätte den Kerl offen angeblafft, dass ihn das einen feuchten Dreck anging.

»Das ist doch selbstverständlich«, mischte sich eine Stimme ein.

Ich drehte mich um und entdeckte Cass' Mutter, die gerade die Treppe hinunterkam. Obwohl es noch früh am Morgen war, sah sie perfekt aus. In ihrem Gesicht waren weder Anzeichen von Müdigkeit noch von Widerwillen zu finden. Sie ging mit langsamen Schritten, gestrecktem Rücken und hoch erhobenem Haupt auf ihre Gäste zu. Wenn ich an die Hektik dachte, die vor wenigen Minuten noch auf dem Flur geherrscht hatte, konnte ich mir gut vorstellen, dass es ziemlich viele helfende Hände gebraucht hatte, um die Dame des Hauses derart schnell vorzeigbar zu machen.

»Lionell«, begrüßte sie den König der Albtraumlande und reichte ihm die Hand, auf die er einen Kuss hauchte. »Ich hatte nicht mit deinem Besuch gerechnet.«

»Nun, mir ist zu Ohren gekommen, dass du kurzfristig herkommen würdest. Die Gelegenheit wollte ich mir nicht entgehen lassen. Im Palast ist es doch eher schwierig, sich ungestört und in aller Ruhe auszutauschen. Wie du dir vielleicht denken kannst, gibt es ein paar Themen, die unsere Grenze betreffen, die besprochen werden sollten, meinst du nicht?«

Es war das erste Mal, dass Lady Clearshine eine Gefühlsregung nicht komplett unterdrücken konnte. Ihre perfekte Maske bekam einen winzigen Riss, als sie leicht zusammenzuckte und ihr Mund ein Stück verkniffener wurde.

»Wenn du meinst. Uns ist natürlich ebenfalls an einem harmonischen Miteinander gelegen«, erwiderte sie. Erst jetzt wandte sie sich Eve zu, die eine leichte Verbeugung andeutete, die sogleich von Cass' Mutter erwidert wurde. »Habt ihr vor, länger zu bleiben? Dann lasse ich Zimmer für euch herrichten«, fuhr Lady Clearshine fort.

»Da wir in so netter Gesellschaft sind, würde ich sagen, wir bleiben gerne ein paar Tage. Aber keine Sorge, allzu lange werden wir dir sicher nicht zur Last fallen«, antwortete der König.

Agatha Clearshine winkte ab. »Ich bitte dich, du machst uns doch keine Umstände.«

Alle im Raum wussten, dass diese Worte gelogen waren.

Sie rief ein paar Diener herbei und gab ihnen einige Befehle. Anschließend wandte sie sich an die Albtraumländer und fragte: »Wollen wir uns im Salon ein wenig die Zeit vertreiben, bis die Zimmer fertig sind? Du hast ja bereits angedeutet, dass es einiges zu besprechen gibt.«

»Ich würde mir gerne ein wenig die Beine vertreten«, wandte Eve ein und blickte zu Nate. »Hättet Ihr vielleicht Lust, mir dabei Gesellschaft zu leisten?« Der Blick ihrer blauen Augen hatte etwas Einnehmendes und Fesselndes.

Nate blickte die junge Frau an und nickte. »Es wäre mir ein Vergnügen, aber können wir uns erst einmal darauf einigen, dass du mich duzt? Ich komme mir immer wie ein alter Mann vor, wenn man mich so hochgestochen anspricht.«

Eve neigte leicht den Kopf und senkte den Blick ihrer wundervollen Augen. »Nur zu gerne.« Ein Lächeln erschien auf ihren Lippen, das perfekt und absolut bezaubernd war – mit der gleichen Perfektion schnitt es sich direkt in mein Herz. Ich versuchte, den kalten Stich zu ignorieren, der sich durch meine Brust bohrte und immer tiefer wanderte, aber es war verdammt schwer.

Oh, bitte! Kannst du dieses Eifersuchtsdrama sein lassen? Dieser Gefühlsschwall ist ja kaum zu ertragen, beschwerte sich Wraith.

In diesem Moment war ich über seine nervige Stimme fast froh, denn sie schenkte mir immerhin ein wenig Ablenkung und ich konnte meine Wut auf jemand anderen lenken.

»Oh, wow. Da liegt man einmal ein bisschen länger in den Federn, und schon versammelt sich das halbe Who's who dieser Welt in unserer Eingangshalle.«

Cass trat mit William um die Ecke. Er hatte noch sehr verstrubbelte Haare, was deutlich machte, dass er wohl direkt aus dem Bett kam. Von seiner Mutter erhielt er dafür einen strafenden Blick, den er aber geflissentlich ignorierte.

»Es freut mich sehr, Sie hier willkommen heißen zu dürfen«, sagte er in perfektem höfischen Umgangston und verneigte sich vor König Nightshade und dessen Tochter. Die Blicke, die er der Schönheit zuwarf, entgingen mir allerdings nicht.

»Und? Was habt ihr vor? Wollen wir erst mal was frühstücken?« Klar, dass Cass zuerst ans Essen dachte. Der Gute hatte immer Hunger und konnte wirklich Unmengen verdrücken.

»Ich wollte mich für eine Unterhaltung mit König Nightshade zurückziehen«, antwortete Lady Clearshine.

»Für diese Unterhaltung werden wir Zeit brauchen«, entgegnete der König. »Es gibt einiges zu besprechen, und vielleicht willst du dir vorher über einige Dinge Gedanken machen. Immerhin kam unser Besuch sehr überraschend, da möchte ich dich nicht schon wieder überrumpeln. Wir sollten das alles auf später verschieben. Bis mein Zimmer fertig ist, vertrete ich mir draußen ein wenig die Beine.«

Wieder war da dieses angespannte Zucken um Lady Clearshines Mundwinkel. Die Antwort schien ihr nicht zu gefallen, aber letztendlich sagte sie nichts dazu. Sie nickte und erwiderte: »Natürlich, so können wir es gerne machen.«

»Wir wollten ein bisschen spazieren gehen«, wandte sich Eve an Cass und William. »Ihr könnt gerne mitkommen, wenn ihr wollt.«

Cass war sofort Feuer und Flamme. »Da bin ich auf jeden Fall dabei. Ich kenne ein paar wundervolle Ecken, die ich dir gerne zeige.« Sein Gesicht strahlte vor Begeisterung, und er schien es kaum erwarten zu können.

Ich hingegen hätte lieber Steine gekaut, als mir diesen Spaziergang auch nur fünf Minuten anzutun. »Ich werde hierbleiben. Bei so viel Enthusiasmus kann ich nicht mithalten – das ist mir am frühen Morgen zu anstrengend.« Klang meine Stimme etwas unterkühlt? Vielleicht sogar eine Spur gereizt? Das mochte durchaus sein, war mir in diesem Moment aber so was von egal.

»Hm ja, manche Leute brauchen morgens einfach ein wenig länger, bis sie richtig wach sind«, bestätigte Eve und schenkte mir einen tröstenden Blick, für den ich ihr gerne die Augen ausgekratzt hätte. Die Gute brachte meine schlimmsten Seiten zum Vorschein. Oder … Moment … stammten die Gefühle vielleicht von …

Oh, nein! Das schiebst du mir ganz sicher nicht in die Schuhe, Kleine. Dieses Eifersuchtsdrama geht allein auf deine Kappe, und nebenbei: Es fühlt sich echt ekelhaft an. So klebrig und niederträchtig. Es ist überall. Ich hätte nichts dagegen, wenn du einen Gang runterschalten würdest.

Ach ja? Und wie oft habe ich dich gebeten, mal einen Gang runterzuschalten?, zischte ich zurück.

Er konnte nichts für meine Wut, und irgendwie war es nicht richtig, dass er alles abbekam. Andererseits tat es unglaublich gut.

Nun vergleiche bitte nicht Äpfel mit Birnen, wandte er seufzend ein.

Ich geb dir gleich Birne!, drohte ich und war froh, dass niemand diese unglaublich intelligente und schlagfertig Unterhaltung mitanhören konnte.

»Ich werde auch hierbleiben«, unterbrach William meinen inneren Zwist und erntete dafür einen überraschten Blick von mir. Ich hatte ehrlich nicht damit gerechnet, dass er auf den Spaß mit den anderen verzichten würde.

Cass zuckte mit den Schultern und wandte sich gleich wieder der Prinzessin zu. »Dann wollen wir mal«, verkündete er, legte einen Arm um Nates Schultern und den anderen um Eve. Die junge Frau lachte und erwiderte die vertrauliche Geste, indem sie ihren Arm um seine Taille schlang. Die drei machten einen ziemlich innigen Eindruck, was mich wunderte, da sie sich kaum kannten.

»Ich gehe erst mal auf mein Zimmer zurück«, sagte ich, machte auf dem Absatz kehrt und eilte die Treppe hinauf.

Ich drehte mich nicht mehr um, konnte also nicht sagen, ob Nate oder Cass mir noch einen Blick schenkten. Aber vermutlich sollte ich mir darüber ohnehin nicht den Kopf zerbrechen. Während ich zu meinem Zimmer zurückstapfte, schossen unzählige Gedanken und Gefühle durch meinen Kopf. Ja, verdammt, ich war eifersüchtig. Das mochte kindisch und absolut dämlich sein, dennoch konnte ich es nicht so einfach abstellen. Es nervte mich, dass die Jungs sofort sprangen, wenn Eve nur mit dem kleinen Finger schnippte. Weit mehr noch setzte mir allerdings der Umstand zu, dass König Nightshade und seine Tochter nun auch noch hier waren. Irgendwie strahlte der Albtraumkönig etwas Gerissenes, fast schon Furchteinflößendes aus. Ich wollte jedenfalls nicht in seiner Nähe sein. Nur leider wusste niemand, wie lange er vorhatte, zu bleiben.

Ich ging in mein Zimmer und ließ mich auf mein Bett fallen.

Wir könnten immer noch von hier weggehen, hörte ich Wraith in meinem Kopf sagen. *In der Menschenwelt wären wir in der Lage, uns ein neues Leben aufzubauen, unabhängig von all dem Ränkeschmieden hier.*

Ich schnaufte so laut, dass es beinahe wie ein Knurren klang. *Du willst nur Mare jagen, um ihre Kraft aufzunehmen. Von daher: Vergiss es! Mein Ziel ist es noch immer, dich irgendwie in den Griff oder am besten gleich ganz aus mir heraus zu bekommen und dann in mein altes Leben zurückzukehren.*

Bis dahin würde ich allerdings nicht wagen, auch nur in die Nähe eines Traumgeistes oder Albtraums zu kommen. Bei der Erinnerung, was Wraith mit den beiden Traumgeistern gemacht hatte, die ich in meinem Boot hatte transportieren wollen, rann ein eiskalter Schauder meinen Rücken hinab, der mich frösteln ließ. Niemals würde ich das Risiko eingehen, dass er noch einmal einem Traumgeist oder Mare zu nahe kam.

Spielverderberin, entgegnete Wraith beleidigt.

Ein Klopfen an der Tür rettete mich vor einem weiteren Streit. »Ja?«, rief ich etwas verwundert und hoffte, dass nicht Cass' Mutter vor der Tür stand, um mir irgendwelche Vorhaltungen zu machen – worüber auch immer.

Es war William, der in mein Zimmer trat und beim Blick auf mich, wie ich mit sauertöpfischer Miene im Bett herumlungerte, lächeln musste. »Du scheinst ja ziemlich schlechte Laune zu haben«, stellte er fest, während er sich zu mir setzte.

»Wundert dich das?«, wollte ich wissen und hob fragend eine Braue.

»Ich habe gedacht, dass du über solchen Kleinigkeiten stehst.«

»Tja, da hast du offenbar falsch gedacht«, knurrte ich etwas ungehalten zurück.

William schenkte mir einen warmen, aber durchdringenden Blick – und konnte damit einen kleinen Erfolg verbuchen. Zumindest war es mir unmöglich, auf ihn wütend zu sein.

Mit einem schnellen Ruck setzte ich mich auf und rutschte neben ihn. »Es ist eine beschissene Situation. Am liebsten will ich einfach nur nach Hause und zurück in mein altes Leben.«

Tatsächlich war das nicht das Einzige, nach dem ich mich wirklich sehnte. Ich war diese Auseinandersetzungen leid, ich konnte Wraith nicht mehr ertragen und wollte nicht ständig in Angst und Schrecken vor den Mächtigen leben.

»Früher habe ich euch beneidet«, gestand ich William und suchte seinen Blick. »Ich wollte nichts lieber, als ein Dreamcatcher sein und mit euch in die Menschenwelt gehen, um dort Mare zu jagen. Heute weiß ich, wie dumm dieser Wunsch war.«

»Das finde ich überhaupt nicht«, sagte William. »Und obwohl du offiziell ein Teil der Dreamcatcher bist, kannst du nicht dasselbe Leben wie wir führen. Du hast weiterhin den Mare in dir, und natürlich weiß ich nicht, was das bedeutet. Ich habe lediglich eine ungefähre Vorstellung, und die ist bereits schlimm genug. Hinzu kommt, dass regelrecht Jagd auf dich gemacht wird, du aber nur dann über genügend Magie verfügst, um dich verteidigen zu können, wenn Wraith Mare oder Traumgeister verschlingt. Ich finde, das ist eine ganz schön schwierige Situation – und du meisterst sie unglaublich.«

Mit den Worten entlockte er mir tatsächlich ein kleines Lächeln. Ich rempelte ihn mit der Schulter an und meinte: »Hör auf, Süßholz zu raspeln. Ich bin keine Prinzessin, die du beeindrucken musst.«

»Das würde ich auch gar nicht wollen«, fuhr William fort. Da war dieses ernste Blitzen in seinen Augen, das davon zeugte, dass er jedes seiner Worte auch genau so meinte. »Du hast es nicht nötig, dass man dich mit Schmeicheleien umgarnt. Auf so etwas würdest du gar nicht anspringen. Du bist stark und stehst über solchen Dingen. Überleg mal, was du in letzter Zeit alles durchgestanden und erlebt hast. Ich bin nicht sicher, ob Cass, Nate oder ich das geschafft hätten.«

Ich schluckte schwer. Diese Worte von ihm zu hören, bedeutete mir unglaublich viel.

»Von daher erträgst du es auch, wenn eine Prinzessin um die Ecke kommt und Zeit mit Nate verbringt. Du weißt, dass er im Grunde keine andere Wahl hat. Er darf sie nicht vor den Kopf stoßen – das ist das Fiese daran, ein Prinz zu sein. Man muss stets eine freundliche Maske tragen und darf nie zeigen, wie es wirklich in einem aussieht.«

»Ich weiß«, erwiderte ich.

Natürlich sollte mir das nicht derart zusetzen. Doch solche Szenen führten mir immer wieder vor Augen, was irgendwann geschehen würde. Nate war nicht frei. Niemals würde jemand aus dem einfachen Volk an seiner Seite stehen dürfen. Irgendwann würde er sich für eine Adelige entscheiden müssen. Und jedes Mal, wenn ich eine junge Frau von angemessenem Stand bei ihm sah, wurde mir das erneut klar.

Ich streckte mich und setzte ein breites Grinsen auf. In der Tat ging es mir nach Williams Worten deutlich besser. »Danke fürs Aufmuntern. Das habe ich wirklich gebraucht.«

»Hab ich gerne gemacht«, sagte er, griff nach meiner Hand und drückte sie leicht. »Und nun lass uns etwas Spaß haben. Wäre doch gemein, wenn nur die anderen sich amüsieren würden.«

Ich hob fragend eine Braue und war gespannt, was er vorhatte.

28

Ich hatte mit so ziemlich allem gerechnet, aber nicht damit, dass William vorhatte, mit mir eine Runde auf Wings zu drehen. Im ersten Moment war ich nicht begeistert von der Idee gewesen – immerhin mussten wir nach draußen gehen, und ich hatte keine Lust, dort auf Nate und die anderen zu treffen. Doch ich musste zugeben, dass es durchaus etwas hatte, auf Wings' Rücken durch die Luft zu rasen. Es half natürlich auch, dass William auf schwindelerregende Schrauben und magenziehende Sturzflüge verzichtete. Der Wind peitschte mir dennoch ins Gesicht, und ich musste meine Muskeln ganz schön anspannen, um mich auf dem Drachen zu halten.

Die Sonne war strahlend hell und verwandelte das Gras unter uns in einen einzigartigen grünen Teppich. Bäume zogen unter uns vorbei, während der Himmel weit und blau über uns prangte. Ein tiefes Gefühl von Freiheit überkam mich. Als könnte ich mit nur ein paar Flügelschlägen von Wings überall hingelangen und alles hinter mir lassen.

William setzte zu einem Tiefflug an, sodass wir ganz knapp über die Baumwipfel hinwegrasten. Wir hielten auf die Grenze zu, und als ich die ersten schwarzen Bäume sah, rieselte mir ein kalter Schauder über die Haut. Sie waren gigantisch, das konnte ich selbst aus der Höhe erkennen. Ihre knorrigen Äste streckten sich uns entgegen, als versuchten sie, uns zu fassen zu bekommen. Einige hatten pechschwarze Blätter, deren Rauschen im Wind wie das Wispern geheimnisvoller Worte aus einer uralten Zeit klang. Den Boden konnte ich nicht erkennen, dafür war der Wald zu dicht und unwegsam. Dennoch fragte ich mich, ob es dort unten Wege gab. Und wo waren die Städte? Wie sahen sie aus? Ich versuchte, mir das Schloss vorzustellen, in dem der Albtraumkönig mit seiner Tochter und seinem Gefolge lebte. Wie Eve es dort wohl aushielt, in diesem dunklen Land, über das man sich so viele schaurige Geschichten erzählte?

William trieb Wings wieder höher, sodass wir den Sonnenstrahlen näher kamen, die warm auf meiner Haut kitzelten. Ich genoss das Gefühl und konnte tatsächlich all meine drückenden Gedanken hintanstellen. Dass Wraith während des Flugs die Klappe hielt, trug sicher ebenfalls dazu bei.

William ließ den Drachen eine Linkskurve drehen, sodass wir langsam wieder in Richtung Schloss zurückkehrten. Ich hatte nichts dagegen, denn es war anstrengend, sich auf dem riesigen Drachen zu halten, und so langsam machten sich meine Muskeln bemerkbar. Ich schaute mich noch einmal um und nahm all die Eindrücke in mich auf. Wenn ich mal wieder eine schlechte Zeit hatte, wollte ich mich daran zurückerinnern: an dieses Gefühl von Freiheit und Sorglosigkeit. An den Gedanken, dass alles möglich war und ich jede Grenze überwinden konnte.

»Was ist das denn?«, hakte ich nach, als ich mehrere dunkle Punkte in einiger Entfernung vor uns in der Luft schweben sah.

William gab ein Schnauben von sich, das genervt klang. Erst, als wir ihnen noch ein paar Meter näher gekommen waren, erkannte ich, was ich da sah und warum William plötzlich so reagiert hatte. Es waren zwei Drachen, und den Farben nach handelte es sich um Flame und Toasty. Nate, Cass und vermutlich auch Eve hatten also ebenfalls einen kleinen Ausflug mit ihren Drachen unternommen. Kein Wunder, dass William offenbar befürchtete, dieser Umstand könnte meine gute Laune wieder zunichtemachen. Doch da täuschte er sich gewaltig. Ich hatte nicht vor, mir von irgendwem diese wundervollen Eindrücke verderben zu lassen. Dank dieses Ausflugs hatte ich durchatmen und wieder ein Stück zu mir finden können. Dabei sollte es auch bleiben.

Die drei schienen uns mittlerweile entdeckt zu haben und kamen uns entgegen. Cass flankierte uns zur linken Seite mit Toasty, der im Flug wirklich beeindruckend aussah. Die grünen Schuppen glänzen im Sonnenlicht wie strahlende Smaragde. Die lederartigen Flügel hielt Toasty die meiste Zeit über vollkommen still und ließ sich einfach vom Wind tragen. Konzentriert sah der Drache vor sich hin, und ich konnte ungestört seinen riesigen Kopf betrachten, der mit unzähligen Stacheln und kleinen Höckern übersät war. Man konnte Drachen schön finden oder nicht – für mich gab es nichts Herrlicheres als diese Wesen.

Cass saß entspannt zwischen Toastys Schulterblättern und grinste uns an. »Du hättest ruhig sagen können, dass du auch eine Runde fliegen willst. Ihr beide hättet mit uns kommen können.«

»Vielleicht brauchten wir eine kleine Auszeit für uns allein«, foppte ich zurück und schenkte ihm einen vielsagenden Augenaufschlag, der ihm tatsächlich das Grinsen aus dem Gesicht wischte und ihn ziemlich verdutzt aus der Wäsche gucken ließ.

»Wenn du mit ihm was anfängst, bin ich echt enttäuscht. Ich dachte, uns zwei würde etwas ganz Besonderes verbinden. Hatten wir nicht eine Abmachung, dass wir alle Konventionen dieser Welt brechen und zeigen würden, dass Liebe keine Grenzen kennt?« Er fasste sich schockiert ans Herz und entlockte mir damit ein Lachen.

»Ich bin mir ziemlich sicher, dass dir deine Eltern sehr schnell genau aufzeigen würden, wo diese Grenze liegt. Aber ich muss dich leider ohnehin enttäuschen: Ich habe nicht vor, mich an irgendeinen Mann zu binden.«

Diese Worte hatte ich noch nie ausgesprochen, und dennoch entsprachen sie der Wahrheit. Nate hätte ich mir an meiner Seite durchaus vorstellen können, doch selbst da fehlte mir ein genaues Bild, wie dieses Leben aussehen sollte. Es war klar, dass ich niemals eine Prinzessin sein würde, ebenso wie er nie ein Fehris. An jemand anderen wollte ich mich nicht binden. Ich könnte niemals mit jemandem zusammen sein, den ich nicht liebte. Die Adeligen sahen das anders. Dort war das gang und gäbe. Doch für mich würde es bedeuten, ein weiteres Stück Freiheit aufzugeben, und wenn ich etwas in letzter Zeit gelernt hatte, dann, wie kostbar meine Freiheit war.

Mit meinen Worten hatte ich jeden Schalk aus Cass' Miene gewischt. Er sah mich irritiert an und versuchte wohl, einzuschätzen, wie ernst ich es meinte.

»Das heißt, du willst für immer allein bleiben?«

»Das habe ich nicht gesagt«, erwiderte ich. »Für mich steht nur fest, dass ich nichts Festes und mich nicht für immer an jemanden binden will.«

Wenn Cass mich eben schon angestarrt hat, als verstünde er die Welt nicht mehr, sah er mich jetzt an, als überlegte er, ob ich einen Schlaganfall erlitten hatte.

»Du willst dir einen Kerl suchen, dich mit ihm amüsieren, dann zum nächsten gehen, und das ohne mit der …«, begann er fassungslos, wurde allerdings jäh von einer anderen Stimme unterbrochen.

»Wir sollten allmählich landen. Den Ausflug noch weiter in die Länge zu ziehen, wäre unhöflich«, meinte Nate, der unbemerkt zu Wings' Linken aufgetaucht war.

Seine Stimme klang neutral, und ich konnte nicht einordnen, was er über meinen Kommentar dachte. Vermutlich machte er sich ohnehin kaum Gedanken darüber. Mein Blick wanderte zu Eve, die vor ihm saß und zu mir herübersah. Nate hatte seine Arme um sie geschlungen – ich versuchte, mir einzureden, dass er es nur tat, um Flames Zügel halten zu können. Dennoch hockten die beiden für meinen Geschmack viel zu dicht aneinander. Eve hatte sich leicht zurückgelehnt, sodass sie gegen Nates Brust gesunken war – ein Bild, das mir zu vertraut war, denn ich tat genau dasselbe, wenn ich mit ihm auf seinem Drachen unterwegs war. Genau darum wusste ich, wie sich sein fester Körper anfühlte, die Arme, die mich hielten, und sein Duft, der mich umfing, als wollte er mich einhüllen.

Mist! Hatte ich mir nicht geschworen, dass ich mich dieses Mal zusammenreißen würde? Ich hatte diesen herrlichen Ausflug in meinem Herzen behalten wollen, ganz ohne jedes schlechte Gefühl.

»Ja, lasst uns langsam landen«, stimmte ich Nate zu.

Toasty und Flame nahmen wieder ein wenig mehr Abstand zu uns und senkten sich langsam.

»Ich hoffe, du konntest den Ausflug dennoch ein wenig genießen«, wisperte William hinter mir, während auch wir zur Landung ansetzten.

Ich drehte mich zu ihm um, so gut es auf dem Drachenrücken ging, und schenkte ihm ein Lächeln. »Du hättest keine bessere Idee haben können. Mein Kopf ist wieder etwas freier, und dafür danke ich dir sehr.«

Mit einem kleinen Hopser setzte Wings auf dem Boden auf und machte noch ein paar kleine Schritte, bis er endlich zum Stehen kam. Kurz streckte er den Hals, schüttelte den Kopf und klappte die Flügel ein. William sprang von seinem Drachen ab und streckte mir die Hand entgegen, um mir hinunterzuhelfen. Bevor ich sie ergriff, schaute ich noch einmal zum Palast und sammelte Kraft. Auch ich musste an diesem Ort eine Maske tragen, hinter der einige Leute niemals mein wahres Gesicht erkennen durften.

29

Das Abendessen hatte sich ewig hingezogen. Da König Nightshade den Palast mit seiner Anwesenheit beehrte, war natürlich ein ausladendes Festessen serviert worden. Von Safran-Suppe bis Fisch in einer Blätterteigkruste war alles dabei gewesen. Nur leider hatten die Portionen mikroskopische Ausmaße gehabt, sodass mir selbst jetzt noch der Magen knurrte. Die Unterhaltungen waren ebenfalls nicht viel besser gewesen. Höfisches Gefasel ohne jede Substanz und Inhalt. Ich war so froh, als es endlich überstanden war.

Wieder meldete sich mein Magen lautstark zu Wort. Ich musste zugeben, ich kam mir ein bisschen verfressen vor. Dabei war ich karge Mahlzeiten und auch Hunger gewohnt. Vielleicht hatte ich mich in den letzten Wochen einfach an das angenehme Gefühl eines vollen Magens gewöhnt und wollte es nun nicht mehr aufgeben. Zumindest ein Stück Brot würde ich mir noch schnell holen können. Vielleicht konnte ich mit einem vollen Bauch auch besser in den Schlaf finden. Das wollte mir gerade nämlich so gar nicht gelingen.

So stand ich auf und schlich mich in meinen Schlafsachen nach unten. Ich wusste nicht genau, wo sich die Küche befand – ich hatte nur eine ungefähre Ahnung und hoffte, dass die sich am Ende als richtig erweisen würde.

Während ich durch den langen Gang wanderte, knarzten die Dielen unter meinen Füßen. Sofort blieb ich stehen und hoffte, dass mich niemand gehört hatte. Ich konnte mir durchaus denken, dass Lady Clearshine nicht allzu viel Verständnis für meine nächtlichen Aktivitäten aufbringen würde – erst recht nicht, wenn sie erfuhr, dass ich mir etwas zu essen stehlen wollte. Adelige Frauen schienen ohnehin kaum Nahrung zu brauchen. Zumindest hatte ich bisher keine von ihnen viel essen sehen.

Kann ich gut verstehen. Ich komme ebenfalls um vor Hunger und ich habe eine Ahnung, wo wir etwas finden könnten, kam es mit einem hungrigen Knurren von Wraith.

Vergiss es! Wir gehen ganz sicher nicht in die Menschenwelt, damit du dich sattessen kannst.

Ganz kurz fragte ich mich, ob dieser Appetit, den ich verspürte, vielleicht von Wraith stammte oder zumindest von seinem Hunger angestachelt wurde. Es war immer wieder erschreckend, wie stark wir inzwischen miteinander verwoben waren.

Ich sah mich suchend um und war mir ziemlich sicher, dass ich den richtigen Weg zum Speisesaal genommen hatte. Hier musste doch irgendwo die Küche sein …

Plötzlich ließ mich ein Geräusch innehalten. Ich huschte nach rechts, wo eine riesige Kommode stand, und hoffte, mich im Notfall dort verstecken zu können. Im fahlen Licht, das durch die Fenster drang, konnte man nur wenig erkennen. Vielleicht genügte das, damit ich unentdeckt blieb. Ich wartete und starrte den Korridor entlang, doch niemand kam. Stattdessen hörte ich das Geräusch erneut. Stimmen, wie ich nun erkannte. Und sie kamen nicht vom Flur, sondern waren hinter einer Tür.

Ganz langsam ging weiter und kam den Geräuschen tatsächlich näher. Vermutlich war es keine gute Idee, aber meine Neugier war geweckt. Immerhin war es spät am Abend, weshalb ich mich natürlich fragte, was zu so nachtschlafender Stunde noch besprochen werden musste. Ich presste mein Ohr gegen die Tür und lauschte.

»Willst du mir nun endlich verraten, warum du mich den ganzen Tag hingehalten hast? Ich hätte dieses Gespräch gerne hinter uns gebracht. Stattdessen weichst du mir ständig aus.« Lady Clearshine versuchte erst gar nicht, ihre Wut zu verstecken, was ungewöhnlich für eine Dame ihres Standes war. Eigentlich war es das oberste Gebot, Haltung zu bewahren.

»Wie ich dir bereits gesagt habe: Ich wollte dir Zeit geben, deine Meinung zu überdenken. Denn du weißt sicherlich, warum ich hier bin, und du hast mir bei meinem letzten Besuch sehr eindrücklich mitgeteilt, dass dies die letzte Unterstützung sein wird, die du uns zukommen lassen willst.«

Ein eisiger Schauder rann mir den Rücken hinab, als ich die Stimme von König Nightshade hörte. Sie war klirrend wie Eis und so scharf, als würde sie wie eine Klinge durch die Luft schneiden.

»Und obwohl du das alles weißt, kommst du dennoch wieder hierher«, kam es genauso eisig von Lady Clearshine zurück.

»Nun, es ist ja leider nicht so, als hätte ich viele Möglichkeiten. Die Minen sind instabil geworden. Wir tun unser Möglichstes, aber ohne Magie ist es einfach nicht zu schaffen. Schon bald wird es sich nicht mehr verbergen lassen, und was dann passiert, muss ich dir wohl kaum erklären. Genau darum bin ich hier.«

»Ich habe es dir beim letzten Mal bereits gesagt: Ich werde nicht meinen Kopf für dich riskieren. Wende dich an König Dawnspark, wenn du was willst.«

Nightshade schnaubte abfällig. »Du machst wohl Scherze! Du weißt ganz genau, warum das keine Option ist. Außerdem traut er mir ohnehin nicht.«

»Tja, woher dieses Misstrauen wohl kommen mag?«, kam es von Lady Clearshine zurück.

»Wenn du wüsstest«, murmelte er vor sich hin, atmete tief durch und versuchte es offenbar noch mal freundlicher. »Agatha, du weißt sehr genau, was auf dem Spiel steht. Reize mich nicht, das würdest du bereuen.«

»Willst du mir drohen?«, zischte sie.

»Ich will dir nur die Augen öffnen. Sichere mir noch einmal Magie zu!«

»Ich wäre absolut dumm, wenn ich mich gegen den Willen des Königs stellen würde.«

»Du wärst dumm, wenn du dich gegen mich stellen würdest«, zischte der Albtraumkönig. »Ich kann dir und deiner Familie das Ende bringen, vergiss das lieber nicht. Ich werde keine Sekunde zögern, wenn du dich weiterhin weigerst.«

Es war deutlich, dass seine Worte keine leere Drohung waren. Er würde die Clearshines vernichten – genau das schien auch Cass' Mutter gerade klar zu werden.

»Du bist wirklich abscheulich«, gab sie angewidert zurück.

»Das mag sein. Aber was tut man nicht alles, damit die eigenen Pläne umgesetzt werden können.«

Lady Clearshine zögerte noch einen Moment, dann gab sie schließlich nach. »Sag mir die Summe, die du brauchst. Ich werde nachsehen, ob wir sie zusammenbekommen können.«

»Das ist zu freundlich«, erwiderte König Nightshade. Ich konnte ihm das zufriedene Lächeln förmlich anhören.

Da sich das Gespräch dem Ende neigte, machte ich kehrt und eilte in Richtung meines Zimmers zurück. Währenddessen überschlugen sich die Gedanken in meinem Kopf. Ich konnte noch immer nicht glauben, was ich da gehört hatte. Intrigierte Nightshade noch immer gegen König Dawnspark oder was hatte das zu bedeuten? Er hatte etwas mit den Minen vor, was ganz sicher nichts Gutes bedeutete. Wenn die tatsächlich instabil wurden und dabei dunkle Essenz freigesetzt wurde … Ich wollte mir nicht mal ausmalen, was unserer Welt dann bevorstand.

Und das wundert dich wirklich? Als hätten die Adeligen sich nicht ständig in der Wolle und würden versuchen, einander auszustechen, murrte Wraith.

»Was weißt du denn bitte über die Adeligen?«

Wir Mare wissen mehr, als ihr Traumländer ahnt. Ich habe es dir schon einmal gesagt, wir bekommen so einiges mit.

Ich schnaubte abfällig. Ich wusste sehr genau, was die Mare alles taten. Sie brachten vor allem Tod und Zerstörung und hatten vermutlich sogar noch eine Heidenfreude daran. Doch offenbar waren sie nicht die einzige Gefahr für uns. Erneut musste ich an König Nightshade denken und fragte mich, was er vorhatte. Die Minen. Wenn er versuchte, die dunkle Essenz für sich zu nutzen, um daraus neue Magie zu gewinnen … So wahnsinnig konnte er nicht sein, oder?

Ich hatte dieses pechschwarze, klebrige Zeug einige Male zu Gesicht bekommen, wenn ich einen Albtraum zum Nachttor gebracht hatte. Allein beim Anblick hatte mich eine Gänsehaut überkommen. Ich wusste, wie gefährlich das Zeug war, und konnte mir bildhaft vorstellen, was geschehen würde, wenn sie in unserer Welt freigesetzt wurde.

Man könnte es König Nightshade jedenfalls nicht übel nehmen, wenn er es versuchen würde. Immerhin steckt darin unglaublich viel Magie. Für jemanden, dem die Magie genommen wurde, ist der Gedanke sicher verführerisch, überlegte Wraith.

Er wäre verrückt, wenn er das versuchen würde. Dieses Zeug ist von Grund auf böse. Niemand sollte so etwas in sich aufnehmen. Dabei kann man nur den Verstand verlieren.

Ich glaube kaum, dass sich jemand, der nach wahrerer Macht strebt, um so etwas Gedanken macht, wandte der Mare ein.

Natürlich konnte Wraith da mitreden. Immerhin hätte er alles dafür getan, um an Magie zu kommen.

Selbstverständlich, das ist auch das einzig Vernünftige. Und Nightshade wird den Gedanken ebenfalls gehabt haben. Immerhin wird er von Dawnspark klein gehalten, und all seine Bitten, mehr Magie zu bekommen, werden abgelehnt. Da muss man am Ende wohl gewisse Risiken eingehen.

Hoffen wir mal, dass du mit dieser Einschätzung falschliegst.

Aber ich musste zugeben, ich hatte ein schlechtes Gefühl bei der Sache. So viel stand auf dem Spiel. Es ging nicht nur darum, dass Nightshade sich mit dieser neu gewonnenen Macht gegen unseren König erheben konnte. Es ging vor allem darum, dass, wenn nur ein Fehler passierte und die dunkle Essenz freikam, wir alle in großer Gefahr schwebten. Das alles konnte ich nicht für mich behalten. Ich musste mit jemandem reden – und das jetzt sofort.

Ich blieb stehen und zögerte keinen Moment. Sofort drehte ich mich um und eilte zu Nates Zimmer. Ich musste ihm erzählen, was ich gehört hatte.

Denkst du wirklich, dass er davon nichts weiß? Diese Leute haben doch überall ihre Spione. Sicher haben sie den Albtraumkönig längst im Visier, und mal ganz ehrlich, ich glaube kaum, dass er dir etwas darüber sagen wird. Du gehörst nicht zum Königshaus, wandte Wraith ein.

Wir haben keine Geheimnisse voreinander. Wenn ich ihn darauf anspreche, wird er mir sagen, ob er etwas darüber weiß.

Davon war ich überzeugt, auch wenn sich eine leise Stimme in meinem Hinterkopf meldete, die mir in ziemlich prägnantem Tonfall einhämmerte, dass ich sehr wohl Dinge vor Nate verbarg. Ganz kurz flammten die Erinnerungen an das Versteck von Morpheus in mir auf. An Trish, Jinx, Cole, Arion und vor allem an Cael. Schnell schob ich die Gedanken beiseite. Irgendwann würde ich Nate von alldem erzählen. Spätestens, wenn der ganze Spuk mit Wraith vorüber war.

Ich halte das für eine absolut dumme Idee.

Zum Glück interessiert mich deine Meinung nicht, erwiderte ich gereizt. Ich war es so satt, mich ständig mit dem Kerl auseinandersetzen zu müssen.

Ich wollte es nur erwähnt haben. Irgendwie habe ich bei der Aktion gar kein gutes Gefühl. Um was wollen wir wetten, dass er dir nicht die Wahrheit sagen wird? Immerhin ist er der zukünftige König, und deswegen sieht er seine Prioritäten vor allem darin, sein Land zu schützen.

Er musste mir wirklich nicht erklären, in welcher Zwickmühle Nate immer wieder steckte und welche Probleme in

Zukunft auftreten würden. Das alles wusste ich, und ich gab es ungern zu, aber der Mare traf einen wunden Punkt.

Ich bleibe dabei: Er wird offen mit mir sprechen. Nate hält nichts vor mir zurück. Auch wenn ich mich wiederholte, ich war mir absolut sicher, dass ich ihm vertrauen konnte.

In diesem Moment kam ich bei seiner Tür an und … Im Nachhinein hatte ich keine Ahnung, wieso ich das tat, was ich tat. Es war absolut dumm, und ich hätte mir jede Menge Ärger erspart, wenn ich nur einen Moment nachgedacht hätte. Aber ich war noch immer in die Diskussion mit Wraith vertieft, und vielleicht wollte ich ihm und mir beweisen, dass solch eine Aktion vollkommen in Ordnung war zwischen Nate und mir. Jedenfalls klopfte ich nicht an, sondern riss einfach die Tür auf.

Schwerer Fehler! Verdammt schwerer Fehler!

30

Ich vergaß, zu atmen, während ich mit schreckgeweiteten Augen auf die Szene vor mir starrte.

Das imposante, großzügig ausgestattete Zimmer nahm ich nur am Rande wahr. Stattdessen brannte sich das Bild der zwei Personen in meine Netzhaut, die eng umschlungen auf dem Bett lagen. Eves Kopf ruhte auf Nates Brust – zumindest hatte er das bis vor ein paar Sekunden noch getan. Nun hatte sie den Kopf erhoben und schaute mich mit einer Mischung aus Erstaunen und Verwunderung an. Ihr rotes Haar floss kaskadenartig an ihr hinab und ergoss sich auf die weiße Bettwäsche.

Nates Arm war um Eve gelegt und hielt die junge Frau dicht bei sich. Die Finger seiner anderen Hand waren mit ihren verschlungen. Allein mitansehen zu müssen, wie seine Finger sie zärtlich berührten, war nicht auszuhalten. Auch wenn mein verzweifeltes Hirn nach einer anderen Erklärung suchte, die gab es leider nicht. Eve und Nate waren mitten in der Nacht hier allein auf seinem Zimmer – eng umschlungen in seinem Bett. Da gab es nichts falsch zu verstehen. Leider!

»Alexis«, presste Nate schließlich hervor.

Er wirkte verwirrt, weil ich einfach so in seinem Zimmer stand. Seine Stimme zu hören, war wie ein Weckruf. Endlich bekam ich die Kontrolle über meinen Körper zurück, drehte mich um und hastete, so schnell ich konnte, aus dem Raum. Mein Herz donnerte in meiner Brust. Einerseits konnte ich nicht fassen, dass ich wirklich einfach so in sein Zimmer geplatzt war. Zum anderen zerriss mich die Vorstellung, dass Nate und Eve … ja, was? Was hatten die beiden dort gemacht? Die Antwort war wohl naheliegend.

Das kam unerwartet. Aber dass es keine gute Idee ist, zu ihm zu gehen, hatte ich dir ja gesagt.

Halt den Mund, Wraith! Wenn es in deinem verdammten Dasein je nötig war, den Mund zu halten, dann jetzt!

Die Gefühle wirbelten in mir umher wie ein tobendes Feuer, das alles in seiner Nähe verschlang und nur Asche und Glut zurückließ. Ich spürte, wie Tränen in mir nach oben drängten – doch es waren Tränen der Wut. Ich war so voller Zorn, dass ich kaum an mich halten konnte. Mir war immer klar gewesen, dass Nate und ich keine Zukunft hatten. Irgendwann musste er sich eine Frau suchen, die aus seinen Kreisen stammte. Aber warum gerade jetzt? Weshalb so schnell? Ich war nicht vorbereitet gewesen und vielleicht auch einfach zu naiv. Mir war entgangen, dass zwischen den beiden etwas war.

Wieder flammte das Bild vor meinen Augen auf: Nate, dessen Arm eng um Eve geschlungen war. Ihr Kopf, der so selbstverständlich auf seiner festen Brust ruhte. Am schlimmsten war aber die Innigkeit zwischen ihnen gewesen. Die Intimität, die es bedeutete, dass sie allein in seinem Zimmer, in seinem Bett gelegen hatten. Ich war so dumm gewesen. So unglaublich dumm, und genau deswegen schnitten sich nun all diese grauenhaften Gefühle wie ein frisch geschliffenes Messer durch mein Inneres.

Hör auf!, beschwerte sich Wraith. *Hör einfach auf! Das ist nicht auszuhalten. Diese Eifersucht. Dieses Leid, der Schmerz. Stell es ab!*

Aber so gerne ich es auch wollte, ich konnte nicht. Die Gefühle bäumten sich zu einer gigantischen Welle auf und drohten, mich mit sich zu reißen. Sie wollte mich in einen Abgrund ziehen, an einen Ort, wo nur Dunkelheit herrschte. Ich konnte sie bereits spüren. Sie näherte sich langsam, griff nach mir, eiskalt und brennend heiß zugleich. Und plötzlich war da noch ein anderes Gefühl, irgendwo in der Ferne, wie ein leiser Ruf. Da war eine Stärke. Da war Macht, und plötzlich kam mir ein Gedanke, der alles andere zur Seite drängte. Diese Macht konnte mir gehören. Mir allein. Mit dieser Stärke wäre alles möglich. Sie würde sogar meinen Schmerz vernichten.

Mit dieser Gewissheit veränderte sich plötzlich etwas in mir. Etwas überschwemmte mich, riss mich fort – und ich war dankbar dafür. Denn mit jeder Woge, die über mich kam, spürte ich, wie all die kochenden Emotionen erstickt und vernichtet wurden. Es war die pure Erleichterung.

***

Da war nichts mehr in mir, nur Leere und Dunkelheit. Überraschenderweise war es angenehm, nichts zu fühlen. So viel besser als diese brennenden, alles übermannenden Emotionen. Ich wogte im herrlichen Nichts und spürte es überall um mich herum und auch in mir. Es hielt mich umschlungen, und ich hätte mir nichts Schöneres vorstellen können.

Was eben noch geschehen war, wusste ich nicht mehr. Es war, als wäre meine komplette Welt aus den Angeln gehoben und alle Gesetze für nichtig erklärt worden. Es existierte keine Zeit mehr, keine Schwerkraft, kein Raum oder Licht. Und es war gut so. Wo auch immer ich mich befand. Ich wusste, dass ich am richtigen Ort war. Ganz kurz gleißte in mir die Frage auf, wo denn genau dieser Ort war, doch das waren Gedanken, die ich nicht zulassen wollte. Hier im endlosen Nichts ging es mir gut. Hier konnte mir nichts geschehen. Aber warum hatte ich überhaupt an diesen Ort fliehen müssen? War mir etwas passiert? Kurz versuchte ich, eine Erinnerung zu finden, stellte den Versuch aber sogleich ein. Nachdenken brachte nur Qualen mit sich. Fragen zu stellen bedeutete Schmerz und Neugier war zu gefährlich.

Kaum waren die Sätze in meinem Kopf, durchzuckte mich der gleißende Schmerz eines Erinnerungsfetzens. Ich sah Nate, der in einem Bett lag. Mist, verdammt! Warum musste ich auch immer über alles grübeln und versuchen, Antworten zu finden? Warum konnte ich nicht einfach mal was gut sein lassen?

Aber natürlich kannte ich den Grund: weil das mein Wesen war. Das war ich! Ich stellte eben immer Fragen und konnte nirgends meine Nase raushalten. Das mochte vielleicht an der einen oder anderen Stelle ein großer Nachteil gewesen sein, doch es hatte mir auch schon sehr oft geholfen. Sonst hätte ich zum Beispiel nie von der Sache mit Nate erfahren. Nur kurz musste ich mich konzentrieren, dann war das Bild von ihm und Eve wieder da. Es tat weh. Andererseits wusste ich nun, woran ich war. Ich hatte es doch sowieso immer geahnt.

Eiskalter Wind strich über meine Haut und ein eigenartiger Geruch stieg mir in die Nase, modrig und holzig. Gänsehaut kroch mir über die Arme, und ich fröstelte. Erst jetzt bemerkte ich, dass ich mich bewegte, und mit einem Schlag wurde mir klar, dass hier etwas ganz und gar nicht stimmte. Ich schnappte nach Luft und riss die Augen auf. Im ersten Moment wusste ich nicht mal, was ich da vor mir sah. Ich wusste nur instinktiv, dass es überhaupt nicht gut war. Angst kroch mir wie ein Insekt über die Haut, wühlte sich unter meine Kleidung und ließ mich schaudern.

Um mich herum wuchsen unzählige schwarze Bäume. Ihre weitverzweigten Äste waren knorrig und von tiefschwarzer Farbe. Die Verwachsungen und Wucherungen verliehen ihnen auf den ersten Blick ein krankhaftes Aussehen, doch bei genauerer Betrachtung stellte ich fest, dass sie stark wirkten und diese seltsamen Gebilde Teile der Bäume waren, die genau so sein sollten. In ihren Stämmen und auch in ihren mächtigen Kronen prangten rötlich glühende Lichter, deren eigentümlicher Schein unheimliche Schatten warf.

Farne und fremdartige Gräser wuchsen auf dem Boden, teilten sich den Platz mit schimmernden Pilzen, die ich noch nie zuvor gesehen hatte. Ich musste kein Genie sein, um zu wissen, wo ich mich befand. Und diese Gewissheit brachte mein Herz zum Stolpern. Ich war über die Grenze geraten und befand mich in den Albtraumlanden.

Oh, zu schade! Du bist schon wieder wach, stellte Wraith mit eigenartigem Tonfall fest. Es klang fast so, als wäre diese Tatsache nur eine Nebensächlichkeit und er gerade mit ganz anderen Dingen beschäftigt.

Dennoch verstand ich, auch ohne dass er große Worte verlor, was geschehen war. Wraith hatte mein Gefühlschaos ausgenutzt. Er hatte meinen Geist beiseitegedrängt, ihn mit Ruhe und Frieden gelockt, sodass ich mich zurückgezogen hatte und er meinen Körper übernehmen konnte. Ich konnte mich wohl glücklich schätzen, dass ich überhaupt noch mal zu mir gekommen war, denn Wraith hätte sicher keine Anstalten gemacht, mich zurückzuholen.

Kälte kroch erneut über meine Arme, sodass ich sie schnell um mich schlang. Ich konnte nicht fassen, dass ich wirklich hier war. Der Anblick des Waldes war einerseits unheimlich und zugleich faszinierend. Überall hingen Lichter an den Bäumen und Pflanzen. Erst auf den zweiten Blick erkannte ich, dass sie tatsächlich miteinander verwachsen und vermutlich Teil der Flora waren. Die Pflanzen spendeten Licht und sorgten für den rötlichen Schein, der über alles tanzte.

Wir sind ihr schon ein Stück näher gekommen, drängte sich Wraith in meine Gedanken. Seine Stimme klang verwaschen und nicht klar. Es war, als wäre er nicht ganz bei sich. *Dennoch ist es noch weit.* Die Qual rang in seiner Stimme mit und brachte sie zum Beben. *All diese Kraft! So viel Magie! Sie kann mir gehören. Mir ganz allein! Nur mir!*

Kaum hatte er zu Ende gesprochen, überfiel mich eine solch tiefe Sehnsucht, wie ich sie noch nie zuvor gespürt hatte. Es tat körperlich weh und fegte jeden Gedanken fort. Ich musste mich dazu zwingen, mehrfach tief durchzuatmen und ruhig zu bleiben. Meine Beine wollten sich bewegen. Sie waren drauf und dran, Schritte zu tun, um mich meinem Ziel endlich näher zu bringen. Es kostete mich all meine Kraft, mich dagegenzustemmen und an Ort und Stelle stehen zu bleiben.

Es dauerte einen Moment, bis ich mich wieder in den Griff bekam. Doch den Hunger, der an jedem meiner Nerven zerrte, konnte ich nicht abwehren. Er war da, überall und gnadenlos. Wenn ich ihm nicht nachgab, musste ich sterben – dieser Gedanke war plötzlich da, glasklar und messerscharf. Doch ich wusste, dass es mein Verderben sein würde, wenn ich ihm folgte.

Wraith, flehte ich den Mare an, *hör auf! Versuch, dich wieder in den Griff zu bekommen. Ich habe keine Ahnung, was in dich gefahren ist, aber du musst damit sofort aufhören.*

Meine Worte entsprachen nicht ganz der Wahrheit, denn natürlich ahnte ich, was er wollte. Er musste seinen Hunger stillen, und zwar mit dieser einzigartigen Kraft, die dort irgendwo in den Albtraumlanden lag. Ich spürte sie ganz klar und konnte auch sagen, dass sie wirklich weit entfernt war. Aber das würde weder Wraith noch mich aufhalten … wenn ich denn nachgab. Und genau das durfte niemals passieren.

»Wir müssen von hier fort«, sagte ich laut zu mir selbst, um den Gedanken besser festzuhalten. »Auf der Stelle!«

Ich schaffte es tatsächlich unter größter Kraftanstrengung, mich umzudrehen. Sofort heulte Wraith gellend auf. Er wehrte sich, versuchte, die Macht über meinen Körper zurückzuerlangen. Er wollte dorthin. Er wollte an sein Ziel. Er musste seinen Hunger stillen. Und ich durfte das nicht zulassen, denn tief in mir hatte ich eine Ahnung, wohin er wollte: zu den Minen, die auch für König Nightshade so kostbar waren.

Ich sammelte all meine Willenskraft und stemmte mich gegen Wraith. Ich zwang meine Beine, den nächsten Schritt zu machen und einen Fuß vor den anderen zu setzen. Einen richtigen Weg entdeckte ich nicht, aber dafür mehrere schmale, platt getrampelte Pfade, die wohl durch regelmäßige Nutzung entstanden waren. Ob von Albtraumländern oder Tieren, konnte ich nicht sagen, wollte es in diesem Moment aber lieber auch gar nicht wissen.

Über den hohen, schwarzen Wipfeln zeichneten sich im milchigen Mondlicht die Umrisse eines Schlosses ab. Es war noch ein gutes Stück entfernt, dennoch verlieh mir der Anblick des Zuhauses der Clearshines neue Zuversicht. Ich konnte es schaffen. Immerhin war Wraith nicht allzu weit über die Grenze gegangen. Es hätte durchaus schlimmer kommen können, und ich wollte mir gar nicht vorstellen, was alles im tiefen Inneren dieses Landes auf mich gewartet hätte.

Kehr sofort um!, kreischte Wraith und riss an jedem meiner Nerven. Mit aller Macht versuchte er, mein Bewusstsein beiseitezuschieben und die Kontrolle zu übernehmen. *Das ist meine Chance. Die Gelegenheit! So viel Macht! So viel Kraft!*, leierte er erneut vor sich hin.

Jeder Muskel in mir war zum Zerreißen gespannt. Nur mit Mühe schaffte ich es, den nächsten Schritt zu tun – einen nach dem anderen. Wraith schrie weiter gellend laut, sodass ich seine Pein in jedem Muskel und in jedem Knochen spürte. Mein ganzer Körper vibrierte.

Als ich irgendwann den Waldrand vor mir erblickte, spürte ich einen innerlichen Widerstand, der mich beinahe gebrochen hätte. Er war übermächtig und kämpfte sich durch jeden meiner Gedanken. Ich konnte nicht sagen, wie ich die Kraft aufbrachte, mich dagegenzustellen. Zitternd bewegte ich meine Beine weiter und schaffte es endlich über die Grenze. Kaum war das geschehen, verstummte Wraith endlich und zog sich ganz tief in mich zurück. Es war mir nur recht, zumal ich seinen Schmerz weiterhin wahrnahm.

Zitternd stützte ich mich auf meinen Oberschenkeln ab und bekam langsam die Kontrolle zurück. Wraiths Gefühle brannten sich wie heißes Feuer durch meinen Körper. Da war so viel Gier, so viel Hass und gleichzeitig eine solche Qual, die mein gesamtes Inneres durchflutete. Ein Teil von mir wollte noch immer kehrtmachen und zurück über die Grenze eilen. Nur der Gedanke, dass diese Sehnsucht nicht mir gehörte, half mir. Ich musste zu mir selbst zurückfinden. Mit aller Kraft suchte ich nach meinen eigenen Gefühlen. Da waren Verwirrung, Angst sowie Widerwillen in mir, und ich klammerte mich daran fest. Diese Gefühle gehörten mir – ich spürte, dass sie meine waren.

Pure Erleichterung durchströmte mich, als ich meine Gedanken wieder deutlich identifizieren konnte. Mir war klar, dass ich sofort von hier weg musste. Ich hob den Kopf und blickte nach vorne. Es würde noch etwas dauern, bis ich das Schloss erreichte, aber das Schlimmste lag wohl hinter mir.

Ich setzte mich in Bewegung, während die Gedanken in mir noch immer kreisten. Es war verdammt knapp gewesen. Ich hatte die Kontrolle verloren und war für einen Moment komplett verloren gewesen. Mein Körper hatte Wraith gehört. Für kurze Zeit quasi nicht mehr existiert zu haben, war das Schrecklichste und Erschütterndste, was ich je erlebt hatte. Zugleich wusste ich aber auch, dass ich vor einer Wiederholung nicht geschützt war. Wenn Wraith etwas wirklich wichtig war, dann konnte er offenbar ausreichend Kraft und Willen aufbringen, um mich in einem schwachen Moment außer Gefecht zu setzen. Ich war wohl niemals sicher davor, irgendwann erneut in diese Situation zu geraten, und was Wraith dann machen würde, wollte ich mir nicht vorstellen. Ich wollte gerade nicht mal daran denken, wie viel Magie er sich hätte holen können und was geschehen wäre, hätte er Erfolg gehabt. Vermutlich wäre ich dann nie mehr zurückgekehrt, das stand wohl fest.

Mir war klar, dass ich etwas tun musste. Aber ich hatte keine Ahnung, was. Zum ersten Mal, seit Wraith in meinen Körper übergegangen war, hatte ich das Gefühl, wirklich zu wissen, welch große Gefahr von ihm ausging – und sie war weitaus schlimmer, als ich es mir je vorgestellt hatte.

Ich kam dem Schloss näher, das sich mit seinen wundervollen Türmen und den starken Mauern vor der Dunkelheit der Nacht abzeichnete. Dort würde ich erst mal zur Ruhe kommen, um dann wichtige Entscheidungen zu treffen – und das schnell. Im Moment schien Wraith geschwächt zu sein. Diesen Umstand musste ich nutzen.

Während ich mit schnellen Schritten weiter durch die Nacht stolperte, bemerkte ich eine schattenhafte Gestalt, die aus Richtung des Schlosses auf mich zukam. Ich blieb erschrocken stehen und versuchte, zu erkennen, wer das war. Es konnte nur jemand aus dem Palast sein, und ich war mir ziemlich sicher, dass er eine Erklärung dafür haben wollte, warum ich um diese Uhrzeit draußen herumschlich – etwas, das ich gerade gar nicht gebrauchen konnte.

Die Gestalt veränderte plötzlich ihr Tempo und wurde schneller, was eindeutig dafürsprach, dass sie mich entdeckt hatte. Mist, ging es mir durch den Kopf, während ich überlegte, was ich machen sollte. Ich hatte keine Lust auf lange Erklärungen, aber einfach abhauen konnte ich auch schlecht.

Langsam kam die Gestalt näher, und in diesem Moment erkannte ich sie.

31

Mein Herz schlug mir bis zum Hals. Sofort waren da wieder die Bilder in mir, die mir solch scharfe und quälende Stiche versetzten: Nate und Eve, die eng umschlungen im Bett lagen, ihr Kopf auf seiner Brust, während ihr langes Haar in sanften Wellen über ihren Rücken fiel. Ihre Finger waren mit Nates verschlungen, als wollten sie sich nie wieder loslassen. Die beiden wirkten so innig und vertraut miteinander. Zum wiederholten Male fragte ich mich, wie ich nicht hatte merken können, dass die beiden sich nähergekommen waren.

Nun, da ich Nate erkannt hatte und wusste, dass er auf mich zugerannt kam, kämpften zwei Herzen in meiner Brust. Einerseits wollte ich gerne zu ihm, doch auf der anderen Seite wünschte ich mich nur fort. Und dieser letzte Teil gewann schließlich die Oberhand. Ich spürte, wie ein Rucken durch meine Beine ging und sie plötzlich loseilen wollten.

Als hätte er diesen winzigen Impuls bemerkt, rief Nate plötzlich meinen Namen und schaffte es so, den vernünftigen Teil in mir zurückzuholen. Statt Panik und Flucht machte sich heiße Wut in mir breit. Da war Enttäuschung und der bittersüße Geschmack von Verletztheit. Dabei wusste ich, dass ich ganz nüchtern betrachtet keinen Grund dafür hatte. Nate und ich waren nicht zusammen. Wir waren einander nichts schuldig, das wusste ich. Doch wer sagte es meinem dummen Herzen?

»Was machst du hier draußen?«, wollte Nate wissen, der seine Schritte nun verlangsamte und die letzten Meter zu mir überbrückte. Sein Blick war klar wie das strahlende Licht der Sterne über uns, doch es lag auch ein gewisses Misstrauen darin. Oder bildete ich mir das nur ein?

»Es hat etwas gedauert, bis ich Eve losgeworden bin«, gestand er zu meiner Überraschung, und er klang dabei sogar ein klein wenig geknickt. »Als ich gerade auf dem Weg zu dir war, habe ich aus dem Fenster gesehen und eine Gestalt entdeckt, die dir überraschend ähnlich sah. Da habe ich mich sofort auf den Weg gemacht.« Wieder legte sich der Blick seiner dunklen Augen auf mich und versuchte, in mir eine Antwort zu finden. »Willst du mir sagen, was du hier draußen gemacht hast? Du siehst ziemlich mitgenommen aus.«

Einen Moment lang stand ich da und wusste nicht, was ich antworten sollte. Was war überhaupt mit mir geschehen? Fest stand, dass Wraith die Kontrolle über mich übernommen hatte, aber wie genau, das konnte ich nicht sagen. Oder vielleicht wollte ich diesen Gedanken auch nicht zulassen? Ich wusste, wie schlecht es mir gegangen war, nachdem ich Nate und Eve zusammen gesehen hatte. Es war so viel Schmerz in mir gewesen, so viel Leid. Offenbar zu viel. Hatte ich mich darum nicht gewehrt, als Wraith sich nach vorne gedrängt hatte? War es mir sogar recht gewesen, dass er übernommen hatte, damit ich nichts mehr fühlen musste? Ich hasste diesen Gedanken, denn er zeigte, wie schwach ich gewesen war. Und genau das durfte ich nicht sein. Niemals!

»Ich hatte ein kleines Problem«, hörte ich mich sagen. Meine Stimme klang seltsam nüchtern, fast abgeklärt. »Wraith hat irgendwie die Kontrolle über meinen Körper bekommen und ist über die Grenze in die Albtraumlande gegangen. Es hat wohl eine ganze Weile gedauert, bis ich wieder zu mir kam, und ich kann von Glück sagen, dass es mir gelungen ist, ihn zurückzudrängen.«

Mit jedem Wort verstärkte sich der entsetzte Ausdruck in Nates Gesicht. Er war ehrlich fassungslos, erschüttert und irgendwie ängstlich. Er machte einen Schritt auf mich zu.

»Warum hat er das getan? Hast du eine Ahnung, was er in den Albtraumlanden wollte?«

»Er wollte sich Magie einverleiben«, antwortete ich mit derselben tonlosen Stimme. »Wraith hat etwas gespürt. Etwas Mächtiges, das dort drüben ist. Und er wollte es sich holen.«

Nate öffnete den Mund, um etwas zu sagen, doch für diesen Schrecken gab es einfach keine Worte. Genau darum überwand er nun die letzte Distanz, die uns trennte. Er legte seine Arme um mich – so zärtlich, so vorsichtig und behütend, dass mein Herz eng wurde. Er zog mich ganz nah an seinen herrlichen Körper, der mir einerseits so vertraut war und andererseits so unbekannt, als würde ich eine längst vergessene Melodie in einem neuen Lied wiedererkennen. Er schmiegte seine Wange in mein Haar, und ich fühlte seinen warmen Atem darüberstreichen. Es war ein unglaublich inniger Moment und alles, wonach ich mich immer gesehnt hatte. Genau darum konnte ich es nicht. Es ging einfach nicht. Nicht mehr.

Und so riss ich meine Arme empor und stieß Nate unsanft weg. Während er zurücktaumelte, sah er mich verwundert an.

»Ich denke nicht, dass wir uns noch so nahe kommen sollten«, sagte ich langsam, während ich einen weiteren Schritt nach hinten tat. Das unterstrich auf ziemlich eindeutige Weise meine Position und schien Nates Unverständnis nur weiter zu fördern.

»Alexis, was ist los mit dir? Ist noch etwas passiert?«

Er sah mich fragend an und suchte eine Antwort in meinem Gesicht. Ihn so zu sehen, tat mir irgendwie weh, aber in diesem Moment musste ich vor allem mich und mein dummes Herz schützen. Plötzlich riss er die Augen auf und schien zu verstehen.

»Es ist wegen Eve«, stellte er fest. »Du hast gesehen, wie sie bei mir im Bett lag, und …« Er brach mitten im Satz ab, schüttelte den Kopf und kam erneut auf mich zu.

Ich wich noch einmal zurück und hob abwehrend die Hände. »Ja, allerdings. Ich habe euch gesehen, und genau darum kann ich das nicht, Nate. Du kannst mich nicht mehr in deine Arme schließen und festhalten. Dir mag es nichts bedeuten, aber für mich … für mich ist es …«

Ich stockte, so entsetzt war ich von meinen Worten. Noch nie hatte ich Nate meine Gefühle gestanden. Ich hatte es bisher nicht mal angedeutet. Dass nun alles einfach so aus mir herauspurzelte – vollkommen unüberlegt und impulsiv –, das war absolut der falsche Weg und erst recht der falsche Moment.

»Wie kannst du nur denken, dass mir das nichts bedeuten würde?«, sagte Nate mit klarer und absolut ruhiger Stimme. Er sah mich an, ungebrochen und mit einem Flackern in den Augen, das mich an ein prasselndes Feuer erinnerte, das schon bald zu einem Inferno heranwachsen würde.

Ich wollte ansetzen, um etwas zu erwidern, doch er ließ mir keine Chance. Blitzschnell griff er nach meiner Hand.

»Zwischen Eve und mir war nichts. Zumindest nicht so, wie du jetzt vielleicht denkst. Eve ging es nicht gut. Heute vor zehn Jahren ist ihre Mutter gestorben. Sie hat mir davon erzählt, und ich war da, um sie zu trösten.«

Ich konnte kaum fassen, was ich da hörte. Deswegen hatten sie so eng umschlungen im Bett gelegen? Konnte das wirklich sein? Es ließ sich allerdings auch nicht von der Hand weisen, dass eine Vertrautheit zwischen den beiden bestand. Vor allem aber wusste ich noch sehr genau, wie Eve ihn angesehen hatte. Sie schenkte ihm dieselben Blicke, wie ich es tat. Leider war mir daher nur allzu bewusst, was sie bedeuteten. Im Gegensatz zu ihr hatte ich nur leider keine Chance bei Nate.

Dennoch verstand ich natürlich, was er mir gerade zu sagen versuchte. Es war offenbar nichts zwischen den beiden gewesen, und es war ihm wichtig, das klarzustellen.

»Ich hätte eher nach dir sehen sollen, aber ich bin Eve einfach nicht schneller losgeworden«, fuhr er fort.

Ich schüttelte langsam den Kopf, während sich das Lodern von Nates Augen in meinen Körper brannte. Es war kraftvoll und voller Begehren. Aber das durfte einfach nicht sein.

»Du musst doch wissen, wie ich für dich empfinde«, fuhr er fort. »Du bist die Person, die mir immer am nächsten war, der ich alles anvertrauen kann und die in mir nicht nur den zukünftigen Herrscher dieser Welt sieht. Du hast offenbar keine Ahnung, wie viel du mir bedeutest. Und wenn ich höre, was dir heute Abend widerfahren ist … wohin Wraith dich gebracht hat und was alles hätte passieren können …« Er zog mich wieder an sich. »Ich will dich nicht verlieren, Alexis. Niemals.«

Nates Atem strich warm und verheißungsvoll über meine Haut, während er seine Hand auf meine Wange legte. Dieses Mal wich ich nicht zurück. Ganz im Gegenteil. Ich ließ es zu und genoss die besondere Innigkeit zwischen uns, die sich aufbaute und durch nichts mehr zurückgehalten werden musste.

Seine Fingerkuppen wanderten über meine Haut und bahnten sich langsam ihren Weg zu meinen Lippen. Sämtliche Nervenenden fingen an, zu glühen, und ich hasste es, wie mein Körper auf ihn reagierte. Tief in mir wünschte ich, ich könnte auch nur ansatzweise etwas Ähnliches bei ihm hervorrufen.

Langsam bettete ich meine Hände auf seiner Brust und ließ sie über den dünnen Stoff wandern. Ich konnte seine festen Muskeln darunter spüren und stellte mir schamlos vor, wie es sich anfühlen würde, ihn ohne all diese störenden Stoffschichten anzufassen. Wie wäre es, all seine Kraft, all sein Verlangen wahrzunehmen, das allein mir galt?

Seine Atmung ging schneller und sein Brustkorb presste sich fester gegen meine Hände. Auch mein Blut kochte, und ich war mir sicher, dass es nichts auf dieser Welt gab, das dieses Feuer in mir löschen konnte, das auf solch verheerende Weise in mir toste.

»Alexis«, wisperte Nate.

Sein Blick ruhte voller Begehren auf mir. Er hielt nichts mehr zurück. Keine Spur mehr von Scheu oder Reue, nur brennende Leidenschaft.

Als er sich zu mir hinabbeugte, hielt ich den Atem an. Heiß und fordernd legte sich sein Mund auf meinen, und ja, verdammt, es war genau das, was ich gebraucht hatte. Nate neigte den Kopf etwas zur Seite, um den Kuss zu vertiefen. Wie von selbst öffneten sich meine Lippen, und er nahm meine Einladung nur zu gerne an. Ein Schauder des Verlangens jagte durch meinen Körper, und ich krallte mich noch fester in sein Hemd, als könnte ich auf diese Weise Halt finden. Denn ich war wirklich kurz davor, den Boden unter den Füßen zu verlieren. Ich wollte mehr. So viel mehr. Und Nate schien genau das Gleiche zu empfinden.

Mit einer raschen Bewegung ließ er seine andere Hand an meiner Taille entlangwandern und schob sie schließlich unter mein Oberteil. Ein süßer Schauder jagte durch mich hindurch, als seine Fingerspitzen meine nackte Haut berührten und langsam zu meinen Brüsten hinaufglitten. Ich konnte nicht genug von ihm bekommen. Ich wollte ihn so sehr, wollte ihm noch näher sein, wollte ihn endlich spüren. So ließ ich meine Hände unter sein Hemd gleiten und stöhnte leise auf, als ich seine warme Haut spürte und meine Finger über seine makellosen Muskeln gleiten ließ.

All meine Sinne waren einzig und allein auf Nate gerichtet und auf das, was hier zwischen uns geschah. Ich nahm ausschließlich die Hitze seines Körpers und die geschickten Bewegungen seiner Zunge wahr, die mir den Atem raubten. Und dennoch reichte es noch immer nicht. Ich wollte mehr. So viel mehr, und auch Nate schien keine Zeit verlieren zu wollen, als er sich an meiner Kleidung zu schaffen machte.

Oh, nein! Das wirst du sicher nicht tun. Nicht, solange ich noch hier bin und das alles miterleben muss. Diese ganzen Gefühle, diese Lust. Und dann muss ich auch noch die ganze Zeit diesen Kerl vor

mir sehen. Wraith gab ein würgendes Geräusch von sich, das nicht angeekelter hätte klingen können.

Ich erschrak bis ins Mark, denn ich musste zugeben, dass der Mare vollkommen aus meinem Bewusstsein verschwunden gewesen war. Ich hatte ihn einfach vergessen. Doch nun war er wieder da und leider so präsent wie eh und je.

Nun komm schon. Lass es gut sein und hör auf damit. Du wirst doch wohl kaum wollen, dass ich miterleben muss, wie der Kerl dich berührt, dir die Klamotten vom Leib reißt, um dann …

»Hör auf!«, schrie ich vollkommen entsetzt und merkte erst an Nates erschrockenem Gesicht, dass ich die Worte laut ausgesprochen hatte – zu meinem Leidwesen war es sogar ziemlich laut gewesen.

Nate musterte mich und sah wohl etwas wie Entsetzen in meinem Gesicht. Es galt nicht ihm, sondern dem, was Wraith gesagt hatte. Nein, selbst das war nicht richtig. Es war viel mehr. In diesem Moment hatte ich erkannt, dass, solange es diesen Mare gab, ich niemals mit irgendwem auf diese Weise zusammen sein konnte. Niemals! Und das versetzte mir einen Schock. Ich musste nicht nur stets befürchten, Wraith könnte heimlich die Kontrolle über mich übernehmen, nein, er zerstörte auch noch den letzten Rest meiner Freiheit. Ich würde niemals mit einem Mann zusammen sein können. Nicht solange Wraith in mir war. Und das machte mir ein für alle Mal klar, dass es so nicht weitergehen konnte. Es ging einfach nicht mehr. Dieses Wesen brachte nur Unheil über mich. Er zerstörte mein Leben. Ich konnte nicht mehr nach Hause zurück, geschweige denn eine Fehris sein. Der Hohepriester und vermutlich auch der König waren hinter mir her. Hinzu kam Wraiths unbändiger Hunger. Er würde jede Chance nutzen, um mich auszuschalten. Und jetzt auch noch das. Ich konnte nicht mal mit dem Mann zusammen sein, der mir etwas bedeutete.

»Alexis, es … es tut mir leid. Wenn ich dir irgendwie zu nahe gekommen …«

Nate suchte meinen Blick, aber ich konnte nicht. Ich wusste, dass er versuchen würde, mir zu helfen. Er würde verzweifelt nach einem Weg suchen, damit ich Wraith loswurde. Aber den gab es nicht. Zumindest nicht hier. Und das konnte ich nun endlich glasklar vor mir erkennen. Bevor ich mit Nate auch nur darüber sprechen konnte, ob und wenn ja in welcher Form es eine Zukunft für uns gab, musste ich gegen Wraith vorgehen. Und es gab wohl nur einen Weg, den Nate aber niemals verstehen oder gar zulassen würde.

»Mir tut es leid«, brachte ich über die Lippen und spürte, wie mir die Tränen in die Augen stiegen. Dann drehte ich mich um und lief ins Schloss zurück.

***

Die Nacht verschluckte mich, während ich mich langsam Lighthaven näherte. Mein Boot bahnte sich leise seinen Weg durch das pechschwarze Wasser; um meinen Riemen kräuselten sich die Wellen, als versuchten sie, das Holz festzuhalten. Ich würde mich allerdings von nichts und niemandem aufhalten lassen.

Nate musste längst wissen, dass ich abgehauen war. Allein beim Gedanken daran verknotete sich mein Magen schmerzhaft und rief Übelkeit in mir hervor. Sobald ich zurück war, würde ich zu ihm gehen und ihm alles erklären. Ich konnte nur hoffen, dass er es am Ende verstehen würde. In meinen Augen hatte ich jedoch keine andere Wahl. All die Ereignisse der letzten Zeit hatten deutlich gemacht, dass ich Wraith loswerden oder zumindest Einhalt gebieten musste. Jetzt, wo er mir sogar das letzte bisschen Freiheit in meinem Leben genommen hatte, ging es nicht mehr anders. Der Mare war gefährlich, und mit seinem ewigen Hunger nach Magie würde er mich zerstören. Es gab nur eine Sache, die ich noch versuchen konnte.

Als ob dir das etwas bringen würde, mischte sich Wraith ein. *Der Prinz hat bereits versucht, dir aus der Misere mit mir zu helfen, und am Ende hat es rein gar nichts gebracht. Warum sollte jemand anderes die Lösung haben?*

Die Antwort darauf wussten wir beide: weil niemand die Mare so gut kannte wie Morpheus. Und genau dort würde ich nun hingehen.

Nachdem ich von Nate fortgerannt war, hatte ich auf meinem Zimmer ein paar Sachen zusammengepackt. Unter anderem hatte ich die Bücher mitgenommen, die Cass mir gegeben hatte. Noch hatte ich sie nicht ganz durchgelesen, und ich hoffte, dass ich darin vielleicht noch etwas finden konnte, das wichtig für mich war.

Da ich keinen Drachen hatte, war mir nichts anderes übrig geblieben, als mir ein Pferd zu nehmen und so lange zu reiten, bis ich den Styrak erreicht und dort endlich ein Boot gefunden hatte. Im Nachhinein war ich ganz froh um Cass' Reitstunde, auch wenn ich nicht sonderlich schnell vorangekommen war. Inzwischen war ich seit fast zwei Tagen unterwegs. Es war bereits wieder dunkel geworden, als das Strahlen der Lichter von Lighthaven vor mir aufgetaucht war.

Ich hielt ein Stück vor den Anlegestellen, um kein Risiko einzugehen. Dort bahnte ich mir einen Weg durch recht unwegsames Gestrüpp. Mein Boot konnte ich nicht vertäuen, doch ich kannte die Strömung und wusste, dass es von hier mitten auf den Fluss gezogen und weitergetragen werden würde. So blieb mir immerhin etwas Zeit, bis man es finden würde.

Mit raschen Schritten eilte ich Richtung Nebeltor, wo ich in den klapprigen Aufzug stieg, der mich an der Felswand entlang hinaufbrachte. Mein Blick glitt über die Stadt, die meine Heimat war, der ich mich im Moment aber fremd wie nie fühlte. Solange ich Wraith in mir trug, konnte ich nicht hier sein. Es war einfach zu gefährlich, und ich durfte auch Nate nicht mehr sehen. Sofort drängte sein Bild in mir nach oben. Ich sah sein Gesicht, fühlte seine Lippen auf mir und wollte nichts lieber, als noch einmal sein Verlangen zu spüren. Ich schwor mir, so bald wie möglich zurückzukehren. Hoffentlich würde Nate es irgendwie verstehen.

Ich erreichte das Plateau, stieg aus und marschierte ohne Umschweife auf das Nebeltor zu, das ich hastig öffnete und passierte. Grauer Dunst umfing mich auf der anderen Seite, tastete sich in feuchten Schwaden an mir entlang und suchte nach einem Weg unter meine Kleidung.

Ich war nicht sonderlich dick angezogen – für den Nebel auf jeden Fall viel zu leicht, weshalb er nach nur wenigen Augenblicken bereits überall auf meiner Haut lag und langsam in meinen Körper drang. Ich nahm mein Sigil in die Hand und war froh, dass es mir gelang, die Magie zu rufen. Erstaunlicherweise stellte sich Wraith nicht dagegen, was mich ein wenig wunderte. Aber da er ohnehin die ganze Zeit in die Menschenwelt wollte, führte er vielleicht bereits wieder irgendwas im Schilde.

Ich war froh, als goldene Lichter aus meinem Amulett tropften und sich einen Weg durch die Nebelschwaden bahnten. Unentwegt dachte ich an mein Ziel, stellte es mir genau vor und murmelte es zudem wie ein Mantra in meinem Kopf vor mich hin. Der Nebel verdichtete sich an einer Stelle, und als ich hindurchtrat, war ich tatsächlich genau dort, wo ich hatte sein wollen: in London, direkt vor dem Hochhaus, in dem Cael wohnte.

Die Straße wirkte wie ausgestorben, weshalb ich davon ausging, dass es tief in der Nacht war. Ich hoffte inständig, dass Cael überhaupt hierher zurückgekehrt war und sich nicht noch in Stonewall aufhielt. Mir würde wohl nichts anders übrig bleiben, als es darauf ankommen zu lassen.

Mein Blick glitt an dem Hochhaus hinauf, in dem nur ein paar wenige Lichter brannten. Hinter den meisten Fenstern herrschte vollkommene Dunkelheit. Ich atmete ein letztes Mal tief durch und hoffte, dass ich das Richtige tat.

Als ich an der Eingangstür ankam, starrte ich auf die vielen Namen, die dort standen. Keiner davon sagte mir etwas, weshalb ich einfach kurzerhand auf mehrere gleichzeitig drückte. Irgendwer würde mir hoffentlich aufmachen, und wenn ich erst mal drinnen war, konnte ich schnurstracks zu Caels Wohnung gehen. Wo die lag, wusste ich immerhin noch. Als ich ein Sirren an der Tür vernahm, drückte ich sie hastig auf und schlüpfte hinein. Mehrere Stimmen waren plötzlich von draußen zu hören, die fragten, wer da sei? Ich ignorierte sie besser und machte mich auf den Weg zu Caels Wohnung. Im Kopf legte ich mir bereits die Worte zurecht. Ich hoffte sehr, dass mir Cael wirklich helfen konnte und er sich vor allem auch dazu bereit erklären würde.

Als der Fahrstuhl anhielt und sich die Türen wieder öffneten, stieg ich aus und ging über den Flur, wo wie von Zauberhand einige Lampen über mir angingen. Mit schnellen Schritten und pochendem Herzen ging ich zu Caels Wohnung und klopfte dort. Als nichts weiter geschah, klopfte ich erneut – dieses Mal sehr viel lauter.

Plötzlich wurde mit einem heftigen Ruck die Tür aufgerissen. Es geschah so unerwartet, dass ich dem riesenhaften Kerl, dem ich nun gegenüberstand, beinahe in die Arme gefallen wäre. Ich fluchte innerlich, als ich dem glatzköpfigen Mann mit den breiten Schultern und der platten Nase ins Gesicht sah. Es gab keinerlei Zweifel. Ich spürte es in jeder Faser, in jedem Winkel meines Selbst: Dieser Kerl war ein Mare! Wie hatte ich nur so verdammt unachtsam sein können? Weshalb hatte ich nicht nachgespürt? Es hätte mir auffallen können, dass sich ein Mare in diesem Haus befand, doch nun war es zu spät.

»Was haben wir denn da?«, gluckste er erfreut und streckte so schnell seine Hand nach mir aus, dass es mir nicht gelang, auszuweichen. Er packte meinen Arm und zog mich in den Raum. »Du trägst Spuren von Magie in dir. Demnach kannst du kein Mensch sein. Ich freue mich schon darauf, von dir zu kosten.«

»Ich will zu Cael«, brüllte ich und versuchte, mich von ihm loszumachen. »Es geht um einen Deal, den er mir vorgeschlagen hat. Ich muss mit ihm reden.«

»Tja, wie gut, dass der Chef nicht da ist. Im Moment befindet er sich im Hauptquartier und, tja, so leid es mir für dich tut, Kleine, was der Chef nicht weiß, macht ihn nicht heiß. Von daher werde ich mir nun deine Magie holen, bis nichts mehr von dir übrig ist als ein kleiner, lebloser Haufen.«

Er lachte, und seine muskulöse Brust vibrierte an mir. Noch einmal versuchte ich, mich loszureißen oder wenigstens die Magie, von der er gesprochen hatte, anzuwenden. Da schlang er auch schon seinen gewaltigen Arm um meinen Hals und drückte zu. Meine Hände krallten sich in seine Unterarme und versuchten, sie irgendwie von mir zu zerren – vergeblich. Immer und immer wieder öffnete ich den Mund, versuchte einzuatmen, aber da war nichts. Panik machte sich in mir breit, während ich nur auf den Kerl starren konnte, der mich mit einem wahnsinnigen Lächeln ansah. Meine Beine zuckten und meine Hände hatte ich nicht mehr länger unter Kontrolle. Sie schlugen wild um sich, und wenn sie den Kerl doch mal trafen, waren sie viel zu kraftlos, um etwas zu bewirken.

Ich spürte Druck in meinem Kopf. Hitze. Das Brennen in meiner Lunge. Sie war kurz vorm Explodieren. Der Kerl verschwamm vor meinen Augen. Das Bild wurde immer kleiner, flackerte, und schließlich wurde mir schwarz vor Augen. Es war vorbei – das war das Letzte, was ich denken konnte.

Lust auf mehr?

Dann werde selbst zum Dreamcatcher! Auf meiner Homepage findest du ein Quiz, bei welchem du einen eigenen Drachen bekommen kannst:

www.juliane-maibach.com/dreamcatcher-quiz

Dir hat das Buch gefallen?

Ich freue mich sehr, dass du mein Buch bis zu dieser Stelle gelesen hast. Wenn es dir gefallen hat, wäre es toll, wenn du ihm bei dem Online-Shop eine Bewertung gibst, bei dem du bestellt hast. Oder du schreibst bei einem deiner Lieblings-Buchportale eine Rezension.

Es ist nicht nur sehr schön, Meinungen zu meinem Buch zu lesen. Außerdem hilft es mir auch dabei, weitere Geschichten zu schreiben und neue Leser für meine Bücher zu finden.

KAMPENWAND
VERLAG

MIKA D. MON
KAWA
TODES
BOTEN
SEELENWEISS

Finster, verwunschen und voller Gefahr

Fantasy

ISBN: 978-3947738960

www.kampenwand-verlag.de